JN231840

墜ちたる星は幼王の誉れ
君へ誓う永遠の愛

Kagari Yukimura

ゆきむら燎

Ruby collection

Contents

登場人物紹介
エルレシオン
ラーディアの幼王。
王都陥落時にゼイオン神聖王国に
逃れていたため難を逃れる。
アリア
ゼイオン神聖王国の巫女。
エルレシオンの教育係を勤める。
ルーファス・ダグラス
異世界ラーディアの白虎騎士団の騎士。
枢に忠誠を誓う。
都築《つづき》枢《かなめ》
異世界の覇王を父に持つ高校生。
予言された「墜ちたる星」として
戦乱に巻き込まれる。

ヴィヴィアナ
アルベニスの女王。
海洋資源を手に入れるため、
ラーディアに侵略する。
ヒロ（芹沢大樹《せりざわひろき》）
ラーディアに墜ちた日本人で、
サイの父親。畏れられて、
追放されるが砂漠に町を興す。
傷痕《スカー》
顔に大きな傷のある傭兵隊長。
枢やルーファスに協力する。
タケル
白虎騎士団の騎士だが、謎が多い。
何かとサイにちょっかいをかけるが…？
サイ<火の悪魔《グザファン》>
父親が日本人であるため
塔に隔離されていた。
枢の心強い味方となる。

墜ちたる星は幼王の誉れ
君へ誓う永遠の愛

西の御旗《みはた》は覇王の星
　白き誓いは高潔なる証《あかし》に
北の御旗は覇王の風
　赤き定めは勇敢なる証に
東の御旗は覇王の大地
　黒き祈りは誠実なる証に
南の御旗は覇王の海
　青き力は不屈なる証に

プロローグ　栄光への階《きざはし》

僕達人間は、孤独な存在ではない。

日本でも、地球でも、この宇宙ですらない遠い遠い場所に、誰も知らない別の世界がある。そこには僕達の世界と同じように太陽と大地と海があって、豊かな自然の中、様々な人々が独自の文化を繁栄させて歴史を紡いでいる。

多くの勢力が興亡を繰り返すその世界に、ひとつの、奇跡の王国が存在した。

ラーディア。それが、この物語の舞台。

長く続いた戦争を終わらせた偉大なる覇王が統治する、平和で美しい国だ。

ただ、ラーディアは決して、最初から強かった訳ではない。その歴史は、苦難と試練の連続だった。

国の始まりは、大陸に既に栄えていた二つの勢力――女王国アルベニスとゼイオン神聖国に遅れを取ること百年あまり。大陸南部の緑豊かな土地に、二大国のどちらにも属さない幾つかの集落が融合して誕生したとされている。

夜空に瞬く七つの星を王権の象徴とし、四色の御旗を掲げる四つの騎士団が領土と王族と国民を護《まも》る国。そして唯一、他の大陸と貿易を行っている海洋国でもある。アルベニスとゼイオンに比べたら圧倒的に小さな勢力ではあったけれど、そこそこ豊かだったらしい。

この国には遠い昔から、あるひとつの予言が存在していた。

それは遠い昔に滅びた遺跡で発見された、不思議な詩。幼王が希《のぞ》みと、英知と、護りと、誉れの四つを手に入れたと謳《うた》われている。

大陸の歴史上、幼くして王となった者が一人も存在しないことから、これは未来に起きる出来事を予言したものであるとの解釈が一般的だった。

もちろん厳密に言えば、予言がラーディアを指しているという訳ではない。ただ大陸には、他に『王』がいない。二つの大国は女王と法王が統治している。

王の座す国は、小国ラーディアのみ。つまり予言はラーディアのもの。この小さな国が賢く、堅牢《けんろう》で、希望に満ちた栄光の未来を歩むことを約束するものだと、まことしやかにそう信じられていた。

国民が大切に受け継ぐ、輝かしい予言。だけどそれも平和な時代においては、ただ意味のない言葉遊びでしかなかった。民の多くはその存在さえ忘れていた――アルベニスによる侵略が始まるまでは。

神聖暦六百五十年頃、それは始まった。

大国は瞬く間に北大陸の半分を焦土に変えた。

ラーディアが誇る唯一の港を目指し、全てを破壊しながら南下を続ける女王の軍勢。小さな国は為《な》す術《すべ》もなく、大陸の端に追い詰められてしまった。

絶体絶命のその時。

幼い王が、誕生した。

王都陥落という悲劇の末に、亡き王の覚悟と頼もしい隣国の力添えにより、戦乱を生き延びた王子はわずか十一歳で即位し、王となった。

世界の歴史に初めて幼王が登場したんだ。

その時、民は思い出した。あの予言の存在を。

そこから運命は加速する。過去に記されていた未来へと向かって。

ほんの一握りの領土とわずかな国民を残すだけの、滅亡寸前の小さな王国が起こした、逆転劇。

僕はその奇跡を目の当たりにした。

何故《なぜ》、僕みたいな日本の普通の高校生が異世界の戦争を目の当たりに？　……って訊《き》かれても、一言で説明するのは難しい。簡単に言うと、幼い王はやがて僕の父になる人物なんだ。

偉大なる覇王エルレシオン――今は幼王レオ。それが、僕の父さん。

そして僕は、時を越えて父さんの元へやってきた、王国に栄光を授ける『墜《お》ちたる星』。つまり僕の存在そのものが、予言の正体だったんだ。

僕は、滅亡寸前のラーディアがこれから辿《たど》る栄光の道を知っていた。どうやって、覇王の国になっていくのかを。……僕自身が経験したことではなくて、母さんに聞かされた昔話でしかないけれど。

僕にとっての過去の記憶は、ラーディアにとって未来の予言になる。

ラーディアは僕の記憶の通りに戦っていった。道は決して平坦《へいたん》ではなかった。王国が栄光を得るという予言の中心人物は幼王。つまり幼くして全てを背負う存在であることが、最初から宿命付けられていたんだから。

絶望からのスタート。父さんは暗闇の中、星の瞬きを頼りに、栄光へ向けて進み始めた。急峻《きゆうしゆん》な道程を、平和な時には姿を隠す一縷《いちる》の希望を道標《みちしるべ》に。

何もかもを失って。

多くのことを諦《あきら》めて。

それでもなお、己の脚で一歩ずつ。

僕が覚えている通りの未来が、果てなき道の先にきっとある。そう信じて。

僕は——僕達は、そんな父さんに寄り添った。互いに知恵と力を出し支え合いながら、共に歩いた。

壮絶な痛みも、悲しい別れも経験した。それでも僕達は一丸となって、後戻りできない険しい道を進み続けたんだ。

立ち止まることも、振り返ることも許されずに。

ただ、星に導かれて歩き続ける僕達を待っていたのは、苦しみばかりではなかった。多くの、かけがえのない経験をした。素晴らしい出会いもあった。

幼王を導く者であった僕自身も、成長したと思っている。重すぎる荷を担ぎ、時に歴史を左右する決断を迫られたりもしたけれど。

言葉さえ通じない異世界の王国で、心から信頼できる仲間に出会えた。

特に、右も左も分からない僕に全てを捧《ささ》げ、命に代えて護ると誓ってくれた——そして本当にその言葉通り真《ま》っ直《す》ぐに行動してくれた騎士の存在が、何より大きい。

僕は彼に、愛することの強さを教えられた。信じることで、こんなにも強くなれると知った。僕はきっと、あの人と出会うために時間も空間も越えてラーディアを訪れたのだと思う。

全てを超越して、あの時、僕達の魂は固く結ばれていた。そうなる運命だったんだ。

僕一人ではきっと『予言の君』のふりをすることさえできなかっただろう。彼と出会えたからこそ、僕は多くの痛みに耐えることができた。敵国を滅びへ追いやるという決断さえ、下すことができた。

心から愛しているし、感謝している。

それから、賢く誠実な通訳がいてくれた。ちょっと胡散臭《うさんくさ》い人だったけれど、戦うことに悩む僕をいつも我慢強く励ましてくれた。

そして、共に戦った兵士。幼王を慕う民。

違う世界から墜ちてきた僕を信じてくれた、沢山の人々もいた。

皆でひとつずつ、力を合わせて困難を乗り越えていったんだ。

運命を変えるため……ううん、違う。僕の記憶の中にある、本当の運命を呼び寄せるために。

これは僕の父さんが、予言に祝福された幼王から偉大なる覇王へと成長していく課程の、遙《はる》かな旅路の物語。

そして僕の、目映《まばゆ》い魂の日々の記録。

第九章　火と流れる血脈

ひとつの季節が過ぎ去ろうとしている。

夏の始まりを告げる嵐と共に訪れた激動は、ラーディアという小国を大きく変えた。

もはや海辺の小さな城砦《じようさい》に、嵐の前にあった絶望の影は跡形もない。爪の先ほどまで縮小した領地を暗く覆い尽くしていた滅亡への恐怖は、栄光の未来を確信する者達の歓喜の光によって消し飛んだ。

国民の誰一人として疑っていない。『墜ちたる星』のもたらす勝利を。

「……ふぅ」

それが当の『墜ちたる星』にとって重すぎるプレッシャーとなっていた。

枢《かなめ》は、季節の移り変わりに沿っていつの間にか伸びてしまった髪を気にしながら、胸につかえる何かを吐き出してしまおうとする無意識のため息を頻繁に零《こぼ》す。

まだあどけない父と頼りない王国を、栄光へ導く存在であれ。望まれるように振る舞ってはいるが、枢の心の奥底にはいまだ恐怖や罪悪感が根強くこびりついている。

殺さなければ殺される。そんな極限状態での選択が、まさか己に迫られる時が来るとは夢にも思っていなかった。

「大丈夫か？　無理するなよ」

「うん。僕が大丈夫じゃなかったとしても、ラーディアは立ち止まっていられないから」

労《いたわ》しげな表情のサイに笑みを返し、枢は長椅子に腰掛けたまま肩をすくめる。

大きな戦いが近付いていていた。

アルベニスの大軍は今、街道筋のジュディス砦《とりで》の北、一触即発の位置で停滞している。地平線を埋め尽くす騎馬の軍団は、女王国が遂に本腰を入れた証《あかし》だった。

ただし侵攻は遅い。こちらを警戒し、自分達が最も得意としている平地に誘い出そうとしている。

谷底に駐屯すれば嵐に押し流され、塔に罠《わな》を張れば背後の森から不意を突かれる。アルベニスにも多少は学習能力があるらしい、とサイは小馬鹿にしたようなことを言うが、それだけ女王は怒っているということだ。

お互い下手な小細工をせず、真正面から殴り合おうと誘っている。――勿論《もちろん》、そんな戦いでは弱小国ラーディアに万に一つの勝ち目もないと承知した上で。

「ラーディアのために、戦いは避けられないと思う」

「ラーディアのため、か」

サイはぷうと唇を弾《はじ》く。面倒臭い、と言いたげに。ただ憂国の識者たる異教徒は、誰より現状を理解している。

弱小国ラーディアには負けが許されない。一度の敗北が、王国の滅亡に直結する。

アルベニスの軍勢を一度や二度破った程度では女王を追い詰めることができないのに対し、こちらは首の皮一枚で繋《つな》がっている状態。王国として存在できていることさえ奇跡という現状だ。

「連中はまず砦を奪い返しに来る。そしたら、バルヴェルトはまた孤立する」

「うん」

「まあ北を抑えられても海に拓《ひら》けているから干からびはしないけど、死なないだけじゃ生きていけないのも事実だ」

枢はこくこくと何度も頷《うなず》いた。

魚は美味《おい》しい。その他の食物や物資が圧倒的に不足しているが、南大陸から買い付けるものでどうにか賄えている。アルベニスの攻城戦がうまくいかなかった理由は、豊かな港――女王が欲しがっているものにこそあった。

王を迎え入れることに成功した今、このまま、南にのみ門戸を開いた小さな王国として成立するような気もする。が、それでは枢の知っている未来と大きく食い違ってしまう。

ラーディアは覇の国でなくてはならなかった。それが、枢が存在しうる唯一の、あるべき未来の姿。

「勝てるよね」

「可能性は出てきた。『聳《そび》える壁』が予想通りなら」

神経質そうなサイの指が地図の南端をとんと突く。

ラーディアにとってもアルベニスにとっても、世界はバルヴェルトの南に広がる海で完結していた。が、戦争は南の大陸をも巻き込んで広がろうとしている。

ゼイオンの協力もある。もしラーディアが本当に必要としているもの――アルベニスと戦う力――を南との交易で手に入れることができるなら、勝利は一気に現実味を帯びてくる。

「ルースが混血であるお陰で南大陸の国と同盟が結べるとしよう。そしてそれが予言された『南に聳える壁』だとしよう。……背中に頑丈な壁があったって何の意味もないからな、連中が前に出てくれるかどうかはまだ分からんが」

「そこは……でも、王の親戚《しんせき》がそれを望むなら、南の国の兵士は従うんじゃないかな」

言いながら、枢もそれが非常に楽観的な推測であると分かっていた。

枢の騎士ルースが、南大陸の豊かな国フェムアトの王族に加わった、という話は青天《せいてん》の霹靂《へきれき》であった。歴史の転換点にある今、唐突に手にした強い切り札に違いないと信じている。

だが、『リダル』と呼ばれる南大陸の国々について何も分からないまま、彼らを信じ王国の背を委ねても構わないのか、多少の不安はあった。

一夫多妻制で子沢山な王族なら、親族も多いはず。逐一、その全てに戦力を割くだろうかと。

「問題はルースがフェムアトでどのくらいの位置にいるかだよな。多分、王位継承権何十位とかそのレベルだろうけど」

「そう言えばさ、ちょっと変なこと訊《き》いていい？」

「何？」

「……ルースは、僕に忠誠を誓ってくれたんだ。僕のことを、主君だと崇めてくれている。でもルースは騎士じゃなくて王族だったんだよね」

膝《ひざ》に乗せた鶏の羽毛をもじもじと弄《いじ》りながら不安な胸の内を零す枢を一瞥《いちべつ》し、サイは大きくため息を吐きつつ手元の地図を筒状に丸め始めた。

「大体僕って、ただの学生なんだよ。平民。それも母子家庭だから底辺だ。頭も良くないし、スポーツも苦手。友達だって多くない。そもそもルースみたいな立派な人が僕に仕えるってこと自体、変な話だったのに、王族になっ——痛っ」

サイは無言のまま、地図を硬く丸めた筒を伸ばして枢の脳天を叩《たた》く。ぽふっと間抜けな音がした。

「何するんだよ。人が真面目に悩んでるのに」

「くだらないことに真面目に悩んでる暇はないんだよ。ほんと、君は時々、自分が誰の子なのか忘れるよね」

「僕は……あっ」

「少なくとも、王様の何人目かの奥さんのお姉さんの息子より、王様の一人息子の方が、どう考えても格上だ。君は我がラーディアの王太子であり、王位継承権第一位だ。たとえ予言された希望の存在じゃなかったとしても、君はラーディアの未来を繋《つな》ぐ希望なんだよ」

地図を再び広げて机の上でしわを伸ばしながら、淡々と、サイは重い言葉を口にする。

枢の背筋が自然に真っ直ぐになった。

今まで一度も考えたことがなかった未来を、初めて意識する。遠い未来、自分は父から王位を譲り受けるのだろうか？　ラーディアの次の王として、蔦《つた》の這《は》う石の城に君臨するのだろうか？

今は王より年上の王太子である。

十二年後、この時間軸上の枢は、生まれる前に母と共に日本へ戻る。

もしエルレシオン王が次の后《きさき》を迎えていなければ、ラーディアの未来はどうなってしまうのだろう。

「ほらまた何かくだらないこと考えてる」

「くだらなくない。……今すぐ必要なことでもないかも知れないけど」

「今は、今のことだけで手一杯だ。先のことは先に考えれば良い」

今すぐ考えなくてはならないことは沢山ある。枢は頭の中に幾つかしまい込んである、アルベニスとの大規模戦闘の記憶を整理した。

この中のどれかがもうすぐ起きる。

「難しいな……。挫折《ざせつ》しそう」

「諦《あきら》めるの早すぎ」

「だってさあ」

蹄《ひづめ》の音と人の気配が、塔の中の重い空気に救いの手を差し伸べた。鉄格子に飛びついた枢は、背中から頭頂部へ撫《な》で上げられるような驚きと喜びにひゃあと奇声を上げた。

「……どうした？」

「サイ、ちょっと来て」

「んー？」

面倒臭そうに頭を掻《か》きながら窓に近付き、枢と並んで格子の隙間に顔を押し当てて下を見たサイが硬直する。

枢は満足そうににんまりと笑った。どうやらサイも気付いたようだ。

ルースが従えているもう一人の騎士は、タケルであると。

＊＊＊

騎士ルーファスは最近だいぶ、枢に対してストレートに愛情を表現するようになった。

それこそ、人前でさえ。

勿論《もちろん》、礼儀正しい挨拶《あいさつ》は欠かさない。騎士の模範とも言うべき忠誠心を示した後、枢の騎士から恋人へ速やかに移行する。枢にとっても、主君と敬われるより抱きしめられて髪を撫でて貰《もら》い、キスをされる方が幸せなのだろうと傍《はた》から見ていて良く分かる。

——傍から見ていて。

ふう、とサイは小さくため息を零した。

引き離されて暮らしている主君と従者は、顔を合わせ触れ合えばすぐに二人の世界へと旅立ってしまう。全く周囲が見えなくなり、声も届かない。

会えなかった時間の寂しさを一気に埋めてしまおうと全力で甘える枢と、そんな枢が愛しくて仕方がない様子のルーファスに、サイは容赦のない冷たい言葉を浴びせて追い払った。

そこから先は、部屋でやれと。

照れて赤くなりつつ言い訳を返し、枢は己よりずっと体格の良い騎士の手を引いて石段を上がっていく。我慢強く、サイはその背を見送った。

やがて塔の最下層に、言いようのない気まずさが訪れる。

落とし格子の手前に寄りかかって腕を組み、短髪の騎士はにやにやしている。彼が格子の内側、つまり塔の中にいることにサイの胸がざわつく。

反面、最後に見かけた時は死にそうだったタケルが意外と元気そうなことに、安堵《あんど》もする。

「何だよ」

「いや。格好がセクシーすぎて、目のやり場に困るなって思って」

タケルがこういう物言いなのは、最初から分かっている。サイは、留める習慣のない上着の前立てをかき合わせた。

「悪趣味な冗談が言える程度には元気そうで、安心した」

「うん、まあ、元気だよ。傷がまだ塞《ふさ》がってないから無理はできないけど、寝てばっかりだと体が腐りそうだし」

「じゃあ何で来たんだ」

「こうでもしないと、あの南の国の大男がサー・ルーファスのケツに貼り付いて離れないからな」

格子にもたれたまま、大きな手で胸から脇腹にかけて摩《さす》っている。相変わらずへらへらした顔で軽口ばかり叩くが、まだ痛みはあるようだ。

無茶をして騎士団長代行の任務に随行して来た目的は、ルーファスに枢と二人きりになる時間を与えるため。王族の身辺警護という名目で恋人との逢瀬《おうせ》さえ邪魔しそうな南の軍人を留守番させ、代わりにルーファスに随行した。

何故かその行動が、彼らしいと感じた。

「色々幸運だったよ。アルベニスの連中、鏃《やじり》に毒を塗る習性はないらしい」

「矢の数で勝負を付けに来るから、毒を塗る時間が無駄なんだろ」

王を——囮《おとり》だったとは言え——身を挺《てい》して庇《かば》ったことに、何らかの労《ねぎら》いの言葉をかけるべきか。サイは迷っていた。彼の功績を称《たた》えても良いのか。その権利が、自分にあるのか。


「陛下をすり替える作戦、君達が考えたんだろ？　俺、もしかしたらあのメンツの中にアルベニスの密偵が紛れ込んでるんじゃないかって、ずっと陛下とサー・ルーファスにへばり付いてたんだけどさ、全然気が付かなかった。完璧《かんぺき》にしてやられたよ」

タケルは笑いを漏らし、それが傷に響いたのか、顔をしかめる。どうやらタケルは自分自身がルーファスに伏兵の嫌疑をかけられていたことに気付いていないらしい。

最も疑わしい相手がぴたりと貼り付いているのだから、やりづらかっただろう。サイは心の中でルーファスを労った。

「なあ、サイ」

名を呼ばれた瞬間、びくりとサイの背が跳ねた。無意識のうちに必死になって、父親と似ていない箇所を探してしまう。低く穏やかな、張りのある声は違う。けれどもサイの心に響く。

「何」

「馬が意外ときつかった。座るから、手貸して」

「無理。ルース呼んで来る」

「邪魔してやるなよ」

今頃あの二人が、枢の部屋で何をしているか、勿論理解している。それもそうだと頷《うなず》き、仕方なくサイはタケルに近付いた。腕を伸ばしても、ぎりぎり手の届かない位置まで。

タケルは人懐こい笑顔を浮かべ、鉄格子に預けていた背を起こしてしゃんと真っ直ぐに立った。

そして、ルーファスが主君である枢にしてみせるような騎士の礼を、ルーファスの仕草より更に滑稽《こっけい》なほど仰々しく、真似てみせる。ひらひらと右の掌《てのひら》を踊らせ、胸に当てて深く腰を折り、そのまま、サイの方へ手を延べる。

体の不自由なタケルを座らせるために手を貸すのとは違う。全く逆、騎士が貴人をエスコートする構図だ。

さんざん迷い、戸惑い、待たせた上で、サイはそっとタケルの手に己の指を乗せてみる。

触れ合っているのはわずかに互いの指先のみ。

タケルはサイの指先を軽く握った。

「誓いのキスをしたら逆に嫌われそうだ」

「俺に何を？」

「サー・ルーファスみたいに臆面《おくめん》なく愛を誓えるほど、俺は素直じゃないけど、騎士としての忠誠心の拠《よ》り所《どころ》になって欲しいとは思ってる」

タケルは再び格子にもたれ、背中を擦《こす》るようにしてゆっくり億劫《おっくう》そうにその場に座る。

手を取られたままのサイも、同じ速度で腰を下ろした。

痛む体を支えている訳ではない。ただ指先を捉《とら》えられたまま。

腰を下ろして脚を投げ出し、楽な姿勢を取ると、ふうとタケルは大きくひとつ息を吐き出した。

そして、サイの指を解放する。サイは手を引っ込めた。ひりつく心と指先に戸惑いながら。

「俺は一応、ラーディアの騎士だ。けど、できれば白虎じゃなくて朱雀《すざく》でありたい。俺が仕えるべきはダグラス将軍ではなくライナン大隊長だ」

騎士らしい、実直な表情をしていた。

遠い国境の城砦《じようさい》都市が地図上から消えたのは、ずいぶん昔。だが今も彼の心は故郷にあった。ラーディアの慣例に倣わず髪を短く切り、白虎に阿《おもね》らず現状に甘えず、野心を持ち続けている。

彼は白虎の中で最も異端な存在だった――忌むべき異教徒に手を差し伸べたルーファスを除いて。

「朱雀を再興させる訳か」

「俺には無理だよ。血や名前だけじゃ、あの人の代わりにはなれない」

両膝《りようひざ》を抱えてしゃがんだまま、サイは頬を引き締める。タケルの瞳《ひとみ》の奥底に正体の分からない悲しみを見て取ってしまい、言葉を返すことさえできなくなる。

「故郷の汚名を雪《そそ》いでやりたいとは思うけどね」

子供のように屈託のない笑顔には、裏切り者の疑惑など吹き飛ばしてしまいそうな誠実さがあった。

彼を信じたいと、サイも思っている。信じても良いのだと、感情はそう訴えている。城砦都市レグサントは遠い昔に滅び、彼の言葉以外の証拠は何もないのに。

しきりに服の合わせを気にするサイを眺めるタケルの表情が次第に、さっきまでとは違うにやにや笑いに変わっていく。

その視線に宿る奇妙な熱に、サイの背がぞわりと粟立《あわだ》つ。

「だから、何だよ。人の格好に文句があるのか」

「いや、ホント綺麗《きれい》だなって思う。お城に行く時の格好も良かったけど、別にあんな風に飾らなくても俺的に充分」

「……城？」

じわりとサイの表情が険しくなる。

己の失言に気付いたタケルの頬から、にやにや笑いが褪《あ》せていった。瞳に浮かぶのは明らかな狼狽《ろうばい》。

「俺が城に行った時、お前、寝てたよな?」

「し、城? 城っつったか俺? いや城のことじゃなくて城砦って言いたかったんだ。うん。ほら最初に君達が将軍に呼ばれた時――」

「普通そこ間違えないだろう」

「まあ俺は普通じゃないからさ。うっかり」

「もしかして、目が醒《さ》めてた?」

タケルの視線の逸《そ》らし方があまりにも白々しく、サイの顔がますます険しくなっていく。

二人の間に漂う気まずい沈黙に、先に折れたのはタケルだった。がっくりと肩が落ち、項垂《うなだ》れる。

「……うん。ごめん。起きてた」

「お前!」

「いや心配してくれてる君が可愛《かわい》かったからさ、もうちょっと楽しんでから目を覚まして驚かしてやろうと思ってたんだけど、サー・ルーファスが来て何か俺の身の上話を始めちゃって、ホント完璧に目覚めるタイミングが」

言い訳の言葉が尻《しり》すぼみに消えていった。その理由が、サイには見当がついた。

頬が、異様に熱い。

枢が良くルーファスのことで赤面しているが、あれと同じ反応が自分の体に起きることに、サイ自身が驚いていた。

「独りで、そこで待ってろ」

もう、顔を合わせていることができなかった。

座り込んで動けないタケルを放置して立ち上がり、階段を駆け上がって部屋に飛び込む。

信じられなかった。本当に心配したのに、まさか寝たふりだったとは。何か迂闊《うかつ》なことを口に出さなかったか、思い返すほどに頬が熱くなる。

自室にいても落ち着かず、そっと階段から顔を覗《のぞ》かせて下を窺《うかが》えば、相変わらず鉄格子にもたれて座るタケルがサイに気付いて手を振った。

髪が全て逆立ってしまうような錯覚を覚え、慌てて頭を引っ込める。

「……何なんだよ……」

火照る頬をごしごしと擦る。

愛を学ぶには少し成長しすぎている。サイはまだタケルが向けてくれる、そして己が抱く感情を、受け止められなかった。

＊＊＊

小国を栄光へ導く存在として、御輿《みこし》に担ぎ上げられる覚悟はとうに固めたはずだった。

が、枢がどうしようもなく弱くなる瞬間がある。他でもない、大好きな人に触れている時だ。

この世界で最初に出会った人物は枢を深く愛してくれている。甘えてはいけないと思えど、ルースと共にいる枢は予言の存在ではなく、ただの、一人の少年に戻る。

憂うべき事柄は多いが、ルースの腕の中でただだ『あなたが好き』とだけ唱えていられる時間は、何より大切で、優先すべきものだった。

ルースはしきりに枢の髪に指を通し、後頭部にまとめて束ねる仕草をする。

異国の特徴が強く出た混血のルースは、古い伝統に阿らない柔軟な思考をしていた。『墜ちたる星』に未来を委ねたのも、枢を主君とし心から愛してくれるのもそうだ。

ルースは、枢の髪が短いことを特に気にしていない。だが枢はこれからラーディアの中心部と嫌でも関わっていくことになる。外見で余計な先入観を持たれぬよう、ある程度ラーディアの常識に則《のっと》った格好をすべきだと言う。

奴隷のように髪が短いという全く無駄な偏見に、愛する主君がさらされるのは我慢がならないらしい。

まだ束ねるには足りず、まとめようとするルースの指から零れてしまう状態だが、いつかラーディアの人間として髪を結ぶ日が来るのかと思うと枢は妙なくすぐったさを感じてしまう。

日本へ戻る手段は、今のところまだない。が、仮にそれが見つかったとしても、バルヴェルトの片隅に暮らしルースの主君であることを選ぶ。枢はそう心に決めている。

永遠にこうして、一緒に居たいと。

「……ん」

唇が解放されると、とろりとした夢現《ゆめうつつ》のあわいで、枢は可愛らしく鼻を鳴らした。

もっと、と声なく綴《つづ》る唇を、ルースがもう一度塞《ふさ》ぐ。深く交わる接吻《くちづ》けは、ルースに教えられた。舌を絡め、舐《な》め転がし、身も心も蕩《とろ》けていく。

ルースを愛しているという感情さえ確かならば、肉体的な繋《つな》がりは必ずしも必要だとは思っていないが、時として枢の体は愛する者を欲する。

心が触れ合うだけでは満足しきれず、もっとストレートに彼を求めてしまう。

性的な接触に意味は存在しない。ただ若く浅ましい枢の体がルースの存在を欲しがっている。教えられた愉悦をもう一度と願う。あれは媚薬《びやく》のせいなのだと己に言い聞かせても、言葉では本能を制御できなかった。

髪から腰の辺りへ降りてきたルースの手が、触れて欲しい場所へじわじわと近付いてくる。

階下で微《かす》かに物音がし、下にいる二人のことを思い出してぱちんと目が醒めるように我に返った枢だが、ルースの掌は臆《おく》せずやんわりと枢の中心を握った。服の上から揉《も》まれ、痺《しび》れるような愉悦が全身を、指の先まで貫くように駆け抜ける。あっという間に現実を忘れ思考に靄《もや》が掛かった。

「ぁ、ん」

意図せずとも、枢の吐息は濡《ぬ》れて艶《なま》めく。

まるで自分のものとは思えない切ない喘《あえ》ぎ声が聞こえ、体の芯《しん》が羞恥《しゅうち》に熱を持った。

愛する男の手の中で蕩けていく自分が、どうしようもなく恥ずかしい。だが心に反し、体は貪欲《どんよく》にルースを求める。ねだりがましい腰の揺れを抑えることもできなかった。

「かなめ……」

耳朶《じだ》に直接、唇の振動を伝えるように。ルースは愛を枢の耳に吹き込む。

唇と舌、それに熱い吐息と言葉で耳朶を愛撫《あいぶ》されることは、不快ではなかった。むしろ体の奥にずんと重く響く。

ルースもどうやら、枢は耳が弱いと理解したらしい。丁寧に外耳を食《は》み、敢《あ》えてちゅっちゅっと音を立てながら唇で辿《たど》っていく。枢の膝《ひざ》はがくがく震え、腰が砕けて体を支えていられなくなり愛《いと》しい胸にしがみつく。

「ま、待って」

耳朶への愛撫だけで達してしまう寸前、枢はかすかに残る理性でルースを制止した。

だが、しっとりと涙を浮かべた官能的な表情で必死に我慢する様子が、逆にルースを追い立てる結果となった。

愛おしい者を欲する感情は、禁欲的な騎士とて同じ。彼もまた枢を求めてくれている。

「かなめ。愛しています」

「うん。僕も。僕もルースが好き……」

不安で仕方がないのは、この恋を手放しで喜べる状況ではないからだ。

愛を交わすことに罪悪感さえ覚えてしまう。

ただ枢にはルースが必要だった。

彼がいるからこそ、枢は『墜ちたる星』でいられる。予言されし栄光の存在だとか、王国を導く者だとか、そんな仰々しい、内気な枢に似つかわしくない役を担っていられる。

ルースの存在がなければ、枢は、運命の求めに応じて戦おうとは思わなかっただろう。

「ルース」

「はい」

「僕は……この世界の人間じゃないし、この時代の人間でもないし、この先どうなっちゃうか分からないんだけど、でも、本当に僕はあなたが好き。あなたと離れたくない。ずっと一緒にいたい。そのためになら僕は」

僕はこの手で、アルベニスを滅ぼしても良い。

不意に心に浮かんだ己の残酷さに、枢の頬に涙がほろりと伝う。

「私は傍《そば》にいます」

「……うん」

今はルースの存在以外、枢の不安を拭《ぬぐ》い去《さ》れるものが何もなかった。

忠実な騎士の、深い愛情以外。

＊＊＊

枢にとってサイは誠実で我慢強い同居人である。

ルースとの関係に理解を示し、邪魔も詮索《せんさく》もしない。異教徒からの聴取のために塔を訪れるルースと二人きりになれる時間を、いつも用意してくれる。

だが、時折それがいたたまれなくなる。作戦会議の時間を恋人同士の時間の後に設ける場合は特に。

しかも今回はもう一人、タケルが場に加わっている。ルースにぴったり貼り付いている異国の兵士を引き離すため、代わりに護衛を務めると言いくるめたらしい。二人きりで何をしていたのかという無粋な詮索は受けなかったが、それはつまり、何をしていたのか了承しているということだ。

サイだけならともかくタケルにまで気を遣って貰《もら》っていると思うと、枢の頬は自然に熱くなった。

「で、何か新しいことは分かった？」

サイが会議を仕切る。日本語が理解できないタケルとラーディア語が分からない枢が同時に場にいるため、両方の言語を流暢《りゆうちよう》に操るサイに負担を強いてしまう。タケルの名前を聞くだけで落ち着かなくなるサイが心配な枢だが、当の本人は、気になる相手を完璧《かんぺき》に無視するという方法で心の安寧を保っているようだ。

長椅子にもたれるタケルは、常にサイを目で追っている。愛おしくて仕方がない、そんな視線だと枢は勝手に解釈した。

「西に、町がある」

ルースの日本語は日常会話において不自由を感じないレベルまで急速に上達していたが、戦略会議となると話が変わってくる。

傷が完治していない部下に椅子を譲り、己は壁を埋め尽くす本棚のひとつに寄りかかって腕を拱《こまね》き、言葉を探しながらゆっくりと語る。サイが興味深そうに片眉《まゆ》を上げげた。

「あれだろ。こないだ言ってた、こいつの育った町の方向。全滅してなかったたってことか」

「いや。生存者が戻った」

「……なるほど」

アルベニスが通った後は、焦土以外の何も残らない。枢はそう聞かされている。

比喩《ひゆ》でも大袈裟《おおげさ》な表現でもなく実際に、女王の軍勢はあらゆるものを殺し尽くし、奪い尽くし、燃やし尽くして進むという。

命からがら生き延びた者はバルヴェルトまで落ち延びて港で働くか、スカー達のように傭兵《ようへい》として戦争に加わるかする。別の場所、それも一度アルベニスに蹂躙《じゅうりん》された場所で、再び町を興しているとは初めて聞く話だった。

タケルが何事か口を挟み、ぶっきらぼうにサイが応じる。

ただ通訳しているだけにしては、過剰に剣呑《けんのん》な態度だった。それがまたサイという人物の不器用さを物語っており、この焦れったい二人のためにも一日も早く戦争を終わらせなくてはと、枢は改めて決意を固める。

日本に連れ戻され、この世界から消えてしまうかも知れない自分はともかく、タケルとサイは幸せに結ばれる権利がある。

「バルヴェルトと西の町が安全に往来できるようになれば、ちょっと楽になる」

「楽になるって？　何が？」

「戦争がだよ。三方を海、一方を敵に囲まれてる状態じゃ、いくら何でも地理的に不利すぎるだろ」

半島の付け根に、ラーディアの出口を塞ぐ形で陣取る女王の軍勢。

最前線をだいぶ北へ押し上げたとは言え、まだ自由な往来ができる状態ではない。

安全に西へ回るルートがあれば、アルベニスとの正面衝突を避けて動きが取れるようになる。

「……ねえ、その西の町経由でアルベニスの裏、って言うか西まで行けるようになる？」

「アルベニスの西？」

「そう。ロアーネ」

予言が刻まれていた、全ての始まりの場所。

「行けなくはないと思うけど、何もないぞ」

「ううん。予言がある」

いつかそこに行かなければならない。始まりの場所にはきっと、終わりへのヒントが隠されている。

枢は、そう確信していた。

＊＊＊

地平線を埋め尽くすアルベニスの軍勢は、じわりじわりと南下している。

その気になればバルヴェルトを一気呵成《いっきかせい》に陥落させうる規模でありながら、珍しく消極的な動きをしている理由について、港町にはあれこれ憶測が飛んでいた。

まだ港を諦《あきら》めきれず、大軍で脅しをかけて降伏を迫っているのだと推測する者。自分達が得意とする平原にラーディアを誘《おび》き出《だ》す作戦に違いないと危惧《きぐ》する者。我が国を恐れているのだと胸を張る者。

共通しているのは、今までのように恐怖と絶望に打ちひしがれてはいないことだった。誰もが祖国の未来を信じている。

現在ポート・バルヴェルトでは大規模な船渠《せんきょ》の建造が新たに始まっている。これは王の指示だった。

故郷を失い移り住んだ難民のほとんどがこの国家事業に携わり、賃金を得ている。国もただ彼らに金をばら撒《ま》くのではなく港湾設備の増設に雇用することで、いずれ南との交易の幅が広がり長期的に見て利があると踏んでいる。

北大陸の南岸はほぼ全てが断崖《だんがい》だった。港が造れそうな場所はこの小さな半島の突端にしかない。ポート・バルヴェルトはラーディアの威信であり、今となっては唯一の生命線とも言える。

体の丈夫なものは船渠の建設に汗を流し、肉体労働のできぬ者は彼ら相手に商売を始める。そうやって、小さな城砦《じょうさい》都市は命の灯を繋《つな》いでいる。

「参りましたなあ」

他人事のように淡々と、頬に疵《きず》のある傭兵が嘆く。ルーファスは両手を後ろに組んで真っ直ぐ背を伸ばしたまま、小さく頷《うなず》いた。

「女王は諦める気がないようですぞ」

「少々手こずった程度で諦めるような女王なら、アルベニスはここまで肥大化しないだろう」

「そうですなあ」

南大陸の船が着岸している港を遠巻きに眺めながら、ルーファスとスカーは思案に暮れている。

作戦を考える時、ルーファスはスカーを訪ねるようになった。彼は最も信頼できる。

度々こうして、二人で海を眺めながら、今後のラーディアを憂う。

新船渠の作業員のうち、軽視できない数が兵士として志願した。お陰で建設工事はやや遅れを見せているが、まずは目の前にある危機に対処したいと考える者が多いのは当然と言えた。

希望者は城砦内で訓練を受けている。ラーディアの他の都市、あるいは女王国に蹂躙された他国からの難民は、闘志は人一倍でも武器の扱いに慣れてはいない。

寄せ集めで付け焼き刃の軍隊で、女王の誇る弓騎兵に立ち向かう。誰にでも分かることだ。この戦いは、実に無謀であると。

砦《とりで》を出て、北の森を抜けた途端に、矢の雨を浴びることは明白だ。

「降参すべきという意見は、騎士団の上の方では上がらないのですかな？」

「それはまだだ。状況を甘く見ているのだろう」

白虎はずっと城砦に籠《こ》もり続けた。

この期に及んで、現状を維持し続けられればそれで良いと考えている。

唯一の救いはエルレシオン王が、そんな意気地のない白虎の上層部をきちんと叱り、アルベニスと向き合う構えでいることだ。

スカーはふいと視線を背後に投げた。

良く目立つ二人の軍人が並んで立っている。ルーファスの傍に近付きたいジェイドと、そのジェイドを引き離す任務を己に課したタケルがじわじわと牽《けん》制《せい》し合っている。

最近ルーファスは常にこの二人を率いていた。本人にそのつもりはないのだが、二人の方が必ずルーファスに付き従う。

傭兵隊長はタケルを信用していなかった。ルーファスも、完全に疑いが晴れたとは言えずにいる。名を消された貴族の生き残りであるという、彼の秘密をその口から聞かされた今でも。

一切が消されてしまった街だけに、彼が朱雀の騎士の血縁だという話も裏が取れていない。周囲の疑惑を知っていて、偽りの過去をでっち上げ、騎士団に忠実な振りを装ってルーファスに取り入ろうとしているのではと邪推してしまう。

「相手は飛び道具だ。しかも馬に乗って走りながら射って来やがる。アルベニスの男は皆、曲芸の特訓でも受けてるんですかね？」

「我々とは価値観が違う相手だ。彼らの戦い方を卑《ひ》怯《きょう》だと感じるが、見方を変えれば非常に効率的とも言える」

「それでその、効率的な戦法にどう立ち向かいましょう。どういう策をお考えで？　騎士団長代行殿」

視線は海に固定したまま、さりげなくスカーが探りを入れてくる。

王を護衛するにあたり、父の名代として手っ取り早く箔《はく》を付けるために授かった肩書きを強調され、ルーファスは権力がありそうでなさそうな滑稽《こっけい》な呼び名に苦笑いを零した。

ルーファスが将軍として、白虎を率いる騎士団長となることを、枢も望んでいる。予言をかなえる近道だとも思う。

ただ弟との衝突が面倒臭く、上を目指す志をすり減らしてしまったルーファスには、己が白虎の頂点に立つ図を思い描けないでいた。

「盾を用意している」

「ふむ。原始的かつ効果的な手ですな」

「重装騎兵が歩兵と軽騎兵を庇《かば》いながらなるべく敵陣に近付き、一点突破する。それ以外に、手段はないだろう」

スカーの嘆息が聞こえた。

良い手とは言えない。が、取り得る中で最もましな手だ。

「その重装騎兵は南の大陸の連中ですか？」

「……我が国の戦のため、異国の兵に最前線で盾になれとは言いづらいが」

「それが戦争ってもんですよ。文字通りラーディアの南に聳《そび》える壁です」

ラーディアを勝たせるため、もしくはアルベニスという脅威を取り除くため、ゼイオンやフェムアトが予言に記された『壁』となり、力を貸してくれるならば。

予言がルーファスの推測通りなら、女王の軍勢など恐れるに足りないものとなるだろう。

国民の心の拠り所である『墜ちたる星』は儚《はかな》くも

力強い輝きを放ち、導いてくれている。

そして。

「もし予言の全てが整うのだとするなら、最後の一つは何だと思うか？」

「北ですか？　北には今のところ、女王国しかありませんな。連中の中からこっちに寝返る勢力でも出てくるんですかね？」

「女王を裏切るアルベニス人がいるとは考えにくい。砂漠ではないだろうか。噂《うわさ》を聞いているか？」

「あー。何かできたらしいですな」

傭兵《ようへい》隊長の耳には既に、北方の不思議な動きが届いていた。

そして確かなその表情から、彼もまたそこに切り札があると考えていたようだ。

ヒロキ＝セリザワを砂漠に追放したのは今から五年近く前。一人息子グザファンが成人し、異教徒ならではの危険な思想と知恵を身に付け始めたことを恐れた騎士団長ダグラス将軍の命による。

異教徒に危害を加えれば災いが起きると信じていた将軍は直接手にかけることをせず、過酷な流刑地で勝手に死ぬよう仕向けたのだ。

その場所に、今は立派な町ができているという。

北にある、凍らぬ熾《おき》。

ルーファスはずっと考えていた。既に燃え尽き凍り付いたように見えながら、いまだ熱を保ち続けている熾火——それは何を意味するのか。

幼王の英知とは、一体誰を指すのか。

「何なら、会いに行ってきましょうか？」

「いや。お前達にはバルヴェルトにいて欲しい。こちらの方が気がかりだ」

「そうですかね？　困難な状況だからこそ、トンチの利く奴が味方に加わった方が良いと思いますが」

頭の硬い騎士団が今まで通り穴蔵に籠もるか、もしくは愚鈍なほど正々堂々と正面切って戦いを挑むか、そのどちらかしかできないなら結果は知れている。ラーディアに栄光などほど遠い。

この状況で勝ちを呼び込める者が、いるとは思えなかった。——この世界に。

「サー・ルーファス、なんなら自分が行きますよ」

軽快な足取りで駆け寄り、肩が触れるほど近付いて、タケルがこともなく言う。

愛嬌《あいきょう》ある顔に笑みを浮かべて。

なかなか、問題行動を慎まない騎士である。ルーファスは己より幾つか年上であるはずの彼に渋面を作ってみせた。

「退《さ》がってろ坊主。お前は信用ならねえ」

「あー。酷《ひで》えなそれ。俺のどこが信用できないってんだよ。どこからどう見てもラーディアへの愛が溢《あふ》れる忠誠心の塊じゃないか」

「いいや。どこからどう見ても胡散臭《うさんくさ》い。胡散臭さの塊だ。大体、何だその頭は」

「良いだろ別に」

案外仲良さそうなスカーとタケルのやり取りを遠く聞きながら、ルーファスは視線を海に戻した。

いつの間にか背後にぴたりと南の国の兵士が寄り添い、これだから田舎者は困りますなと言わんばかりの蔑《さげす》んだ目でスカーらを見ている。

ルーファスは、己の護衛を完璧《かんぺき》に無視した。

墜ちて来たのが幼王の治世ではなかったため星になり損ねた異教徒に、会ってみなくてはならない。

そう静かに決意する。

これまでの仕打ちを振り返れば、手放しでラーディアに力を貸してくれるとは思えなかったが。

＊＊＊

永遠に続くかと思われた膠着状態《こうちゃくじょうたい》が崩れたのは、十日ほど経《た》った後。

夏の海風ではなく冬の大陸風に、はっきりと秋の訪れを感じた早朝だった。

その一報はジュディス砦《とりで》の見張りからバルヴェルト城砦《じょうさい》の門兵へ、そして城砦内へ伝えられ、波紋のように一息に広まった。

ラーディアの北に広がるアルベニス軍が、夜のうちに戦旗を掲げたと。

攻めて来る。

下半分が緑、上半分が青、その境界に稲妻のようにぎざぎざと横様に走る白。草原と青空と、万年雪を頂くグアルハル山脈の頂を模したアルベニスの国旗。それに、黄で縁取りされた臙脂色《えんじいろ》の地に王冠を頂く漆黒の雌獅子《しし》を染め抜いた女王軍旗。対照的な二色の旗が初秋の風に翻る様は、遂に女王が腹を括《くく》ったことを如実に物語っていた。

この日を想定していた白虎の動きは、これまでになく迅速だった。狼狽《ろうばい》する上層部を尻目《しりめ》に騎士団長代行の指示で森――弓騎兵が苦手とする地形――に広がるよう一個小隊を布陣させる。豪雨のように降り注ぐアルベニスの矢を樹冠で凌《しの》ぎながら持ちこたえるのが彼らの役目だった。

ラーディアの準備が整うまで、森を相手に立ち止まって貰《もら》わなくてはならない。急ぎ用意させた軽い鎖帷子《かたびら》と盾を装備した白虎、それに傭兵達が、開け放たれた門より駆けて行く。

次に騎士団長代行が取った行動は、異教徒が幽閉されている塔へ迎えを遣《や》ること。

いつも通り一旦《いったん》ダグラス邸に寄らせ、緊急事態ゆえ沐浴《もくよく》は省略し、着替えて髪を整えるだけで王城へ連れて来られた二人を玄関の間で迎えたルースは、白虎を代表して丁寧な礼をする。

枢は眠かったし、朝食がまだでお腹《なか》も空《す》いていたし、何か良くない事態が起きているのは分かっていたが、ルースに会えた幸せの方が勝って顔がふやけている。

「……で？　何なの？」

国王の住まう城の玄関先でありながら臆面《おくめん》なく枢の指に接吻《くちづ》けて変わらぬ忠誠心を示すルースに冷たい視線を投げつつも、一連の儀式めいた挨拶《あいさつ》が終わるのを律儀に待ってやってから、サイが不機嫌そのものな様子で切り出す。

ルースは異教徒の鋭い視線を静かに受け止め、軽く顎《あご》を引いた。

「旗が揚がった」

「あっそ」

二人が交わした会話はごく短い。

だが既に気心の知れた仲、サイは一言で状況を把握したようだ。

枢の意識は二人の剣呑《けんのん》な会話よりバルヴェルト城の内部に向いていた。以前訪れた時より美しい。隅々まで手を入れられ、輝きを放っている。

古ぼけていた壁は真っ白に塗り直され、ラーディアの各地だと思われる風景画や歴代王族と思《おぼ》しき肖像画が掲げられている。廊下の石は髪の毛の先まで映り込みそうなほど磨き上げられ、天井には色とりどりの磁器の欠片《かけら》のようなものでモザイク画が描かれていた。

「港町の住人を一人残らず壁の内側に入れておけよ」

「人を遣っている」

「なら良いけど」

鏡のような石の床に道案内をするように敷かれた赤い絨毯《じゆうたん》を踏みながら、見違えるほど立派になりつつある城内に目を奪われていた枢は、ルースに噛《か》み付くようなサイの言葉を理解できないでいた。

否。本当は分かっていた。ただ、頭が理解することを、心が拒む。

城砦都市と美しい港町がこれから戦場となる、という現実を受け入れることができないでいる。

枢もまた、かつての白虎の上層部と同じ妄想を描いていた。女王は港を壊したくないから、ずっと手を出さないのではないか。

そしてそのうち諦《あきら》め、兵を引くのではないか。

「フェムアトの軍隊を借りる話は付いたのか？」

「それは、まだ」

「何やってんだ。確かに弓は森では不利だ。けど、数が圧倒的に多い。このままじゃジリ貧だぞ。――

じわじわ弱っていくしかないんだぞ」

言葉が理解できない素振りを見せたルースのため、平易な言葉で言い換えてやっているサイは、通訳としての素質がある。

枢はこの期に及んでそんなどうでも良いことを考えていた。戦いが始まっているというのに。

やがて王城の一階の奥にある広間に着いた。兵士が敬礼をし、扉を開ける。

「かなめ！」

広間の最奥にある、床より一段高い台座の上に置かれた大きな椅子に深々と座っていた幼王レオが、周囲を取り囲みざわつく大人を黙らせるように大切な友人の名を叫んだ。

その場にいた全員の視線を浴びてしまい、あまり注目されることに慣れていない枢は硬直する。

サイがぽふぽふと頭を叩《たた》いて慰め、ルースがエスコートするように手を差し出す。腹に力を入れ、ルースに手を引かれ、枢はラーディアの中枢とも言える場に足を踏み入れた。

「かなめ！」

騎士のフロックを小さくして煌《きら》びやかにしたような衣装に、膝丈《ひざたけ》のズボンとハイソックスが可愛らしいレオは、その体格に比して大きすぎる玉座を飛び降り、枢の方へ駆けてきた。

ルースが颯爽《さっそう》と片膝《かたひざ》をつくので、枢ももたもたとそれを真似る。が、レオは枢の手を取って引っ張り上げ、立たせた。跪《ひざまず》くなと言いたいらしい。

ぎゅっと枢の手を握る小さな少年のそれは冷たく、汗ばみ、震えていた。レオの恐怖が掌越しに、枢にも伝わってくる。

後に偉大な覇王として北大陸に君臨するエルレシオン王も、今はまだ十二歳の少年。両親を失い、あらゆるものを奪われて、それでも気丈に振る舞っている。その強さに忘れてしまいそうになるが、彼もまた被害者だった。

早口に枢に訴える言葉は何も分からなかったが、

声音が彼の心の奥底にある恐怖を伝えている。

王都陥落の際、レオは神聖国の庇護《ひご》の下にあった。そのため惨状を直接目にしてはいない。

だが痛みはあどけない心に深い疵《きず》として刻み付けられただろう。

そして今、文字通り最後の砦がまた破壊され、奪われようとしている。もう一度あの悲劇が、今度は自分自身に突き付けられようとしている。

幼い王は耐えているのだ。その痛みと恐怖に、独りで。

咄嗟《とっさ》に枢は、強がるレオを抱きしめた。みぞおちに顔を押しつけるようにして、ぎゅっと、強く。

この不敬な行動に対し、玉座の前に詰めていた騎士や貴族がざわつく。白虎の重鎮らしい初老の騎士が、何事か叫んでいる声も聞こえる。

だが、レオは枢の脇腹辺りの服を掴《つか》み、じっとしていた。

それがどれだけ無礼な行為か分からないまま、枢は王の頭を胸に押し付け、髪を撫《な》でる。少年特有の柔らかな髪が、心地良く指に絡んだ。

身分の高い相手にどう接すべきかは、ルースがいつもしてくれるから分かっている。が、レオに対しその態度を取るべきではないと感じた。

枢が不安な時、悲しい時、動揺している時、母はいつもぎゅっと抱きしめて髪を撫でてくれた。そうして母の穏やかな鼓動を聞いているうち、不思議と心が凪《な》いだ。

そして今はルースが枢に触れ、愛し、励ましてくれる。最も大切な温《ぬく》もりを与えてくれる。

今度は枢が、レオを労る番だった。

やがて、枢にしがみついていたレオの手から力が抜けたのを感じ、腕を解いてその場にしゃがみ、視線を下げる。

見上げる王の頬に、泣いた形跡はなかった。涙を必死に堪《こら》えている。

枢は笑顔で王の手を握る。今は泣く時ではない。

涙は全力を尽くした後で良い。それが嬉《うれ》し涙《なみだ》なのか悲しみのそれかは、まだ分からないけれど。

レオは力強い表情で一度、枢の手を強く握り返した。ごくわずかに笑みを浮かべ、そして、大人の輪の中に戻っていく。

よいしょと腰を上げ、枢はその背を晴れ晴れしく見送った。

「陛下にあんな風に触れるとか……。殺されるぞ」

「え？　そう？」

「日本では身分の差があんまりないって父さんも言ってたし、そういう常識がなくても仕方ないんだろうけど」

確かに無礼な振る舞いだった。だが、そうすべきだと感じた。レオに必要なのは、足下に跪く召使いではない。

枢は陛下の友達になると約束した。

「それで、何が起きてるの？」

改めてサイに問えば、誠実な通訳はあからさまに呆《あき》れた様子で肩をすくめた。そこから説明しなくてはいけないのか、と言わんばかりに。

「旗が揚がった」

「それは聞いた。つまり？」

「女王旗を掲げたってことは、要するに女王の指示で動いてるってこと。待機していた軍隊に、やっと命令が届いた訳だ」

「た、大変だ！」

「だから大変だって最初からそう言ってるだろ。今分かったのかよ全く」

サイは髪を掻《か》こうと頭に手を遣り、思い留《とど》まって綺麗《きれい》に飾り編みされた赤毛をするりと撫でたのみで手を引っ込める。だいぶ自意識が身に付いてきた様子に、枢は内心満足した。

こそこそと気配をさせず近付いて来た騎士がルースの気を引き、何事か囁《ささや》いて帰って行く。ルースの顔が一瞬強張《こわば》り、やがて諦めにも似たため息が一つ零れた。

良くない報《しら》せのようだ。枢の胸がざわつく。サイもルースの態度が気になったらしい。

「おい。ルース、どうかしたのか？」

「何日も、スカーの姿がないらしい。……会いに行ったようだ」

枢は首を傾《かし》げ、サイは眉《まゆ》を上げた。

＊＊＊

神聖暦六百五十四年、秋。

後に大いなる歴史の転換点として語られる戦いが、まさに始まろうとしていた。

平原の王宮に座す女王の下した命令が、ようやく最前線にまで届いた。

旗を掲げるアルベニス軍の前に、吹けば飛ぶような小さなバルヴェルト城砦《じょうさい》は浮き足立つ。

戦力の差は一目瞭然《いちもくりょうぜん》。アルベニスは絶対に攻めて来ないと根拠のない自信に満《み》ち溢《あふ》れていたラーディアの上層部は、色を失った。

そんな中で一人、気を張っていたエルレシオン王は、大切な友人の姿にほんの少し緊張を緩めた。

理由を——彼が実の息子であるからと——知らないまま、ただその特別な暖かさ、心強さ、頼もしさに身を委ねる。全身に絡みつく冷たい恐怖から、王の友人は、実に鮮やかに解き放ってくれた。

それは王が欲してやまない、寄り添ってくれる家族の温もり。

王の、誠実な友人。大いなる戦乱の歴史の幕開けと共に姿を現した予言の存在であり、王が唯一、己より上に置いた人物。『墜ちたる星』——覇王エルレシオンが心から慕う腹心の軍師は、こうして公の存在となった。

＊＊＊

枢がラーディアの中枢部に鮮烈な顔見せを行って

いた頃、頬に疵のある傭兵隊長《ようへい》はごく少数の供を連れ、遙か遠い北西の空の下を駆けていた。

アルベニスの目を警戒し、森に身を隠すように大きく西回りに北上する。ラーディア西部に育ちつつある難民達の集落を縫うようにして、疲れた馬を乗り換えながら、寝る間も惜しんで移動を続ける。途方もない旅路だった。枯れ地に辿《たど》り着《つ》いた時は奇跡とさえ思った。

出立前のバルヴェルトは秋の気配を帯び始めていた。紅葉の始まった森は心地良かった。

進むに連れ次第に木は疎《まば》らになり、背が低く葉の尖《とが》った乾燥に適応したものへと変わっていく。やがてそれすら姿を消し、一面の平原になった。

気温と日差しはどんどん強くなっていき、容赦なく傭兵達を痛めつける。革袋の中の飲料水も、飲む量が増えるのに反し汲《く》む場所が減っていき、体力の消耗に拍車をかけた。

そして平原はいつしか赤い死の大地になった。足下の茂みも枯れ果て、赤土が広がる。

「……やべえな……」

大陸西部の砂漠はどの国も所有権を主張しないため、国家が存在しない。

完全な無法地帯である上、周辺諸国が犯罪者の流刑地として利用していた。つまり、北大陸で最も過酷な地であると同時に最も物騒な場所でもある。

秋が近付き、多少は涼しくなっているだろうと思っていたが、どうやら甘かったようだ。

暑くなり上着を脱いだ。更に暑くなり日差しを避けるため再び着込んだ。荒野に出てすぐは汗だくだったが、今は肌が乾いている。暑さと乾燥で、汗はすぐに蒸発してしまうようだ。

頭上に輝く太陽にじりじりと炙《あぶ》られている。生命の危険をすら感じる状態だ。

こんな場所に町があるのだろうかと、訝《いぶか》しみながら馬を進める。

ほどなくして周囲に、大きな赤土の塊が奇妙に積み上がった風変わりな地形が姿を現した。

そこは砂漠と荒野の境界線。岩山が砂に変わりつつある場所。

ここより先は本格的な死地となる。果たして馬でどこまでその『砂漠の町』へ近付けるか。細かな砂を孕《はら》んだ埃《ほこり》っぽい空気に呼吸器をやられないようマフラーで鼻と口をしっかりと覆い、スカーは恐ろしげな景色を見渡す。

風にさらされ削られた岩が、赤土でできた巨大建造物のように奇妙な格好で左右に聳《そび》えている。

地獄へ誘う門のようだ。

これ以上先に進めば、国へ引き返すだけの体力は人馬共に残らないかも知れない。覚悟を決め、ゆっくりと馬を進める。もはや植物と呼べるものは、岩の割れ目にひっそりと挟まる干からびたものしか見付けられなかった。

意外なことに風化した岩で日陰になり、旅はいくらか楽になる。この奇妙に入り組んだ地形を越えれば、待ち受けるのは砂の海。本当の地獄が始まるのを前にここで野宿をし、オアシスを目指すのは明日の早朝にすべきだろうか。スカーは安全を確認するように周囲を見渡した。

——刹那《せつな》。

前方の岩山にちらりと陽光の反射を見付け、手綱を絞る。と同時に、彼の馬の足下に衝撃と共に何かが突き刺さった。

驚いて後肢《うしろあし》で立ち上がろうとする愛馬の手綱を引き、声をかけ、落ち着かせる。

馬首を巡らせて地面に刺さっているものを見る。親指ほどの太さの、鉄の短い棒だった。もし馬に刺されば、大惨事になっているところだった。

「矢か。……それにしては頑丈だな。勢いもある」

岩の上に身を潜めている襲撃者はかなり遠い。鉄の棒をこの距離まで飛ばし、地面に突き立てるほどの威力は、弓にはない。

もっと別の武器だ。比べものにならないほど高い威力の。

灼熱《しゃくねつ》のロアーネに近付いて初めて、スカーは身も凍るような寒さを覚えた。

女王の弓騎兵にさえ苦労しているというのに、それを遙かに凌《しの》ぐ殺傷力を持つ飛び道具の恐怖がじわりと胸に浸潤する。

そんなものを、作ってしまったのか。

この、何もない砂漠で。

「隊長」

「動くなよ」

身を隠すまでもないと言いたげに、岩山のあちこちに陽光を反射させる鉄の武器が見える。

どうやら、砂漠の町の住人はそれほど友好的ではないらしい。

上司である騎士団長代行に黙ってこっそり出発したのは、ラーディアとは無関係を装った方が良いと考えたからだ。スカーと信頼できる数名の傭兵仲間なら、どこの国の所属とも分からず一方的に敵視されることもないだろうと。

格好も持ち物も入念に選んだ。荒野を彷徨《さまよ》う旅人にでも見えてくれればと思っている。だが、スカーは最初の襲撃に反応してしまったことを悔やんだ。

ただの旅人なら、あれに気付かないだろう。野戦に慣れた身と、自ら証明してしまった。

陽光にぎらつく殺意が、四方からスカーらを見据えている。スカーは胆を据え、深く息を吸った。

「コンニチハ！」

大きな声で、唯一知っている異世界の言葉で挨拶《あいさつ》をする。

と同時に、ふわりと周囲の空気が変わる。

荒野の太陽にもまして肌に突き刺さるようだった殺気がわずかに緩んだ。明らかに、スカーらを囲む鉄の飛び道具の一団は、異世界の言葉を知っていた。

やがて岩の隙間から一人の人間が姿を現した。頭の先から足下まで、砂色の大きな布を被《かぶ》ったような格好をしている。

顔の上半分はフードで、下半分はマフラーで覆われているため、顔は分からない。背丈に比べて、ずいぶん細身だった。

足取りはしっかりしていたが、身のこなしは戦いの素人だと分かる。

姿がはっきり見える程度まで近付くと、その人物は指先で引っ掛けるようにマフラーを下げて、口元を露《あら》わにした。細い顎《あご》に無精髭《ぶしょうひげ》がうっすら生えており、遠目にも男だと分かる。

乾いた風が二人の間に砂埃《すなぼこり》を巻き上げた。

彼が語りかけて来る。平坦《へいたん》で聞き取りづらい発音の、異教徒の言葉で。

何を言っているのか分からない。スカーは否とも応とも返事をしなかった。否、できなかった。

「……なんだ。向こうの人間て訳じゃないのか」

スカーが言葉を理解していないと分かると彼はラーディア語に切り替えた。酷い訛《なま》りだが、ちゃんと聞き取れる。

片手を上げて、場を見守っているであろう飛び道具の戦士達に合図をし、彼はフードを脱いだ。白髪が交じり、多少色褪《いろあ》せてはいたが、元は漆黒だと分かる髪の色をしている。

目に当てている大きな箱状の物体が何なのかスカーには分からなかったが、それを額にずり上げれば、黒に近い色の瞳《ひとみ》が穏やかに微笑《ほほえ》んでいた。

露わになった貌《かお》は、スカーより少し年上と思われる。優しげな表情だ。

「なかなか上手な挨拶だった。言葉、誰に習った？　うちの息子か？」

腰に両手を当て、片足重心で緩く斜めに立ち、乾いて皺《しわ》だらけの顔を更にくしゃくしゃにして笑っている。死地にあってなお飄々《ひょうひょう》とした、その姿。

間違いない。ヒロキ＝セリザワ――五年ほど前にラーディアから追放され、そして流刑地に町を作ったという、もう一人の異教徒だ。

スカーはその瞬間、確信した。歴史を動かすのに必要な歯車が新たに一つ見つかったと。

そして、これで更に勢い良く運命の輪が廻《めぐ》り始めるに違いないと。

＊＊＊

平原を吹く秋風に女王旗が翻った朝、ラーディアに残存する中枢部が即席の戦略会議室に集った。

国王エルレシオン、ダグラス将軍はじめ白虎の騎士の重鎮たる貴族が数名。それに神官長と港の市長、港湾施設の職人頭も招聘《しょうへい》された。

港町側の代表と貴族は折り合いが良くなかったが、今は税率について議論している場合ではないことくらい双方承知している。手を組んで、敵国と向かい合わなくてはならない。内輪揉《うちわも》めは戦争に勝ってからで良い。

「数が多い。それに攻城兵器も用意しているそうだ。連中も本気ってことだな」

テーブルの上に広げられた地図を囲み、剣呑《けんのん》な言葉が飛び交っている。それを理解できないでいる枢にはサイがおおまかに訳してくれる。

詳しく聞かなくても分かる。状況は絶望的だ。栄光の存在として強く在ろうという決意さえ揺らぎそうになる。

取り乱さずにいられるのは傍にルースとサイが居てくれるから。

そして、もっと不安でつらいはずの父に、年長者としてみっともない姿を見せたくないという意地もあった。

「森を突っ切って襲撃して来るのも時間の問題だろうな」

「壊してでも手に入れたくなっちゃったのか」

「長い膠着状態《こうちゃくじょうたい》は、逆に向こうの不利だ。常に進軍していないと、周囲を食い尽くす」

「つまり軍隊はマグロみたいなものなんだね」

「マグロ……」

枢の例えは、サイには通じなかったようだ。

万の桁《けた》に及ぶ軍勢を長期にわたり維持し続けるのは、大国であれ大変な負担となっているはず。

元々身軽な遊牧民とは言え、冬になる前に決着を付けたいだろう。

アルベニスは女王の旗を掲げ、城砦《じょうさい》を全力で潰《つぶ》そうとしている。

「で、枢。作戦は？」

「へ？」

「へ？　じゃない。君の記憶ではこの状況をどう乗り越えたことになってる？」

「ええと……前にも話したと思うけど、奇襲とかそういう戦法」

「他には？　もっとないの？」

細く飾り編みをして胸の前に垂らした赤毛の一束をくるくる指に弄《もてあそ》びながら、サイがじっと枢の目を見据える。

枢はその視線をしばし真っ直ぐ受け止め、ううん、と首を傾げた。

これから始まる全ての戦いの、あらゆる顛末《てんまつ》を教えて貰《もら》った訳ではない。むしろ、枢の母の思い出話がほぼ全てだった。それより以前の出来事は、かいつまんで聞いたのみ。

枢の母の中で、つまりは枢の中でも、ラーディアは大国でありエルレシオンは覇王であった。そうなる以前の話に関心などなかった。

長テーブルの一番奥、最も上座となる位置に半身を乗り上げて地図を見ていた幼い王が、ふと顔を上げた。真っ直ぐに、下座にいる枢を見つめる。その視線は、己を導く予言の存在を信頼し切っていた。

この絶望的な状況で、必ず勝利と栄光を授けてくれる。そう疑わない輝き。

王の背後の壁には、二つの旗が垂れている。

七星旗と白虎の師団旗。

あどけない王が、文字通り背負うもの。

「……旗、かな」

「旗？」

「頭の中で、母さんに聞いた戦争の話を『母さんが来る前』って検索ワードで絞り込んでみたら、旗の話を思い出した」

「例えの意味が良く分からん。具体的に、旗をどう使うんだ」

予言の存在が、異教徒の言葉で何か語り始めた。

その場にいる全員に一斉に注目され、枢の身が緊張に固くなる。

信頼している眼《め》もあれば、胡散臭《うさんくさ》そうに警戒しているそれもある。予言など信じていないが利用できるならと狡猾《こうかつ》で計算高いものも。

喉《のど》を詰まらせる枢を勇気付けたのは、テーブルの下で他の誰にも気付かれないよう手を握ってくれているルースの確かな温もりだった。

爪が食い込むほど強い、愛する者の気配を心に刻み付ける。

「旗を立てなかったり、違う部隊の旗を掲げたりして、敵を混乱させたって言ってた」

「うわ……」

じわりと、サイの表情が険しくなる。その表情にはわずかな嫌悪感が滲《にじ》み出《で》ていた。

小さな国の、若い王が、さまざまな奇策を用いて勝利を手にした。枢が聞いたのは勝者の側の歴史として昇華された、その戦略行為が正当化された後の物語だ。

現在では、旗を偽って敵を騙《だま》す行為がどれほど非常識な作戦か。サイの表情を見れば分かる。

相手の布陣や戦力を把握した上で戦うのが当然なのだ。アルベニスも正直に女王旗を掲げ、本腰を入れて攻めてくる意志を明確にしている。

旗で敵を攪乱《かくらん》する戦法はまだ存在しない。言い換えれば、向こうの世界では既に基本的な戦略と言える『情報戦』の導入こそが、滅亡に瀕《ひん》した小国ラーディアを奇跡の勝利へ誘《いざな》う足掛かりとなる。

「案外エグいな」

「敵に対して、正確にこちら側の情報を教えてあげる必要はないと思う。女王だって王都を騙し討《う》ちしたんでしょう？」

「兵力は偽ってない」

「なんでそこの正確さには拘《こだわ》るの」

「旗は神聖なものだからな」

偽りの旗を掲げる。効果覿面《てきめん》の策略に唯一の弱点があるとすれば、現段階では倫理的に問題があることだ。

白虎の騎士団長クラスは、頭の硬い年寄りばかりとサイは揶揄《やゆ》する。そのサイですら一瞬引いた策を納得させるのは、難しいだろう。

卑怯《ひきょう》な手段ではなく、予言の存在による妙策として、彼らに受け入れて貰わなくてはならない。

枢は懸命に、言葉を探した。

どう語りかければ、女王の国を騙すことに納得してくれるだろう？

思い悩む枢の手を一度強く握り、ルースがするりと離れていった。

姿勢を正し、発言することへの許可を求めているのが分かる。

若い騎士を邪険に扱う白虎の重鎮の冷たい言葉を、国王エルレシオンがぴしゃりとたしなめた。

枢は、ルースの声が好きだった。

ラーディア語は発音も抑揚も地球上のどの言語にも似ず複雑で、全く聞き取れない。言語としてでなく音楽のように、枢の心を満たす。凛《りん》と力強く、低く、頼もしい。

代わりに何か、進言してくれているのだ。それだけは、枢にも分かった。

「……あちゃあ」

「え？　何？　どうしたの？　ルース今、何て？」

サイが眉間《みけん》を押さえ、さも頭痛がすると言わんばかりに項垂れる。

枢は力強いルースの横顔と、頭を抱えるサイとを交互に見比べた。

「……自分の発案にしちまったよこの騎士さん」

「え」

通訳の言葉の意味を理解するより先に、場が沸騰した。騎士だけではなく港町の代表も、強い口調でルースを非難し始める。

言葉の分からない枢にも、雰囲気だけで想像がついた。卑怯な作戦を口に出した若い騎士に浴びせかけられている言葉が、どれほど辛辣《しんらつ》なものか。

本来であれば枢が受けるべき言葉を、騎士は代わりに受け止めている。

それに気付いた時、枢の呼吸が、しばし止まった。

「ちょ、ちょっと、サイ、僕が考えたことって言ってよ！　このままじゃ――」

「任せとけ」

ひとつ息をついて、サイは顎《あご》を上げた。

痩《や》せぎすな体を共鳴させて発せられた言葉数は少ないが、きっぱりとしていて、一瞬で場を制圧するに充分な力を秘めていた。

『悪魔』の持つ、圧倒的な存在感。場が痩せた青年一人に飲み込まれる。

ラーディア人は身分が高い者ほど異教徒を恐れている。若い騎士に対し高圧的な態度を示した貴族らも、サイが発言を始めれば押し黙った。関われば不幸になると本気で信じているかのように。

訝《いぶか》しげな視線が枢にも突き刺さる。

ルースが労しげな表情で振り向いた。己が引き受けるつもりだった国家の重鎮からの謗《そし》りに、枢をさらしてしまうことを詫《わ》びるように。

枢は小さく頭を左右に振ってみせた。たとえ激しく咎《とが》められることになろうとも、受けて立たなくてはならない。他にラーディアを勝利へ導く方法がない以上は。

言葉を切り、サイはぽんと枢の肩を叩《たた》いた。

枢は理解した。この瞬間に全ての責任が自分のものになったのだと。

水を打ったように、作戦会議室は静まり返っていた。誰も身動きひとつせず、衣擦《きぬず》れの音さえ聞こえない、完璧《かんぺき》な静寂だった。

やがて緩やかに、幼王エルレシオンの頬に力強い笑みが広がっていった。

どうやら王の理解は得られたようだ。サイが何を語ったのかは、枢には理解できなかったが。

＊＊＊

ラーディアの中枢部が来たるべき戦に頭を悩ませていた頃、頬に疵《きず》のある傭兵《ようへい》隊長スカーは異教徒ヒロキ＝セリザワに誘われるまま、貪欲《どんよく》なアルベニスの女王さえ手を出さずにいた死地に栄える王国へと足を踏み入れていた。

容赦のない日差しと砂嵐を防ぐべく、王国は赤い岩の裂け目の中にある。

王を先頭に、王の兵に囲まれて、スカーとスカーの傭兵仲間は遠目に細い岩の亀裂にしか見えなかった場所を潜《くぐ》る。

体を縦にしなければ通り抜けられないような暗く狭い隙間を、用心しながら進むこと数十歩。唐突に視界が拓け、目映い砂漠の王国が姿を現した。

「これは……」

きっと、集落はオアシスの水辺に造られているのだろうと思っていた。が、実際は、外部の環境から隔離された半洞窟《どうくつ》状の巨大な空間に、岩壁に貼り付くようにひっそりと存在していた。

崖《がけ》の亀裂や凹凸に挟まるようにして、人が暮らしている。恐らく、砂漠で生き延びるということの、これが唯一の答えなのだろう。

一人の異教徒——異世界の知恵者が造った町。思っていたより人口は多そうだ。

岩の隙間に翻る馬車の幌《ほろ》布が家屋の屋根。木製の扉は荷台を解体した板材を利用して作られている。

町に溢《あふ》れる品のほとんど、王の従者達が持つ不思議な武器さえも、馬具を加工して作られていた。どうやら生活の糧は、砂漠にやって来る旅のキャラバンがもたらすらしい。

「安心しろ。襲いはしない」

自分達も彼らの資源となってしまうのかと警戒するスカーに、先頭を歩く王が振り向いて先手を打つように声をかける。

無意識に剣に手をかけていたことを恥じ、スカーは敵意がないことを両手を広げて示す。

王はそれを見て、くしゃりと相好を崩した。

「脅かして悪かったな。最近頻繁に、遊牧民が攻めて来るんだ」

砂の国の王は人懐こく笑う。飄々《ひょうひょう》とした佇《たたず》まいや無精髭《ぶしょうひげ》に覆われた痩せた顎、日に焼けてかさついた頬に下がった目尻《めじり》、発音の下手なラーディア語。全てにおいて王の風格の欠片もない。

痩せているし、強さとも無縁な物腰をしている。なのに、岩の裂け目で流砂を凌《しの》ぎながら暮らす民から絶対の信頼を寄せられている王であることは、空気で分かった。

「アルベニスですかな？」

「ああ。俺に会いに来る。知恵を貸せとね」

「世界中が放っておく訳がないでしょう。――我々も、あなたに会いに来たんですぞ」

王はふと立ち止まり、深い光を湛《たた》えた、瞳孔《どうこう》の形さえ分からないほどの漆黒の瞳《ひとみ》で探るようにスカーを見た。

不思議な色だった。もう一人の異教徒、異世界の少年は、ここまで黒くなかった。

「……だろうね」

真意の読み取れない曖昧《あいまい》な笑みを浮かべ、王は再び飄々とした足取りで歩き始めた。スカーらもその後を追う。

彼の存在に気付いた青年が駆け寄り、木材と金属の塊を差し出した。王は慣れた手つきでそれをがしゃがしゃ動かし、青年に返す。

青年の顔がぱあっと明るくなり、幾度も深く頭を垂れて感謝していた。きっとあの道具は壊れていたのだ。それを王が、簡単に修理してしまった。不思議なものだ。王に、王の気概は感じない。恐らく砂漠に彷徨《さまよ》う流刑者を導こうなどと、全く思っていないのだろう。

ただ彼は、異世界の知識で誰からも慕われる存在だった。ラーディアが『思想の汚染』として恐れたのは、まさしくこれだ。

彼ら異教徒は、世界を覆す力を秘めている。

彼ら自身がそれを望もうが望むまいが。

＊＊＊

ヒロ、と呼んでくれれば良い。王は気さくにそう言った。

スカーは、スカーと名乗った。本名はとうに、焼け落ちた故郷の瓦礫《がれき》の中に捨てている。

あからさまな偽名を、王は気にする様子もなかった。詮索《せんさく》をしないでくれたことは有り難い。

侵略され国土のほとんどを失ったラーディアの生存者は、多かれ少なかれ、過去に疵を持つ者ばかり。それはスカーら傭兵集団も同じだった。

平和とはほど遠い情勢、誰もが触れられたくない部分を持っている。語ろうとしないことを訊《き》く行為は野暮だ。幸い、流刑地の統率者はその辺りを弁《わきま》えている。

てっきり立派な王宮に案内されるのだと思っていたが、ヒロの住まいは実に質素だった。恐らく、他の住人と何ら変わらない。岩の亀裂に、最低限生活できる程度のものが揃《そろ》っているのみ。

奥の壁に沿って、何に使うのか想像もつかないような物体がごちゃごちゃと並んでいる。

スカーは傭兵仲間を外に残し、ヒロと二人、その狭い室内に入った。

幌布の下に干し草を詰めた粗末な床に、ヒロは膝《ひざ》を組む。向き合ってスカーも座る。

「で、俺に何の用だ」

「もうご存じかも知れませんが、ラーディアに星が墜ちましてねえ。予言が、実現しようとしている」

「ああ。知ってるよ。今度はどんな奴だ」

「少年ですよ。まだほんの、子供です。あなたの息子より若い」

ヒロの表情がふわりと軟化した。

スカーはそれを知っている。息子の身を案じる父親の表情だ。

「息子を知っているみたいだな」

「ええ」

「元気か」

「相変わらずですよ」

「だろうな。待遇が良くなっているとは思えない」

「しかし言葉が通じますからなあ。彼なくしては星のもたらす栄光を掴《つか》み損ねる。お陰で今は、ラーディアでも屈指の重要人物ですぞ」

思わぬ息子の出世話に、ヒロは心から嬉《うれ》しそうな笑顔になった。

スカーも父親。まるで自分が褒められているかのように晴れがましいその気持ちは良く分かる。

だが、ヒロの笑顔に滲《にじ》み出《で》る寂しさは隠しようがなかった。

父と息子、離れたくて離れた訳ではない。

白虎に雇われている傭兵は、二人を引き離した側に立っていることに改めて気付く。虫の良い話だ。今更ラーディアに力を貸して欲しいなどと。

入口のカーテンが揺れ、数名の女性が陶製のグラスや食べ物の載った盆を持って入ってきた。

礼儀正しく弁えた所作で王と客人の膝の間にそれを並べ、静かに退がる。

ヒロが掌を差し出す仕草でそれを勧めた。

「喉《のど》が渇いただろう？　外の連中にも同じものを出している」

「ああ……有り難い」

陶製のグラスになみなみと注《つ》がれた水は澄んでい

て、驚くほど冷たかった。

砂漠において最高の馳走《ちそう》である水を、スカーは一息に飲み干す。

渇き切った体に、王の慈悲が浸透していくのが分かった。砂漠において最強の武器は、この一杯の水だ。これが自由に手に入るのだとしたら、王の座は揺るぎない。

どれほどの権力や財を持つ者であれ、人間である限り喉が渇く。砂漠で生きていくには王に膝を屈し、水を分けて貰《もら》うしかない。

「水は、どうやって？」

「頑張って引いたんだよ。ここに来て最初にやったのがそれ。住むのはここじゃないと無理だ、けどここには水がない。砂漠を少し行ったところに水が湧いてるけど、そっちは暑くて住めないし汲《く》んで来るのは現実的じゃない。となれば、水路を作るのが最良の手だ」

一瞬、スカーの気が遠くなった。

水路を作る。砂漠に。簡単に言うが、どれほどの困難を伴ったことか。

だが実際に今、この岩の隙間に王国が存在し、水を引くことに成功した男が王として君臨している。

「凄《すご》いことを、成し遂げられましたなあ」

「幸い人手は沢山あった。皆、自分が生きるのに精一杯で、協力して町を作る考えがなかっただけで」

「あなたが、導いたんですな？」

ヒロは苦笑し、盆に載っている果物に手を伸ばした。

房状に実った一粒をもぎ取り、指先で転がす。

「例えばこの果物が、毒だとしよう。あんたはそれを知っている。けど俺は違う世界の人間だから知らない。さあどうする？　この果物を食べようとしている俺を止めるか？　それとも、知らずに食べて苦しむのが俺の運命だと見捨てるか？」

「そりゃ勿論《もちろん》、止めるでしょうなあ」

「それだよ。……この世界に対し、俺がしてきたのは、それだ」

見捨てられなかった。

救う方法を知っているから、目の前で苦しむ者を救おうとする。そんな当たり前のことをしているうちに、彼は、王になった。

人の道の先に、玉座が待っていたのだ。本人がそれを望まずとも。

「なあ、ヒロさん」

冷たい水で心身とも内側から潤うのを実感したのち、スカーは膝を正した。

ゆったりとした態度で果物を口に運んでいたヒロは、背筋を伸ばす傭兵《ようへい》隊長を不思議そうに見遣る。

「ラーディアという国があなた方親子にしたことを思えば、どのツラ下げてこんなお願いをできるかって話ですがねえ。どうか、力を貸してくれませんか」

「何をしろって？」

「簡単なことですよ。国を支えて下さい。王様も『墜ちたる星』もその通訳も、わしから見りゃまだ子供だ。子供達が頑張っている。それを、わしら大人が傍観しているだけで済ませちゃいけねえ」

ヒロは真っ直ぐにスカーの視線を受け止め、そして、穏やかに微笑む。

「あんた、子供は」

「一人おりますよ。十二歳の息子が」

「だろうな。父親の貌をしている」

その穏やかな微笑の意味は、スカーには分からなかった。ただスカーの胸のうちにあるのはひとつの決意のみ。

砂の王を連れてラーディアに帰ること。彼の技術と知識は絶対に必要だ。

＊＊＊

三方を海に囲まれたバルヴェルトは、戦略的に絶望的な地形と言えた。

退却できないため、敗北は滅亡に直結する。

文字通りラーディア最後の砦《とりで》と化した城砦《じょうさい》に、港町の住人が避難を開始したのは朝方早く。

いかに『墜ちたる星』の輝きと共にあれど、現実は厳しい。状況を楽観視する者はいなかった。

女性と子供、老人から順に壁の内側へ静かに列をなし移動する。着の身着のまま、家財を持たずに。

敵の伏兵が紛れ込む恐れもあるため、下級の騎士が一人一人を見定める。万一を恐れて武器などは没収した。

濃い色の短髪をした白虎の騎士も他の兵士らと共に、前庭に滞りがちな避難民を彼らの仮住まいとなる礼拝堂へ誘導する任務に就いている。

思ったより大人数だ。新たに避難所を設けるべく走り回る兵の姿を尻目《しりめ》に、出来る限り礼拝堂へ詰め込んだ。

港町の人口は増えている。戦いが長引けば、飢えという別の敵に襲われる。

砦の内部にどれだけの蓄えがあるのか、下級騎士であるタケルには分からない。せめて港を開き続けていればまだ食い繋《つな》げる可能性はあったが、城砦が完全に包囲されてしまえばそれすらかなわない。

攻め込まれるのも地獄。持ちこたえるのもまた、地獄。栄光への道は険しかった。

「タケル」

騎士団長代行の良く通る声が、己の名を呼んでいる。タケルは人混みにルーファスを探した。

南大陸の血のせいで体格は一般のラーディア人より良くないが、日差しに照り映える髪色のお陰ですぐその姿を見付けられた。

駆け寄って、踵《かかと》を鳴らし敬礼をする。ルーファスは軽く頷《うなず》いてそれをやめさせた。

「アルベニスの様子は?」

「連中、まだテントを畳んでいません。もう一日二日は余裕がありそうです」

「避難は進んでいるようだな」

「まあ皆、覚悟はできていたようです。ラッパが鳴る前には済みますよ。そちらは？」

騎士団長の長男であるルーファスとタケルの間には、幾つも階級が存在した。平時なら、気軽に質問することは許されていない。

そんな騎士の心得を、タケルは敢えて無視した。白虎は拘りや決まりごとが多すぎて動きが鈍く、通常通りの手続きを踏みながら会話をしていたのでは敵に遅れればかり取ってしまう。

危機的状況下、柔軟かつ迅速に対処していくべきだ。幸いルーファスは理想の上司だった。非礼を咎《とが》めることより状況を優先してくれる。

「勝機はある」

「本当ですか？」

「力を貸して欲しい。『墜ちたる星』の策略を授ける。付いて来い」

珍しく伝統に則って一本に編んでいる真鍮《しんちゅう》色の長い髪を揺らし、ルーファスはぴしりとした所作で踵《きびす》を返し大股《おおまた》に歩き始めた。タケルは素直に、その一歩後ろに従う。

早足で向かう先は、騎士団の庁舎だった。

ルーファスの姿を見て慌てて踵を合わせる門番や衛兵や要請に応じて出て行く兵士らを軽く手であしらいながら、ルーファスは芝の庭を横切って庁舎内に入り、奥の広間まで真っ直ぐに歩き続ける。

タケルはルーファスを信頼し、黙って従った。どのような策略か、何をさせられるのか、どこへ向かうのか、疑問はあれど問いかけはせずに。

やがてルーファスは重厚な扉を自ら開いて奥の広間に入る。ここから先は特権階級のみ足を踏み入れて良い場所であり、流石《さすが》に入室を躊躇《ためら》ったタケルを促すよう、一度だけ振り向いた。

「赤を、纏《まと》って欲しい」

「何ですって？」

長く使われていない雰囲気の、だが掃除だけは隅々まで行き届いている、庁舎の最奥の作戦会議室の中央。大きな机に、タケルには見覚えのある赤と朱が丁寧に畳んで置かれていた。ルーファスがそれを広げてみせるまでもなく、すぐに分かった。

真紅の地に淡い朱色で染め抜いた、翼を広げる朱雀。タケルの故郷に翻っていた大隊旗と同じもの。

「良く残っていたものだ。古いし色褪《いろあ》せているが、見栄えは悪くない」

「どういうことですか？」

「この旗を掲げ、朱雀の一個大隊が待ち受けている振りをして欲しい。アルベニス軍の動きを牽制《けんせい》する」

それが、異教徒の授けた策略。

淡い色の瞳《ひとみ》で真っ直ぐタケルを見つめるルーファスは、多くを語らない。が、タケルには言外の意が全て、手に取るように分かった。

ありもしない軍隊の旗を掲げ、敵の進軍をコントロールする。

騎士の信念に悖《もと》る、卑怯《ひきょう》な手段だ。

だが、高い志を掲げたまま女王の騎馬軍に蹂躙《じゅうりん》されるくらいなら――

「……分かりました」

「朱雀の名を穢《けが》してしまうな」

「いいえ。それで勝利を得られるのなら、ラーディアを護れるのなら、サー・ライナンはきっと喜ぶでしょう」

ルーファスが広げてみせる大隊旗の意匠が、懐かしかった。華奢《きゃしゃ》な体躯《たいく》に似合わず大きな翼を広げる朱雀。長い飾り尾羽が躍動的に広がっている。力強く、華やかだ。

幼い頃は、当たり前のように傍にあった。空に映える赤。城壁にこの旗が翻らない日はなかった。

今は亡き赤。

タケルは朱雀を担う者でありたかった。

たとえ戦略であったとしても、朱雀の旗を掲げられる。再びラーディアの空に、誇り高き赤を。

「敬称は、サーで良いのか？」

「え？」

「それで失礼に当たらないのであれば構わないが、

もっと相応《ふさわ》しい呼び方があるだろう」

ひと呼吸。ふた呼吸。

ルーファスを見つめたまま固まってしまっていた。

タケルははっと我に返り、短い髪を掻《か》いた。

「……うっかり反応してしまいました」

「嘘《うそ》は苦手か」

「自分の過去に関しては、完璧《かんぺき》にごまかせる自信がありますし。故郷について何を訊《き》かれても、ありとあらゆる状況に対応できるつもりでした。けど、さすがにそこ突っ込まれると思ってなかったんで」

「エドゥアルドは女性名だ。大隊長の名を聞けば、誰でも疑問に思うだろう」

「女性名の男性かも知れませんよ？」

「お前はこうも言った。ライナン大隊長は美しい人だった、と」

いつも眉間《みけん》に皺《しわ》を寄せている騎士団長代行にしては、珍しく柔らかな表情をしていた。

幾つか年下のはずだが、伏魔殿のごとき貴族社会で駆け引きや腹の探り合いを日課としている彼は、やわに見えて自分より何枚も上手だとタケルは感じた。隠しごとをしようと思うだけ無駄なのかも知れない。気付かないうちに漏らした言葉から、本心を簡単に見抜かれてしまう。

タケルはひとつ大きく息を吐いた。

黒に近い色の短髪を掻き回《まわ》し、ぐっと掴《つか》む。

「自分の父親、騎士の称号を剥奪《はくだつ》されましてね。大したことじゃないんですけど、ただまあ、偉い人には見過ごせない罪をひとつ犯したせいで」

「……そうか」

「ライナンの家には他に男がいなかったから、叔母が大隊長の座に就きました。綺麗《きれい》でしたよ、ほんと。勇敢で、高潔で」

ただ、それを誇ることはできなかった。

騎士団を女性が率いていたことと、麻薬が蔓延《まんえん》した事実とを、結び付けられたくなかったからだ。

咄嗟《とっさ》に、隠そうとしてしまった。

だがその名に、そして何気ない形容に、真実が覗《のぞ》いてしまう。

「今はまだ、偽りの軍勢だ。が、いつかお前が朱雀を率いろ」

「無茶ですよ。この髪の色を見て下さい。これが、父親の犯した罪の証。自分には朱雀が護るべきラーディア北部の血が、半分しか流れていないんです」

「それは私も同じだ」

真面目に切り返された言葉があまりにも正論だったため、タケルは思わず息を呑《の》み、そして小さく吹き出した。

その通りだった。

「……分かりました。引き受けます。サー・ルーファス」

「厳しい戦いになるだろう。必ず生き延びてくれ」

「分かっています」

差し出された赤い軍旗を受け取る手が、わずかに震えていた。情けない、とタケルは己を叱咤《しった》する。

「ご期待に添えるよう、頑張ります」

「私を失望させないで欲しい。——己の中に流れる血の半分を理由にするな」

明るい髪と瞳、異国の色を持つ上官の命令が、心にずしりと重く響く。

彼が目を逸らさず向き合い続けるもの、背負い続けているものが、胸を打つ。

「この戦争がラーディアの勝利で終わったら、自分の半分を誇れるかも知れません」

「期待している」

「自分はだいぶ秘密を明かしましたよ。あなたも教えて下さい。サー・ルーファス。片方が大きな秘密を抱えた状態で、きちんとした信頼関係ができるかどうか、厳しいと思いませんか？」

わずかに、騎士団長代行の表情が険しくなった。

かつて『悪魔』に言われたその言葉を、どうやら覚えていたらしい。

「起きていたのか。あの時」

「ええまあ」

「いずれ話す。――お前を完全に信用できた時に」

「あ。それ酷いな」

「今はまだその時ではない。ただ、これだけは教えておこう。予言は、我々が思っている以上に確かなものだ。ラーディアが栄光を手にする未来は確実に存在している」

滅亡に瀕したこの状況下でそのような儚《はかな》い希望を信じることに、どんな意義があるのか。

だが、ルーファスは確固たる信念を持っている。

その瞳が見据える先にあるものが何なのか、タケルにはまだ分からない。それでも、彼が信じるものなら無条件に信じても良い。根拠もなく何故か、そんな気がしていた。

＊＊＊

「探しましたよ。我が君」

ルーファスが部屋を出ると、南大陸の軍人が蕩《とろ》けるような笑みで迎えた。

騎士団長代行はあからさまに顔をしかめる。

金色の髪の兵士は主君の不機嫌に全く気付かない様子で、にこやかに、心を込めた礼をする。

「困りますな。護衛も付けずに動き回られますと」

「必要ないと何度言えば分かる」

「お言葉を返すようですが、我が君、あなたは王妃の従兄《いとこ》。身辺警護が必要なのだと、何度申し上げればご理解頂けるのです」

心の底から面倒臭そうに両手で前髪を撫《な》で上げ、ふうと大きく息を吐いて、ルーファスは手振りでタケルに行くよう指示した。

テーブルクロスで隠した真紅の軍旗を抱える騎士はぴしりと敬礼をし、上官に付きまとう異国の軍人をひと睨《にら》みしてから踵を返す。

走らず、だができるだけ早足に、廊下を歩いて去って行く。その背を見送り、無事に角を曲がって姿が見えなくなったのを確認した後、ルーファスはしっかりとジェイドに向き合った。

小柄で細身な印象の南大陸人でありながら、ジェイドは恵まれた体格をしている。骨格もしっかりしていて横幅があり、屈強な印象を与えた。もっと他に——王の遠い親族に取り入る以外に——出世する道はいくらでもありそうだ。

海を越えた異国の、本人にすら自覚のない王の遠縁を頼らずとも、己の腕で成り上がった方が容易《たやす》いだろう。

ラーディアでは、功績により民間から騎士へ取り立てられることもある。もちろん由緒正しい貴族ほど高い階級は目指せないが、本人の頑張り次第で地方領主となることさえできる。

何故、そちらの方で努力をしないのか。ルーファスには全く理解できない。

「それで、お前は私に貼り付いて、何を護っているのだ。私を何から警護している」

「政敵からですよ。美しさを武器に幸せを掴んだ新しい王妃を羨《うらや》む者は多い。悪《あ》し様《ざま》に言うなら、成り上がり者、とね」

ジェイドの笑みは乾いていた。そこに何の感情も読み取れない。

彼の話では、ルーファスの母親の家柄は良くもなく悪くもなくといった位置付けだという。数多いであろう中流貴族の女性の一人が、文字通り国王に見初められた。

美しさと強運を持ち合わせていた訳だ。どちらも努力で手に入れるには限界があり、王妃の座を狙う多くの女性に妬《ねた》まれても仕方がない。

「それだけか？」

「と、申されますと？」

「見返りを期待しているのだろう。言っておくがお前に聞くまで母の出自など知らなかった身。私に取り入っても、何の恩恵も得られない」

ラーディアにおいては恐れられる淡い双眸《そうぼう》でのひ

と睨みも、それが当たり前である南大陸人には通用しない。

逆にうっとりと相好を崩され、ルーファスの方が衝撃を受けた。

「勘違いしているようですね、我が君。単純なことなのですよ。あなたは護られるべき存在であり、私はあなたを護る存在である」

「無駄なことだ。仮にその私の従妹《いとこ》とやらが権力を握り、一族に目をかけ取り立てることがあったとしても、私はその招聘《しょうへい》には応じない。それは明らかな腐敗の始まりだ。好き好んで泥舟に乗りに行くほど愚かではない」

「ええ、あなたを愚かだなどとは全く思っておりません。聡明《そうめい》な方だ。お美しいだけではなく」

ジェイドの、その名の通り翡翠《ひすい》の瞳《ひとみ》が、妖艶《ようえん》な熱を帯びている。

頬に伸ばされた指先を全力で払《はら》い除《の》けた。

ルーファスには、分からなかった。自分がフェムアトにおいて権力を得る可能性など皆無だと言うのに、それでもなお自分に取り入ろうとするジェイドの本心が。

払われた手をさも痛そうにさすっているジェイドを、ルーファスは持てる限りの力で睨み据えた。

「私はラーディアの騎士だ。そして今、ラーディアは戦争中だ。――訊《き》くぞ。それでもお前は、私に仕えると言うのか？」

それは、危険な駆け引きだった。

予言されている『南に聳《そび》える壁』が南大陸の軍勢であるならば、ラーディアとの接点は唯一、己の半分に流れる血のみということになる。

だが、いくら己が王の親族と言え、ただそれだけの理由で無償の協力が得られるとは思えない。必ず対価を求められるだろう。

他でもない、ルーファス自身を。

王国の勝利に己の身が必要となるかも知れない。

枢と出会う前のルーファスであれば、それを崇高な自己犠牲と受け入れただろう。だが今、己の剣を捧《ささ》げるべきは国家でも、白虎でも、両親の血でも、幼い王でもなかった。

仮にラーディアの栄光に必要な条件だったとしても、ルーファスに枢を裏切ることはできない。

「分かっています。もう少し桁《けた》の大きな話なのでしょう？」

ジェイドは、ルーファスの問いかける意味をすぐに理解できたようだ。

にっこりとおおらかに微笑む。

「私があなたを護るのは義務ですが、私の国にあなたの国を護る義務があるかどうか」

「その通りだ。偉大なるリダル・フェムアトには、王妃の従兄とやらが暮らしている小国に荷担し、北大陸の最大勢力を敵に回す覚悟があるのか？」

「最大勢力？　——笑わせないで下さい。羊毛と麻薬を輸出しているだけの田舎者じゃないですか」

その田舎者が大陸全土を蹂躙《じゅうりん》し、幾つの国が消滅したことか。

北大陸の情勢を知らない南大陸人は、実に楽観的に戦局を捉《とら》えているようだ。

防ぎようのない、恐るべき弓騎兵の大軍。剣での戦いしか知らなかったラーディアにとって、女王の部隊は未知の、圧倒的な、脅威だった。

「アルベニスの麻薬は南大陸にも流通しているのか」

「我々も、経済的な戦争を仕掛けられています。バルヴェルトはもう少し、港から何が出て行き何が入って来ているのか把握すべきでしょうな」

南大陸人にしては彫りの深い顔に浮かぶ笑みに底意地の悪さを感じた。我が君と持ち上げていようとも、北大陸を見下す目線は隠しようがない。

「あれがラーディアに流通していないのは、不思議ですが。侵略すべき国の足下を、まず腐らせるのが連中の定石だと思っていました」

「食い止めた。——多大な犠牲を払ったが」

「それは素晴らしい。あれで潰《つぶ》れたリダルは一つや二つじゃないと言うのに」

南大陸の国々よりラーディアの方が全てにおいて劣っているという視点があまりにも徹底されていて、むしろ清々《すがすが》しくさえあった。

この男にとって北大陸は、獣が棲《す》む未開の土地でしかないのだろう。

愚かしい。ルーファスの愛する主君は、遙かに進んだ文化を持つ世界に育ちながらもそれで威張り散らすこともラーディアを蔑《さげす》むことも一切ない。若葉の上に夜が置き忘れていった朝露のひとしずくのように、清らかに澄み切った心を持っている。

触れることさえ、躊躇《ためら》ってしまうほど。

「南大陸ならばどう防ぐ？　アルベニスの矢の雨を」

「鎧《よろい》と盾でしょうな」

「それで防ぎ切れると良いな」

「問題ありませんよ。彼らは速さを追い求めるあまり軽い。我々なら、防いでみせましょう。我が君」

その代償に何を求めるのだ。

私に何をさせたいのだ。

ルーファスは、口をついて出かかった言葉を飲み込む。

「仮にお前が万の兵を率いて私を護ったとしても、何も返すつもりはないが」

「ええ。きっとあなたは、私の愛に応えてなど下さらないでしょう。水平線を埋め尽くすほどの大船団を率いて来ようとも」

「できるものなら、そうしてみせろ。幸い港はまだ開いている」

笑みの仮面が分厚く、ジェイドの本心は見通せなかった。

この男なりに、世渡りをしてきたということなのかも知れない。我が君と持ち上げ、忠誠や愛を嘯《うそぶ》き、貼り付けた笑顔は崩さずに。

ただルーファスにはそれが途方もなく滑稽《こっけい》な徒労としか思えない。

「ひとつだけ確認したい」

「何なりと」

「お前は誰の命令で私に付いている」

常に柔和な表情を崩さないジェイドが、意外そうに眉《まゆ》を上げた。

「勿論《もちろん》、私自身の意志でですよ」

この男が何を欲しているのかルーファスにはまだ分からない。

王の親族として以外の利用価値が、自分にはあるのだろうか。ラーディアの騎士として。バルヴェルトの——北大陸唯一の貿易港を有する都市の貴族として。

それらは全て、ルーファスにとっては無意味なものなのだが。

「失礼致します。サー・ルーファス」

廊下のかなり下手の方で、ぴしりと踵《かかと》を合わせて若い従騎士が声を張る。

敬礼したまま肩が激しく上下しているのは、あちこち走り回っていた証だった。

こんな所でじっと立ち話をしていたことをルーファスは恥じた。

「どうした」

「——その、『予言の君』が」

「かなめがどうした？　何かあったのか？」

作戦会議の後、すぐにタケルと話がしたかったルーファスに、枢は白虎としての仕事を優先するよう言ってくれた。主君の言葉に甘え、代わりに信頼できる者を傍に付けた。

ルーファスの心に冷たい恐怖が忍び込む。

いまだ異教徒を忌み嫌う空気が払拭《ふっしょく》し切れていない城砦《じょうさい》内。たとえ『火の悪魔』と一緒であれ、主君から目を離すべきではなかった。

＊＊＊

ラーディアの南端に突き出した半島に、石垣を築く最初の石を置いたのは、いつの頃なのか。

海を見晴るかすバルヴェルト城砦は古い街だった。大陸の中心から見れば最も遠い場所にあり、これまで一度も攻撃を受けた経験がないため建造当時のままの姿を留めている。

偽りの軍旗を掲げるという、他人に明かしづらい作戦を抱えてタケルは城砦内を歩き回っていた。

予言の君と通訳が消えた。タケルはその原因が自分にもあると考えた。ルーファスが自分に時間を割き、二人から目を離したせいだと。

タケルは二人を捜し回った。王城へ行って何処《どこ》かへ発《た》ったと追い返され、城門の兵に問うて壁の外に出していないと返事を受け、ダグラス邸の女中にこちらではないとあしらわれ、先にルーファスと別れた騎士団の庁舎に再び向かった。

壁の内側にいても、敵の動きは手に取るように分かる。白いフロックを支給された白虎の騎士から思い思いの装備を自前で調えた傭兵《ようへい》まで、誰もが戦局の噂話ばかりしているからだ。

前線は多少にじり寄っているが、まだ野営地を解体しておらず、本格的な進軍を開始するまでにはもう少し時間がありそうだ。

女王旗の軍勢は、やはり森を警戒しているのではないか。

誰かが冬の心配をしていた。森の木々が落葉してしまえば、矢の雨を防げなくなってしまう。長い膠《こう》着《ちやくじようたい》状態はこちら側が不利だ。

石畳にかつりと音を立ててタケルの乗馬靴が止まった。根拠のない噂話を振り払うように、ゆっくりと頭を左右に振る。

断言できた。再び両軍の睨《にら》み合《あ》いになることはない。森の木々が葉を落とすまで待つような生ぬるい覚悟で女王旗を掲げたりしないはずだ。

「軍師殿らはどこだ」

庁舎の衛士に訊《き》く。

緊迫した状況下にありながら庁舎の玄関を護ると

いう仕事から解放して貰《もら》えない衛士は、鋭く砥《と》いだ槍《やり》を手に、良く分からないといった表情をする。ぶるぶると、タケルは頭を振った。

「こう言った方が、分かりやすいか？　異教徒だ。小さい可愛いのと、赤毛の綺麗《きれい》なの、二人連れ」

城砦内をあちこち探し回り、体力に自信のあるさしものタケルも息切れしながら、口にしたくはなかった単語を告げる。

異教徒。そう呼びたくなかった。その言葉の持つ強い拒絶は、たとえあの二人の耳に入らない所ででも、己の言葉にしたくなかった。

「書庫にお通ししました」

「しょこ？」

聞き返すタケルの声が思わず裏返る。それほど、馴染《なじ》みのない単語だった。

「そんな場所があったのか……」

「西の小塔の地下です」

近寄ったことさえない場所だった。タケルは急いで塔へ向かい、階段を駆け下りる。久々に鍵《かぎ》が開けられたと思われる騎士団の書庫は、埃《ほこり》と黴《かび》の匂いが充満していた。

高い位置に窓のある半地下の大きな空間に、櫛《くし》の歯のように書架が規則正しく並んでいる。革表紙の立派な本から触れれば崩れてしまいそうな朽ちかけの紙の束まで、棚に雑然と収められていた。

ここは膨大な、バルヴェルトの記憶。

わざと踵の音を立てながら歩き、ばさばさと紙をさばく音が聞こえる方へ向かう。奥まった書架の角を曲がれば、地面に膝《ひざ》を組んで大量の紙の筒に埋もれているサイの姿があった。

タケルに気付き、あからさまに顔をしかめる。あまりにも露骨な拒絶の表情に思わず苦笑した。

「そんなに嫌そうな顔をするなよ」

「何しに来たんだ」

「これから戦争に行くって時に、己の忠誠心の拠り所である人物に一目会いたいと思うのは、当然だと思うけどねえ」

サイの表情からふと毒気が抜け、明るい鳶色《とびいろ》の瞳《ひとみ》にわずかに労しげな色が浮かんだ。悪魔と忌み嫌われた、この特殊な生い立ちの異教徒にも優しさと、誰かを案じる心は確かにある。

「ところで、予言の君は？」

「いても仕方がない。字が読めないから」

「ああ。なるほど。じゃ遠慮はいらないね」

タケルはサイの傍に近付き、膝が触れ合うほどの距離でしゃがんだ。

サイは露骨な態度で目を逸らす。

その横顔は、状況に戸惑っているようだった。ラーディア人、しかも白虎の騎士が、己を恐れずに傍に近付いて来ることが理解できないらしい。

「ありがとね。協力してくれて」

「俺は半分ラーディア人だ。それに、白虎に養われている。バルヴェルトがなくなったら困るからな」

無愛想な言い方だが、この赤毛の異教徒がどれほど現状を憂いラーディアのために尽くしてくれているか、タケルは良く知っている。

サイの貢献は大きかった。国にとって。そしてタケルにとっても。

「塔に返してくれれば良いのに。古い地図なんか、探さなくても部屋にいくらでもある」

ぶつぶつ零しながら、サイは大きな紙の筒を手にとって開いては目当てのものではなかったのか巻き直して脇に置く、の作業を再開する。

身ひとつで連れて来られ、必要な道具を取りに戻ろうにも壁の外に出して貰えない。時々異なる言語が混ざるので苦労したが、恐らくそのような不満を白虎にぶつけている。

しばらく、タケルはその横顔を眺めていた。半地下の書庫は薄暗く、貴重な資料だからか灯りの火を持ち込むことも厳禁で、周囲は薄暗い。それでもサイの肌の白さと髪の赤さは際立っている。

「その半分ラーディア人の血について教えてよ」

「は？　……母さん？　父さんじゃなくて？」

「そう。赤毛ってことは北方の出身だろ。俺の故郷の近くだ。訛《なま》りも懐かしい」

燃えるような赤毛にそっと手を伸ばしてみる。柔らかそうな髪の感触を指が覚える間もなく、ばたばたと埃を立ててサイは這《は》いずるようにタケルから距離を取った。

そして、困惑した表情で、ダグラス家のメイドに手をかけて貰ったのであろう綺麗に飾り編みされた髪を両手で撫《な》でる。

その赤は、北の色。

赤い髪が特徴のラーディア北部の集落は、ほぼ全てアルベニスに蹂躙《じゆうりん》された。

塔に幽閉されていたサイの過去を肯定的に受け止めることは難しい。が、だからこそ戦火を逃れたのだと言い換えることもできる。

もし白虎に捕まることなくラーディア北方で暮らしていたら今頃――

「髪が赤いから、俺に構う訳？」

「それはあるかもね。生き残ってる北部出身者は少ない。残念ながら俺は髪の色は親父に似なかったけど、あんたは赤毛。北の人間だ。俺が護りたかったものだよ」

「……そんな理由かよ」

「勿論《もちろん》それだけじゃない。理由のひとつではあるけれど、ほんの一部だ。ただ親近感を持ったのは事実。故郷が近い上、あんたも俺と同じで国のせいで故郷を追われてる」

タケルを見るサイの瞳に、わずかな揺らめきがあった。

孤独に育った『悪魔』は社会性に乏しく、感情を伝えることも受け取ることも苦手としている。タケルはサイの、容易に他人に心を開けない性格をきちんと理解していた。

だからこそ、敢えて少々強引に距離を詰める。

「国のせいでって……。俺は白虎を恨んでない」

「それは俺も同じだよ。仕方がなかった。放っておいたら、あれが全国的に流通していた。ぐっずぐずに腐った国を楽して手に入れるのがアルベニスの戦略だったんなら、先王の英断に感謝するしかない」

必要な犠牲だった。

麻薬の蔓延《まんえん》を防ぐには、広まる前に街を封鎖するしかなかった。

その痛みは、割り切っている。

「そう言えば、この作戦は？」

テーブルクロスに包んで隠しておいた緋《ひ》の布を広げる。バルヴェルトに保管されていた軍旗は、古くとも美しい色をしていた。誇り高き朱雀の翼が鮮明に浮かび上がっている。

賢い異教徒は自分の関わっていない出来事も即座に結び付けたようだった。

「枢の『予言』だよ。……あんたがやる訳か」

「森の東にこいつをちらつかせて、一個大隊が潜んでるように見せかける。連中をあんまり横に広げないように」

偽物と見抜かれた時の心配を口に出さないのは、サイの優しさなのか。

それとも、自分達の策略に存在している大きな欠点から目を逸らしているだけなのか。

「ちょっとだけで良いからさ、俺の無事も祈ってて」

タケルはサイに掌を差し伸べた。盛大に躊躇《ためら》った末、サイは求めに応じそっと指先を乗せる。

わずかな重みと温もりに、心がざわつく。

タケルは初めて死を恐れた。帰って来れなかった時のことを思い、胸が痛む。己が消えてしまうことではなく、それでサイが悲しむことが怖かった。

咄嗟《とっさ》に指を握り、己に引き寄せた。痩《や》せぎすな体が前のめりに、タケルの胸に飛び込んでくる。

折れそうなほど細い体を抱きしめて、額に軽く唇を押し当てた。

時が止まってしまったかのような、静謐《せいひつ》な一瞬。

だがわずか二呼吸ほどで華奢《きゃしゃ》な腕が存外強い力で抵

抗し、タケルを突き飛ばした。

「何すんだよ！　ホント失礼な奴だな！　お前……絶対殺してやる！」

「分かった分かった。殺されてやるよ。でも全部済んでからな」

「殺っ……本気で、もう、絶対に、お前なんか」

「大丈夫。必ず生きて帰って来る。戦争が終わったら、絶対あんたの所に帰って来るから。そしたら、俺のことは好きにしろ」

「何言っ……訳わかんねっ……」

髪の色と区別が付かなくなるくらい顔を赤らめて、サイはわめき散らしている。

思考が乱れると二つの言語が混ざるらしい。聞き取れる悪態に、知らない言葉が挟まっている。

乱暴に額を擦っているサイの頭をよしよしと撫でて、タケルは腰を上げた。

「じゃあな」

振り返らなかった。

もう一度サイの姿を見たら、ここに留まりたいと願ってしまうだろう。

故郷を失い流転の果てに、帰る場所と認めてしまった者の傍に。

＊＊＊

戦局をリアルタイムで追うにあたり、もっと地形を詳細に描き込んだ地図が必要だ。機に臨み変に応じた柔軟な対処をするために、両軍の布陣を常に正確に把握していなくてはならないからだ。

サイの主張は受け入れられたが、戦いの始めより彼が書き込み続けた地図を取りに帰るという意見だけは却下された。

必ず戻るからと嘆願したが、問題は異教徒が逃げることでも塔にこもって出て来なくなることでもなく、今、壁の外へ出る行為そのものにあった。

女、子供、老人から順に城砦《じょうさい》内へ移動している。

町に残りたい者まで無理矢理避難させている今、いかなる例外も認められない。誰であれ外へ出て行く姿を見せれば、不便を強いている民に示しがつかない。もっともな意見に、口が達者なサイでさえ黙るしかなかった。

騎士団の庁舎の半地下にある書庫になら、あるかも知れない。サイはそこへ通され、枢も手伝うつもりで付いて行く。

文字は読めないが、地図なら絵を見て判断できるだろう。サイが部屋で戦局を書き込み続けているものに似ている絵を探せば良いだけだ。

が、サイは頑として、枢の手伝いを受け入れなかった。邪魔だからルースの所に行っていろと邪険に追い払われる。

腹は立たなかった。そもそも役に立たないのは事実だし、それにサイとの付き合いも長い。すぐに、今は少しでも長く大切な人と一緒に過ごしなさいというサイの不器用な優しさだと気付いた。

考えたくはないが、戦いが始まるということは、そういうことだ。これが最後の逢瀬《おうせ》になってしまうかも知れない。

書庫がある塔を出ると、青い回廊が騎士団の建物へと続いている。等間隔に並ぶ柱もアーチ状の天井も、濃さの違う青いタイルが紡ぐ幻想的な幾何学模様に覆われている。

規則性があるようでいて無作為にも見える、様々な青の散乱は、青空を模しているかのようだ。

回廊の右手は建物、左手は中庭。この建物のどれかを通って塔へ向かったはずだが思い出せず、取りあえずルースの姿を探す。

枢の作戦を遂行すべく、別の師団の旗を探し、信頼できそうな者に授けなければ。ルースはそう言って、兵士に枢達を預けて立ち去った。二人が書庫へ向かうことは知っている。必要な資料が見つかる前に迎えに行くと約束してくれた。

「さすがに、まだだよね……」

ふと前方から足早に向かって来る人物に目が留まる。ラーディア南部の栗色とは色味の違う、濃い褐色の短髪は、良く見知っている。

タケル。サイが、本人ですら無自覚のまま想いを寄せている人物だ。

咄嗟に枢は、右手の建物へ飛び込んだ。

日差しも届かない薄暗い廊下の奥へ進み、気配を殺してじっとしていると、タケルは枢の存在に気付かず廊下の前を通過して書庫へと向かった。

そう。今は少しでも長く、大切な人と一緒に過ごすべき時。サイとタケルも例外ではない。

ひとつ良いことをした気分で、足取りも軽く、枢は更に廊下の奥へ進んだ。

——そして、迷子になった。

＊＊＊

「かなめ！」

重厚な扉が突然、勢い良く開いた。飛び込んで来た、愛してやまない姿。大好きな声に名を呼ばれ、枢の心の強張りがふわりと解ける。

と同時に、膝《ひざ》から力が抜けてその場に崩れそうになる。ルースが駆け寄って抱きしめてくれなかったら、腰を抜かしていたかも知れない。

何故、廊下から回廊の方に戻らず、更に奥へ進もうと判断したのか。今となっては愚かでしかない決断だが、あの時、枢はそうすべきだと思った。

万一タケルが振り向き、一人で歩いている枢を見付けたら、貴重な時間を割いてくれるだろう。

枢にとってはサイは大切な人物であり、そのサイが淡く想いを募らせているタケルと是非とも幸せになって欲しかった。邪魔者は消えるべきだ。この判断が間違っていたとは、微塵《みじん》も思わない。

間違っていたのは、庁舎の広さの感覚。そしてどの廊下も特徴的な青の回廊と中庭に繋《つな》がっているであろうという認識だった。

よもやこんなに広いとは、そして廊下が迷路になっていようとは、思ってもみなかった。

「ご、ごめんなさい」

ルースの腕の中で、枢は思わず謝罪の言葉を口にしていた。

進もうと引き返そうと、角を曲がろうと直進しようと、同じような風景の繰り返し。青のグラデーションが美しかったあのモザイクタイルの回廊をひたすら探し歩きながら、不安や恐怖より先に、申し訳なさがこみ上げた。ルースに迷惑をかけてしまう、それればかりを考えていた。

外へ出る道を尋ねようにも言葉が通じない上、皆それどころではなく忙しそうに駆け回っている。王国の一大事、一人の迷子に構っていられないとばかりに。

事情を察した若い従騎士が声をかけてくれるまで、庁舎の廊下をどのくらい歩き回っただろう。

てっきり外へ連れ出してくれると思っていたが、ここ――上品な調度品を揃えた、広くはないが落ち着いた部屋へと案内してくれた。そして恐らくルースを呼んで来るから待っていろと言ってくれたのだと思うが、その時にも安堵《あんど》などなかった。

余計な心配をかけてしまった、この非常時に無駄な手間を取らせてしまったと、ただただそればかりが心に重くのしかかった。

はあ、と、ルースの大きなため息が枢のこめかみにかかる。

「驚きました。あなたが迷っていたと報告を受けて」

「本当に、ごめんなさい」

こめかみの辺りに押しつけられたルースの唇の感触に、ぞくぞくした。

迷子の心細さと申し訳なさに押《お》し潰《つぶ》されそうだった心が解放された途端、大好きな存在に抱き留められていることに体が過剰に反応してしまう。

緊急事態であり、今はそういうことを考えている場合ではない、と己に言い聞かせるほど、体は勝手に熱くなる。

不意にわざとらしい咳払《せきばら》いが聞こえた。

この世界でも誰かの気を引きたい時には咳払いをするのか、と少しずれたことを思いながら、枢はルースの背後にいる人物に初めて意識を向ける。

完全に無視されていたことに、そろそろ痺《しび》れを切らしたらしい。南大陸から来たルースの護衛は、腰に手を当てて偉そうな態度で立っていた。

枢はこの人物が、好きではなかった。ルースに付き纏《まと》っているからではなく、性格の悪さがにじみ出ているようでどうしても鼻につく。

「待っていて下さい。我が君」

「……はい」

もう一度、額にキスをしてから、ルースは腕を解いた。

体が離れている、その寒さに身をすくませる枢の髪をそっとひと撫《な》でしてから、顔を引き締め、己の押しかけ従者に向き直る。

ルースの言葉は強く、威圧的だった。彼の存在に本気で怒っている。だがそれに答える南の軍人は不真面目な声音。ラーディア語とは異なる発音だが揶揄《やゆ》するような語調なのは分かる。

やはり、このおじさんは嫌いだ。枢が思いを新たにしていると、ルースも同感だったようで、低く静かながら明らかに憤慨していると分かる口調で従者を叱り付けた。

肩をすくめ、何事か言い捨ててから、彼は踵《きびす》を返し、枢が通され待たされていた部屋を出て行く。その背を見送り、ルースは扉を閉めた。がちゃりと錠の降りる音がした。

ふうと大きくひとつ息を吐き、ルースは大股《おおまた》に部屋を横断して机の背後にあるテラス窓のカーテンを引いた。

部屋は甘やかな、心地良い薄闇に包まれる。

「この部屋は?」

「私の、仕事の部屋です」

「そうなんだ……」

枢は微妙に安堵した。ある程度のプライバシーは保てそうだ。

扉には鍵《かぎ》を掛けたし窓にはカーテンを引いた。待ち焦がれた、二人きりの時間。今この瞬間にルースを必要としている者は城砦《じょうさい》内に多いだろうが、しばらくは、誰にも邪魔されずにいられる。

枢は部屋を見渡した。ルースがここでどのような仕事をしているのかは、想像も付かない。

日本人的な感覚で言えば、広くて天井が高い。だがラーディアでの生活に慣れた今、城砦内にある屋敷の一室にしては比較的コンパクトに感じる。

濃い色味の板張りの床に地味な色の絨毯《じゅうたん》を中央だけ敷き、壁は白塗り。天井にはむき出しの木の梁《はり》が独特のリズムを描き出し、中央に蝋燭《ろうそく》を直接載せるシンプルなシャンデリアがぶら下がっている。

片側には大きな暖炉がある。その上の飾り棚も壁に掛けられた額縁らしき枠も、布を掛けて隠してあった。ルースは部屋の装飾に関心がないようだ。

テラス窓を背に、使い込まれた大きな机がひとつ。几帳面《きちょうめん》に片付いている。手前の空間に寝椅子がひとつ。これは新しいもののようだ。

暖炉と反対側の壁には金属製の柵《さく》のようなものが取り付けてあり、長短様々な剣が架けられていた。

手前の、扉のある方の壁にクローゼットがひとつと、本棚もひとつ。鏡の下に水盤と水差しが載った小さな三脚の丸テーブルが、それぞれひとつ。

「かなめ」

興味深く調度品を眺めていた枢の元へ、ルースが戻ってきた。

枢の騎士ではなく、恋人の貌をして。

一度だけ肌を合わせた時に見た、恋人の――雄の貌。

指先に触れる許可を得る、いつものもどかしい挨《あい》拶《さつ》ももう必要ない。

すぐさま強く抱き合い、息が止まりそうなほど熱く接吻《くちづ》けを交わす。

敵が迫っているこんな時に、否、こんな時だからこそ、愛する者に触れたい。極限状態の中で生じる最も原始的で本能的な欲求に、理性で抗《あらが》うことなど不可能だった。

心だけの関係に満足できず、肉体で深く愛し合いたいという情動が急速に膨れ上がり、感覚の全てを支配する。

唇が離れた。これで終わりなのかと、物足りなくて瞼《まぶた》を上げた枢は、目の前にいる恋人の瞳《ひとみ》が劣情に潤んでいることに気付いた。

高潔で禁欲的な騎士が、真っ直ぐ枢を求めている。

心の底から嬉《うれ》しかった。ルースが、熱い瞳で自分を見てくれることが。

だが、ここから先を躊躇《ためら》うのが、枢の忠実な騎士の不器用さだった。枢の体さえ無事なら、心はいくら傷付けても構わないとばかりに。

「ルース」

「はい」

「こんなことしてる場合じゃないのは分かっています。けど、少しで良い、僕に時間を下さい」

婉曲《えんきょく》な言い回しだったが、ルースは汲《く》み取ってくれたようだ。瞳がわずかに、逡巡《しゅんじゅん》に揺れる。

「――しかし」

「いやですか？」

「いいえ。決して」

「じゃあその、僕のことを、我慢しなくて良いですから。僕だって……あなたが欲しい」

精一杯の言葉で誘い、枢はルースの胸に火照る体をすり寄せた。

心の気恥ずかしさとは対照的に、体は正直にルースを求める。もっと近付きたい。混ざり合いたい。愛しい存在と深く魂から触れ合いたい。それには分厚い肉体は邪魔でしかなかった。

唇を重ねても、指を絡めても、まだ遠い。まだ、心から結ばれている気がしない。

枢は既に、体で結ばれる悦びを知っている。己の体の最奥にルースを受け入れ、深く交わる、あの感触——あの瞬間は確かに、二人の魂がひとつに重なっていた。媚薬《びやく》の効果による強制的な愉悦であり、再び同じ感覚を味わえる訳ではないと分かっていながら、それでもルースを求めてしまう。

もう一度愛し合いたい、と願ってしまう。

そして、そんな浅ましい自分が、どうしようもなく恥ずかしい。

「それであの……わぁ！」

ルースは軽く腰を落とし、枢の膝《ひざ》の裏に片腕を入れてひょいと抱き上げた。

驚いて首にしがみつく枢を優しく気遣いながら寝椅子へ移動して腰掛け、腿《もも》の上に枢を降ろす。

「軽い……」

ルースの胸に身を預けたままの枢の耳に、心配そうな呟《つぶや》きが聞こえてきた。

騎士は腿の上に抱いた主君の右足のブーツを脱がせ、爪先から踵《かかと》、踝《くるぶし》の辺りまで手を這《は》わせる。

触り方が実に官能的で、明確に枢を愛撫《あいぶ》する意志を持っている。無意識のうちに枢は甘く濡《ぬ》れた吐息を零した。

「食事をしていますか？」

「え？　あ、僕は元々こんなです。ここへ来て急に痩《や》せたって訳じゃないし、そりゃ勿論《もちろん》ファストフードとかスナック菓子とかないから、カロリー的には低いだろうけど、でもそんなジャンクフードよりむしろ今の方が栄養的に健康な食生活なんじゃ」

人差し指を枢の唇に当てて、ルースは、枢の言い訳を遮った。

「分かる言葉が少ないです。ゆっくり」

「あ、ごめんなさい。要するに、大丈夫です」

痩せていることを、生活環境が悪いせいだと思われたくなかった。つい遠慮のない単語を並べてしまったことを素直に反省する。

ルースが左足のブーツも脱がせたので、心置きなく寝椅子に膝から乗り上げる。ルースと向かい合い腿を跨《また》いで、恥ずかしかったが思い切って股間《こかん》を擦り付けるように腰を密着させ、肩に両腕を置く。

勇気を出して誘う枢に、ルースはきちんと応じてくれた。

大きな掌が背を撫で、腰を這い、ラーディアの特徴である革と飾り紐《ひも》のベルトに指がかかる。

枢はルースの頭を抱いて羞恥心《しゅうちしん》に耐えた。やがてベルトが全て外され、ゆったりとしたシャツの中に入ってきたルースの手が直《じか》に枢の肌を這う。じっとり汗をかいていて、不快ではないかと心配になったが、どうやら杞憂《きゆう》だったようだ。枢の肌の熱さに触れ、ごくりとルースの喉《のど》が鳴る。

一度目は、薬を抜くいう口実があった。なかなか二度目がなかったのは、やはり騎士の痩せ我慢《がまん》だったようだ。どうしようもなく愛おしくなり、枢は両手でルースの頬を包んで上向かせ、自分から接吻けた。

腰を密着させ、硬く勃起《ぼっき》したものを擦り付ける。愛されることを覚えてしまった枢にとって、触れずにいる方がよほど残酷なのだと、ルースに身をもって知って貰《もら》わなくてはならない。

枢が必要としているものは、己を下に置く騎士の忠誠心ではなかった。少なくとも、今だけは。

＊＊＊

体で愛し合う、ということを、枢は少し甘く考えていた。

麻薬の香りを嗅《か》がなくても大丈夫、あれは逆に苦しいだけだった。二度目なのだし、もっと上手にできると。

「……い……っ」

静かな部屋に、二人の息遣いが聞こえる。

苦痛と快楽が甘やかに混ざり合う、熱い吐息。

ルースは寝椅子に腰を下ろし、枢が向き合って跨がる形で、恋人達は深く繋《つな》がっている。衣服は共にはだけていた。

呼吸をすることがこんなに難しいと、思ったことがなかった。

枢の全ての感覚が、己の中で拍動しているルースの存在に注がれている。腰を揺らされる度に、息をすることも忘れるほど。

枢の中に、ルースが息衝《いきづ》いている。充分な時間をかけたつもりだったが、それでも、慣れない感覚が脳を灼《や》く。

ルースの腕が枢の腰を抱え、思うまま操る。最初のうちは馴染《なじ》ませるようにゆるゆると動き、徐々に遠慮のない律動に変わっていった。引き抜かれれば生じる摩擦にぞくぞくと全身が粟立《あわだ》ち、突き入れられれば内臓が押し上げられるような圧迫感に息が詰まる。

涙が自然と零れる。だが不快ではない。ルースを受け入れている、ひとつになっているという精神的な満足感が、体に感じる違和感を打ち消してくれている。

歯を食いしばる枢に、ルースは接吻けで吐息を解放しようと試みている。

ルースの舌に応じれば、大声をあげてしまうかも知れない。枢はきつく唇を引き結ぶ。

だが、より深く穿《うが》たれた瞬間、顎《あご》の力が抜けた。

「んっ……あ、ああっ！」

ずぐんと重く体を貫いた衝撃を、枢は、気持ち良いと感じていた。

薬で混濁していた時とは違う、鮮烈な愉悦。

無意識に腰を前後に揺らし、更なる刺激を求めてしまう。一度堰《せき》を切ってしまえば、艶《つや》めいた嬌声《きようせい》が止《と》め処《ど》なく溢《あふ》れてきた。

制御できない。

意識はあったが体は何か別のものに乗っ取られてしまったかのようだ。理性の欠片もなくただ愛する者の与える快楽を貪《むさぼ》るだけの、原始の感情に。

「かなめ。愛しています」

胸の奥底から絞り出すような、うっとりとした声音に、思わず背が震えた。

そしてうっかりルースを締め付けてしまい、その存在をありありと体内に感じて仰《の》け反《ぞ》る。ルースは硬く、力強く脈動している。

頼もしい腕に体を引き寄せられ、裸の胸がぴたりと重なる。お互い汗だくで、熱く、激しく息を上げている。

感じてくれているのだ、自分に興奮してくれているのだと――己の中に確かに在り、拍動しているものの意味を改めて理解し、嬉《うれ》しさにルースの首にしがみつく。

それが合図だったかのように、優しくそっと、体を繋げたまま、ルースは枢を寝椅子へ横たえた。

膝が胸に付くほど体を開かされ、仰向けに転がされ、指を絡め、愛しい人が覆い被さってくるその重みを受け止める。

充実感に浸っていられたのは、わずかの間。

すぐにルースは激しい抽送を開始した。そのあまりの強さに、枢の視界に星が飛ぶ。

「あん！　待っ――あっ、あっあっ」

律動に合わせ、抑え切れずに声が漏れ続ける。最初は悲鳴じみていたが、やがてそれも甘く蕩《とろ》けていった。最早《もはや》、感じるのは愉悦のみ。苦痛はなく、愛する者とひとつになり高め合っているという幸福だけがそこにある。

壊れていく。壊され、作り替えられていく。ルースを愛する為《ため》だけの存在へ。体の最奥に叩《たた》き付けらる熱を受け止めながら、枢はわずかに残った意識の底にそれを感じていた。

これで本当にルースのものになれたのだと。

幾度も達した。互いに互いの全てを搾り尽くした。その瞬間は、体を通して魂まで確実に、ひとつに融け合っていた。

熱情の果て、ゆっくりと熱が引いていき冷静になる頭で、枢は確信に満ちて己に言い聞かせた。

もう大丈夫だと。

あなたがどんなに遠い、危険な場所へ行っても、戻って来るまで寂しがらない。

僕はあなたに、本気で愛されたから――

＊＊＊

異教徒を城砦《じょうさい》内の主要施設に泊めてはならない、隔離すべきだ、という貴族の進言を、幼王エルレシオンは頑として聞き入れなかった。

まだ幼いが聡明《そうめい》であり、そしてバルヴェルトの田舎貴族より遙かに広い世界を知っている王に対し、誰も口ではかなわない。むしろ長年に渡り異教徒を迫害し続けた人道的な責任問題にまで発展する恐れがある。仕方なく貴族側が折れ、人間とさえ認められていない異教徒のために王宮内に仮の部屋が用意された。

重大な国際問題に囲まれていて目立たないが、ラーディアとして革命的で先進的な一歩を踏み出した決断と言える。

こうして枢とサイの部屋は、二人が行き来しやすいよう――騎士の庁舎で迷子になった案件が、その後の失踪《しっそう》まで含めて、かなり大袈裟《おおげさ》に上へ伝わっているようだった――作戦会議室の真下、階段を下りてすぐという、覚えやすい場所に用意された。

王城はつい最近まで廃墟《はいきょ》も同然だった。この部屋も、掃除は行き届いていたが何かに利用された形跡はない。空っぽの本棚、まっさらな机、煤《すす》のない暖炉、良く乾いている水盤、蝋《ろう》がこびりついていない燭台《しょくだい》、そしていかにも急ごしらえな印象を与える二つの寝椅子。何もかもが素っ気ない。

「危ないよな……」

騎士団の書庫で自ら探し出した、見やすい地図の紙筒を数本。それに用意して貰った必要最低限の文房具を机に広げながら、サイは左手の腰高窓をしきりに気にしている。

鮮やかな夕焼けは、今日がようやく終わろうとしていることを知らしめていた。

「窓は、これが普通だよ」

「非常識だろ。落ちたら死ぬぞ」

「落ちないように気を付ければ良いだけだよ」

「気を付ける手間が、無駄じゃないか」

窓には、頭も出せないほどの幅の鉄格子が埋め込まれている。それがサイにとっての常識だった。身を乗り出せる開放的な窓などあり得ない。

サイが在室中は窓を開けない方が良いだろう。寝椅子に掛けて足を伸ばしながら、猛暑の季節が過ぎていて良かったと枢は緩くそんなことを思った。

バルヴェルトの城壁や建造物が全体に白い石で造られているのに対し、異教徒を閉じ込めた塔は黒い滑らかな石を隙間なく積み、森の断崖《だんがい》に乗り出すように建っている。足場となる凹凸もなく、どう頑張っても窓からは外へ逃げられない。

なのに、ご丁寧に全ての開口部に鉄格子がはめ込まれている。白虎の過剰な警戒がサイから『普通』を奪った。サイにとっては、格子に囲まれた世界こそ日常なのだ。

「サイも少しずつ外の世界に慣れていかないと。一生あそこで暮らしていく訳にもいかないし」

「俺は一生あそこで構わないよ」

「無理だよ。不便すぎる。それにどうするの、タケルさんを塔に呼ぶ訳?」

羽ペン用の鷲羽《わし》の束がサイの手から滑り落ち、ばらばらと床に散らばった。

サイはふうと肩で息を吐いてその場にしゃがみ、丁寧に羽毛を整えながら一本ずつ鷲羽を拾い集める。

その丸めた背を見守りつつ、枢も小さく嘆息する。せっかく二人きりの時間を用意してあげたのに、どうやら彼らの仲はまた後退したようだ。

それともワンランクレベルアップしたからこその初期状態なのか。

「少し落ち着こう、サイ」

「落ち着いてるよ俺は」

「どこがだよ。そわそわしすぎ。大丈夫、そんなに心配しなくても絶対勝てるよ」

枢は寝椅子からサイの真正面へ移動し、しゃがんで、両手を突き出した。

鷲羽をまとめて握り、サイは枢の掌と顔とを、不思議そうに見比べる。

「ほら。僕はここにいる」

「……それが?」

「今から十二年後の神聖暦六百六十六年、バルヴェルト城砦の西……多分、僕が墜ちてきた辺りの森のもう少し奥に、母さんが墜ちてくる。そして、ルースが母さんを見付けて言うんだ。『ようこそ、母なるきみ』って。それから母さんは、ここバルヴェルト城で父さんと出会う」

未来はまだ変わっていない。

枢が存在しているということは、つまり、枢の知っている未来は確かに、この時の流れの先に存在している。

あどけない幼王が長じて勇敢な覇王となり、滅びに瀕した弱小国は大国アルベニスを破り、北大陸を制圧している。

そんな、夢物語のような未来が。

サイの目の前に広げてみせていた掌を、ぐっと握る。爪が食い込むほど、強く。

「僕はまだ存在している。正直すごく怖いし、どれだけ沢山の人が傷付くんだろうって考えたら、胸が痛い。でもそれは、僕がここにいるからだ。まだ未来は変わっていない。まだ、僕達の時間の先には栄光のラーディアがある」

苦しみの先に、栄光を信じること。

今の枢にはそれしかできない。

苦しいのは、痛いのは、存在しているから。両親が出会い自分が生まれる未来が、まだ変わっていないから。

その一縷《いちる》の希望にすがりつく。

「強くなったな。枢」

「え？　そ、そんなことないと思う。僕は戦える訳じゃないし、サイみたいに頭も良くない。言葉だって喋《しゃべ》れない。サイのお父さんみたいに人を助ける力も持ってないし、みんなが有り難がってる予言だって母さんの思い出話だ。僕にはなんの力もない」

枢は無力さを自覚していた。が、同時に自分にしかできないこともきちんと知っていた。

幼王に栄光を授ける予言の存在、『墜ちたる星』であり続けることだ。

夏の嵐は、バルヴェルトに住んでいる者ならその訪れを誰でも予言できる。あの戦いは神格化され、予言の存在が嵐の到来を言い当てたとも天候を操ったとも吹聴されているらしいが、話を膨らませすぎも良いところだ。

砦《とりで》を奪還した時も、女王軍の罠《わな》に気付いた者は多かった。

王を擁しての神聖国からの帰還は、確かに枢の意見が多く取り入れられた作戦となった。が、結局は母の言葉に倣っただけ。王を護るため死力を尽くした者らこそ称えられるべきだ。

自分以外の者が紡ぐ奇跡が、まるで自分の手柄のように語られるのは、気持ち良くはなかった。

だがそれこそ、自分の役割なのだ。枢はそう受け止めている。

「僕にできることは、栄光への道しるべでいることだと思う。僕が消えない限り、ラーディアに希望はあるって」

明日に希望を繋《つな》ぐような夕映えは静かに色を失い、やがて夜に塗り潰《つぶ》されていく。

枢は、導きの星の名を与えられた。恐怖をもたらす闇の中で輝く者として。今はラーディアに在り、栄光の未来には姿を隠す光として。

枢の決意に、サイの頬にもいつもの笑みが戻る。

「安心しろ。もし君が消えても、俺が何とか歴史を元に戻すから。君が生まれてくる未来に」

「うん。ありがと。期待してる――っと」

遠慮のないノックが部屋に響く。

出ろと顎《あご》で指示するサイに、無理と目で訴える枢。呆《あき》れ果てたように肩を落とし、サイは腰を上げて揃えた鷲羽をテーブルに置いた。

「はい、は、こう言う」

ラーディア語の指導をひとつ。ゆっくりはっきり枢に言い聞かせ、だいぶほつれた赤毛を撫《な》で整えてから、サイはノックに応じる。

枢が教えられた言葉をもごもごと口の中で転がしているうちに、用件はあっさりと済んだ。

「メシだぞ」

ラーディア語の『はい』を練習していた枢は、サイが受け取って戻ってきた銀の盆に温かそうな湯気を立てるスープの器が載っていることに気付き、うっかり舌を噛《か》んだ。

十年以上、白虎は西の塔へ食事を運び続けてくれている。が、それは異教徒が死なない程度の最低限のもの。わざわざ温かなスープを、険しい山道を馬で辿《たど》って届けてくれるほど優しくはなかった。

枢が暮らすようになって、格段に食事の質が良くなったとサイは言う。恐らく将軍の長男が食事係に口を出したのだろう。が、それでもやはり、温かいもの抜きの食事を、枢は物足りないと感じていた。

口を両手で押さえて悶絶《もんぜつ》する枢を横目に、サイは盆に並ぶ食事に小さくため息を零す。

「やれやれ。偉いさん方はこの期に及んで良いものを食べているようだ。まあ陛下はまだ子供だしな。成長期にきちんと栄養を摂《と》らないと背が伸びない」

「背？」

「とりあえず食べよう」

バルヴェルトの主食、発酵させないパンとオイル漬けの魚に、野菜と、何かのペーストのようなもの。スープは魚の骨のだしに薄い塩味が付いていた。

部屋にはテーブルセットがなかったため、水盤用の三脚を寝椅子の傍に持ってきて盆を置く。

「城砦《じょうさい》内に蓄えている麦も魚も限りがあるし。遊牧民は堅パンとチーズがあれば生きていけるらしいけど、冬になって草が枯れたら馬が死ぬ。お互い悠長にできないはずだ」

「父さんが先陣切って戦ったって言ってたから、少なくともあと三年くらい、戦争は続くはず」

「戦い続ける訳じゃない。とりあえず城砦の周りからは撤退させる」

「港は死守しないとね。――ところでこれ何？」

「海藻のパテ。父さんが良く『海苔《のり》の佃煮《つくだに》を思い出す』って言ってた」

「ああ。何となく分かった」

「なあ佃煮の『つくだ』って何だ？」

場所は変わり、状況も違うが、この世界で食事をする時は最初からずっとサイと一緒だった。

今までと同じことをしていると、安堵《あんど》する。変わらない、変わるはずがないと思えてくる。


これからアルベニスを北へ追い返し、奪われた領土を取り戻していく。

破壊された街、蹂躙《じゅうりん》された畑を蘇《よみがえ》らせるのは、途方もない時間と労力を必要とするだろう。が、そうやって少しずつラーディアを蘇らせていかなくてはならない。

十二年後には全てが終わっている。果てしがないようでいて、ゴールはちゃんと存在している。

＊＊＊

女王旗を掲げてからのアルベニスの動きは速やかだった。

本来、彼らの侵略は火のように疾《はや》く、そして残虐なものだ。あらゆるものを破壊し蹂躙しながら進軍してきた。

無敵を誇る弓騎兵の足を止めたのは、城砦と港町を無傷のまま陥落させるという、これまでの常套手《じょうとうしゅ》段《だん》では不可能な戦略であった。

無傷という条件を諦《あきら》めてしまえば、あとは彼らのいつものやり方に戻る。一気呵成《いっきかせい》に、破壊し尽くすのみだ。

女王軍の襲撃に備え、バルヴェルト城砦には集められるだけの兵力がかき集められた。

白虎の騎士、騎士の称号を持たない兵士、傭兵《ようへい》、バルヴェルトの市民まで。

彼らの使命はその命を盾として、町を護ること。

この日に備え、ポート・バルヴェルトの職人は総出で武器や防具を作り溜《た》めていた。漁具しか作ったことのない鍛冶屋《かじや》が剣を鍛え、漁師は投網の代わりに鎖帷子《かたびら》を編む。女達は少しでも矢の雨を防げるようにと、革や布の防具を縫い続けた。

全てはラーディアのために。

神聖暦六百五十四年。清《さや》かな秋の早朝、歴史の大いなる転換点となる戦いが始まろうとしていた。

誰もが戦いを決意し、朝を迎えた。――この朝より運命が変わることを、まだ知らないまま。

枢も眠れない夜を過ごした。

不安に苛《さいな》まれ、幾度となく己の肉体が存在していることを確認した。大丈夫、まだ歴史は変わっていないと瞼《まぶた》をきつく閉じ毛布を身に巻き付けても、怯《おび》えた心が睡眠という安寧を拒絶する。

ようやく寝付けたのも束の間、夜も明けきらぬうちに扉を激しくノックされ、眠り足りない体を起こす。『異教徒』付きを命じられたのであろうメイド達がきびきびと二人の身支度をしてくれた。

服は自分で着替えるからとサイに言って貰《もら》っても聞き入れてくれないため、諦めて大人しく着せ替え人形に徹する。いつもの上質な服を隙なく着付けられ、沢山のベルトをし、硬いブラシで髪を整えられる。だいぶ伸びてきた横の髪を飾り編みにしてくれたのが、地味に痛かった。

「おはようございます。我が君」

「お、おはようございます」

そうして身支度をさせられて、髪を整えるのに時間を要するサイを置いて一足先に玄関の間へと連れて行かれる。

そこに待っていたルースの姿を見て、一気に枢の目が覚めた。

騎士は、戦闘の準備を整えていた。

いつもの白いフロックの下に、精緻《せいち》な銀の鎖帷子が見える。剣を帯び、矢の雨を防ぐ意味もあるのか分厚いマントを羽織っている。

枢の胸が潰れるほど痛んだ。

二人の主従の証として渡した枢の制服のネクタイが、ルースの右手に巻き付けてある。その臙脂色《えんじいろ》が、白虎の装束の上にひときわ映えた。

元々渋い色味だったお陰で、目立ちはするが滑稽《こっけい》ではない。

枢の騎士は片膝《かたひざ》をついた。

鞘《さや》ごと剣を剣帯から抜き取り、鞘尻《さやじり》を床について主君の前に真っ直ぐ立て、柄頭に重ねた両手に額を付けて頭《こうべ》を垂れる。

どういう所作で、何を言い、ルースを立たせてやれば良いのか。枢はラーディアの貴族の礼儀を何も知らない。

ルースに近付いて、両の手で真鍮《しんちゅう》色の髪を撫でる。頭に、頰に、そして重ねられた手に、指先を滑らせていく。

すると愛しい騎士の手がそっと剣から離れ、枢の指先を握った。

引き寄せ、軽く唇を当ててから、ルースは立ち上がった。防具が重そうな音を立てたが、細身に見える騎士の所作に揺るぎはない。

「お願いがあります。我が君」

「え？　何？」

ばたばたとわざとらしい気配を立てながらサイが大階段を降りてきた。今日も手が込んでいる髪型にメイド達の本気と、遊び心が垣間《かいまみ》見えた。

朝の挨拶《あいさつ》より先に、きびきびとしたラーディア語

で、ルースはサイに用件を伝える。返事より先に、気の毒そうな目で見られ、枢の背がひやりとする。

大抵のことなら面白がってしまいそうなサイからの、労しい目線。ルースの『お願い』は一体、どれほど無理難題なのだろう。

ほんの少し、嫌な予感がした。

＊＊＊

しっとりとした夜の気配がまだ沈殿しているバルヴェルトの壁の中。町民の避難は既に終わり、夜襲に備えて固く門の閉じた前庭に、集められるだけのラーディアの兵が集っている。

枢はそこに引っ張り出された。

それこそが、ルースの『お願い』だった。

これより城門を出て、彼らはアルベニス軍と戦いに征《ゆ》く。ラーディアに栄光を約束する『墜ちたる星』として彼らに祝福を与えて欲しいと、枢がそういうことを好まないことを承知の上で頼み込まれた。

枢自身、御輿《みこし》に担ぎ上げられるのはもう覚悟している。その器ではなかったが、もし予言を心の拠り所とすることで彼らが力を得られるのなら、甘んじて偶像となろう。

枢が公に出たのはこれで二度目。タケルに誘われて港町に連れて行かれたのが、遠い昔のことのように思える。

状況はあの頃と何も変わっていなかった。予言された未来という、ふわふわとした形のない希望に縋《すが》り現状の厳しさに耐えている。

強大な国の牙《きば》は今もラーディアの喉元《のどもと》に突き立てられたまま。

ルースの愛馬『たまご』の背に跨《また》がり、騎士に轡《くつわ》を取って貰い、枢は彼らの前に進み出た。

枢を知っている者らの囁《ささや》きが広まっていき、兜《かぶと》を脱ぎ馬を下りる者が出始める。

数え切れない人に一斉に見つめられている。初めての経験に、枢は顔から火が出る思いでたまご色のたてがみを握る。

彼らは皆、『墜ちたる星』の言葉を待っていた。

「……あの」

城砦《じょうさい》都市の前庭は、戦いの準備をするためにあるのだと。

モザイクタイルが美しい、何もない空間を埋め尽くす兵の数に、枢はそれを改めて思い知った。

戦いを知らなかった、戦うための街バルヴェルト城砦。安全だった都市は歴史上初めて、脅威に脅かされている。

朝と共に跳ね橋が降り、落とし格子が上がる。戦いに征く彼らを激励したいと思えど、ふと言葉が通じないことを思い出す。

枢の通訳は、傍にいてくれた。轡《くつわ》を取る騎士とは反対側に。

「正確に通訳してよ。変に脚色しないで」

「大丈夫。任せろ」

「今一信用できないんだよなぁ」

数は分からない。しっかりとした武器防具を整えている者も、そうでない者もいる。誰もが枢に注目している。

枢はひとつ深呼吸した。

「僕は、あなた方が勝利することを知っています」

サイが通訳をしてくれた。ラーディアの兵がわずかにどよめく。

「僕は、あなた方の勝利を知っています。国王エルレシオン陛下の栄光を知っています。あなた方が勝ち、ラーディアが栄える未来は、確実に存在しています。——僕は信じています。ですからあなた方も信じていて下さい。必ず、アルベニスを破ると」

幼王に栄光を授ける『墜ちたる星』が約束した。

勝利を。

それが伝わった瞬間、バルヴェルトの城砦を突き動かすような歓声が上がる。

ルースが両手を差し伸べる。大きな、大好きな手が枢の腰を掴《つか》むので、ルースの肩に両手を置いて片脚を抜く。心を込めて優しく丁寧に、枢の騎士は枢を降ろしてくれた。

高い所から皆を見下ろすのは嫌だったが、枢の背丈ではほとんどの兵は姿が見えない。比喩《ひゆ》ではなく文字通り枢は『墜ちたる星』として担ぎ上げられる必要がある。

頭では理解していた。精神的な抵抗はいずれ、徐々に慣れて薄れていくだろう。もはや諦《あきら》めるしかなさそうだ。

ただこれが自分の能力だと自惚《うぬぼ》れ増長しないようにしなくては。

「さすが未来の王子様。堂々としていらっしゃる」

「……あのね。僕は自分が本当に覇王の息子だって、つい最近まで知らなかったんだよ」

「いやいや。血って侮れないなって、最近思うんだ。受け継いだものは必ず、体の中に流れているんだよ」

サイがにんまり笑うので、釣られて枢の口角も上がる。

確かにサイの中に日本人を感じることがある。容姿は母親似の赤毛だし違う世界に産まれ育ったが、父親から多くを受け継いでいる。

そしてルースは騎士の誠実さと異国人としての柔軟さを、矛盾することなく持ち合わせている。

「かなめーっ!」

唐突に耳に届いた、聞き覚えのある少年の声に、枢ははっと顔を上げた。

さっきまでとは違うざわめきが広がる前庭に、二人の少年を乗せた一頭の馬が駆け込んでくる。

「父さ——陛下っ!」

国王エルレシオンは、どうやらまだ乗馬が得意ではないらしい。

親友と共謀して王城を抜け出して来たようだ。しかもだいぶ急いだようで、リュートの背にしがみつく王はずり落ちかけている。

リュートが手綱を引いて馬が脚を止めると、慌てて手を貸そうとする周囲の大人を振り切って王は一人で飛び降り、どうだとばかり自慢げな笑顔を満面に浮かべた。

　そして、全力で枢に抱きついた。

　それを教えたのは枢である。確かに、父を抱きしめた。それが、言葉が通じない二人のコミュニケーション手段。直接触れ合う互いの温もりで思いを確認し合うしかない。

　一日も早く言葉を覚えなくてはと決意を新たにする。父さん、僕はあなたの息子です、とうっかり口を滑らせてしまう危険性は増すが、王と会話を持ちたかった。

　ルースはぴしりと最敬礼をし、その場に片膝《かたひざ》をつく。サイも多少気取った態度で衣の裾《すそ》をさばきつつ膝を折る。枢も、ようやく腕の力を抜いてくれた王の前に跪《ひざまず》いた。

　その光景を目にした者から順に、膝をついていく。一人、また一人。水面《みなも》に落ちた一滴の雫《しずく》が波紋を広げるように、外へ外へと伝わっていく。

　慌てて馬を降りる王の友人を最後に、いつしか全員が、幼い王の前に忠誠を示す。

　それを見渡す王の表情は、頼もしかった。

　今ここに集結するラーディアの力の全てが、王と共に在る。

　ルースが何事か囁く。王は小さく頷《うなず》き、凛《りん》とした良く通る声で短く、だが力強く、戦いに行く者達を激励した。

「この国は案外強いかも知れないな」

「強いよ。もちろん」

　サイの呟《つぶや》きに枢は確信を持って返事をする。

　アルベニスが犯したたったひとつの過ち。それは、ラーディアに時間を与えてしまったことだ。

　幼王エルレシオンが帰還し、『墜ちたる星』枢も心の準備を固めてしまった。

　後はただ、歩み続ければ良い。ラーディアに約束された栄光へ。

第九章間　女王の疑心

バルヴェルト城を制圧せよ。

女王が下したその命令は風のように速やかに草原を駆け抜けた。

アルベニスの女王旗は、金の王冠を頂く漆黒の雌獅子《しし》。俊敏に迅速に、獅子は中央平原を南へ下り大陸の端へと辿《たど》り着《つ》く。

女王の兵は、その瞬間を心待ちにしていた。

無敵を誇る弓騎兵の唯一恐れるもの——飢餓がひたひたと背後に迫りつつある。

大軍であるがゆえ、彼らは一箇所にじっとしていることができない。侵略地の全てを食い尽くしながら進み続ける必要がある。食料が乏しくなる季節は目前に迫っており、立ち止まることは死を意味していた。

やがて草原は冬枯れ、馬が飢える。人馬の腹を充分に膨らませるだけの補給を、遠い本国のみに頼るのは難しい。新たな侵略地が必要だった。即ちバルヴェルトの土地が。そこに蓄えられた食糧と物資、そして人間が。

このまま見捨てられてしまうのではないか。そんな不安が、些《いささ》かも揺るぎない女王への忠誠心に、まるで純白の絹に落ちた墨の一滴のように染み込み、じわじわと広がり始めていた矢先だった。

進軍の命令が最前線に届く。

彼らは歓喜と共に、女王旗を掲げた。雌獅子は半島の付け根に向かい、森の北に広がるように翻る。

地の利は圧倒的に我々にある。半島の突端に追い詰められ、袋の鼠となった小さな王国の喉《のど》に牙《きば》を突き立て、息の根を止めてやれば良い。

その上で港湾設備を頂く。多少被害は出るかも知れないがきちんと立て直し、これまで小国が独占していた、南との貿易が生む莫大《ばくだい》な富を女王陛下へ献上する。

完璧《かんぺき》だった。

北大陸には女王国と、山の上に引っ込んでいる法王の国、二つあれば充分だ。

港を壊さず手に入れることに、夏の始まる前より拘り続け、そのせいで辛酸を嘗《な》め続けたラーディア侵略は、これでようやく終わる。

アルベニスの弓騎兵はそう信じていた。

＊＊＊

「ママ」

清かな声に、女王はきつく閉じていた瞼《まぶた》を上げた。

平原を吹き渡る乾いた風が、冷たい秋の気配を帯びて吹き込んでくる。ここはアルベニスの王宮。

進軍を指示しておきながら心浮かない女王ヴィヴィアナは、お気に入りの寝椅子にゆったりとかけて物思いに耽《ふけ》っていた。

城に住む者は皆、女王に気を遣う。彼女の瞑想《めいそう》を破る者はごくわずかしかいない。

「どうしたの、ママ」

愛しい娘が不安そうにしている。女王は娘にだけ向ける笑顔で、次の女王を慰めた。

「何でもないわ。少し考え事をしていたの」

「そう」

女王は手を伸ばし、娘の髪を撫《な》でた。

アルベニスの特徴を良く表した、艶《つや》やかな黒。正しく次の女王としてアルベニスに君臨する者に相応しい。

女王ヴィヴィアナはいつも夢想している。一人娘プルシアが即位する時のことを。

その頃にはもう戦争は終わっているはずだ。アルベニスは北大陸の半分と港とを手に入れ、揺るぎなき大国となっているだろう。あのゼイオン神聖国でさえおいそれと口出しできないほどの、豊かで、安定した国に。

アルベニスは女王が統治する国。歴史上、男の統治者はほとんどいない。

伝統的に、遊牧のため集落を離れる男衆に代わり、民族をまとめるのは女の仕事だった。

ヴィヴィアナは己の生に何の疑義もなかった。そして娘プルシアにもまた、大国となったアルベニスを率いる者としての教育を施している。

「心配しないで。戦争は、もうすぐ終わるわ」

「そう」

多少の犠牲は払うかも知れないが、バルヴェルトを制圧すれば片が付く。

あとは、良いタイミングで玉座を降り、娘に渡せば良い。

決して揺らぐことのない、盤石な王国を整えて。

「ラーディアは、滅びるの?」

「ええそうよ」

「でも私は、ラーディアの王様と結婚させられるんでしょう?」

「心配しなくても良いのよ。あれは、ゼイオンに引っ込んだ王様を引っ張り出すための作戦だったの。あの国が在り続ける価値は、もうないんだから」

「殺してしまうの?」

プルシアの視線が真っ直ぐ、ヴィヴィアナを射貫《いぬ》く。母には分からなかった。娘が何を心配しているのか。

王統が存在し続ける限り、どれほど蹂躙《じゅうりん》しようとも王国は在り続ける。

国家とは、領土の広さではない。国民の多さでもない。統治する者が一人あり、帰属する者が一握りおれば、国体をなす。

女王はそれを痛いほど思い知らされた。

だからこそ、他の誰でもなくラーディアの幼王エルレシオンだけは、絶対に生かしておくことはできない。

ラーディアの王都を攻め滅ぼし、王も王妃もそれに繋《つな》がる者らも全て屠《ほふ》ったというのに、いまだラーディアが存在しているのは幼い王子の存在が隠されていたせいだ。

手抜かりであった、と女王は心残りに思っている。王子が国外に逃れたことに気付かなかった。神聖国がラーディアの肩を持ったのも根回しが足りなかったせいだ。

「これは戦争なの。勝った方が、負けた方の王様の首を手に入れるのよ」

「そう」

プルシアは静かに、母を見つめている。

「じゃあ、もしアルベニスが負けたら、ママやパパや私は殺されてしまうの？」

女王の喉が大きく上下する。

自国の敗北など、欠片も疑ったことがない。突きつけられた問いがあまりにも現実離れしすぎて、娘にすぐに答えてやれなかった。

「本気で思っているの？　ママ達が負けるって」

「だって、そう予言されているもの」

「予言ですって？　お前までそんな言葉遊びを信じているの？　馬鹿をおっしゃい、これだけの力の差があるのにどうして、どうやったら、何故ママ達が負けると言うの」

娘の目は静かだった。

凪《な》いだ瞳《ひとみ》に恐怖の影はなく、プルシアが本当に敗北と死を恐れているのかどうかは読み取れない。

ただヴィヴィアナにとって恐れるに足りない『予言』が、プルシアの心を脅かしているのは間違いないようだ。

誰もが予言に振り回されている。

夏の嵐に見舞われたのはただの悪い偶然。その偶然が『予言』に無駄な信憑性《しんぴょうせい》を持たせ、噂は膨れ上がり、ラーディアの民は歓喜し、アルベニスは恐怖に怯《おび》える。

「お願いよプルシア。ママを困らせないで。お前は次の女王なの。あんな予言に振り回されちゃだめ」

「でもみんな言ってるわ。アルベニスは負けるって。そして、勝った方が負けた方の王様の首を手に入れるんでしょう？　だとしたら」

「やめなさいプルシア！」

女王の恫喝《どうかつ》に、娘は怯えない。

代わりに、使用人達がおろおろと慌てふためく音が、天幕の向こうから聞こえてきた。

静かに、女王は呼吸を整える。

西に墜ちたる星ありき。それは幼王の誉れなり——アルベニスは滅びるのかも知れない。『西に墜ちたる星』が幼王に約束する栄光の前に、膝《ひざ》を屈するのかも知れない。太古の時代より語り継がれている童歌、言葉遊びの一節が、暗い未来を本当に暗示しているだとすれば。

アルベニスにその童歌が伝わったのは遙か昔。まだ遊牧民が遊牧民らしい生活をしていた頃だ。

砂漠で発見された遺跡に、正確な星図と共に、見知らぬ言葉で書かれていた。読める者が現れ、訳され、やがて大陸じゅうに広まった。

『幼王』、即ち成人前に戴冠《たいかん》した王が歴史上ただの一人も存在しないことから、それは未来に起こる出来事であろうと推測する者が現れた。そして童歌は予言へと変わる。

ただ予言されている存在が『女王』でも『法王』でもなかったため、北大陸の二つの大きな勢力はそれに関心を示さなかった。

王の統治する国はラーディア。北大陸の南西部に点在していた幾つかの勢力が融合して誕生した小さな王国でのみ、予言は大切にされてきた。

やがて誉れを、希みを、英知を、護りを約束された幼い王がラーディアに誕生する。そんな予言、現アルベニス女王ヴィヴィアナにとっては戯《ざ》れ言《ごと》でしかなかったはずだった。

予言はここアルベニスにも浸透している。

そしていみじくも、ラーディア王都を攻め滅ぼし先代の王を屠り、予言に詠《うた》われる『幼王』を生んだのは、他ならぬアルベニスの女王軍だった。

「私は自らの手で、滅びを引き寄せてしまったと言うの……？」

　二国間の力の差は圧倒的で、アルベニスに敗北の要素など何一つない。

　何一つ。──墜ちたる星の存在を除いて。

「そんなはずはない。いいことプルシア。予言なんて下らない戯れ言を信じるのはおよしなさい。そんなものに怯えているから、勝てる戦いに勝てないのよ。私達は強い。信じていれば良いの」

「そう」

　長い睫毛《まつげ》が娘の頬に影を落とす。

　勝利を目前にしながら、敗北を憂う娘の表情が、母には恐ろしかった。

　こんなにも身近に、アルベニスの敗北を信じる者がいる。

「陛下！　話がある！」

「……やれやれ。うるさいのが来たわよ」

　母と娘が苦笑を交わし合っているところへ、王婿エットレが肩を怒らせて割り込んできた。

「陛下。何をしている」

「静かにして頂戴《ちょうだい》」

　こめかみに指を当て、お前が喧《やかま》しいせいで頭痛がすると仄《ほの》めかしてみたところで、エットレが察するとは思えない。

　元々賢いとは言えない男だったが、不幸な偶然で弟を喪《うしな》ってしまったせいで性格は更にねじ曲がってしまった。ただの嵐を『墜ちたる星』の妖術《ようじゅつ》だと信じ込み、ことラーディアに関しては愚かしいほど幼稚な感情をむき出しにする。

　恐れる者がいるからこそ星の輝きはアルベニスに暗い影を落とす。予言から逃れようとするあまり逆に不運を引き寄せている。普通にしていて負ける相手ではない、過剰に反応すべきではないのに。

「城攻めが始まる頃だ」

「私達に何ができるって言うの？　ここで、ラーディア王の首が届くのを待つ以外ないじゃない」

「陛下はそれで良いのか？　その眼で、ラーディア滅亡の瞬間を見なくても！」

「私は暇じゃないの」

女王は常にアルベニスの中心に座し、報告を聞くのが仕事だった。

敗れるとは思っていない。敗れる要素が何一つない。たとえ敵が本当に未来を予知する力を持っていたとしても、この戦局を覆すのは不可能だ。

「俺に行かせてくれ。陛下」

「……本気？」

「勿論《もちろん》だ。バルヴェルト城にアルベニスの旗が翻るさまを、一日も早くこの目で見たい。できるならこの俺がラーディア王の首を刎《は》ねてやりたいところだが、恐らくそれは間に合わないだろうからな」

ひっひっと引きつったように笑う夫の赤ら顔を見遣れば、口で言うほどの余裕がないのが分かる。

本心では、不安で仕方がないのだ。

首の皮一枚の状態ながらラーディアは大国アルベニスに噛《か》み付き続けている。認めたくはないが、ヴィヴィアナも感じていた。追い詰めたと思っていたラーディアに、アルベニスは、逆に精神的に追い込まれている。

真に憂慮すべきは予言そのものではない。ラーディアという国が栄光を信じ活気付くこと。

奇跡へ邁進《まいしん》する敵の勢いを押し留めなくてはならない。己が劣ると考えたくはなかったが、最近、敵があまりにも調子付いていた。

「俺が最前線で指揮を執る。バルヴェルト城を丁寧にアルベニス風に造り替えた上で、万全の準備を整えて、お前達二人を待とう」

「そんな仕事ができるとは思えないけどねえ」

「任せてくれ。俺はどうしても見たい。ラーディアの滅びをこの目で見ないと気が済まないんだ」

女王の夫として選ばれた男は、恐れている。このままアルベニスの未来が閉ざされてしまうことを。

普段と異なる行動を取れば、それがまた悪い方へ転がるきっかけになりかねない。いつも通り待つべきだ、と口で諭したところで、聞き分けなどしないだろう。女王は深く嘆息した。

ラーディアを栄光へ導く予言が、裏を返してアルベニスを滅亡へ誘うそれとして、草原に深く濃い闇を落としている。

このままでは本当に、女王の国は予言に取り込まれてしまう。必ず勝たなくては。ラーディアを潰《つぶ》さなくては。

そして、予言などただの童歌に過ぎなかったことを証明してみせなくては。

＊＊＊

女王の夫が将軍として兵を率い、戦場に向かう。それで少しでもアルベニスの民が予言を忘れてくれるなら。ヴィヴィアナはそう期待していた。

本人も馬も出来る限り飾り立てた。もはや馬に乗ることも弓を引くこともやめ、歳《とし》を取り、見るからに鈍重そうではあったが、彼が出向くとあればそこに民も希望を見出《みいだ》すだろう。

ここまでさせられるとは予想外だった。もし最初からバルヴェルト城砦《じょうさい》を落とせと命じていたなら、あの忌まわしい嵐が来る前に終わっていた。いかに王が生き延びていようと、帰るべき領土を全て奪いラーディアを消滅させていたのに。

簡単に終わるはずの侵略を長引かせてしまった責任はヴィヴィアナ自身も感じている。そのせいで不安が国中に広がっていることも。

もうじきアルベニスには長く厳しい冬が訪れる。男共が戦争に出ている間、女は良く働いた。だが国民が生きるのに精一杯の蓄えしかなく、最前線の兵に充分な食料を届けられなくなる。

それまでに、終わらせなくてはならなかった。

「ねえ、ママ」

テラスに女王と並び、エットレとその軍勢が南へ征くのを見送っていたプルシアが、宮廷の前庭の喧《けん》囁《そう》にかき消えそうなほどか細くやんわりと母を呼ぶ。

ヴィヴィアナは母親の顔に戻り、軽く屈んで娘の顔の傍に耳を寄せた。

「なあに？」

「パパとまた会える？」

「勿論よ」

躊躇《ちゅうちょ》なく、女王はそう断言した。

娘の表情から不安は消えない。予言に取り込まれた、青白い頬のまま。

「予言なんか、パパとママが覆してみせるわよ」

「そう」

「いつも言ってるでしょう？　信じていれば良いの」

女王は己に言い聞かせた。

勝利を信じるしかない。

第十章　ラーディアの四宝

神聖暦六百五十四年、秋。

岬の突端まで追い詰められた小国ラーディアの反撃が始まろうとしている。

ここから、幼王の国は奇跡の快進撃を続ける。わずか数年で奪われた領土を奪還するばかりか、大陸中央部まで進出しアルベニスを滅亡まで追い込む。

枢は、既にその未来を知っていた。

地平線を覆い尽くすような女王の軍勢を迎え討つ、寄せ集めのラーディア人兵士が、王の激励と『墜ちたる星』の祝福を受けてバルヴェルトの城門を出て行ったのは今朝方早く。

長い一日が、残酷なほどゆっくりと過ぎていく。

戦えない住民と魚の塩漬けの樽《たる》が限界まで詰め込まれた、窮屈で落ち着きのない城砦内にあって、枢は己にできることを必死に行っていた。

即ち、母の言葉を思い出すこと。

枢は国民が求める通りの『墜ちたる星』で在り続けなくてはならない。そのためには、もっと多くの予言が必要だった。もっと正確に、未来を言い当てなくてはならなかった。

ラーディアを奇跡の勝利に導く存在に徹しようと、必死に記憶を探る。

栄光の未来と滅亡寸前の現状が、あまりにも乖離《かいり》している。流れを変える何かが必要だった。王や『墜ちたる星』の存在がラーディアの民を勇気付けているのは確かだが、それだけで退けられるほど女王の軍勢は甘くない。

偽りの旗を掲げて敵を混乱させる作戦も、いつまでも通用はしないだろう。やがて敵も学び、対策を立てる。それまでに次の手が用意できなければ、アルベニスの軍勢に数で圧倒されて終わりとなる。

一夏で軍を立て直したアルベニスとは異なり、こちらは一度の敗北が滅亡に繋《つな》がる。何としても勝ち続けなくてはならない。

これから何かが起きるはずだ。戦局を一変させる何かが。

歴史を覆すほどの大事件なのだから、母から聞かされている可能性が大きい。

それらしい物語を何も思い出せないということは、それと分からないほど些細《ささい》なきっかけなのかも知れない。王城に特別に用意された異教徒用の部屋に籠《こ》もり、長椅子に掛けて、枢は薄れ行く記憶と向き合う。

次なる策、新たな手を探して。

だが、思い出すのは現状と全く無関係なものばかりだった。具体的な戦略ではなく、母にとっては重要なのであろう父との甘やかな思い出ばかり。

「知らなかったんだろうなぁ」

「何が?」

心の中で嘆息したつもりが、無意識のうちに声に出してしまっていたようだ。机に地図を広げて鷲羽《わし》のペンを走らせていたサイが即座に聞き返す。

抱えていた、滑らかな手触りのクッションを脇に置いて、枢は机の方に向かった。

「母さんは、僕のこの状況を知らなかったんだろうなって。知ってたらもう少し役に立つ情報を教えてくれるはず」

「父親が異世界の王様って話を本気にしてなくて、真面目に聞いてなかったのは、どこの誰だっけ?」

「う……。僕」

「役立つことを何も思い出せない理由なら、三つか四つか考えられる。けどそれ追及したって意味がないだろ。なんで覚えてないのか理由を探す前に、何でも良いから思い出せよ。このままじゃ負けるぞ」

相変わらず、サイの言葉は手厳しい。

だがそれが悪意でないことは、枢は良く知っている。むしろ気を遣ってもらう必要など既になく、思ったことを忌憚《きたん》なく言い合える方が楽だ。

これでもサイは出来る限り枢を気にかけてくれていた。本当の動機は枢ではなく父親の謎に迫ることだろうが、それも含めて、枢はサイをきちんと理解しているつもりでいる。

「……負けないよ」

「だろうね。一応まだ、俺には君が見えている。君が存在している限り、ラーディアは負けない」

サイはにんまりと笑みを浮かべた。

それは常に、枢が自分自身に言い聞かせ続けた暗示のような言葉だった。不思議なもので、自分で唱えるより誰かに言って貰《もら》った方が信じられる。

「ただ本当に、このままじゃ駄目だ。どう考えても勝ち目がない」

サイの視線は机上の地図に固定している。釣られて枢も視線を落とした。

既に見慣れたラーディアの地図に細かく書き込まれた、アルベニスの現在の布陣。そしてそこから推測される、今後の動き。

あまりにも数が多く、小手先の策を弄《ろう》したところで飲み込まれ、押し流されてしまいそうだ。

ここからどのように、ラーディアは勝って行ったのか。

この状況を覆すという奇跡を成し遂げたのか。

「……あのさ、サイ」

「んー？」

「歴史が変わったのと、歴史を変えたのと、どっちが先なんだろう」

ようやく地図から顔を上げて枢を見たサイは、これ以上ないほど眉根《まゆね》を寄せていた。

枢は大真面目に、胡散臭《うさんくさ》げなサイの視線を受け止める。

「僕の存在がね、歴史を変えてしまう。不可能としか思えない勝利をものにする。僕がそうすることは、予言されていた。――けど、その予言そのものが、僕が変えた未来なんだよね。僕が変えなかった未来の先が、存在しない」

「言いたいことが良く分からん」

「要するに、未来の誰かが、過去に戻って遺跡にこの時代のことを書いたんだよね。でその書き残しの通りに、この時代が変わるんだ。どっちが原因でどっちが結果なんだろうって思ってさ」

明るい鳶色《とびいろ》の瞳《ひとみ》が枢を通り越し、遙か彼方《かなた》に焦点を結んでいる。

サイは深く考え込むほど激しく髪を掻《か》きむしる癖がある。異教徒付きのメイド達が丁寧に飾り編みした赤毛は、あっと言う間に見る影もなくなった。

ラーディアで育ったサイがタイムパラドックスの概念を正確に理解することは、映画や小説でそれを知っている枢よりも難しいだろう。枢はひとつ息をつき、この世界で目覚めた時より――否、枢が世界を越える以前から多くの者の運命を縛り付けている言葉を心の中で繰り返す。

西に墜ちたる星ありき。そは幼王の誉れなり。

未来の誰かが綴《つづ》った、これから枢が成し遂げるであろうこと。

これを綴った者にとっては既に過去だが、現在において、枢や周囲の皆を導く予言でもある。

この一文がなければ、ルースが異教徒の言語を学ぶことも、『墜ちたる星』を探すこともなかった。予言なしに敵の前線を押し上げ、砦《とりで》を奪い返し、王を連れ帰るのは到底不可能だ。

枢のいないラーディアは現状より遙かに悪い状況下にあるだろうと、容易に推測できる。

「覇王の息子であるはずの僕は、負けそうな国を救うためにここにいる。もっと未来の誰かが、もっと過去に行って石に予言を書く。まだ起きてもいない未来に合わせて、過去の辻褄《つじつま》を合わせていく。何か、逆だよね」

「未来の人間が過去へ行って、あの謎めいた一文を刻むことも、やっぱり歴史の一部だってことだよ」

「うーん？」

「歴史の流れって奴は時をも超越するんだよ。多分。知らないけど」

口角だけを持ち上げる、いつもの尊大な笑みに戻ったサイが、意味深な言い回しで強引に結論付ける。

枢は肩をすくめた。知らないけど、の言葉の大きさがじんわり胸に響く。

分かるはずがない。時の流れの中にいる自分が、それを超越したものを把握することなど不可能なのだ。そう思えば多少、心が軽くなってくる。

悩んでいても仕方がない。今はただ、各々できることをする。戦える者は戦い、護る者は護り、考える者は考える。

枢には、枢にしかできないことがあった。

「もう他のこと考えないで、真剣に思い出す」

「ああ。そうしてくれ。このままじゃ勝てない」

枢は覚悟を決め、長椅子に戻って腰を下ろす。

まだ自覚できるほどではなかったが、日本にいた頃の記憶が薄れ続けている恐怖は、ひたひたと枢の背後に迫っていた。

「だけどさ、サイ、良く考えたら」

「君の真剣はびっくりするほど短時間だな。もう少し真面目に――」

サイの小言は控えめなノックに遮られた。誰も地図に集中させてくれない、そんな怒りの滲《にじ》む声でサイがぞんざいに返事を返せば、扉の向こうからおずおずと遠慮がちな声が聞こえる。

申し訳なさそうなその声に、サイは当惑気味に返答した。

「何？」

「女が消えた」

「女って言うと」

神聖国の巫女《みこ》、日本語を嗜《たしな》み王との通訳もしてくれた美女が、枢の脳裏でやんわりと微笑んだ。

＊＊＊

決戦の朝。

城砦《じょうさい》の落とし格子が巻き上げられ、跳ね橋が降ろされると共に、王の激励と『予言の君』の祝福とを受けたラーディアの軍勢は女王の弓騎兵を迎え撃つべく進軍した。

各々、護りたいものをその胸に秘めて。

騎士団長代行ルーファスは真っ先に飛び出し、たまご色の愛馬に拍車を当てて一息に森を北上した。

戦う決意を固めた騎士は鎖帷子《かたびら》を着込んでいるためいつもより重く、更に自身も馬鎧《よろい》を付けられており、若く丈夫な北産馬も幾度となく前進を嫌がり脚を止めようとする。ルーファスは愛馬を時に宥《なだ》め時に叱咤《しった》しながら黎明《れいめい》の谷を一陣の風のごとく駆け抜ける。

北へ。北へ。夏の嵐の折には大河にもなる谷底を跨《また》ぎ、華やかに紅葉を始めた森を切り裂くようにして。単騎、護りの要ジュディス砦に到着した頃には既に陽《ひ》は高く昇り、『たまご』は茹《ゆ》で上《あ》がったように熱く火照った体でふうふう荒い息をついていた。

騎士が単騎、南から駆け上がって来た。

砦に詰める兵は慌てて大門の閂《かんぬき》を抜き、馬一頭がようやく通れる程度に開いてルーファスを通す。

全員揃《そろ》って敬礼しようとするのを、乱暴に手を振ってやめさせると、ルーファスは愛馬から降りた。馬だけではなくルーファスもまた疲労困憊《こんぱい》で、すぐには言葉が出て来なかった。

既に砦の目前にアルベニス軍は迫っている。

「サー・ルーファス。無茶を――」

「何か、変わったことは」

騎士団長代行を知っていた老兵が手綱を受け取りつつ、無謀な単独行動を諫《いさ》めようと口を開く。が、説教を聞いている暇はないとばかり、ルーファスは荒い呼吸に途切れ途切れの言葉を被せる。

手綱を若い兵に託し、水を飲ませてやるよう指示をしてから、老兵は腕を拱《こまね》きゆっくりと頭を左右に振った。

「じきにここもアルベニスに囲まれるでしょう」

「準備は、できているのか？」

「連中が砦の壁に取り付けば、上から石を落としてやる程度のことは可能でしょうが」

向き合い、膠着状態《こうちゃくじょうたい》を続けていたアルベニスの軍勢に、雌獅子《しし》の旗が翻るのを見付けた時、砦守の役に就いていた兵らはどれほど肝を潰《つぶ》しただろう。

女王旗翻るの早馬をバルヴェルトへ寄越した後、ラーディアという国の最前線たるこの砦に籠もり、いつ総攻撃されるとも知れぬ恐怖の中、彼らは援軍を待っていたに違いない。

籠城《ろうじょう》するには、ジュディス砦は小さすぎた。詰めている兵も少ないがそれ以上に蓄えがなく、防衛戦に向いていない。このままではあっと言う間に潰され、敵の休息地点へと変えられてしまうだろう。

ルーファスは呼吸を整えつつ、さして広くない壁の内側を見渡す。大きな井戸に目を遣り、面甲《めんかぶと》を外して貰《もら》って汲《く》み立ての水をがぶ飲みしている愛馬を眺めた。

「安心しろ。砦へは近付けさせない」

根拠となるものは何も示してやれない。敵は多く、こちらは寄せ集めの寡兵。弓という脅威に対し効果的な対策も見つかっていない。

今の段階では、励ましはただの気休めだった。

だがルーファスは、勝利を確信している。そして『墜ちたる星』が世に出た今、ラーディアの民に幼王の栄光を疑う者はいない。

信念が結果を導くのであれば、必ず勝てるはずだ。

「どうなさるおつもりですか」

「中心を崩す。将軍が討たれれば退却するだろう」

問うた方も、答えた側も、それが極めて困難な策だと理解している。

ラーディアの誰もが勝利を信じていた。が、それには奇跡を願うしかない。

「ひとつ約束して下さい。白の騎士団長殿」

「私はまだ父の名代だ。私をそう呼ぶと白虎の半分が気を悪くするぞ」

「自分は砦奪還作戦にも参加しました。七星の王国旗を掲げるあなたをこの眼で見ました。あの瞬間、ラーディア人としての誇りが奮い立ったものです。あなたと共にこの戦に勝たねばと、強くそう思いました。サー・ルーファス、あなた以上に将軍に相応しい騎士はいないでしょう」

樹皮のようなかさついた頬に浮かぶ誠実な笑みは、重圧がのし掛かり続けているルーファスの心をわずかに軽くしてくれた。

将軍になりたいからではない。むしろ騎士団長の長子であるという己の宿命を、できるなら捨て去ってしまいたいとさえ考えている。

だがルーファスには使命がある。全てを枢に捧《ささ》げ、愛し、仕えてきた。その働きを認めてくれる言葉は不思議と心地良い。己の選択を一度たりと疑ったことはなかったが、こうして肯定されれば改めて、歩んだ道の正しさを実感する。

「どうか、これ以上の無茶だけはなさらないように」

「無茶……」

「帰らなくてはなりません。帰る時のことを常に考えておかなくてはなりません。サー・ルーファス。我々の旅は、往路のみではないのです」

老兵の柔らかな言葉が、単独で暴走しがちなルーファスをやんわりと窘《たしな》める。

前へ進むことばかり意識して狭まっていた視野が広がり、見えなくなっていたものに気付く。

ふとルーファスは己の手元に視線を落とした。

拳《こぶし》にしっかり巻き付けられた臙脂色《えんじいろ》は、枢から与えられた恩恵。

胸に掌を置き、愛する主君を思った。

目の前に敵の大軍が迫っているこの状況で、余力を残した戦いができるかどうかは分からない。

ただルーファスは、枢と枢の語る未来をひとひらも疑うことなく信じている。ルーファスの行動は全て、偽りなく枢のためにあった。

十二年後、ルーファスは枢の母親を見付けると聞いている。今ここでの死は絶対に許されない。

「あれほど分厚い弓騎兵の陣を一点突破する命知ら

ずな策なら、あなたではなく、別の者にやらせるべきです」

「命に貴賤《きせん》はない。我々は等しくラーディア人だ」

「しかし」

「小隊長！　大変です！」

折り合うことのない問答が続く気まずい空気を破り、砦《とりで》の尖塔《せんとう》から転がり出て来た若い兵が声を張り上げる。

そして勢い任せて報告を始めようとし、ルーファスに気付いて慌てて踵《かかと》を合わせる。

非礼を咎《とが》めている暇はない。騎士は軽く頷《うなず》いて敬礼をやめさせた。

「どうした」

「東の森の中に赤い旗が……朱雀の大隊旗が見えました」

馬鹿な。あり得ない。

ラーディアに戦火の迫る以前より兵士であったであろう老兵は、その報告の異常さにすぐ気付いたようだった。

乾いた唇が繰り返し綴《つづ》る。馬鹿な。あり得ない。

アルベニスと国境を接する北部から順に、ラーディアは失われていった。北を護る朱雀は真っ先に、それして完膚無きまでに、蹂躙《じゅうりん》されてしまった。それを理解しているからこそ、多くの絶望をその瞳《ひとみ》に映してきた彼は、突如現れた希望にも懐疑的な表情を見せるのだろう。

跡形もなく踏みにじられたラーディアの北の護りが、そう簡単に復活するはずはないと。

「見間違いだろう」

「いいえ間違いなく朱雀です。あのどす黒いアルベニスの女王旗じゃない、鮮やかな赤い旗が、朱雀の大隊旗が見えたんです。朱雀の一個大隊が、ゼイオンとの国境の森に潜んでいます！」

まだ成人して間もないであろう、若い兵の声が震えている。

別の援軍に頬は紅潮し、体は小刻みに震え、興奮を抑えられないようだった。

「アルベニスの動きは？」

「左翼を東へ展開しました。結構な規模の軍勢を森へ向かわせる様子です。連中、先に朱雀を潰すつもりです」

「まさか、そんな無駄なことを、何のために」

「朱雀は最後まで抵抗を続けました。最後の一人まで逃げることなく。女王軍にどれほどの痛手を負わせたかは分かりませんが、連中、よっぽどあの赤い旗が気に入らないんでしょう」

親子以上に歳の離れた二人の兵の会話を黙って聞きながら、ルーファスは唇を硬く引き結んでいた。

東の森に潜む援軍を潰すため、戦力を割く。アルベニス軍のこの動きは予想外だった。一息にバルヴェルト城を陥落させてしまえば勝敗が決してしまう状況で、何故わざわざ弓騎兵の苦手としている森での戦いを挑んで来るのか。遊牧民の考えていることが全く分からない。

主力を右翼に集めて西寄りに、東の森から距離を取って朱雀を牽制《けんせい》しつつ南下し、真っ先に砦へ攻め込むだろうとばかり思っていた。

読みは、どうやら外れたようだ。

水を飲み貴重な飼葉まで貰ってすっかり機嫌を直して戻ってきた愛馬『たまご』の手綱を受け取り、首にかけた鎖帷子の下から撫《な》でてやる。まだまだ、これから働いて貰わなくてはならない。

このままでは、タケルを無駄死にさせてしまう。

＊＊＊

今日がラーディア最後の日となるかも知れない。そんな不安が濃い影を刻む城砦《じょうさい》内に、新たにひとつの不安要素が加わった。

神聖国ゼイオンの客人アリアの姿が見えない。

アリアは、ゼイオンの法王ガヴァラス猊下《げいか》が直々に指名した幼王の教育係だった。

幼王エルレシオンが山の頂の宮殿に身を隠していた頃から傍にいる。ゼイオンの高度な教育をラーディアの若き王に授けるため。

ゼイオンの法王は、疎開してきた隣国の王子に惜しみない愛情を注いだ。衣食住と身の安全だけではなく、亡きラーディア先王に代わって多くのことを教えてさえくれた。

そもそも一国に肩入れした段階で、中立国としての立場を逸している。何故そこまでと訝《いぶか》しむ声は少なからずあった。疲弊したラーディアには、代償として法王に差し出せるものが何もないのに。

「どうしてゼイオンは中立の立場を崩したんだろう」

「さあ？」

城砦内に残っている者が手分けしてアリアを捜しているというのに、枢とサイは王城内の作戦会議室で報告を待っている。

捜索に手を貸すのは吝《やぶさ》かではないのだが、言葉が通じない上に方向音痴な枢が役に立たないことは明らかで、通訳と共に待つよう言い付けられた。

かつてラーディアの中枢が集った部屋は、二人では広すぎる。深閑とし、無駄に声が反響して落ち着かない。

「そこが知りたいからこそ、あの女を捜してるんだろ。連中の考えてることは本当に分からんからな」

サイは壁際の長椅子にふんぞり返っている。中央の長テーブルに寄せられた背もたれの高い椅子を引く気にはなれないようだ。

枢が腰を下ろす部分をきちんと空けてくれてはいたがじっとしていられず、枢は室内をうろうろ歩き回っている。

「不思議な国だよね。ゼイオンは」

壁に飾られた絵皿、何代か前の王であろう肖像画、暖炉の上の錫《すず》器やガラスの置物などを順に眺めながら、枢は素直な感想を口にした。

サイは腕を拱《こまね》き、首をひねる。不思議という曖昧《あいまい》な形容を、もう少し具体的に咀嚼《そしゃく》し直している。

「ゼイオンの教育水準は他の国に比べて圧倒的に高いんだよ。昔から、良く王族が留学してる」

「そうなんだ」

「ただし平和な時代限定な。母国でちょっとでも諍《いさか》いがあれば、すぐに退去させられていた。徹底的に、他国に干渉しない。そういうやり方だった」

枢は大きく何度も頷いた。やはり、どうしても引っかかる。超然とした宗教国家が、建国から六百五十四年目にしてこれまでの主義を捨てた理由が。

「父さんは、アルベニスに攻め込まれてから留学、って言うか疎開してる」

「そこが今までのゼイオンと違うところだ。建国以来の中立国が、今回に限って敢えて火中の栗《くり》を拾いに行く意味が分からん」

「サイって、たまに凄《すご》く難しい日本語を使うよね」

「父さんが知ってる範囲でね」

町工場の職人だった男は現在、砂漠の王国を統治しているらしい。ある意味『墜ちたる星』本人である枢より遙かに大きな影響を世界に与えている。

サイの言葉は豊かで、教養がある。職人のイメージとは違い、頭の良い人なのだろうと勝手に推測しつつ、火中の栗について思いを馳《は》せた。

考えられるのは、予言の存在。

だが、ゼイオンがラーディアに救いの手を差し伸べたのは、先王の存命中だ。その頃から『幼王』の御代《みよ》を――つまり先の王が討たれ、エルレシオン王子が幼くして王位を継ぐところまでを見越していたのだろうか。

枢にはそれが、とても冷酷な決断に思えた。

予言された『幼王』を誕生させる為に、敢えて先王を救わなかったようにも解釈できるからだ。

「ゼイオンも、予言を叶《かな》えようとしているのかな」

「かも知れない。六百年以上も貫いてきた中立のスタンスを今このタイミングで捨てたのは、幼王が誕生する課程において第三の協力者が必要だって気付いたからだろ」

「でもさあ、どうせ手を貸すんなら、もっと早く何とかできたと思わない？」

予言の通りに、必要な犠牲を受け入れること。

それは、この戦いが始まった時から枢の前に立ちはだかる壁だった。

語り聞かされた未来のラーディアへ至るまでに、枢にとって祖父にあたる先王の死、そして敵国とは言えアルベニスの滅亡が必要となる。

その必要な犠牲を回避しようとすれば、恐らく、予言は成り立たなくなる。

「君の考えていることは分かるよ。枢。世に幼王を生み出すため、ゼイオンの法王が先の王を見殺しにしたって言いたいんだろう？」

「そこまでは、思ってないけど」

「ゼイオンはラーディアを救いたいんじゃない。アルベニスを止めたいんだ。多分ね」

北大陸の半分をアルベニスではなくラーディアに統治させる。それが北大陸のもう半分を統治する者の意向なのだろう。理由は、女王のやり方を見ていればおおよそ推測できる。あの国は、危険だ。

だが共存相手として神聖国がラーディアを選んだとして、仮に先王をも救おうとしていたら、恐らく滅亡の一途を辿《たど》っていただろう。

王都を見殺しにしてまでも幼王を誕生させ、どのような犠牲を強いられようと予言された通りの行動を取ること。ラーディアの未来に、それ以外の正解はない。

ただどうしても、枢にはそれが飲み込めなかった。

頭で知るのと、心で分かるのはまた別の話だ。

「幼王の御代の出来事を、未来から過去へ刻み付け、その結果として幼王が誕生する。今朝の話じゃないけど、自分の尻尾《しっぽ》を追いかけてるみたいだ」

「そうだね。原因と結果がコロコロ入れ替わる」

「関係者にその辺しっかり確認してみるか」

問い返すまでもなかった。サイが気付いたものは枢にも聞こえている。

扉の向こう、廊下を真っ直ぐ近付いてくる数名の気配。その中に、アリアの声もあった。

どうやら無事に保護されたようだ。

＊＊＊

アルベニスの弓騎兵団に、東の森の中から睨《にら》みを利かせる。それがタケルに与えられた任務だった。

朱雀の一個大隊が攻め込む隙を窺っているよう見せかけ圧力をかけることで、バルヴェルト城だけを向いているアルベニス軍の陣を乱す。弓騎兵の弱点である側面からの攻撃を警戒し、中枢は右翼側に偏るはずだ。

もはや中央突破しか策のないラーディア軍のため、弓騎兵の注意を少しでも前方から逸らし、中心部分の護りを薄くする。

タケルが朱雀の騎士の血縁だからか。偽りの旗を掲げるという汚れ役だからか。それとも、生き残れる可能性が高いからか。騎士団長代行が真紅の旗を託してくれた真意は、タケルには分からない。良くも悪くも上官に特別視されている。

白虎の騎士の中では結構浮いた存在だという自覚はある。朱雀の誇りを胸に秘め、白虎に心からの忠誠を誓えないでいる中途半端な己の内面を見透かされているのは確かなようだ。

白虎のやり方は納得できなかったが、騎士団長代行ルーファスは嫌いではない。同じ『半分だけ』ラーディア人として、あの真っ直ぐな男の役に立ちたいと心底から思っている。

だからこそ、たった一人で大軍の振りをするという大博打《おおばくち》を引き受けた。

「おいおい」

森の縁、疎らになり始めた藪《やぶ》に身を潜ませ、街道の辺りを窺っていたタケルは、我が目を疑った。

東側を避けるとばかり思っていたアルベニスの弓

騎兵は、予想に反して大きく左へ延翼させながら向かって来る。

こちらへ戦力を割くのは愚かな選択だ。

目の前のバルヴェルト城も、東に潜む朱雀の軍勢も、同時に叩《たた》き潰《つぶ》せると考えているのだろうか。

相手が愚かすぎて、策に乗って来ない。アルベニスはもう少し賢いとばかり思っていた。死の恐怖がさっとタケルの背を撫《な》でていく。

十騎ほどが手綱を打って左翼から飛び出した。旗の方へ真っ直ぐ駆けて来る。舌打ちをし、タケルは深い森に身を潜ませた。腰ほどもある藪と、大人が両腕を広げられる隙間もなく密集する樹木が身を護ってくれると信じて。

幸い、馬は遠い水場に隠してある。タケルの身ひとつ、森に紛れ込ませるのは造作もない。

気配を殺し、偵察隊が森に脚を踏み入れる音を聞く。大隊旗めがけて真正面から、随分と命知らずな連中だ。

まさかこんなことになるとは。姿を隠している茂みまで震えてガサガサ音を立てはしないかと、意図せず戦慄《せんりつ》する体幹に意識を集中させる。

やがてアルベニスの兵は、タケルのすぐ傍まで馬を進めてきた。

「やはりな。人がいた形跡がない」

アルベニスの先鋒《せんぽう》は念入りに茂みをかき分け、周囲を探っている。

いつ馬の鼻に嗅《か》ぎ付《つ》けられるか。タケルは腰に帯びた剣をいつでも抜き放てるよう、柄を鞘《さや》に固定するベルトを外した。

「報告の通りですね」

「無人の森に軍旗を立てるとは。『墜ちたる星』とやらは、なかなか酷い策を弄《ろう》するもんだ」

「騙《だま》されていたらと思うと、ぞっとします」

「無論、我らが女王軍はこんな小細工で破れることはないがな」

無防備に交わされるアルベニス兵士の会話に、タケルは愕然《がくぜん》とした。

報告の通り。間違いなくそう聞き取った。つまりこの作戦も、敵に筒抜けだったということだ。

ゆっくり大きく息を吸い、深く静かに吐き出した。

そして、リンと小さく、朱雀の大隊旗に結び付けた鈴が鳴ったのを聞く。アルベニス人が、再び、朱雀の旗を穢《けが》そうとしているのを。

「それに触るな！」

飛び出しざま抜き払い、眼前の、こちらに背を向けている騎馬の腿《もも》を斬り払う。鹿毛は重心を崩して横様に倒れ、背の兵士は放り出されると同時に傍の大木に体を打ち付けて動かなくなった。

二頭目の腹帯を切って兵士を鞍《くら》ごと落馬させ、仰向けに転がり痛がるその胸を踏み付け押さえてから肋骨《ろっこつ》の下へ胸部をえぐるように切先を差し込み、黙らせる。馬は混乱し、森の奥深くへ駆けていった。

一息に二人をやられ、残りは咄嗟《とっさ》に弓を取ろうとし、諦《あきら》めて曲刀を抜いた。

障害物の多い森の中では、弓は不利。バルヴェルト城を攻めるにあたり、アルベニスも多少は自軍の弱点を把握している。

だが、馬の教育までは行き届いていないようだ。草原を駆け回って育った馬が森を嫌がり手綱に逆らう。北大陸最強の弓騎兵は、森の中でその実力を半分も発揮できない。

森のお陰でラーディアは生きながらえた。タケルはバルヴェルトを護り続けた天然の防壁に感謝した。

急な方向転換に脚がもつれる馬に側面から近付き、腹帯を斬り払う。鞍を落とすだけで良かったのに思ったより深く切先が沈み、馬の脇腹を浅く大きく斬り裂いてしまう。

血飛沫《ちしぶき》と共に倒れる馬と、馬の下敷きになって悲鳴をあげるアルベニスの兵士。これで三。残りは七。見渡せば、懸命に手綱を繰り馬を落ち着かせようと試みているアルベニスの先鋒は皆、その貌に恐怖を浮かべていた。

「死ねっ！」

幼稚な罵《のの》り声と共に振り払われた四人目の曲刀をかわし、体を横に滑らせて馬の腰を軽く突く。出血もほとんどない浅い傷だが、混乱した状況下でもたらされた痛みに馬は我を忘れて暴れる。兵は振り落とされまいと剣を捨てて鞍にしがみついていたがすぐに滑り落ち、そして蹄鉄《ていてつ》を打った足で踏み付けられてしまった。

「悪いが先約がある。お前に殺されてやる訳にはいかねえんだよ」

人が生きたまま馬に踏《ふ》み潰される凄絶《せいぜつ》な光景から目を逸らし、聞く者の既にない返事を返すと、意識を次へ向ける。

樹木の隙間で馬が暴れている。パニックに陥り制御の効かない馬は逆に乗り手を危険に晒《さら》す存在だった。が、かと言って弓騎兵には、降りて戦うという選択肢もないらしい。

となれば取り得る手はひとつしかない。

この場から逃れる、という方向にならば、馬は言うことを聞くらしい。生き残った六騎の兵は一斉に森の外へ向かって逃走を始める。

タケルは騎手を振り落とし踏みつけて暴れていた一頭の手綱を取り、鼻面を撫でて落ち着かせ、轡《くつわ》を取って早足で森の縁《へり》まで急ぐ。やがて樹木は疎らになり、密集する藪も減って、遊牧民の得意とする平原へと変わっていく、その縁。

「……おいおいおい！」

視界が拓けた途端、タケルは思わず叫んでいた。

雲霞《うんか》のごとき弓騎兵が、彼方の草原を覆い尽くしている。だがそれよりタケルを驚愕《きょうがく》させたものは、南から一直線に駆け上がってくる騎馬だった。上体は馬鎧《よろい》に覆われていたが、たなびく尻尾《しっぽ》のたまご色には見覚えがある。

王に名付けて頂いた栄えある馬を他人に貸すとは思えない。となれば騎乗している白いマントは間違いなく、騎士団長代行ルーファスその人。

一瞬、頭の中が真っ白になった。

タケルが偽の大軍を率いて左翼から圧力をかけ、右翼側に集まるであろう中枢を一点突破する。それが騎士団長代行の策だったはずだ。

なぜその彼が東、敵陣の左翼に突っ込むようにわずかな手勢を連れて駆け上がっているのか。

本隊の弓の射程まではまだ間があるが、先にここから逃げていった連中に討ち取られてしまう。既に手綱を放し、左手に弓を、右手に矢を持っている。

「くそっ！」

タケルは手綱を木の瘤《こぶ》に引っ掛けて馬を繋《つな》ぎ、鞍に下がっている弓と矢を取った。

鹿革の弦の張りを指の腹で確かめる。

——過去を捨てるんだ。名前も、故郷も。君はこれから『タケル』と名乗りなさい。

——変な名前。

——失敬な。異世界の英雄神と同じ名前だぞ。

矢を取り、鷲《わし》羽を軽く整えると軸を横様に噛《か》んで手を空け、馬が鞍の下に敷いていた薄いなめし革の布を引き抜いて右手の指に巻き付けた。

そして耳鳴りのように繰り返される遠い過去の会話を振り払おうと、頭を左右に激しく振る。

——お前はなんて名前？

——私は『未来』。

——ミアキ？　ミナイ？

——ミライ。異世界の言葉で、遙か先の世界という意味だ。

矢筈《やはず》を弦にかけ、引き絞る。

——タケル。君のその特技は素晴らしいけれど、誰にも見せてはいけないよ。

——なんでさ。

——純粋なラーディア人の振りをするんだ。やがて君の血の半分は、ラーディアにとって最も忌まわしいものへ変わる。関わりがあるというだけで迫害されるだろう。今は君の半分を捨てるんだ。絶対に人前で、お母さんから受け継いだ技を見せるな。

片眼を閉じて狙いを定める。鏃の先と標的までを結ぶ、見えない糸を意識する。

風は北から弱く吹いていると、草原の草が教えてくれた。

――ただし、もし君が心から信頼する者、命を懸けて護りたい者に出会ったなら、迷わず力を貸してやりなさい。彼らは決して、君の血の半分を蔑《さげす》んだりしないだろう――

右の指を放せば、限界まで張った弦が鷲羽の矢に命を与える。弓を握る左手から腕を伝い肩へ抜ける反動と、わずかに聞こえた風切り音。

「全く、手のかかる人だ……!」

タケルの射った矢はあやまたず、逃げ出した偵察部隊の先頭、今まさにルーファスへ矢を放たんとしていた兵の首を、貫いていた。

＊＊＊

アリアは、礼拝堂にいた。

城に滞在することを許されている身でありながら港町の民と共に避難場所に身を潜ませていた理由は、祈りの場所に居たかったからだと言う。

それが彼女らゼイオンの巫女《みこ》の在り方であるのなら、誰も文句は言えない。ただせめて一言、誰かに伝えるように。そして供を付けるように。大切な客人に対しもしものことがあっては、二国間の良好な関係に亀裂が生じる恐れがある。そんな心配に、アリアは穏やかに微笑んだ。

作戦会議室には、微妙な雰囲気が漂っていた。憔《しょう》悴《すい》した表情を見せる騎士団のトップに囲まれて、アリアの周囲だけまるで空気が違う。

ラーディアと運命を共にする覚悟が出来ているのだろうか。それとも、勝ちを確信している余裕なのだろうか。枢にはアリアの神秘的な微笑の奥底を見通せなかった。

「猊下《げいか》は、既に覚悟なさっています」

流暢《りゅうちょう》な日本語で、アリアはそっと切り出した。

それが自分達に向けられた言葉ではないと気付いた騎士団長らが、一斉に枢を見る。明らかに物理的な質量を感じるその重い視線に、枢は身震いした。

「国の方針に逆らう覚悟……ですか」

「そうです」

「何故?」

アルベニスによる北大陸西部の統治に反対だから。

ラーディアの方がまだましだから。

そんな理由を推測しつつ、アリアが答えるのを待つ。枢を突き刺すようだった周囲の視線が今度はサイに集中し、通訳を促している。サイは、普段偉そうな彼らを転がすのが楽しいらしく、にやにやしながら敢えて焦らしていた。

「約束だからです」

「え?」

「ゼイオンが中立を保っていたのは、遠い昔の約束を果たすため。我々はその日を待っていました」

予言の始まる瞬間を。

幼王が誕生し、四つの偉大なる力を手にする。約束された未来が訪れる瞬間を。

アリアの表情はすっきりしていた。ラーディアの誰もが今を恐れている中、異国の巫女だけは栄光の未来を微塵《みじん》も疑うことなく勝利を確信している。

豊かな髭《ひげ》を蓄えた初老の騎士——ルースの父親で、白虎の騎士団長——が派手に咳払《せきばら》いをする。が、サイはそれが通訳の催促だと気付かない振りで無視を決め込んでいた。

これまでの人生で一度も誰かに虚仮にされたことがないであろうラーディアの貴族が、何の話をしているのか気になるが異教徒に頭を下げて通訳を頼むなど以《もっ》ての外、という葛藤《かっとう》にこめかみをひくつかせている。

サイはその様子を心から楽しんでいた。今までの仕返しとばかり。

「あなたは、予言が何なのか、ご存じなんですか」

「未来。天地の最初に在りし七名の指導者達が記した、遙か先の世界の姿です」

枢の問いに、アリアはきっぱりと答えた。

＊＊＊

アルベニスの弓騎兵は、北大陸の西半分をその弓と矢で手に入れた。

太古の時代より彼らが培った狩猟の技術は近年、戦術として研ぎ澄まされた。他のどの国、どの民族も真似のできない独自の戦法だった。

つまり彼らは弓兵を敵にしたことがない。

最初は、何が起きたのか分からなかった。先頭を駆けていた偵察部隊のリーダーが突然、四肢を痙攣《けいれん》させながら落馬したのだ。

駆け寄ってみれば正確に喉笛《のどぶえ》を貫かれている。鷲の矢羽の柄行きから、先ほど森で亡くした仲間のものだと分かる。

置いて逃げた仲間を恨んでいるのか。背後から矢で狙われる恐怖を初めて味わわされた数騎の偵察部隊は、慌てて手綱を引き馬首を巡らせる。

森の外れに、樹木に半ば身を隠すように立っていたのは、喪った仲間ではなかった。あの、偽の旗守の騎士だ。

弓を持つ左手と、矢を放った直後の右手の残心。射型は完璧《かんぺき》と行って良い。少なくとも、今初めて手にしたという様子ではない。敵は、アルベニス人と同じように弓の基礎を体に叩《たた》き込《こ》まれている。

ラーディア人、それも格好を見れば騎士が、アルベニスの技を使っている。

一瞬混乱したものの、そのラーディア人騎士が滑らかな所作で二本目の矢をつがえるのを鷹《たか》のような眼で見て取り、慌てて弓を握り直す。

だが、反応が遅れた。もう一人、今度はみぞおちを真っ直ぐ貫かれ落馬する。

アルベニス人でさえ舌を巻くほどの弓の腕を見せ

つけ、敵の騎士は木陰に姿を隠した。

彼らはこれまで一度も、矢で命を狙われたことがない。ひたと己を見据える鏃、引き絞られた弦、大きくたわみ力を溜《た》めた弓、そして真っ直ぐ命に狙いを定める狩人《かりゅうど》の眼。己が敵に向けてきたものを、逆に突きつけられている。

狙撃者が次に誰を狙うか分からず、もしかしたら自分かも知れないという恐怖から、狙いを定められないよう闇雲に走り回る者が一人。もう一人。

やがて敵を射ることより、いかに標的になることを妨げるかに重きを置いた動きになっていく。そのせいで、無防備に北上して来るラーディアの騎馬を仕留めるどころではなくなっていた。

煌びやかな馬鎧《よろい》を纏《まと》った、一目でそれと分かるラーディアの偉い騎士の首を、この失態の埋め合わせに取って帰るつもりだった。

が、気付けば既に数で劣り、士気でも引けを取っている。

たった一人の狙撃手に気を取られすぎた。山岳地帯に生息する頑強な北産馬が草原を蹴立《けた》てる足音、荒い息遣いまで背に感じる。

鞘《さや》から剣が抜き放たれる音がする。

騎士の手勢があげる鬨《とき》の声《こえ》が聞こえる。

一体、何が起きたのだ。

事前に報告を受けていた通り、森に見え隠れする真紅の旗は偽物だった。そこに敵の一個大隊など存在しなかった。

数百の兵の振りをする、たった一人の騎士が隠れていただけ。十名もいればあっさり片付く話だ。

何が起きたのだ。

何故、ラーディアの旗守が遊牧民のように弓を扱える。何故、背後に敵の騎士が迫っている。何故。何故。何故——

たった十騎で単独行動をする偵察部隊が討ち取られたに過ぎない。それは、大陸を覆うがごときアルベニスにとってはごく小さな敗北だった。

だが、無敵の弓騎兵が初めて『狩られる』側に回った、歴史的な敗北であった。

＊＊＊

「サー・ルーファス！　こっち！」

四騎のアルベニス兵は既に戦意を失っていたのか、あっさりルーファスらに囲まれてしまった。

丁寧に始末を終え周囲を見渡している煌びやかな馬上の騎士に、タケルは木陰から大声で呼びかける。騎士団長代行とその十名の手勢が気付き、森へ向けて手綱を打った。

彼らの戦いはアルベニスの左翼から丸見えだったはず。この大軍の総指揮を執る何者かに、すぐに伝わるだろう。身を隠して逃げおおせるとは到底思えなかったが、せめて今は森に潜ませようと。

「無事だったか。タケル」

「それはこっちの台詞です。何なんですかあなた」

「お前が危険だと思って――」

「どう考えても、あなたの方が危険でしょう」

アルベニスが偽の旗に騙《だま》されなかったと知り、策を授けた責任上、見殺しにはできなかった。愚かしいほど真っ直ぐな上官に、苛《いら》つきを通り越して呆《あき》れ果ててしまう。

タケルは深い藪の中に弓を投げ捨てた。指はすっかり弦の堅さを忘れており、革で保護したはずなのに第一関節が千切れそうなほどに痛んだ。

指にできた胼胝《たこ》は数年で消えたが、体で覚えた技は決して抜けない。それを忌まわしいと思う反面、お陰で出会うべき『心から信頼する者』を護れたのだと、複雑な心境になってくる。

「だけど、もうどうしようもありませんよ」

「そうだな。じきに敵の左翼がここまで届く」

どちらからともなく、苦笑を交わす。

元々、勝てる見込みのない戦いだった。――奇跡が起きない限りは。

タケルは森の奥へ向かう。馬を降りたルーファスは轡《くつわ》を兵に預け、そこに残り森の外を警戒しているよう告げて、タケルの後を追う。

森は深閑としていた。聞こえるのは二人がざくざくと藪を踏み分ける足音のみ。

「見事な腕だった」

「……それだけですか？」

「礼と賞賛以外のことを言う必要があるか？」

タケルは答えず、大仰に肩をすくめた。

アルベニスと国境を接し交易が盛んだった――そのため退廃した――都市に産まれた、貴族の落とし子。混血。髪の色も、ちょうどラーディア北部の赤毛と彼の国の黒髪を混ぜたような褐色。誤魔化しようがない。

むしろ他の可能性を模索する方が難しいだろう。

「野放しにしておいて良いんですか？　敵国の人間ですよ」

「いや。お前はラーディア人だ。戦争が始まる前に生まれた混血にまで、責を問う道理はない」

やがてアルベニスの兵と戦った場所へ戻ってきた。

血の臭いを嗅《か》ぎ付《つ》けた獣はまだ集まっていない。小鳥の囀《さえず》りや虫の音さえなく、不気味な静寂に包まれている。

タケルは森の外からほんの少しだけ見えるよう、木の疎らな場所に角度を厳密に計算して立てておいた朱雀の旗を回収した。

「あなたが良識のある人物で良かった。サー・ルーファス」

「私は生まれた時から出自についてあれこれ詮索《せんさく》されてきた。自分がして欲しくないことを他人にするつもりはない」

騎士団長代行が剣の鞘を払う音が聞こえた。

斬られてしまうのかと緊張するタケルの背後で、混血の騎士は剣の切先を天へ向けて祈りを捧《ささ》げる。

敵であれ使命に殉じた命を尊ぶ、この期に及んで騎士は高潔だった。

「腑《ふ》に落《お》ちない動きだ」

「報告があった、と言っていました。目の前の大軍より先に、ラーディアの中に入り込んでいる敵を叩くべきでしたね」

「伏兵か」

「そもそも『墜ちたる星』はバルヴェルトにやって来た当日に襲撃されているんですよ？　俺だって知らなかったってのに。敵はよっぽど深い場所にいる」

ルーファスの、秀麗な眉《まゆ》が引き寄せられた。

「……マックス」

「何です？」

「いや。あり得ない。いくら私を憎んでいるとは言え、アルベニスに与《くみ》するなど」

「まさかサー・マクシミリアンを疑っているんですか？」

淡い緑の双眸《そうぼう》が静かに鋭く輝いている。

付き合いは長く、理解し合えているとばかり思っていたが、タケルはまだ知らなかった。ルーファスの、これほど強い感情を。

「『墜ちたる星』の予言によれば、騎士団から裏切り者が出る。影響はないとのことだが」

「影響？　ありますよ。自分はともかく、あなたまで危険な目に」

遠く地鳴りが聞こえた。大軍の気配が絶望と共に近付いて来る。

このまま森に身を隠して南へ逃れようとしても、恐らくアルベニスは執拗《しつよう》に追って来るだろう。

それにルーファスは、逃げるという手段を選ぶとは思えない。

「……突撃しますか？　こっからじゃ、本隊は遠いけど」

「そうだな」

「あなたと共に戦い死ねることを誇りに思いますよ。サー・ルーファス。……いえ、『ルース』」

これまでの生を思えば、彼の隣は上々の死に場所だろう。『悪魔』に殺されてやる約束は、果たせそうになかったが。

失礼を承知で敢えてそう呼べば、堅苦しい表情がほんの少しだけ和らぐ。

「安心しろ。我々は死なない」

「どうしてそう言い切れるんです？」

「信じているからだ」

予言を。『墜ちたる星』を。ラーディアに約束されし栄光を。

言葉を返そうと口を開いたタケルは、そのまま固まった。

愚かしいほど真っ直ぐなルーファスの思いにではなく、まるで彼の信念を聞き届けたと言わんばかりに突如として目の前に現れたものに、文字通り、開いた口が塞《ふさ》がらなかった。

奇跡が起きた。

最初は、山が動いたのかと思った。

東の森の奥に聳《そび》えるゼイオンとの国境の山が、平原を目指して移動を始めたのかと。

地鳴りと共に森の奥より現れたのは、数えることも不可能なほどの、黒。

森を埋め尽くす黒衣の僧兵が、国境の森を抜けて草原へ駆け出して行く。そのさまを、二人の騎士は眺めていた。

中立の戒めを破り参戦する法王の軍を、ただ、呆《ぼう》然《ぜん》と。

＊＊＊

東の森に朱雀の騎士などいないと、アルベニスは最初から知っていた。

挟み討ちを警戒させ、こちらの武将を西に寄せるのが目的だ。全軍の殲滅《せんめつ》は無理でも指揮官を討てば退却させられると考えているに違いない。

女王の義弟クルロ将軍を失ったのは、大きな痛手だった。何しろ偉大な存在であったため、同等の器を持つ後継者がいない。

現在アルベニス軍は、六つの部隊の連合軍として、六名の部隊長により指揮されていた。

ラーディアは六つある頭を少ない兵で効率良く潰《つぶ》そうと、なるべく一箇所に纏《まと》めるべく東から圧をかけて西へ誘導するつもりだ。

アルベニスが恐れる『墜ちたる星』、未来を予言する軍師が授けたであろう勝利への秘策も、分かってしまえば小手先の子供騙《こどもだま》しでしかない。戦略とは、敵に漏洩《ろうえい》していない状態でこそ力となる。知ってしまえば、たとえそれが予言であろうと無力だ。

そのまま進軍する。――いや、ラーディアを少し恐れさせてやろう。

アルベニスは『墜ちたる星』の更に先を行く知恵の持ち主なのだと、思い知らせてやろう。

敢えて弓騎兵を東に寄せるよう指示。更に十名の偵察を送り、そこにラーディア人がいるなら殺し、旗を引き裂いて来いと命じた。

ラーディアに絶望を教えてやるつもりだった。


部隊長達へもたらされた報告は、ある意味で情報の正確さを証明していた。確かに、東の森に朱雀の部隊は存在しなかった。

だが別の意味では不正確と言わざるを得ない。朱雀の部隊ではなかったが、一個大隊に匹敵する別の大部隊が突如、漆黒の雪崩のように平原に押し寄せて来たのだから。

その光景は、荘厳だった。

狭い山道を駆け下りて来たであろう騎兵と、その背後に更に多くの歩兵が続く。後から後から、まるで森から浸潤し平原を覆い尽くすかのように黒い軍隊が展開していく。

奔放に走り回るアルベニスの弓騎兵とは違い、きびきびと訓練された動きで。

墨染めの衣を纏《まと》った僧兵に、間延びしていたアルベニスの左翼が驚き、大きく脚が乱れる。末端の兵はただ右往左往するのみだった。

ゼイオンは戦わない国として知られている。アルベニスも神聖国にだけは手を出さないと決めていた。彼らの方から侵略して来ることはないのだから、山奥で好きなだけ独自の繁栄を続けていれば良い。そう思っていた。

突然、山奥から躍り出た漆黒の軍団。その意図が分からない。

細身の長槍《やり》と革の盾を装備した騎馬隊が、極端に先の尖《とが》った陣形で突撃してきた。己の盾で隣の騎兵を庇《かば》う、隙のない密集陣形。何故あれほど密着していて馬が怯《おび》えないのか、盾でほぼ視界を塞がれながら足並みが乱れないのか、平原の民は理解ができず狼狽《うろた》える。

楔《くさび》のようなファランクス——それがゼイオンの、弓騎兵に対して出した答えだった。

アルベニスの軍勢が慌てて弓を引く。が、僧侶《そうりょ》達は恐れることがなかった。降り注ぐ雨のような矢をものともせずアルベニスの左翼に突き刺さり、中央を真っ直ぐ引き裂いていく。

矢の一、二本が刺さる程度では、ゼイオンの僧兵は足を止めることがなかった。斃《たお》れる兵が出てさえ怯《ひる》むことはなかった。内側から別の兵が速やかに陣形の穴を修復し、乱れず前進を続ける。

戦わないという選択をし続けた彼らの練度は、戦い続けたアルベニス弓騎兵より遥かに高い。

アルベニス人は、ゼイオン人が中立で在り続けた理由を痛感していた。

戦えば、勝つからだ。

＊＊＊

朱雀の旗を掲げる策は失敗に終わったが、タケルもルーファスも、大隊旗を持っていて良かったと素直に思った。

そうでなければ、目の前を通過していくゼイオンの僧兵に気付いて貰《もら》えなかったかも知れない。

ルーファスが借りてきた十騎と合流し、朱雀の旗を高く掲げて、ラーディアの軍勢ここに在りと示しつつ、タケルはその荘厳な黒の奔流を見送る。

やがて森と草原の境界辺りに広がる遊軍の中から、おおらかに近付いてくる騎馬がある。この部隊の指揮官であろうことは、その背後に従う兵が旗を掲げていることで分かった。

黒地に白い真円を染め抜き、黄色の房を垂らした旗が威風堂々と、屈強な僧兵の背でたなびいている。

指揮官はラーディアの騎士達の前で下馬し、墨染めの頭巾《ずきん》を取って坊主頭をさらすと、先《ま》ず朱雀旗に敬意を示した上でルーファスに目を留め、両の掌を胸の前でぴたりと重ねて合掌した。

その独特な作法に戸惑い、ルーファスは挨拶《あいさつ》を返し損ねる。どういう態度を要求されているのか分からず、動けなかった。

頭は剃《そ》り上げ、肌は赤銅色に灼《や》け、顔は猛禽類《もうきんるい》のように鋭い。そして黒く染めた毛織りの簡素な防具の下に、どれほどの鍛錬を積めばここまで鍛え上げられるのかと問いたくなる体付きが見て取れた。

まだ中年と言うには失礼な頃だが、落ち着いて実に堂々としていた。

「失礼ながら。騎士団長代行殿ではありませんか」

「――ああ」

「やはり。その髪の色に見覚えがありました。寺院へ、大僧正猊下《げいか》のご友人を迎えに来られた方だと」

猊下のご友人、がラーディア国王エルレシオンを指しているとすぐに気付き、ルーファスは穏やかに頷《うなず》いた。個を特定されやすい髪の色が、初めて役に立った気がする。

ラーディア人に二人といない真鍮《しんちゆう》色の髪のお陰で、面倒な説明が幾らか省けた。王を迎えに行った騎士なのだから、少なくともラーディアにおいて信頼されている人物だという証明にはなるだろう。

具体的なことを説明せずとも、比較的重要かつ危険な任務を任される立場だと認識して貰えればそれで良い。

「自己紹介が遅れました。私の名はショウと申します。まだ修行中の身で、僧階は権少僧正です。これは私の弟子達。ガヴァラス大僧正猊下の命により馳《は》せ参《さん》じました。遅くなってしまったことを、心よりお詫《わ》び申し上げます」

猛禽類を思わせる鋭い貌に実直な表情を浮かべ、彼はそう自己紹介し、謝罪した。

「私は――『墜ちたる星』に仕える騎士だ。名をダグラスと言う」

ルーファスは正直に、己の主君を告げた。その自己紹介が意外だったのか、タケルがちらちらとこちらを盗み見ては笑いを堪えている。

部下の非礼を、ルーファスは気付いていたが敢えて無視した。

「感謝する」

「約束を果たしたまでです」

朗らかに、こともなげに言う。千人規模の兵を貸し与えながら、それが本当に些細《ささい》な親切であるかのように。

ルーファスは、奇跡の勝利を信じていた。

だがこの援軍は、正直、予想外だった。

二人の王の間では、有事の際に駆けつける密約が交わされていたのだろうか。滅びに瀕した小国の幼い王に、泰然自若たる強国の年老いた法王が、戦争になれば力を貸そうと。建国以来続く中立の誓いを破ってまで。

ふと、エルレシオン王を迎えにゼイオンの中心へ赴いた時のことを思い出す。ルーファスは思いがけず法王の座へ招かれ、そこで、歳の離れた友人達が睦《むつ》まじく別れの挨拶を交わすのを見届けた。

天地に最初に在りし方々が、ラーディアと共に在らんことを――

法王の力強い声を、ルーファスは覚えている。宗教国家ゼイオンを象徴する、最も高貴なる者らの名で、ラーディアを祝福してくれた。

あれは気休めの言葉ではない。現にこうして力を貸してくれる。運命を共にすべく。この北大陸に文字通り『共に在る』べく。

「ダグラス殿。ラーディア王は、ゼイオンにとっても希望の星、我らが全力で護るべき存在なのです。約束は陛下と猊下の間のみならず、遙か昔になされました。それを今、果たすべき時が来たのです」

腑《ふ》に落《お》ちない表情を察したのだろう。ショウは穏やかな言葉で、彼らの行動の正当性を説明してくれる。打算でも善意の押し付けでもなく、当たり前のことなのだと。

「共に参りましょう。あなたはここで死すべき運命ではない。戻らなくてはなりません。『墜ちたる星』の元へ」

ルーファスはきつく拳《こぶし》を握りしめ、愛する主君から賜った臙脂《えんじ》のネクタイがまだ巻いてあることを確認した。

未来が変わった瞬間に存在ごと消え去るのなら、騎士の手にひとひらの布すら残してはくれないだろう。主従の誓いの証がルーファスの掌にある、つまりまだ枢は消えていない。

ラーディアは今も道を違《たが》うことなく、栄光の未来へ歩み続けている。

＊＊＊

王城の一室は、微妙な空気に満たされていた。

アリアは座り方も洗練されており、指先まで気品が溢《あふ》れ、そして何より表情が優しく穏やかだった。暗く沈みがちなラーディアの中心で、自ら光を放ってさえいるように見える。

王の教育係を命じられるほどの人物と向かい合って座っている。枢も厳密に言えば王子なのだが、王族として相応しい躾《しつ》けを何一つ受けていない。ごく普通の、現代日本の庶民の子供だ。自分が低俗に思えて仕方がなかった。

「ゼイオンにとって、あの童歌は予言なんて曖昧《あいまい》なもんじゃなくて、将来絶対に起きる出来事な訳か」

アリアの上品さに感化され、何となく背筋を伸ばし膝《ひざ》を揃えてしまう枢とは対照的に、すっかり髪も服も乱れたサイはだらしなく長テーブルに肘《ひじ》をついて怠惰な声音でやんわりと探っている。

当然とばかりアリアは頷いた。むしろ何故今更それを問うのかと、不思議そうですらある。

「それを予言と言うのではありませんか？」

「いや。未来ってのは不確定なものだよ。ここまでずっと、危険な綱渡りをしてきた。ほっそい綱の上をね。良く無事に――」

ふ、とサイの饒舌《じょうぜつ》な口が動きを止めた。

警戒している。予言とは未来であると言い切ったアリアが、それは未来から過去へ時を超越して伝えられた事実であるというところまでの認識をしているのかどうかを。

枢は、サイが何を気にしているのか、分かっているつもりでいる。

時を越えて未来から過去へ。創作であれば既に手《て》垢《あか》の付いた題材だが、現実として受け止めるのは当事者の枢でさえ難しいことを、果たしてアリアが理解しているのかどうか。

枢は今、過去にいる。二つの世界の基準点がどこなのかは分からないが、少なくとも枢が本来訪れたかったラーディアの、およそ三十年前にいる。

枢の母親は過去の日本から未来のラーディアへ、サイの父親は未来の日本から過去のラーディアへ墜ちて来る。二つの世界の時間軸が平行していないのは、この三例を見れば分かる。

時を自在に越えられるのであれば、未来で何が起こるか把握した上で過去へ戻り、それに対する何らかの布石を打つことは可能だ。

遺跡に刻まれた予言も、ゼイオンの宗教観も、未来から来ている。枢はそう確信していた。

「天地の最初の七人って、誰なんですか？」

枢の中で固まりつつある答えを、裏付けて欲しかった。

　ゼイオンにおいて崇拝されている建国の七名は、北斗七星の形に並んだ柱として象徴されている。枢はそれが、光を引いて空より現れた日本人、即ち自分以外の『墜ちたる星』だろうと思っている。

　アリアが口を開きかけたタイミングで騎士団長が遂に通訳の催促をする。面倒臭そうなサイに代わって、アリアが何事かを伝えた。

　どのような会話がなされているのか分からない不安を、今度は枢が味わう。ラーディアに来てだいぶ慣れはしたが、大抵は自分に関する話なのでやはり落ち着かない。

　サイがとぼけた表情で肩をすくめる。騎士団長の表情は変わらず、望んだ答えが得られなかったものと推測できる。

　どうやらアリアはうまくはぐらかしたようだ。ここで語られている、予言の真実についてを。

「でさ。話の続き。ゼイオンの『天地の最初に在りし方々』は、ここにいる枢や俺の父さんと同じ、異教徒――つまり違う世界の人間なんだろ？」

　ようやく外野が静かになった、とばかり椅子にふんぞり返って脚を組み、横柄に、サイが横から口を突っ込む。

　アリアは瞳《ひとみ》を見開いてサイを見つめ、ゆっくりと曖昧に頷いた。

「わたくしも、そうではないかと思っております」

「推測な訳？」

「ええ。だからこそ、ゼイオンは祈るのです。ラーディアの東に咲く『秘めたる花』が、わたくしどもであるようにと」

　不思議な話だ。それでは北大陸の最大勢力、揺るぎなき大国が、まるでラーディアの幼王の為だけに存在していたかのように聞こえる。

　ゼイオンは予言を叶《かな》えるために建国され、運命が動き始めるまで中立を保ちながら六百年以上も待っていてくれた。そんな都合の良い解釈をしてしまいたくなる。

アリアは枢の心を見透かし、そして肯定するように、ゆっくりと頷《うなず》いた。

「そろそろ到着した頃でしょう」

「何が？」

「約束したものが、です」

何となく枢とサイが視線を交わした時、勢い良く部屋の扉が開いた。

慌てて皆、椅子を立つ。

この国において騎士団長さえ起立させる者——国王エルレシオン陛下が、不機嫌そのものといった表情でずかずかと作戦会議室に入ってきて、枢の前まで大股《おおまた》に移動し、抱きついた。

王を抱きしめたのは、やはり良くなかった。背後で睨《にら》む騎士団長らの視線に冷や汗をかきつつ、ぷりぷり怒っている幼い父の髪を撫《な》でる。枢とは違い緩やかな巻き毛が、指に心地良かった。

老いた騎士が声をかけると、王は叱りつけるようにぴしゃりと短い言葉で答えたのみ。

視線を扉の方へ向ければ、王に仕える者らが心配そうに部屋の中を窺っていた。もう手が付けられない、こうなったら陛下が懐いている『墜ちたる星』に任せよう、そんな諦《あきら》めの表情が並んでいる。

「ええと……陛下、どうしたんですか？」

枢の言葉をアリアが伝える。幼い王はまだ怒りが鎮まらない様子で、枢の背に回した腕に力を込め、何事か吐き捨てた。

サイが恐れ多くも陛下の怒りの元をへらりと笑い飛ばす。

「なるほどなー。そりゃ怒るわ」

「何？　何て言ったの？」

「亡命させられようとしてるんだってさ。港が無事なうちに、貿易船に乗って南大陸へ。で、麗しき国王陛下はラーディアと運命を共にしたいと駄々をこねておられる」

枢が顔を上げて騎士らを見渡せば、誰もが気まずそうな表情で目を逸らす。

どうやらここに残った白虎の重鎮は、最初から逃げ出す算段だったらしい。仮にこの戦に敗れ、バルヴェルトを失ったとしても、王と貴族が逃れれば新天地でまたラーディアを始められるとでも思っているのだろう。

真っ直ぐで無垢《むく》な国王は、もし負けたらの用意をすることは国民への裏切りだとでも受け止めているのか、亡命には断固反対の意思を固めている。

「むしろ最前線に行きたいってさ」

「それは流石にダメだよ」

「だな。俺もそう思う。今朝のあれ見る限り、乗馬が得意ではないようだし」

そういう問題ではない。いくら馬に上手に乗れたとしても、そしていくら、勝利を確信しているとしても。

ただ、その気持ちは本当に嬉《うれ》しい。自分だけ逃れて助かることを良しとせず、共に在ろうと言ってくれる。それだけで民の力になる。

ふうとひとつため息を吐き、枢はレオを更に強く抱きしめる。

「分かります。陛下。できるなら僕も戦場に行きたいと思いますし。……怖いけど、関わってる人間として責任があるし」

「枢、馬に乗れたっけ？」

「無理。サイは？」

「……この件に関して、君達は主従揃《そろ》って失礼だな。一体どうやって俺に乗馬を覚えろってんだ」

「そっか。そうだね。ごめん」

この期に及んで緩く交わされる異教徒二人の会話が、どうやら気になるらしい。

枢の胸から顔を上げ、枢と、既に着席しているサイとを興味深げに見比べる。その表情は怒りより、二人に向けての好奇心の方が勝っていた。

背中に回る腕から力が抜けたところで、枢はその場にしゃがみレオより視線を下げた。

あどけなさと大人っぽさが絶妙に混ざり合う父を、静かに見上げる。

「お気持ちはとても嬉しいです。あなたが一緒にいてくれたら、皆、勇気付けられます」

枢の言葉をそっとアリアが通訳する。

レオは誇らしげに頷く。

枢は立ち上がり、ルースの父親をはじめこの国の重鎮とされる者らに向き合った。

保身ばかり考え、城に籠《こ》もり、国を護るため動いているルースに理解を示さず、戦っている者らを置いて逃げることに何の躊躇《ちゅうちょ》もない。

彼らが、枢には、どうしようもなく小さな存在に思えた。初めて顔を合わせた時は恐ろしかった白虎の偉い人達が、今は哀れで仕方がない。

「どうぞ。行きたければ、構いません。逃げて下さい。陛下と僕達は残ります」

「――万が一のことを考えたら、陛下を置いておく訳にはいかないってさ」

「僕を誰だと思っているんですか」

枢の声音はいつも通り静かで柔らかい。が、サイの通訳を通し伝えられたその言葉の持つ力は、彼らを打ちのめすのに充分だった。

逆にレオは、これ以上ないほど顔を輝かせて枢を見ている。

栄光へ導く予言の存在、『墜ちたる星』を。

「必ず勝ちます。なのに、凱旋《がいせん》するラーディアの騎士や兵士を迎えてあげるべき国王陛下が海の向こうに逃げたなんて、格好が付かないでしょ？」

これまで高圧的であった騎士団長らは、ぐうの音も出ない様子で押し黙っている。

ラーディアにゼイオンの軍が加わり、いよいよ戦いが本格的に始まろうとしている頃、『墜ちたる星』は一足先に、己の戦場で勝利を挙げたのだった。

＊＊＊

港町の住民を城砦《じょうさい》内へ避難させた後も、港を閉鎖しない理由は、王の退路を保つため。

国民の誰もが勝利を確信しているが、いくら士気が高くとも戦力では圧倒的に劣る。万一に備え、国を捨て南へ逃れる手はずは整っていた。予言の通り勝てたならまた戻って来れば良いし、もし負けても王統が続く限りラーディアは在り続ける。王国の為、万全を期した策だ。

だが幼王エルレシオンは、逃げる準備をすることさえ嫌った。全てを捨てて逃げおおせるより、領土や民と運命を共にしたいと。

この状況が面白くないのは、王を護る名目で城に残った白虎の重鎮達だった。自分達の用意した手段の何に王が臍《へそ》を曲げたのか全く理解できない。

滅んでしまったら栄光も何もないではないかという訴えは、王と王が傾倒する『墜ちたる星』には通用しなかった。

「この城を捨てるべきではありません。僕の知る未来のラーディアは、ここバルヴェルトを中心に栄えています」

新たな予言が追い打ちをかけた。

王は逃げないことへの正当性を得、騎士らは逃げる口実を失う。バルヴェルトが陥落することはない、という予言のお墨付きを得た今、敢えてここを去る必要はなくなった。

既に城門の跳ね橋は上がり、落とし格子は落とされている。城内に残る者らに出来るのは、ただ待つことのみ。

物見の早馬もまだ戻って来ていない。バルヴェルト城は不気味な静寂に満たされている。この静けさはアルベニスの大軍がまだ城砦に迫っていない、ラーディアが持ち堪えている証拠、というのが待つ者の気休めだった。

ラーディアという国の存亡をかけた戦いは今、どのような戦局を辿《たど》っているのか。

既にゼイオン神聖国が建国以来続く中立の戒めを

破って参戦し、圧倒的な練度を誇る僧兵の軍勢でアルベニス大弓騎兵団の左翼の一角を崩壊させたなどと、城内で待つ者は当然、知る由もなかった。

ただ一人、彼らが約束を果たすため駆け付けると知っていた、ゼイオンの巫女《みこ》アリアを除いて。

膠着《こうちゃく》した時の中、枢は、じっとしていることが性に合わないらしいレオに手を引かれ、城内を案内して貰《もら》っていた。

レオは必死に枢とコミュニケーションを取ろうとしている。触れ合っていれば心が通い、言葉にせずとも理解し合えるような気がするのだろう。抱きついたり手を繋《つな》いだりしたがる。枢が実の息子であるなどと知る由もないレオだが、肉親の温もりを確かに感じているようだ。

サイの父親は迫害され、枢の母は歓迎される。この劇的な変化は、恐らく自分のせいだ。

ラーディア人、特に貴族や特権階級は、思想を汚染する危険な存在として異世界人を恐れていた。が、枢が予言の力を借りて王国に栄光をもたらせば、常識は変わる。異世界人は王国をあげて歓迎すべき存在となる。

この時代に墜ちてしまったのは、何かの事故か不幸な偶然だと思っていた。しかし枢の存在が未来を在るべき姿に——母の記憶の通りに——整えているのは確かだった。

少なくとも枢がラーディアの民に嫌われない限り、十二年後にやって来る母も大切にして貰える。

「かなめ」

「はい？　……あっ」

少々物思いに耽《ふけ》っていた枢は、王が見せたかったものの前に到着したのだと気付いて視線を上げ、そして、言葉を失った。

バルヴェルト城の奥、廊下の壁面に、巨大なタペストリーが飾られている。

「うわ、本物だ」

通訳として随行してくれていたサイが感嘆の声を

漏らした。

大抵のことには動じないサイをして、ここまで驚かせるものを、枢もじっと見上げる。

絨毯《じゅうたん》にしたら六畳間がゆうに覆えるであろうタペストリーは、文様が描かれていない場所が掌ほどもない。精緻《せいち》で色鮮やかで、見る者を圧倒する。

「本物って?」

「昔の物ってこと。こんな風に伝承や歴史を刺繍《ししゅう》で伝える技は、文字を紙に印刷する技術が発達して廃れたからね」

「そうなんだ……」

「ラーディアの古き良き伝統文化だよ。今となっちゃ服の裾《すそ》を飾る程度」

繋いだ手を激しく振ってレオが気を引くので日本語での会話をやめ、王と並んで壁を見上げる。

レオが指差しながらゆっくりはっきり発音して聞かせてくれる。細やかで色とりどりな意匠に目を配り、枢は理解した。それはラーディアの象徴と予言。

二本の対角線で上下左右に四分割され、各々がラーディアの四方を示している。左側は白。勇ましい白虎が身をくねらせ、その周囲は淡い色糸で満天の星が描かれている。北斗七星の形をしたひときわ大きな七つと、光の尾を引く流星が見て取れた。

上は赤。朱雀が舞い、太陽が輝き、炎が踊っている。右側は黒。玄武と多くの人々と美しい花で彩られている。そして下は青。全体的に波のような模様があり、城壁のようなものが描かれ、青龍《せいりゅう》がうねり、魚や船が波間に漂っている。

騎士団の象徴と共にあしらわれている予言。

異国の言葉の童歌が、いかにして伝えられてきたのかが分かる。

霊獣と予言の方角を重ね合わせることで、曖昧《あいまい》な詩がひとつの、明確な形となる。

西に墜ちたる星は白虎と共に輝き。北に凍らぬ熾は朱雀と共に燃え。東に秘めたる花は玄武の足下に咲き。南に聳《そび》える壁は青龍の棲《す》む海に在る。

誉れ高き白虎。英知に富んだ朱雀。希みを繋いだ玄武。護りを固める青龍。

「待たれてたんだね。僕」

「予言が何なのか分からない頃から、漠然とね。アルベニスの侵攻が始まって、王都が落ちて幼王が誕生して、どんどん現実味を帯びていった」

その大きさと緻密《ちみつ》さ。どれほどの人手と時間を要したのだろう。一針一針、それは祈りにも似た途方もない時間が紡いだもの。

騎士団の象徴と、予言された星と火と花と壁。今ここにあるラーディアの思いの全てが込められている。たとえ糸の染色が褪《あ》せても込められた思いは永遠の鮮やかさを保っている。

物語性に富む意匠が鏤《ちりば》められているタペストリーは、眺めていて飽きなかった。

ただ枢の目は自然と、白虎の元へ墜ちて来るような淡い流星にばかり吸い寄せられる。

それが人間であることも、時を遡《さかのぼ》ってやって来た幼王の息子、すなわちラーディアの王子であることも知らないまま、ただ『墜ちたる星』として語り継がれ象徴化された自分を見つめる。

レオがここに連れて来てくれた意味が、何となく分かった。

「ん？　何かあったな」

「みたいだね」

城は良く足音が響く。特に急いでいる場合は。ばたばたと慌てた様子で駆けて来る気配に、今が暢気《のんき》に古き良き伝統文化を堪能している状況ではないことを思い出す。

王を探しているであろう声音が逼迫《ひっぱく》していないことだけが救いだった。明るい声で何かを叫んでいる。

「良い報せかな？　戻って聞いた方が――っわあ！」

唐突にレオは走り出した。枢の手を引いたまま、人の気配がした方とは逆に、城の更に奥へ。

枢は転ばないよう、必死に足を回転させて付いて行く。枢の肩ほどまでの背丈しかないレオだが、脚力はあった。おまけに足も速い。

最奥の玉座の間が見えた。その重厚な扉の前で廊下を折れ、突き当たりの木戸を開く。現れた、目も眩《くら》むような螺旋《らせん》階段を、王は枢の手を引いたまま躊《ちゅう》躇《ちょ》なく駆け登っていく。

直径が小さく旋回の急な螺旋階段を、自分の意志とは関係なく引っ張り上げられるように登っているうち、何周したのか石壁の隙間のような小窓を幾つ数えたのか、もう分からなくなってきた。下の方からサイの悪態も聞こえてくる。

幾度、足を踏み外しそうになっただろうか。石の螺旋階段はすり減って滑りやすい。すっかり目が回り、平衡感覚が失われる。

塔の先端の小部屋に到着した時、枢は、太腿《ふともも》の疲労と目眩《めまい》とで真っ直ぐに立てなかった。

ふらふら千鳥足になりながら、窓に取り付く。真っ先に下を見てしまい、あまりの高さにへたり込む。

サイと共に暮らす塔の最上階より遥かに高く、おまけに扉はおろか鉄格子さえない。

バルヴェルト城で最も高い、城壁の外からもその姿を見ることができる尖塔《せんとう》の先。四方に開いた窓から順に顔を出しながら、レオは叫んでいる。

枢も覚悟を決め、気を落ち着かせてもう一度、石の窓枠に両手を置いて外を窺った。

城壁の外に、青が見える。

海に突き出した半島の突端、港町の薄灰色の壁と赤い屋根の隙間に。東西の森の中に。北、木々の疎らな街道筋にも。

「青い旗……。てことは、青龍の師団？」

「何人かは本物かもね。西の方の生き残りが立ち上がった。そこに港町に残ってた連中と、南大陸の連中も加わって、そこそこな規模になってるってさ」

バルヴェルト以外の都市は全て滅んだ。戦える者は既に白虎に加わり、戦えない者は城に避難している。南大陸は手を貸してくれない。そう信じていた枢にとって、翻る青は衝撃的だった。

今朝見送った軍勢で全て振り絞り尽くしたと思っていた力が、まだ、こんなにも残っていたとは。

先ほどまで騎士団の象徴と予言のモチーフとを関連付けたタペストリーを見ていたからだろうか。枢には、翻る青が予言されし『聳える壁』に見えた。

どれほど傷付こうと、踏みにじられようと、王の為に幾度となく立ち上がり続ける。彼らこそ何より強固なラーディアの護りなのだ。

＊＊＊

アルベニスの弓騎兵は、ラーディア総軍の三倍をゆうに超える数で北の地平線を埋め尽くしていた。

その数、機動力、そして弓の射程。あっと言う間に北大陸の半分をものにした無敵の女王軍が、雌獅子《し》の旗を掲げて攻めて来る。迎え討つ側に一切の勝算はなかった——栄光を約束する予言以外。

ラーディアの軍勢が森を抜け、護りの要ジュディス砦《とりで》を過ぎ、いよいよ平原に陣を広げた時、彼らは思いも寄らぬものを目にした。

女王軍が、東から崩れていく。

東の森に近付きすぎていたアルベニス軍の左翼に、黒い楔《くさび》が打ち込まれていく。間延びした女王の軍を引き裂くそれがゼイオンの兵であると、ラーディアが理解するまでにしばしの時間が必要だった。

巷《ちまた》で出版されるゼイオンの旅行記には必ず修行僧についての記載がある。己の精神と肉体を極限まで鍛える彼らは、僧侶《そうりょ》でありながら戦士であり、鋼のような練度の軍隊でもあると。

修行の一環として、極めて高い戦闘訓練を受けている。が、中立国として平和を愛する彼らが戦うことはない。神秘的な国の俗話として、その程度のことなら騎士から庶民まで皆一度は耳にしていた。

その、極限まで鍛え上げられた兵士が、噂話ではなく実在し、あまつさえ眼前の敵を破っていく。

アルベニスの振る舞いを遙か高みで見下ろすだけ

だった法王の国が、初めて動いた。

ラーディアの兵にまず困惑が、やがてじわじわと歓喜が広がっていく。これこそ栄光の予言。『墜ちたる星』の輝きはあの、不動なる法王国をも立ち上がらせたのだ。

白虎の騎士が手綱を打ち、歩を速める。

弓騎兵の射程に飛び込むことに、恐怖はある。豪雨のごとき矢の中で、どれほど耐えられるか。何名が生き残れるか。

だが進まなくてはならない。神聖国の参戦は、女王国にとっても想定外だったのだろう。左翼が崩壊していくに連れて生じる混乱が、振動のように中枢へ向けて伝播《でんぱ》している、今。

好機は、今しかない。

＊＊＊

法王軍のファランクスが突き進んだ跡は、凄絶な有様だった。草原に点々と、ほぼアルベニスの兵馬ばかりが斃《たお》れている。すっかり掘り返された土と草と、鉄錆《さび》のような臭気が淀《よど》んでいた。

戦局は一気に、アルベニスの中枢へ移ろうかとしている。その場に数名のラーディア人とゼイオン人を置き去りにして。

「急ぎましょう。既に戦いは始まっています」

ゼイオンの指揮官が秀でた眉《まゆ》を顰《ひそ》め、遙かな戦局を窺っている。ルーファスは顎《あご》を引いた。

ラーディアの軍勢に、アルベニスの矢を防ぐ有効な手立ては何もない。ゼイオンの僧兵が撹乱《かくらん》してくれているとは言え、数に圧倒的な差がある。長引けば被害は甚大なものとなるだろう。

女王軍に撤退を選択させるため、一刻も早く、巨大な軍の急所を的確に突き破らなくては。ルーファスらの馬は全速力で、戦場に飛び込んでいく。

やがて彼らは、気付くことになる。

彼方の戦場に翻る『青』に。

「俺以外にも居たんですか！」

隠しておいた愛馬を迎えに行く暇がなく、仕方なくアルベニスの馬に跨《また》がるタケルが騎士団長代行に轡《くつわ》を並べた。騎射を行うための特別な鞍《くら》と鐙《あぶみ》に、座り心地が悪そうにしながら。

ルーファスは手綱を絞って馬の速度を落とし、頭を振って答えた。この青は違う。ルーファスでさえ知り得ない勢力だ。

辺境を護っていた青龍《せいりゅう》は、朱雀ほど酷くやられた訳ではない。西部に徐々に生き残った者が集い、集落が再興しつつあった中、青龍の騎士が生き残っていたのか、民が自主的に青を掲げたのか。どちらにしろ彼らは再びラーディアの為、仇敵《きゅうてき》アルベニス打倒に立ち上がってくれたのだ。

「お前達はラーディアの軍に戻れ。タケル、隙があれば朱雀旗を掲げても良い」

「とっくにバレてますよ？」

「だからこそだ」

タケルはすぐに気付いたようだ。

敵は既に、ラーディアの掲げる旗印が出鱈目《でたらめ》であると知っている。だがそれがラーディアにとって不利になるどころか、逆にアルベニスを翻弄《ほんろう》する手段となり得る。

ラーディアの旗印は信用できない。それまで敵陣の情報を得る手段であった旗を、今後アルベニスは全て疑ってかからなくてはならなくなる。将軍旗はまた空っぽかも知れない。逆に小隊旗の下に指揮官を隠しているかも知れない。

どこをどう攻め、護れば良いのか。アルベニスは混乱するだろう。

「正しい旗と偽りの旗を混ぜておけと。それが『墜ちたる星』の策だ」

「なるほど。それじゃ女王軍はどこを攻めて良いのか分からない。……さすがだ」

父親達には卑怯《ひきょう》だと反対されたが、戦場を知るタケルは悪意のない素直な賞賛を寄せてくれる。つまり、良い策ということだ。

綺麗《きれい》事で勝てる戦ではない。

「さっきの取り消します。サー・ルーファス。あなたと一緒には死ねません。俺、帰ってやらなきゃいけないんで」

「安心しろ。私もここで死にはしない」

「……じゃあ、後で会いましょう。あなたに七星の加護を」

さっぱりとした表情で笑み、軽く敬礼をして、タケルは手綱を打った。アルベニスの馬はラーディアの騎士を背に、南軍へ合流していく。ルーファスが連れてきたジュディス砦の兵もそれぞれ騎士団長代行に敬礼し、命令通りタケルに続いて行った。

「良い部下をお持ちですね」

ショウ権少僧正の言葉は嫌味ではなく正直な賞賛のようだった。

ルーファスも真摯に頷《うなず》く。敵の伏兵ではないかと疑ってしまったことが、今となっては恥ずかしい。


「私は弟子達の元へ参ります」

僧兵の隊長は坊主頭に頭巾《ずきん》を被り直した。彼がした戦闘の準備はただそれだけ。

細い槍《やり》を構え、静かに馬を進める。彼の手勢が従い、黄色い房飾りの付いた墨染めの旗――ゼイオン軍の大将旗が、じわじわと戦いの中心へと赴く。

アルベニスは真っ先にその旗を目指すだろう。が、彼の国そのもののようにどっしりと、まだ若き指揮官は斬り込んで行った。

ラーディア騎士団長代行も、強く手綱を打った。

鎖帷子《かたびら》を着込んでいるため矢はおいそれと刺さらないが、衝撃は伝わってくる。やがて鏃は雨のように全身を打つだろう。その痛みに耐え、突き抜けなくてはならない。

援軍など来ないとばかり思っていた。幸い、アルベニスの大軍はゼイオンの精鋭に引き裂かれ、統制を失いかけている。心許《こころもと》なかった白虎の軍にはいつの間にか青龍の旗が寄り添い、数を増していた。

勝機はある。

「サー・ルーファス！　やっと見付けましたぞ！」

すぐ目の前に迫っている矢の風切り音や剣戟《けんげき》、鬨《とき》の声《こえ》や悲鳴、馬の嘶《いなな》きや地響きのような蹄《ひづめ》の音に紛れて、ルーファスは確かに己の名を呼ぶ懐かしい声を聞き取った。

慌てて手綱を引き、アルベニスの遊軍に気を配りつつ声の主を探す。

ここまで幾度となく困難な闘いを共に潜り抜けて来た、信頼できる傭兵《ようへい》隊長の姿を。

「いやいや壮観でしたなあ。動かざる山の動くさまは。あの法王を懐柔するとは、陛下は流石ですな」

「そうだな」

「遅くなりました。ロアーネ砂漠という所は想像以上の場所でして」

分厚いキルトで即席の馬鎧《よろい》を誂《あつら》え、青い旗を揚々と掲げ、頬に疵《きず》のある傭兵隊長はルーファスの前に馬を進めた。すっかり日焼けした赤ら顔に、生白いままの疵痕が余計に目立つ。

ルーファスはスカーその人より、傍にいる見知らぬ男の方に目を奪われた。騎士でも、兵士でも、傭兵でもない佇まい。

すぐに分かった。それが誰なのか。スカーが誰を連れて来たのか。

「アルベニスのでかい旗は六本。連中、六つの部隊の連合軍です。横の繋《つな》がりが巧く取れているとは思いませんし、二つ三つ潰《つぶ》せば残りは退却する可能性が高いですな。一枚岩の軍隊よりゃやりやすい」

ルーファスは黙って頷き、傭兵隊長の的確な報告を聞く。

「青い旗はあちこちの被害者の集合体です。それに南大陸まで力を貸してくれている。それから――まあ見て貰《もら》うのが早いですかね。ちいと凄《すげ》ぇ武器を借りて来ました。お披露目と参りましょう」

傭兵隊長の脇で痩《や》せた馬に緩く跨がっている男は、顔の上半分を金属の塊で覆われていて表情が分からない。面白くなさそうに真横に引き結ばれていた唇の端を、『凄ぇ武器』の言葉にわずか引き上げる。

「凄《すご》い武器とは」

「機械弓。クロスボウだ。アルベニスの矢と違って至近距離なら五ミリの鉄板まで貫通させられる。速射できないのが欠点だがな」

男が、スカーの代わりに説明をする。意外と穏やかで柔和な声だった。

ルーファスは思いきって日本語で語りかけた。協力に感謝すると。

目に当てていた機械を額に押し上げ、瞳孔《どうこう》の形も分からないほど黒い双眸《そうぼう》でルーファスを見、彼はふと笑う。

勘違いするな。俺はお前達の味方ではない。ただ遊牧民は俺達にとっても迷惑な存在だし、ラーディアが消滅すれば世界情勢が更に不安定になる。今ここで何とかした方が良い。

早口に彼はそのようなことを告げる。ルーファスは、愛する主君が気を遣ってゆっくり平易に喋《しゃべ》ってくれているのだと、改めて認識した。手加減なしの日本語を聞き取るのは難しい。

ただ、最後にぼそりと付け加えられた言葉だけは、聞き漏らさなかった。

息子が巻き込まれるのは困る、と。

神とさえ称される男が立ち上がるのに、十分すぎる動機だろう。

「さあ、砂漠の王国軍の機械弓部隊が世界に名を轟《とどろ》かせる記念すべき初陣ですぞ。行きましょうサー・ルーファス」

「お前は見たのか。その、機械弓とやらを」

「ええ。危うく頭蓋骨《ずがいこつ》に風穴を空けられるところでした。港町の長老に挨拶《あいさつ》を教わっていたお陰で命拾いしましたがね」

自分の頭を指差しながら、スカーは笑う。

大陸を席巻するアルベニスの弓騎兵に対抗し得る唯一の答えを、誰より先に知っている優越感に満ちて、豪快に。

「その青い旗には、南大陸の人間も加わっていると言ったな」

「ええ。あなたが動かしたんでしょう？」

「私ではない。奇跡をなし得たのは」

ルーファスは右の拳《こぶし》を口元に当て、臙脂《えんじ》の布に接吻《くちづ》けた。

栄光へ導く者の確かな力に、心から敬服する。

「奇跡は、これからですぞ。何しろこれからこの小さな国が、敗戦知らずの無敵の女王軍を破っていくんですからな」

スカーは相変わらず豪放だった。釣られてルーファスも微笑む。

もはや勝利を疑う者はラーディアに誰もいない。

『墜ちたる星』が授ける栄光の未来は、既に始まっている。

第十章間　女王の試練

報告は、いまだ来ない。

アルベニスの女王ヴィヴィアナは、玉座に気怠《けだる》く身を預けてただ早馬の帰りを待っていた。

王国の兵も騎馬も弓も集められる限りかき集め、更に、ラーディア王都を陥落させた後は引き上げておいた攻城部隊をも向かわせた。

難易度を下げるため、断腸の思いで無傷という条件を諦《あきら》めたのだ。バルヴェルト城の制圧は速やかに終わるはず。

もうそろそろ、港を手に入れても良い頃だ。が、勝利の報告が待てど暮らせど来ない。それどころか彼女の夫がのこのこ戦場に出て行く始末。

エットレの愚鈍さを良く理解している女王は、悪い予感を払拭《ふっしょく》できないでいた。

誰よりも小心者で、誰よりも予言に振り回されている、誰よりも位の高い男が前線に出ていけば、場は混乱し勝てる戦も勝てなくなるだろう。

小さな城砦《じょうさい》をひとつ残すのみとなったラーディアと、大陸の西半分を席巻するアルベニス。むしろ戦局が覆るなどあり得ない。常識的に考えて女王の軍が負けるはずがないと言うのに、拭《ぬぐ》えない不安が心に濃い影を落とす。

「忌々しい……」

女王は爪を噛《か》む。

既に掴《つか》んだものとばかり思っていた勝利が、童歌ひとつの影響で指の隙間からするりと零れ、遠ざかりつつある。

全てが裏目に出た。予言の核である幼王誕生に、間接的に手を貸してしまったことも。バルヴェルト城を無傷で手に入れようと欲張ったばかりに多くの精鋭を失い、敵を増長させてしまったことも。

ラーディアの領地に幼い王が帰還し、予言の通り星は墜ちた。東――ゼイオンの地に秘めた花は咲くのか。南――わずかに残されたラーディアの国土に壁は築かれるのか。

女王はひとつ、大きく息をついた。

たかが童歌に怯《おび》えている己を笑い飛ばし、玉座から腰を上げる。冬が急速に近付いているアルベニスの王城に、冷たい北風が吹き込んでいた。

「馬を用意しなさい」

視界に入る場所に彼女の使用人はいないが、声の届く位置には必ずいる。

色とりどりの刺繍《ししゅう》を施した黒いドレスの裾《すそ》を翻し、女王は自室へと向かった。

少し、気分転換が必要だ。

＊＊＊

アルベニスに生まれた者は、男も女も、幼いうちに馬と弓を覚える。

それは王族とて同じ。ヴィヴィアナもまたアルベニスの遊牧民だ。鞍《くら》ではなく玉座に座ることを強いられて長いが、風を切って草原を疾駆する楽しみは忘れられない。

むしろ城に閉じこもっている時間が長ければ長いほど、草原に焦がれる。

遊牧民の歴史を全て模様にして描き込んだ、精緻《せいち》な刺繍のドレスを脱いで革のパンツを穿《は》き、兎の毛皮のコートを羽織り、黒髪を布で覆って鞍に跨《また》がれば、自由だった頃の彼女に戻れた。

遊牧民は、一箇所に留まっていてはいけない。他国の王を真似て城を造るようになった数世代前の女王が、とても愚かに思えた。

草原の風は強く、そして冷たい。夏は駆け足に過ぎ、いつの間にか冬が迫っている。

もうじき万年雪を頂く聖なる山グアルハルに新しい雪が積もり始める。白く覆われる山が、ヴィヴィアナは、大好きだった。

背後にぞろぞろと付いて来る護衛を意識の外に追い出し、単騎で草原を駆けている気分を味わう。

北には壁のように東西に延びるグアルハル山脈。東は頂きに神聖国を載せた高山が連なり、北西から西にかけては生ある者を拒むがごとき荒野が続く。南は森。弓が苦手とする鬱蒼《うっそう》とした森。

遊牧民は広い広い草原を己の領土としてきた。その広大さは誇りだった。空にも匹敵する大地を駆けているのだと思い込んでいた。

が、落ち着いて周囲を見渡してみれば、草原は山と砂漠と森に囲まれた、閉ざされた空間だった。

南の森の向こう、北大陸で港を造れる唯一の場所を目指す。それが悪いことだとは思えない。ごく自然な営みのはず。

何故、邪魔されるのか分からない。

ヴィヴィアナが手綱を打つと彼女の愛馬は素直に応えた。女王のそれに相応しく飾り立てられた栗毛が、冬枯れし始めた草を蹄《ひづめ》で抉《えぐ》り取る。

慌てた様子で付き従う護衛を振り返ることもなく、

彼女は草原を駆けた。

若い頃は良く、鷹《たか》を使って兎を狩った。空を移動する太陽と競争するように遠駆けもした。たとえ港町を手に入れても、あんな小さな土地にじっとしているのは性に合わない。港の運営を誰か信頼できる者に任せて、グアルハルの麓《ふもと》へ戻ろう。

冷たい風が、淀《よど》んだ胸の内を洗う。

「陛下！　女王陛下！」

だがそんな清々しい気分を、慌ただしい声が邪魔をする。

うんざりして手綱を絞り、馬首を巡らせれば、彼女と彼女の愛馬に追いすがるのがやっとの従者とその馬がふうふうと息を荒らげている。

「なあに？」

「これ以上、西に寄るのは危険です」

「何故」

強く問い質したつもりはなかった。が、女王付きを命じられた数名の衛士が不安そうに互いの顔を見合わせている。

女王の眉根《まゆね》が引き絞られた。

「西に何があるの？」

「正体不明の勢力が、北西部より侵出して来ているとの情報があります」

「盗賊か何かじゃないの？」

「だとしても……今の我々は無防備すぎます」

ビーズを通して細かく飾り編みされた愛馬の鬣《たてがみ》を撫《な》でながら、ヴィヴィアナは施政者の顔になった。

無防備すぎる、の言葉が妙に引っかかる。

南の戦局以外の報告はほぼ聞き流していた。草原でアルベニスに挑む愚か者がいるとは思えず、放置して構わない小さな問題だからだ。

だが、アルベニスのほぼ全勢力が南を向いている今、もし死角を突かれたら、たとえそれが取るに足らない小さな勢力だったとしても大きな痛手に繋《つな》がりかねない。

「どこの連中か、分かってるの？」

「は……。恐らくロアーネから来たものと」

「何ですって？」

死地の名に、女王の声が思わず裏返った。

そこには何もなかった。神とさえ称される異教徒が君臨するまでは。

「どういうこと？　遂に他国の侵略を始めたの？」

「まだ、何も」

「何故動かないの？　私達の国が侵されているのよ！」

「陛下が、捨て置けと」

女王の喉《のど》が激しく上下した。

アルベニスは彼女の国であり、民は彼女に従順だった。たとえ王国の背後を脅かされていようとも、彼女が構うなと言えば放置する。

それが正しい王国のあり方であると信じていた。己の間違いを糺《ただ》す者がいないことを、不安だとは感じなかった。間違えなければ良いのだから。たったそれだけのことだ。


ふと、ヴィヴィアナの脳裏に義弟クルロの最期が浮かんだ。

嵐が来ることを知らず谷底に野営していた将軍は、万の桁《けた》に及ぶアルベニスの兵ごと土砂に呑《の》まれ、濁流に押し流されてしまった。

夏の初めに嵐が来る大陸南部の気候を知らなかった。森を貫くように横たわる谷が豪雨を海へ流すために存在していると、谷底に樹木が疎らなのはそこを定期的に水が流れるからだと、乾燥地帯の民には想像も付かなかった。だから仕方がない、運が悪かったのだと己に言い聞かせてきた。

だが、現実は違う。

クルロは谷底に野営するのは危険だという諫言《かんげん》に耳を貸さなかったから、悲劇に見舞われたのだ。

「……そう」

女王としての器を試されている。ヴィヴィアナは丹田に力を込め、緩やかに呼吸を繰り返して心を鎮めると、遙か西を見渡した。地平線まで続く草原は濃く鮮やかな緑から黄金色に変わりつつある。

目の良さに自信はあったが、遊牧民の地を侵略し始めているという者らの気配は何も見て取れない。まだまだ遠いようだ。

「そうね……」

だがヴィヴィアナの胸に、じわじわとした不快な闇が広がっていく。

バルヴェルトを落とすことに全力を注いでいた彼女の虚を衝《つ》き、背後を取ろうとしている『神』の軍勢。勝算あっての行動とはとても思えないが、ここまでラーディアを勢い付かせた『墜ちたる星』と同じ異教徒であると考えれば警戒せざるを得ない。

「たかが砂漠のごろつきに何か出来るとは思えないけれど、ちょうど今、我が軍は出払っていて手薄だから、何らかの対策をした方が良いかもね」

「は」

「そういう大切なことは、ちゃんと言いなさい」

衛士の間に微妙な空気が漂っている。ヴィヴィアナは苦笑した。

よほど恐れられているようだ。これではいつか、クルロと同じ愚を犯してしまう。女王は深呼吸し、草と土の匂いで胸を満たした。

背後に別の脅威が現れたからと言って、まだ正体も分からぬ敵に怯《おび》え、弓騎兵を呼び戻すのは愚策と言えよう。

それに、たとえ別の理由で軍を退却させたとしても、ラーディアは自分達の力で勝利したと勘違いするだろう。

あの小国をこれ以上、調子付かせる訳にはいかなかった。

第十一章　北大陸に吹く風

女王陛下へ、海を献上する。

アルベニスの野心は単純だからこそ、研ぎ澄まされた鋭さを持っていた。

北大陸のおよそ半分が、その鋭さの前に為す術もなく蹂躙《じゅうりん》された。もはや女王の弓騎兵を制する手立てなど無いと、誰もがそう思っていた。

だが気付かないうちに風向きは変わっていた。

順風満帆だったはずのアルベニスは今、いつの間にか吹き荒れる強い向かい風の中にある。

ラーディアの白と青、加えてゼイオンの黒。アルベニスに楯《たて》突く風は鮮やかな色を帯びて勢い良く吹き付けている。

砦《とりで》に籠《こ》もったまま戦う意志のない腰抜けの白。

既に踏《ふ》み潰《つぶ》したはずの青。

永遠に立ち上がることはないと信じられていた黒。

どこで間違ったのか。何がいけなかったのか。理解できないうちに、いつしか何もかもが覆っていた。

そして、強大な女王国の崩壊が、静かに始まろうとしていた。


敵は六部隊からなる連合軍。目の前に立ちはだかる壁には、最初から五本の亀裂が入っているということだ。

途方もなく分厚い壁に思われたが、もしかしたら打ち崩せるかも知れない。傭兵《ようへい》が持ち帰った情報はラーディアを更に活気付けた。

幼王の軍が目指しているのは敵の殲滅《せんめつ》ではなく、退却させること。今はまだそれだけだ。

そしてそれは不可能ではない。予《あらかじ》め入っている亀裂の通り、大軍を分断することさえできるなら。

最初の楔《くさび》、漆黒の僧兵集団は既に、アルベニスの左翼を切り崩している。無敵の弓騎兵はこれまで無敗だったがゆえに、退却からの立て直しには不慣れだった。加えて、この大軍を纏《まと》め上げる器の将軍がいないことも不利な条件として重なった。

今のアルベニス軍は、頭が六つある異形の獣。わずかなきっかけを与えてやれば、あとはこちらが手を出さずとも巨体は自然に引き裂かれていく。

騎士団長代行ルーファスは隙なく目を配りつつ、奇跡へ思いを馳《は》せた。

栄光の未来を微塵《みじん》も疑っていなかった。だが同時に、それが途方もない無理難題であることはきちんと理解していた。

砦に残された白虎は少なく、そして弱い。幼王がいかにして栄光を手に入れるのか、見当もつかなかった。

それが、今。

「じゃ、やるか」

「では段取り通りに」

頬に疵《きず》のある傭兵隊長と砂漠帰りの異教徒は、どうやらここまでの道すがら作戦を練っていたようだ。

機械弓がどういうものか想像できないルーファスは、黙って彼らに戦局を委ねる。

「右から二番目の、一番高く掲げている旗を目指しましょう」

「良い選択だ。俺の国には『出る杭《くい》は打たれる』という諺《ことわざ》があってな。出っ張った者は、攻撃対象になるってこった」

「ほうほう。我が国では逆に『最も脚の速い虎が最も良い獲物を得る』と言いますがなあ」

「はっはっは。それもまた真理だ」

やけに気の合う様子の二人に、ルーファスは頼もしさを感じていた。

白虎の重鎮は頼りにならなかった。父親や弟を含め、ルーファスの足を引っ張ることにのみ熱心で、ただ保身と延命しか考えていなかった。ロアーネの予言という明確な道標があるにもかかわらずそこから目を逸らし、砦に籠もり続けた。

自らが安全に生き延びられるのなら、国の未来になど関心がないとばかりに。

「ぼーっとすんなよ。兄ちゃん。行くぞ。将軍の首を取るのは、あんたに譲る」

砂漠の王は額に押し上げていた複雑な機械めいたものを目の位置に戻しながら、無精髭《ぶしょうひげ》にまだらに覆われた口元をわずかに歪《ゆが》ませる。

その軽薄な笑みは、彼の息子に似ているような気がした。顔付きはだいぶ違うが、纏う雰囲気がどこか共通している。

「何故」

「何故もへったくれもないんだよ。あんたは予言の君の騎士《ナイト》なんだろ？」

咄嗟《とっさ》に肯定できなかったのは信念に揺らぎがあったからではない。

あまり使われない婉曲《えんきょく》な言い回しに含まれた繊細な意図に気付いてしまったからだ。

「俺はまだ『墜ちたる星』に会ってないけど、確実に分かる。その子は戦場じゃ使い物にならない。戦いを終わらせる運命を背負っているったってなあ、今時の子供に実際に手を汚させるのは無理だ。それは騎士の仕事じゃないのか？　だからあんたはここにいるんだろう？　護るべき君の傍を離れて、戦場に出て来たんだろう？」

強い訛《なま》りがあったが、その言葉は真っ直ぐにルーファスの胸を貫いた。

貫き、そして思いを新たにさせた。

枢のため、墜ちたる星のために。今までそれを疑問に思ったことはただの一度もない。

「俺達にできるのは、ハッタリをかますことだけ。一発勝負だ、しくじるなよ」

砂漠の王の笑みに頷《うなず》きを返し、ルーファスは相棒の首を叩《たた》いた。ここまで無茶を飲んでくれた『たまご』にもう一働きして貰《もら》う必要がある。

アルベニスの巨体に打ち込まれその身を引き裂く二本目の楔であれ。

スカーが満足そうな表情で手綱を繰った。控えていた彼の傭兵仲間達が前に出、轡《くつわ》を並べる。

更に、粗末な格好をした兵が一頭の馬に二人ずつ跨《また》がり、傭兵達の間に入り込むよう陣取る。王の配下だろう。後ろの兵が手綱を操り、前の兵は腕ほどの長さの台座に弓を横向きに固定した、不思議な得物を膝《ひざ》に抱いている。

「ヒロ、退がっていて下さい」

「ああ任せた。——俺は戦いが苦手でね」

言い訳めいた一言をさりげなく、ルーファスに聞こえるように付け足す。

異教徒達の故郷は、武器を手にしているだけで罰せられるほど平和であると聞いている。こちら側の世界で生き抜き、王と呼ばれる存在にまでなった彼もまた、ルーファスの主君と同じように敵の痛みを感じる深い優しさを持っているようだ。

傭兵と砂の王国の民が固め、中心にラーディア騎士を要する即席の部隊が、静かに歩を進める。

ジュディス砦が少ない人員を割き、騎士団長代行に付けてくれたなけなしの護衛が、空気を読んでルーファスの脇を固める。

並足から駆足へ、やがて馳足へと滑らかに加速していく。無数の蹄《ひづめ》に踏まれた草の匂いに、鉄錆《さび》のそれのような臭気が混ざり、空気は淀《よど》み赤く濁っているように見えた。

そこは戦場だった。白の師団が目を逸らし続けた光景がどこまでも広がっている。

第一の楔、ゼイオンの僧兵がもたらした崩壊の影響は全軍に響いていたが、持ちこたえ陣形を保っている隊もある。先頭のスカーは真っ直ぐそれへ突き進んでいった。

前方の視界は仲間の背にほぼ塞《ふさ》がれているルーファスだが、気配は分かった。じきに敵の前線の、矢の射程に飛び込む。

豪雨のごとき矢が待ち受けている。戦《おのの》く胸に片手を当てた。臙脂色《えんじいろ》のネクタイを、心臓の近くへ。

「第一陣！　前へ！」

王の声に傭兵は手綱を引き、砂漠の兵のうち半数ほどが前進する。

機械弓を持つ者は良く訓練された所作で鐙《あぶみ》の上に立ち、手綱を繰る者に寄りかかって体を支える。

そして。

「撃て！」

一斉に、弦を固定する掛け金が外された。

人力ではびくともしない強弓を台座に取り付け、金属の部品で強引に引き絞った、スカーの言葉を借りるなら『ちぃと凄ぇ武器』――機械弓、クロスボウが、アルベニスの最前線を横様に薙《な》ぎ払《はら》う。

ルーファスの目に、七、八騎ほどが倒れるさまが見えた。数は、敵の軍勢にしてみればわずかなものだが、与えた衝撃は計り知れない。

彼ら女王軍は、今まで歩んできたその覇道において、これまでただの一度たりとも先手を取られた経験がない。

勝利を得る唯一の手段はアルベニスより強い弓を揃えることという、単純であり、不可能とされたその答えが、目の前で繰り広げられている。

「第一陣、退がれ。すぐにセットアップ！　二陣、前へ。――撃て！」

王の号令下、兵は速やかに入れ替わる。

一撃目の動揺を立て直せないまま立て続けに食らう衝撃。

手の届かない相手に無防備に身をさらす恐怖。これまで与え続けた恐れを、今、アルベニスは自ら味わっている。

第一陣は傭兵《ようへい》の影に身を隠し、機械弓を再び使える状態に復元すべく大急ぎで作業していた。羽のない鉄の矢を据え、ハンドルを回して弦を引き絞る。

王が最強の切り札をハッタリと言い切ったのは、この致命的な隙があるからだ。

驚かせ、弓を引く手を止めさせる程度の威力しかない。そこから先は、ラーディアの騎士に懸かっている。

ハッタリで全ての矢を止められはしない。

ルーファスは静かに、突撃への覚悟を決めた。

＊＊＊

バルヴェルト城の一番高い塔に登ってさえ、平原の状況を窺うことはできなかった。東も西も北も、秋の色に変わり始めた森が広がっている。

ただ眼を凝らせばジュディス砦《とりで》の先端に白い旗がかろうじて見える。砦はアルベニス軍に占領されておらず、ラーディアはまだ善戦しているということだけが、知り得る情報の全てだった。

「旗だけじゃなくてモールス信号的な何かを採用したら、あそことここで情報のやり取りできると思うんだけど」

「モールス信号って？」

「ああ、ええと、光とか音とかで文字情報を伝える方法のこと」

「似たようなものはあるかも知れないけど、白虎は全く戦いに備えていないからな。そういう手間のかかることは、準備してないだろ」

サイの言葉はいつも通り的確で、その冷静な声音にむしろ安心できる。

枢が落ち着いていられるのはサイが傍にいるお陰だった。そしてサイの単眼鏡を奪い嬉々《きき》としてあちこちの窓から遠くを眺めている、幼王レオのほのぼのとした姿の影響も大きい。

支えてくれる者と、支えなくてはならない者がいて、枢は自らを保っていた。

ラーディアを勝利へ導く戦いは、歴史が変われば自らが消えてしまうという恐怖から始めた。

今はむしろ、ただルースの身を案じている。戦いに征かねばならぬ彼を生きて戻すため、全力を尽くしている。この時代のこの世界にいまだ無い技術や知識を用いることも厭《いと》わずに。

狼煙で急を報せる程度の手段は古くからあるらし

い。そこから更に踏み込んだ、もう少し具体的な情報伝達の方法が必要だ。

せっかく目視で確認できる位置に砦があるのに使わないのは勿体《もったい》ない。良い方法はないか考えつつ、枢は南側の窓へ向かった。

海が見える。突き出した半島の突端、ポート・バルヴェルトに停泊している南大陸の大型帆船には、ラーディア民兵に協力する証の青い旗が結び付けられていた。

枢が南の窓に移動したので、レオもいそいそと横にやって来てサイの単眼鏡を港町に向けた。

サイの言葉を借りれば『この辺りの田舎では手に入らない高級品』らしい。質素な生活を余儀なくされている王はそれがいたく気に入ったようだ。

「バルヴェルトは、ラーディアの新王都として相応しくないとね」

「まあ、ここを護れなかったらラーディアは終わる」

「そういうことじゃなくて。海の見える王宮が、正しい歴史の必須《ひっす》アイテムだよ。国や父さんが生き残っても、ここがお城じゃないと困るんだ」

サイは大袈裟《おおげさ》に肩をすくめた。分かりきっていると言いたげに。

「秋風を警戒しないといけない」

「どういう意味」

「アルベニス人にも住むところは必要だ。攻めにくいのに加え、壊したら港を制圧した後に困るから、バルヴェルトは無傷のまま残っていた」

「それと秋風にどんな関係が」

「これから、乾燥した内陸風が海に向かって強く吹く季節になる。バルヴェルトの北に広がる森に火を放ったら、どうなると思う?」

枢は、遠い昔に外国のニュースで見た大規模な山火事の映像を思い浮かべた。盤石の護りを約束してくれているとばかり思っていた森が、凶器となって牙《きば》を剥《む》くさまがありありと想像できた。

船で避難できる者は少ない。民の多くが半島という袋小路に追い詰められ、逃げ場もなく、焼き殺されてしまうだろう。

もし女王が本気でラーディアを潰《つぶ》し、城砦《じょうさい》と港を破壊してでも手に入れようと企てているなら、最も容易く、そして確実な手段かも知れない。夏の海嵐は知らなかったアルベニス人も、北から吹く乾いた冬風なら熟知している。

「――かなめ？」

会話の中身は分からないはずのレオが、心配そうに枢を見上げる。よほど悲愴《ひそう》な表情をしていたらしい。枢は無理に口角を引き上げた。

「ねえ、火攻めは防げる？」

「今はまだ風が弱い。本格的な冬風になればやばいけど、悠長に冬を待つ余裕は連中にもないだろう。賭《か》けになるね。草原の草が冬枯れするのが先か、強い大陸風が吹くのが先か」

「戦局は常に風に左右される訳か」

「そういうこと。北風が強まる前に森に到底届かないくらい前線を押し上げないと」

「それだけじゃ駄目だ。その気になれば種火を持って森に隠れたアルベニス人たった一人で、ラーディアを滅ぼせるんだから」

城の護りを任された者として、何か対策を考えた方が良いだろう。

真剣に頭を働かせているとレオが枢の袖《そで》を握って気を引いた。枢には王を無視しているつもりは全くないのだが、どうしても言葉の壁は厚い。

王が通訳と幾らか言葉を交わす。白虎の騎士を軽《けい》蔑《べっ》し、不遜《ふそん》な態度を取るサイも、レオへは敬意を示す。父親がくれた大切な単眼鏡も、渋々ながら貸してやっている。

穏やかに丁寧な声音で、今しがた二人の異教徒が心配していた事柄を訳して伝えているのだろう。あどけなさの残るレオの頬がわずかに引き締まった。

城が火に包まれる、その光景を想像してしまったのが、怯《おび》えた瞳《ひとみ》に見て取れる。

ラーディアの王都が陥落した時、レオは既に法王の庇護《ひご》下にあった。その惨状を直接目にした訳ではないが、幼い心に深い疵《きず》が刻み付けられたのは確かだ。何かを失ったという痛みは、生き残った者に罪悪感として付きまとう。

「大丈夫。未来はまだ変わってない。陛下、忘れないで下さい。これは僕がこの世界にやってきて最初にした予言です。僕達は、必ず勝ちます」

枢の言葉を訳して貰《もら》い、王はようやく眉《まゆ》を開いた。

＊＊＊

城壁の見張り塔にある小さな扉を潜って、白虎に所属する兵が単騎、戻ってきた。

状況を報告するために走らされたであろう彼は、伝えるべき白虎の上層部がよもや国外脱出を目論んでいたなどと知る由もなく、職務に忠実に従う。

伝令が到着したとの報はすぐさま王の元へも届けられた。三人は転がり落ちるような勢いで尖塔《せんとう》を駆け下りる。

作戦会議室には既に、城に残るラーディアの中枢部が集っていた。飛び交うラーディア語が溌剌《はつらつ》としているので、言葉が理解できずとも良い報告であることは分かる。

「そういうことか……」

「何？　何が起きてるの？」

「動かざる山が動いたよ。ゼイオンの僧兵が横から突っ込んできた」

満足そうににんまりと笑みを浮かべるサイは、この展開を予期していたと言いたげだった。

枢の頭の中でようやく、ゼイオンの巫女《みこ》の言葉が具体的な形を取る。

礼拝堂から連れ戻され作戦会議室に閉じ込められたままだったアリアは、枢の視線に気付き、大きくはっきりと頷《うなず》いた。

――そろそろ到着した頃でしょう。約束したものが。

彼女がそう話してくれたまさにその時、神聖国の軍勢は急峻《きゅうしゅん》な東の山を駆け下り、草原で繰り広げられている戦争に加わったのだ。

遙かな約束を果たすため。予言された『幼王』の力となるために。

天地の始めに交わされた約束、そして法王ガヴァラス猊下《げいか》の覚悟を知っていたからこそ、彼女には余裕があった。『秘めたる花』が咲き、大地を覆う瞬間を、確信を持って待っていた。

「……サイ。これってさ、もしかしたらさ、本当に勝てるんじゃない？」

「あほか。勝たなきゃラーディアに未来はないだろ」

「そうだけど」

枢はいつもの癖で、己の掌を見た。まだ消えていない。未来は変わっていない。アルベニスを撃破し、長きにわたる戦争を終わらせた覇王の歴史は、まだ道を踏み外してはいない。

記憶している通りに、時代が動いている。

「……でもどうして、ゼイオンはそこまで父さんに肩入れするんだろう」

「そこだよな。全部の疑問がそこに戻っていく。あの女が勿体ぶって喋《しゃべ》らないせいだ」

アリアには日本語が通じる。それを忘れていないかと視線で窘める枢だが、どうやらサイはわざと聞こえるようにアリアを牽制《けんせい》しているようだ。

到着したと語るものが具体的に何だったのか訊《き》けなかったのは、いよいよ核心に踏み込もうとした瞬間に高貴な闖入《ちんにゅう》者があったからだ。

敢えて的をずらすような物言いをする巫女に翻弄《ほんろう》されているのは確かだ。断片的ではなくきちんと、知っていることを全て教えて貰わなくては。

神聖国は予言に深く関わっている。あの数行の日本語のために六百年以上続いていると言ってさえ過言ではないほど。

ならば、残っているかも知れない。

最後の大きな疑問——世界を繋《つな》ぐ秘密についての、何かが。

＊＊＊

女王の弓騎兵を破る一つの答えを、東の国ゼイオンが示してくれた。

恐るべき練度の僧兵集団は、一丸となって敵を食い破る。その迷いなき突撃が通り過ぎた背後に、射るべき敵を見失った矢の雨が空しく降り注ぐ。

止まらず、臆《おく》せず、突き進むこと。

女王の兵は、法王の兵の速さを知らなかった。狙いを定めることができなかった。あっと言う間に接近を許してしまい、アルベニス軍の左翼は為す術もなく崩れていった。

そして砂漠に王国を築いた異教徒は、二つ目の答えを示唆している。

ラーディアの誰もが一度は考え、そして不可能と諦《あきら》める、遊牧民より強い弓で先に射るという戦略が可能であるということを。

二つの答えが示したものは、アルベニスが抱える弱さだった。

無敵の弓騎兵が持つ最大の弱点は、これまで無敵だったことだ。騎馬を駆り弓を射ることで領土を広げていった女王の軍勢は、自軍が攻撃を受けた時に陣形を立て直す術を持たない。

敗北を想定していない軍隊が、与えた以上の衝撃を受けて自ら崩壊していく。アルベニスの真の敵は、彼ら自身の慢心であった。

ラーディアの騎士、傭兵《ようへい》、それに砂漠の国の精鋭からなる二本目の楔《くさび》は、ゼイオンの僧兵ほど正確無比な陣形も突撃の速度も持っていなかった。

だが水平に飛んで来る鉄の矢への恐れが、弓騎兵の手を鈍らせている。

反撃を許さず勢力を拡大してきた草原の民の、一方的な殺戮《さつりく》しか知らない心に生じた、恐怖という名のわずかな隙。それは矢の勢いに如実に表れていた。

強さゆえの、脆《もろ》さ。

若木のようにしなって衝撃をやり過ごす、柔軟な強さを持たない巨木ほど、強い風に抗い根こそぎ倒れてしまうのだ。

誰もが気付き、信じ始めていた。

アルベニスを討ち倒すことは可能だ、と。

白虎の騎士団長代行ルーファスは、ただ前を向いていた。外側を固めていた兵がアルベニスの矢に倒れようと、手綱を引くことはなかった。

ただ真っ直ぐ、雌獅子《しし》の旗を目指す。金色の房飾りの付いた、将軍旗を。

いつの間にか周囲が柔らかな黒で覆われている。ルーファスの存在に気付いたゼイオンの僧兵が彼らを囲み、護衛している。

法王の兵は誠実に、こちらが要求せずとも最も危険な仕事を引き受けてくれる。加勢してくれたことは心の底から感謝しているが、これは流石にやりすぎだ、余計なことをと、さしものルーファスもちらりと思った。

あの老いた法王が、幼き友人の勝利を心から願っているのは分かる。だがラーディアは、自立しなくてはならない。自らの手でアルベニスを破り、勝利しなくてはならない。

今はまだ小さく儚《はかな》い幼王の国も、やがて比類なき覇王の国となる。ルーファスは予言を信じている。

砂漠の王が指揮を執る機械弓部隊は、アルベニスの矢の射程に入る前に退却した。彼らの武器は距離を置いてこそ威力を発揮する。

これから突撃する場所に恐怖という先制攻撃を仕掛けてくれた、それで充分だった。いつまでも自分達の傍に留まらず、より多くのラーディア兵を援護して貰った方が良い。

ゼイオンの僧侶《そうりょ》達に視界を遮られていたが、目指すべき旗が迫っているのは分かる。

矢の風切り音が急に減った。

僧兵の鬨《とき》の声《こえ》は、独特な響きがあった。己を鼓舞する声ではなく、彼らの信仰の対象と会話をしているかのようだ。

祈りを捧《ささ》げている。善のために為す、敵を屠《ほふ》るという悪に赦《ゆる》しを乞《こ》うために。

ルーファスは眦《まなじり》を裂き、前を見据える。

心の中にある言葉は、ルーファスが心を捧げる存在は、ただ一人だけだった。

——枢のために。

＊＊＊

傭兵隊長という役職は、誰かに任命された訳でも自主的に名乗った訳でもない。

ただスカーは傭兵集団の中で最も行動力と決断力があったため、自然とリーダー的存在になり、いつしか隊長と呼ばれるようになっていた。

大抵の仕事において先陣を切る。それが、己に求められていることだと、スカーも理解していた。

だからこそ、一歩退いた場所で戦局を眺めている今の状況が新鮮で、興味深い。

たまにはこういう視点も良いものだとスカーは腕を拱《こまね》く。勿論《もちろん》、状況がラーディア有利だからこそ余裕を持って眺めていられるのだが。

中心部に騎士団長代行ルーファスらを内包した黒い楔がアルベニス軍を引き裂いていくさまは、眺めていて痛快だった。

どれほど、あの弓騎兵軍団に苦しめられたことか。目の前で全てを破壊し踏《ふ》み潰《つぶ》し、そして何もかもを奪っていく女王の手勢に、打つ手なしと思っていた。勝てる訳がないと、ラーディアの誰もが心に闇を抱いていた。

だがラーディアの民の絶望ごと切り裂いて、彼らはアルベニスを破っていく。

上手に退却する術を、女王の弓騎兵は持っていなかった。前進することしか知らない彼らは、初めての敗北に狼狽《うろた》えている。

他の部隊が敗残兵をどう扱うのか、興味深かった。急拵《きゅうごしら》えの連合軍には、恐らくその辺りの連携はできていないだろう。

このまま立て直せなければ、自重により内から崩壊していく。既に、強く巨大であるが故の脆さが露呈していた。

「やるねえ」

戦局を突撃部隊に譲り、安全な距離まで後退した砂漠の王が呟《つぶや》いた。

本心ではルーファスと共に行きたかったがヒロを護ってくれと言われ渋々承諾したスカーは、飄々《ひょうひょう》とした保護対象の声音に片眉《まゆ》を上げる。

ヒロの、顔に押し当ててある機械を指先で操作する口元に、緩い笑みが浮かんでいた。

ちょうど左目の辺りに丸いガラスのレンズが見て取れる。単眼鏡のようなものだとスカーは推測している。それにしては短いが、彼らの世界の高い技術によるものだろうと。

その、スカーには知り得ない技術によって、彼は遠い戦局を見据えていた。

「よく見えますかな？」

「ああ。あの騎士さん、なかなか上手くやってるよ。白虎は腰抜けで戦下手だと聞いていたが、自分の使命を正しく認識している人間の迷いない姿は賞賛に値する」

スカーは頷《うなず》いた。戦場でなくとも、ルーファスという騎士の強さは感じていた。

武器を取り敵を倒す強さではない。圧倒的に不利な状況にあってなお、栄光の予言を信じることができる心の強さを。

奇跡への道は彼の信念が切り拓いたと言って良いだろう。予言の『星』も彼の眼の前に、運命をその腕に委ねるように墜ちて来たと聞いている。

「それに黒い連中が護ってくれている。問題なく旗を取るだろ」

「黒。ゼイオンの兵ですな」

「アルベニスのこっち側は総崩れだな。あんたの言う通り、横の連携が弱い。良い読みだ」

スカーは頬の疵痕《きずあと》をぽりぽりと掻《か》いた。

アルベニスは本来、女王を頂点とした厳格な縦社会を構築している。大隊旗が六本も横並びに立っている状態の方が異常なのだ。あの大軍が一枚岩でなく、隊と隊の間に見えない隙間があるだろうと、容易に推測ができた。

戦い続けてきたスカーにとって、自然に培われた経験と勘だ。特に褒められるようなことではない。

ただ、今までのラーディアであれば、たとえアルベニスの軍勢に大きな亀裂があろうともそれを引き裂く力はなかっただろう。情勢は変化している。

「すぐに終わるさ。遊牧民の奴ら、及び腰だ」

「余裕があるようなら、次の早馬を出させましょう」

「……待て。あの砦《とりで》の通信設備は復旧させたか？」

砂漠の王が背後に聳《そび》えるジュディス砦を顎《あご》で指し示す。はて、とスカーは首を傾げた。

「通信設備？　最初から、使っていなかったと思いますぞ。何しろ白虎ですからなあ」

「そりゃとんでもなく説得力のある一言だ。が、勿《もっ》体《たい》ないにも程がある」

ヒロは遠眼鏡を額に押し上げ、懐から紙の束を取り出した。ぺらぺらとめくって何も書かれていない綺麗《きれい》な一枚を見付けると、細く尖《とが》らせた木炭で記号のようなものを丁寧に書き記し始める。

点と線をリズミカルに。

スカーは黙って、その手元を眺めていた。

「息子達は、王様と一緒に城にいるんだよな」

「海へ逃げ出していなければですが」

「この状況で国民を捨てて亡命するような根性なしは、それを理由にさっさと更迭しちまえば良い。次の早馬にこれを持たせてやってくれ。日本人の少年に。見れば分かる」

渡された紙には、ほぼ点と線しか書かれていない。

スカーは訝《いぶか》しむ。

「この模様が、あなた方の言語なのですかな?」

「いや。モールス信号……の、偽物だ。砂漠で連絡を取り合うために考えた。光の点滅で、離れた場所に文字を伝えるんだ」

「光で文字を」

「日が暮れたらこれで文通ができる。ラーディア語でのやり取りは大変だけど、城に息子達がいるんなら、音数の少ない日本語が使えて効率が良い」

王の知略に、賞賛の言葉すら出て来なかった。

＊＊＊

興奮の波が凪《な》いだ後の作戦会議室は、微妙な沈黙に支配されていた。

動かざる山が動いた。信仰に生きる中立国が幼王エルレシオンを保護してくれただけでも異例だと言うのに、僧兵の大隊を貸し与えてくれたという。その報は絶望に塗り潰されていた城に一縷《いちる》の光明をもたらすと同時に、幾つもの新たな疑問もラーディアに投げかける。

何故、と。

ゼイオンにとって、この戦いにラーディアが勝利することに何か利があるのだろうか。

最初は誰もが、女王国の侵攻を止めるためだろうと考えていた。大陸を二分するもう片方の勢力として、アルベニスよりラーディアの方が付き合いやすいからだろうと。

だがここへ来て、法王はもう少し違うことを見据えて行動しているようにも思えて来る。

約束、と、神聖国の巫女《みこ》はしきりに口にする。

遠い昔に交わされたその約束を守るために、彼の大国は中立であり続けたのだと。

枢は壁際に寄せた長椅子に腰掛け、これまでの出来事を頭の中で整理した。

いかなる国の、あらゆる諍《いさか》いに荷担しないのがゼイオンの国是だった。戦火を逃れたラーディアの王子を匿《かくま》い、王都陥落ののちには王冠を授け王と為したのは、明らかに彼らのあり方に背いている。

それだけでも不可解なのに、今度は兵を率いてラーディアに味方してくれた。明確に、これまでの主義を捨てている。

枢はぼんやりとアリアを眼に映していた。

アリアは枢と反対側の、窓際の壁に椅子を寄せて座っていた。中央の長テーブルを占める騎士団の上層部から逃れるように。

彼女の表情から、ゼイオンの考えを探ろうと試みる。自信に満ちて力強く、ラーディアと共に在るという確かな信念が感じられる。決して大国の気紛れではない、崇高な意志のようなものを。

「これで我々は、瞳《ひとみ》を閉じて眠ることができます」

視線に気付いたアリアが誇らしげに言う。枢と枢の傍の壁に寄りかかるサイ、言葉の通じる二人は難解な比喩《ひゆ》に逆に首を傾げた。

「目を開けて眠ったら眠れな……あっ……ずっと緊張してた、心が安まらなかったってこと？」

「さすが、日本語がお上手です」

「こいつは純粋な日本人だから、この中で一番上手じゃないとまずいと思うんだけど」

サイの横槍《よこやり》を、アリアは妖艶《ようえん》な微笑ひとつで華麗にかわした。苦手を理解していて、それを効果的に利用している。

駆け引きにおいては、アリアの上手を取る者はラーディアじゅう探してもいないような気がした。たとえ枢が最も得意な日本語であったとしても。

「約束を果たすことができました。ゼイオンが在り続けた意味を、これで示すことができます」

「どうしてそこまで、ラーディアのために」

「我が国は、予言が現実となる時を待ち続けておりました。天地の始め、七柱の光が北大陸に建てられた時から」

それではまるで、ゼイオンという国そのものが、予言をかなえるためだけに存在していたようではないか。

思い至った極端な結論に、枢は目眩《めまい》さえ覚えた。

予言は、未来を知る者が過去に伝えた。この推測は間違っていないはずだ。

サイが言う通り、ゼイオンが崇《あが》める『天地の始めの七人』は恐らく、枢と同じように時空を越えて未来から遙か過去へ墜ちた星であろう。

そこから推測できる、六百五十四年前の異世界人達の意図を思う。まさか幼王を覇王とするために、ゼイオンという国の礎を築いたのか――

あまりにも荒唐無稽《こうとうむけい》すぎて、枢はふるふると頭を振った。ひとつの国が、別の国の未来のために築かれるなど流石にあり得ない。

アリアは意味ありげに柔らかく微笑んでいた。枢が振り払った結論を肯定するかのように。

長テーブルの最奥に両肘《りようひじ》をついて顎を乗せ、興味深そうに日本語に耳を傾けているレオを一度その瞳に映し、慎ましく微笑み敬意を示してから、アリアは再び枢に視線を戻した。

「その時が来れば予言されし『幼王』の力となることは、我々の定めなのです」

「定め……」

アリアの重い言葉を、枢は、口の中で転がした。

時を越えて幼い父に寄り添い、大陸の運命を変える手助けをしている今の自分もまた、それが定《さだ》めだったのだろうかと。

覇王の息子。墜ちたる星。過ぎた重荷が肩に食い込む。懸命に足を踏ん張って立っているが、それでも膝《ひざ》をつきそうになる。

全てを投げ出したくとも、家に帰る手立てすらなかった。引き返せない道をただ真っ直ぐ前へ進むとしかできない。

「予言が現実となるためには、ゼイオンという大国が必要不可欠なのは分かるけど、だからって、そのために国があるってのは謙虚すぎるだろ」

サイの言葉に枢は逐一大きく頷《うなず》く。

全く、その通りだ。

「国を創るところから始めるって、予言も大掛かりだね」

「そうしなければならない、よほどの理由があったのかねえ。君は？　枢は、何のために予言を実現させようとしている？」

「僕は……」

消えてしまわないように。

未来が変われば、枢の存在は消える。ラーディアのためではなく、本当に利己的な理由で『墜ちたる星』として御輿《みこし》に担ぎ上げられることを了承した。

今でこそ父の王国の行く末を案じているが、最初はもっと狭い視野で世界を見ていた。

時を遡《さかのぼ》ることができるとしたら、誰でも、自分に有利に歴史を動かしてしまいたくなるはず。

もしかしたら、ゼイオンを興した者も同じ動機なのだろうか。

——否。もしかしたら。

「僕だったとしても、もう驚かないよね」

「ん？」

「過去に行って、遺跡に予言を刻んで、ゼイオンを建国するの、もしかして未来の僕だったりして」

予言の通りに未来を変える明確な理由を持つ異教徒は、今のところ、枢しかいない。

幾多の可能性が差し示すひとつの答えに、サイも思い至ったようだ。難しい顔をして頭をがりがりと掻《か》いている。

途方もない。が、話の筋は通っている。

枢は予言の通りに未来を変えるため過去へやって来たと自覚しているが、『今』を変えるだけでは偉大なる覇王は誕生しない。

もっと昔に種を蒔《ま》かなくては。

「もし誰かが六百五十年前に戻って、今のためにゼイオンを導かないといけないなら、僕こそ行くべきなんじゃないかなって気がする」

「……参った。『何馬鹿なこと言ってんだ』って言ってやろうにも、全くどこにも隙がない」

「だよね」

「歴史上、ラーディアに墜ちてきた日本人は多い。君だけじゃない。けど、君はただの異世界人じゃなく、予言に記された『墜ちたる星』としてやって来た。言ってしまえば予言そのものだ。そこが父さんや、他の異教徒とは違うところだ。君ほど予言の成否が切実な日本人はいないだろう」

他の異教徒にとって、予言はただの古い言い伝え程度に過ぎない。存在そのものを脅かすほど深刻ではなかった。

枢は、予言に記された『幼王』の息子であり、西に墜ちたる星。

「つまり君は、近いうちに六百五十四年前の北大陸へ行く訳か」

「サイも一緒に行く？　ゼイオンを導いたのは七人の異教徒、ってことはあと六人必要だからさ」

サイはにっと口角を上げた。

悪いアイデアではない、という表情で。

「そうだなあ。ちゃんとこの時代に戻って来れるなら、行ってもいいかもな。そしてもう少し具体的で分かりやすい予言を残しておく」

「駄目だよ。そんなことをしたら歴史が変わってしまう」

「何言ってんだ。歴史なんかすっかり変わっちゃってるよ。未来からの干渉があって過去が変わって、そんで今、君がいて。本来滅びて然るべき小さな国が将来、奇跡のような栄光を手にするんだから」

枢の背が小さく跳ねた。

考えもしなかった、もしくは意図的に避けていたことを、今ようやく明確に意識する。

アルベニスとの戦争に終止符を打った覇王エルレシオンが統治する、平和で豊かな大国ラーディアこそが正しい歴史だと思い込んでいた。

世界はそうあるべきだという確信の下、まだ若い父を栄光へ導く覚悟でいた。

だがむしろ、そちらの方が予言によって改変された歴史であり、本来あり得ない未来だ。

異世界人が関わらなければ、ラーディアはこのままアルベニスに蹂躙《じゅうりん》され、幼い王と共に滅びる。

仮にそれが本来辿《たど》るべき歴史であったのなら、両親は出会うことがなく、枢はどちらの世界にも生まれない。

正しい時の流れには、自分は存在しない。

それを改めて意識すると、ひやりとした不気味な恐怖が枢の胸を鷲掴《わしづか》みにした。

——僕は一体、何者なんだろう。

＊＊＊

「サー・ルーファス！」

名を呼ばれ、咄嗟《とっさ》に手綱を引いた。

逃げるアルベニス兵士の背があっという間に遠ざかっていく。

これ以上追うのは逆に危険と諦《あきら》め、ルーファスは全身の力を抜いた。

呼吸を忘れていたことに気付き、息を吸う。途端に胃の腑《ふ》が縮み上がり、苦い汁が食道を逆流した。

それほど濃い臭気が、己の周りに漂っている。

ゆっくりと周囲を見渡す。眼前の敵に集中しすぎて見えなくなっていた、戦場の情景が目に入った。

草原を覆い尽くすような、累々たる人馬の屍《しかばね》。凄《せい》惨《さん》な光景だが、そのほとんどが遊牧民であることに多少の安堵《あんど》も覚える。共に突撃したラーディアの兵は、立っていた。疲弊し傷付いてもいるようだが、斃《たお》れてはいない。

視線を己に向ける。全身に刺さる矢は全て、厚いマントと鎖帷子《かたびら》に防がれていた。愛馬も無傷だ。

何も問題ない。そう自分に言い聞かせる。

「これ以上深追いする必要はありません」

轡《くつわ》を並べるゼイオンの僧侶《そうりょ》の言葉は穏やかだった。

墨染めの衣はたっぷり返り血を吸って重そうだが、心の中は凪《な》いでいるように見える。

中立を公言している彼らは、いかなる争いにも荷担しないはずだった。こうした戦場に立つ経験はラーディアの騎士より更に乏しいはずなのに。

何を想定して訓練を重ねて来たのか。彼らの鮮やかな、迷いなき突撃に、信仰に生きる者らの精神の強さを改めて感じた。

「撤退したのか」

「ええ。部隊は完全に機能を失っています」

「そうか……」

無敵と称されたアルベニスの弓騎兵に、退却を選択させた。

不可能と思われていたことを、成し遂げた。

「素晴らしい働きでした。おめでとうございます、将軍」

将軍でもなければ、周囲を固めてくれていたゼイオンの兵ほど働いたとも思っていない。

過剰に持ち上げすぎな僧兵の言葉に、ルーファスはふっと苦笑いする。

実感はなかった。

ただルーファスらは、アルベニスに打ち込まれた第二の楔《くさび》として求められた以上の仕事を果たした。

砂漠の王の『ハッタリ』と神聖国の僧兵という盾があってこそだが、それでもラーディアの騎士としてアルベニスを打ち破ったことに違いはない。

「良い貌をなさっています。覇道を歩む者の」

「覇道？」

「ラーディアの誰よりも、美しい心をお持ちのようです。迷いなき、穢《けが》れなき精神の強さを感じます」

ルーファス本人には、何が褒められているのか分からなかった。

もしそれが、愛する主君への忠誠を指しているのであれば、褒めるべきは己ではない。正しく誠実に導いてくれる『墜ちたる星』こそ賞賛すべき存在だ。

剣にこびりついた血を振り払い、鞘《さや》に納める。掌に感じた若干の抵抗は、戦いの激しさに剣が曲がってしまったことを教えてくれる。

ダグラス家に伝わる由緒正しい業物が傷む、などと配慮する余裕はなかった。生き抜くことに集中していた。

敵に——それも飛び道具を構える無敵の弓騎兵に斬り込んでいく。その戦いは永遠に続くかのようであったが、終わってしまえば刹那《せつな》だったようにも感じられた。

既に陽は大きく傾き、秋の早い夕暮れが足早に近付いていることを教えている。

「戻りましょう。少人数で孤立するのは良くありません」

「分かった」

六つの部隊の二つ目を崩したに過ぎない。アルベニス軍の右翼側はまだ力を温存している。

深追いすれば別の部隊に囲まれる恐れがある。ルーファスは僧侶の言葉を受け入れた。

ラーディアとゼイオンにそれ以上追う意志がないのを理解すると、アルベニス軍の左翼が撤退を始めた。一旦《いったん》退き、態勢を立て直そうと考えているのだろう。中には後方へ矢を射る者もあったが、逃げる方に意識を向けているため狙いは完全に当てずっぽうで、避《よ》ける必要さえない。

ルーファスの愛馬『たまご』がぱきりと弓を踏み折る。草原に斃れる人馬を踏みたくはないようだ。蹄《ひづめ》をつく場所を丁寧に探している。

周囲の惨状は目を背けたくなるほど酷かったが、そこには確かな事実がある。

彼らは、勝利した。

アルベニスを破った。

最も高く誇らしげに旗を掲げていた部隊を、壊滅させることはできずとも、退却せざるを得ない所まで追い詰めた。

「——我が君」

右の拳《こぶし》を左手で包み、胸に当てる。

慎ましく、騎士団長代行はその勝利を愛する主君へ捧《ささ》げた。

＊＊＊

「まずいな」

苦々しく、ヒロが呟《つぶや》いた。

アルベニスの女王旗が敗走を始めるさまを歓喜と共に眺めていた傭兵《ようへい》は、勝利の喜びに水を差すその声に黙り込む。

嫌な沈黙が、ラーディア軍の殿《しんがり》を包み込んだ。

「何がまずいんです？」

スカーには、砂漠の王が気付いたものが分からない。遙か彼方の戦局に何かの変化を見て取ったのだろうが、スカーの眼には奇跡のような勝利と、敵の退却するさましか窺えない。

王はゆっくりとレンズを回している。

「連中、カタパルト出して来やがった。あれは、壊さないとまずい」

「何ですと？」

「攻城兵器。岩を飛ばして城壁を壊す奴な。多分もう少し城に近付くまで温存するつもりだったんだろうが、連中も切羽詰まってる」

それがアルベニスの出した、機械弓への答え。

こちらが、彼らの弓より威力のある飛び道具を用意すれば、向こうもそれに応じる。

城壁を壊すための兵器で、ラーディアを蹴散《けち》らそうという作戦だ。

彼らは気付いたのだろう。持ち込んだ攻城兵器で壊すべき壁はバルヴェルト城砦《じょうさい》ではなく、その手前に立ちはだかるラーディア全軍であると。

予言に記されていた幼王の護り、敵が打ち砕こうとしている『聳《そび》える壁』が何の比喩《ひゆ》だったのかを察し、スカーは息を呑《の》む。

ヒロは機械を額に押し上げてスカーを見た。

ここまで濃い光彩の色は、世界中探しても他にいない。もう一人の異教徒『墜ちたる星』でさえ、もう少し明るい瞳《ひとみ》の色をしている。

「ラーディア軍にアルベニスの投降兵はどのくらいいる？」

「おりませんでしょうな。連中は敵に寝返るより女王陛下の名を呼びながら自害するでしょう」

「なるほど。将棋じゃなくてチェス方式か。倒しても自駒にできないと。……こっち側にも、弓が巧い奴がいてくれたら良いんだが」

王は馬を降り、積荷の大きな袋を開く。

幌《ほろ》布をざっくり縫った手作りの袋には、見覚えのあるものもないものも、ごちゃごちゃと詰め込まれていた。

小さなガラスの瓶を幾つかと、荒い織り地の布、それに四角い金属の容器などを取り出してその場にしゃがみ、無数の蹄に踏《ふ》み潰《つぶ》された草が青臭い匂いを放つ地面にそれらを広げ始めた。スカーは彼の馬の轡を取り、うっかり背中を蹴《け》ってしまわないよう距離を取らせる。

ヒロは迷いなく手を動かし、無心に何かを作っている。戦うことが得意ではないと語る彼が、どのように国をまとめているのか、その手つきを見ていれば推測ができた。

新しいものを生み出す技術は、力にも勝る。

「なあ、ヒロさん。攻城兵器を弓で壊すんですかな？　それも、機械弓ではなく普通の弓で」

「鏃に細工をしようと思ったら、構造的に、クロスボウじゃ無理なんだよ」

「細工？」

「分かり易く言うなら、火矢かな。火矢のちょっと恐ろしい奴であれに着火する。見たところ丸太を組んだだけだからな、油がありゃ燃えるはずだ。ただこれを飛ばすとなると、俺の作ったクロスボウじゃ構造的に難しい」

スカーには、ヒロの言葉の意味が分からなかった。火矢なら想像ができたが、そこに付属する『ちょっと恐ろしい』とは一体何なのか。彼が一体、何を作っているのか。

ただ、攻城兵器対策に弓の手練《てだ》れが必要であることだけは理解した。

「一人ぐらいいないのか？　ラーディア軍にアルベニス人は」

「アルベニス人、もしくはアルベニスの技を持つラーディア人ですな……果たして、おりますかなあ。遊牧民は北大陸の厄介者ですし、あらぬ迫害を受ける恐れがあるからアルベニスに縁のあるものは素性を隠すでしょうし」

「仕方がないな。昔は交流があったんだろうけど、今となっちゃ国家の仇敵《きゅうてき》だもんな。仮にいたとしても、目立たないようにしてるだろうから探し出すのは困難だろう」

「ですなあ……」

広く自軍を見渡したスカーの視界の端に、朱雀の軍旗が翻った。

数年前まではラーディア北部で遊牧民の侵入を防いでいた、勇敢なる赤い旗印が、たった一本だけ意気揚々と。

＊＊＊

陽が西に大きく傾くに連れ、青かった空が次第に色を失う。やがて雲が黄金色に輝き始めた。

夜という、別の敵がじわじわと迫っている。闇は平等な存在だった。そこにいる皆の目を塞《ふさ》ぎ、足を引っ張る。

日暮れと共に、双方が兵を引いた。申し合わせた訳ではないがこれで事実上の停戦となる。

ラーディアの兵は森の傍まで後退した。もしもの際、枝葉の屋根の下へ逃げ込めるように。

ゼイオンは東寄りに、アルベニスは北へ大きく後退している。

そしてその、三つの軍の間には、激戦の痕跡《こんせき》が横たわっていた。

不気味な猛禽類《もうきんるい》が集まり、暮れかけた空の遙か高みを旋回している。ご馳走《ちそう》が沢山用意されていると思っているようだ。味方も多く斃《たお》れたが、今の状態では弔ってやることも難しい。

ラーディア南部の民が避け続けた現実が、そこにあった。勝利は、ただ甘いだけではない。

ラーディアとゼイオンに比べ、アルベニスの被害は甚大だった。六個大隊のうち東の二つが統制を失い、西寄りの部隊は左翼に生じた衝撃の余波で手綱を引き絞ったらしく女王の弓騎兵らしくない鈍重さで留まり、やがて後退を選んだ。

兵の数で圧倒するアルベニスが、戦いを恐れ、逃げ腰になっている。

彼らは一度、南の谷で全軍を失っている。退却さえできず殲滅《せんめつ》した場合、失うものは兵馬の数のみではない。あの嵐を思い出せば、撤退を選択するのも時間の問題と思われた。


せっかく訪れた事実上の夜間停戦、とは言えラーディアの中には警戒する者が多い。

多くの命を預かる傭兵隊長スカーと助っ人・砂漠の王ヒロも、武装を解除し休息を取る気になれないでいた。

闇は平等な敵で、誰の味方もしない。だが巧く利用することは可能だ。

「連中、朝までじっとしていますかな？」

「どうかな。あっちは夜襲が当たり前。何しろ連中の戦い方は、敵味方の判別しなくて良いもんな。離れた所から射つだけなら、辺りが暗くても構わない訳だ」

「襲われる方は大迷惑だ。わしもそれで女房を失いましたよ」

「それは……気の毒に」

「多くのラーディア人が、多かれ少なかれアルベニスに大切なものを奪われています。何しろここまで、負け続けでしたからなあ」

その痛みを飲み込むしかなかった。

女王の弓騎兵に立ち向かう術などなく、ただこのまま滅び去るだけだと思っていた。

「生き残ったラーディア人が、諦《あきら》めずに足掻《あが》いてくれていたから、今がある」

「そうですな」

「砦《とりで》に引きこもっていた白虎の騎士を嗤《わら》う奴は多いけど、少なくとも投降するよりは良い選択をしたんじゃないかと思ってるよ。俺はね」

「さあて、それはどうでしょうなあ。連中には投降する勇気さえなかったんじゃないですかな？」

「それは酷い言いぐさだ。大切なラーディアの領土を最後まで防衛してくれていたのに」

ヒロは言葉も文化も常識や考え方もラーディア人とは全く異なっているのに、スカーは何故か彼に強い親近感を覚えた。

父親であり何らかの組織の責任者であるという共通点以外にも、響き合うものがある。

平和な頃に出会っていれば、良き友となれただろうか。想像してみようとして諦めた。もはや、平和であった記憶など忘れ去っている。かつて農民として暮らしていた頃のことは知識としてのみ頭に残っているが、その感触も匂いも確かなものは何も思い出せなかった。

「……連中、夜襲を仕掛けて来ますかね」

「アルベニスはアルベニスの常識で生きている。枠にはめて考えるべきじゃないな。冷静に考えてデメリットの方が多いが、やらないとは言い切れない」

「とりあえず騎士は砦に隠れて貰《もら》うようサー・ルーファスに進言しましょう。ヒロさんも、塔に登って城の息子さんと会話に挑戦してみて下さい。前線は、我々傭兵《ようへい》が交代で見張ります」

何かを決断しなくてはならない時、スカーは大抵、真っ先に意見を述べる。

それが通ることもあれば、反対されることもある。誰もが黙ってしまいがちな局面にあって敢えて口火を切ることで、意見を出しやすい雰囲気を作る。だからこそ彼はきちんと仲間を導くリーダーとして慕われていた。

「息子達のことはまあ、後回しだ。重荷は平等に分担しようぜ、傭兵隊長さん。交代で休憩を取りながら見張りを立てよう。幸い、うちの連中にとって夜警は日常の範囲だ。皆、慣れている」

「そんなにしょっちゅう襲撃されるのですかな」

「あそこは一番の風下。大陸で最も恵まれない人間が吹き寄せられる場所だよ。仕方がない」

それでも王が君臨し、既に国体をなしているように見える。街としての機能は乏しいが、国であるという意識は存在している。

それをどう、王に伝えるべきか。言葉を探していたスカーは、周囲で休息している兵にざわめきが広がっていることに気付いてこの難題を後回しにする。

戻られた。騎士団長代行が。

ラーディアを導く者が。

「スカー。探したぞ」

「すみません。わしら専用の旗印を決めておけば良かったですかな」

立ち上がり敬礼しようとする兵らに手を振って不要と応えながら近付いてきた、淡い黄色の馬の轡《くつわ》を取るルーファスは、疲弊し切っているように見えた。

だが表情は明るい。スカーの軽口に苦笑する余裕さえある。

「お見事でした。サー」

「……皆のお陰だ。あれだけのお膳立《ぜんだ》てをされれば、私でなくとも勝てただろう」

この場にいるラーディア人の誰とも似ていない明るい髪の色と若葉のような瞳《ひとみ》をしているルーファスは、南大陸の血のせいばかりではなく、異質な存在だった。

その、誰よりもラーディアの未来を憂う心に、混血であるという負い目が少なからず影響しているのは確かだ。

血が半分ラーディア人でないからこそ、心は誰よりラーディア人であろうとしている。

「じゃあ次の話をしようか。サー。勝利の余韻に浸っている場合じゃないんでね」

砂漠の王が剣呑《けんのん》に割り込めば、ルーファスは表情を引き締めた。

騎士団長代行に意見するには不遜《ふそん》な態度だが、当のルーファスにはそれを咎《とが》める意志が全くなさそうだ。誠実な表情で、異教徒に向き合っている。

「話してくれ。――できれば、私にも理解できるように」

どうやらヒロの振る舞いは騎士団長代行を試すものだったようだ。ルーファスが真摯《しんし》に耳を傾けると、ふわりといつもの柔らかな表情に戻った。

もし今までの白虎のように異教徒を見下す態度を示せば、王も態度を硬化させ、二度とラーディアに手を貸してくれなかっただろう。

「その謙虚さは嫌いじゃないね。むしろ好きだ。あんたは頭が良さそうだから、遠慮なく普通に喋《しゃべ》らせて貰うよ。早ければ今夜中、遅くとも明日には、アルベニスの秘密兵器が登場する。間違いない、あれはカタパルトだ。岩を飛ばして城壁を壊す大掛かりな装置だよ」

「城壁を壊す装置を、今？」

「連中が本気で壊すべき壁は、バルヴェルトの城壁じゃないってことさ」

――南に聳《そび》える壁ありき。

ルーファスの唇が、予言の詩を綴《つづ》っていた。

「我々は、どうすれば良い」

「飛んできた岩を避ければ良い……って訳にもいかないよな。そこで、あれの射程に入る前にこっちから近付いて、燃やしてやろうと思っている」

「可能なのか？」

「ああ。向こうの秘密兵器に対抗する、こっちの秘密兵器はこれ。火炎瓶だ」

ヒロが掌に収まるほどの細長い小瓶をひとつ、ルーファスに見せる。中に少量の液体が入れてあり、布で栓がしてあった。

「俺はこっちの世界に、周りの仕事道具ごと飛ばされてきた。お陰で生きて来れた訳だが、残念なことにライターのオイルは一缶しか持って来ていない。二十数年、大切に使ってきたんだ。まさかこんな物騒な形で役に立つとは思わなかったが」

「すまない。全て理解することは私には難しい」

「まあ、そうだろうな。分かって貰おうとは思っていない。これは俺の分野だ。あんたはあんたの仕事をしてくれ」

「何かできることがあるのなら、力になる」

その言葉を待っていたとばかり、ヒロの頬ににんまりと笑みが浮かんだ。嫌な予感がし、スカーの背がひやりとする。

子供が悪巧みを思いついた時のような、無邪気な悪意さえ感じられる笑みを、ルーファスは真摯に受け止めている。

「じゃあ、弓が巧い奴を連れて来てくれ」

「分かった」

「へっ？　いるのか？」

「心当たりがある。心配ない、すぐに見つかる」

誠実な騎士団長代行を悩ませ困らせてやろうという意志があったのかなかったのか。

あっさり頷《うなず》かれ、逆にヒロの方が驚き呆気《あっけ》に取られている。

ルーファスは目を剥《む》くヒロを特に気にする様子もなく、声高に、周囲に命じた。

「タケルを——朱雀の軍旗を掲げる白虎の騎士を見掛け次第、私の元へ来るように言え。すぐにだ」

＊＊＊

空腹は良くないという王の言葉により、日が暮れると同時に城砦内《じょうさいない》にいる全ての人に食事が振る舞われた。城を護る仕事に就いている者だけでなく、壁の内側に身を寄せる港町の避難民にも。

極度の緊張下にあり飢餓感を覚えずにいた者も、食べ慣れた塩漬けの魚を口に入れれば心がいくばくか落ち着く。戦いが長引いた場合に備え少量ではあったが、いつもと同じものを食べることは、緊急事態に平静を取り戻させる効果があるらしい。

様々な形で、海とそれに付随する産業はバルヴェルトを支えていた。

城内においても同様に、王を始め、皆それぞれの居室に食事が用意されることになった。王城に広間は沢山あるのだし、食堂のような場所に集まって食べれば準備も片付けも簡単なのに。部屋に戻るのはとても無駄な手間のような気がしたが、もしかしたら白虎の偉い人は異教徒と一緒に食事をしたくないのかも知れないと、枢は適当に解釈した。

城の厨房《ちゅうぼう》にはまだ新鮮な食材がいくばくか残っているようだ。が、籠城《ろうじょう》が徒《いたずら》に長引けばいずれ食べ尽くし、王や貴族も民と同じ塩漬け魚で露命を繋《つな》ぐことになるだろう。

早く終わって欲しい、と、枢は祈った。心は常にルースの傍に——バルヴェルトの北の森を抜け、黎《れい》明《めい》の谷を越えた戦場にあった。

「ルース達は、ちゃんと食べてるかな」

「どうだろうな。相手は闇討ち上等な連中だし、日が暮れたからっておちおち休憩できないだろうな」

城から届ける食糧にも限度がある。

補給線の距離は短く、敵に襲撃される心配も少ない。自国から遠く離れた平原に陣取るアルベニスの大軍に比べれば維持しやすいのは確かだが、長引けば長引くほど不利なのは明確だった。

枢の記憶によれば、ラーディアは何年もかけて大陸を平定する。

恐らくそれは、このような状態が何年も続くという訳ではなく、戦争のある時とない時を交互に積み重ねつつ、徐々に平和な土地と戦いのない時間とを広げていくという意味なのだろう。

そして最終的に、北大陸から戦争が消える。十二年後には平和で豊かな王国へ変貌《へんぼう》を遂げている。

ずっとこの状態が続く訳ではない――いくらそう己に言い聞かせていても、閉塞感《へいそくかん》に呼吸さえ忘れてしまいそうになる。

戦線にいる皆が、飢えていなければ良い。渇いていなければ良い。傷付いていなければ良い。苦しんでいなければ良い。

たとえ状況を知り得ても何の手助けもしてやれないが、それでも枢は、ラーディアの現状をもっと知りたいと思った。

部屋の隅に置いているリュックを持ってきて膝《ひざ》の上に載せ、開いて自分のスマートフォンを取り出した。日付も時刻も今となっては意味がない。

アルベニスが女王旗を掲げた日、塔を離れてしばらく城砦内に留まらなくてはならないと言われ、枢は咄嗟《とっさ》にこのリュックを掴《つか》んだ。サイは鶏に数日分の餌と水を用意するのが精一杯で何も持ち込めなかったようだが、充電をするために預かっていたスマートフォンは両方ともリュックに入っていた。

「せっかく二つあるのに、電波が飛んでないから会話ができない。スマートフォンの意味ないよね」

「父さんもいつも言ってたけど、この世界の情報伝達速度は良くて馬の脚、下手すりゃ徒歩なんだから。常に念頭に置いておかないと」

分かっている。

サイの父親が『いつも言っていた』ということは彼も、頭で理解していても感覚として離れなかったのだろう。

だから己にいつもそう言い聞かせていた。

「全知全能の神、って、分かる？」

「ラーディアは七星とか霊獣とか崇めてるだけ。君の世界ほど独創的な神様はいないね」

「向こうの世界の、ギリシャ神話の……ええと、日本じゃなくて別の国でね、一番偉い神様は、全知全能だったんだ。全てを知っていたから、偉かった」

ぽつぽつ語り始めた枢の言葉の真意を探るように、サイは黙って先を促した。

下手に言葉を挟まないその沈黙が心地良かった。

「世界を瞬時に知ることは、昔は神様の能力だったけど、現代人にはできた。向こうの世界の情報伝達速度は光速、秒速三十万キロ。――現代人は、古代ギリシャ人が想像した神に近いのかなって」

「機械に頼らなきゃその速度を出せないんじゃ、神の領域なんてほど遠いよ」

「そっか。……そうだね」

ばたばたと扉の向こうに人の気配が近付いて来た。やがて居丈高なノックが異教徒の居室に響く。

枢は咄嗟にリュックを椅子の下に蹴《け》り込み、腰帯にスマートフォンを差し込んだ。サイに初めて会った時の、現代日本の品物を見せてはいけないという戒めは、忠実に守っている。

「早馬が着いたらしい。――君に何か、持ってきたようだ」

「僕に？」

ルースが手紙をくれたのか？　彼は日本語を書けるのだろうか。通訳に読んで貰《もら》う前提なら、当たり障りのないことしか書いていないだろう。

などと思考が脇に逸れた自分を叱咤《しった》し、使用人が扉の隙間から差し込みサイが受け取った紙に手を伸ばす。

触った瞬間に分かった。

こちらの世界の紙ではない。黄ばんで皺《しわ》だらけだが、間違いなく大量生産のコピー用紙だ。

四つに折り畳まれたそれを開くと、アルファベットと数字が並び、それぞれに対応する点と線が描かれている。意味を理解した瞬間、枢の脳に電流が走った。

「サイのお父さんって、もしかして天才？」

「……まあ少なくとも馬鹿ではなかったと思うけど。何？　父さんがどうした？」

秒速三十万キロ。光の速さの通信手段を、枢は今、手に入れた。

「行こう。お父さんが待ってる」

枢はリュックを手に部屋を飛び出し、左右どちらも全く同じにしか見えない廊下を交互に見比べる。

「……どこ行く気だ」

「塔は、どっちだっけ」

これ以上ないほど大きくため息をひとつ吐き、サイは先に立って道案内をしてくれた。

廊下を過ぎ、大階段を降り、例のタペストリーの前を通って、扉で隠された螺旋《らせん》階段へ。

「かなめ！」

王の声に、二人の足が止まる。どうやら報告が行ったらしい。城の異教徒達に、砂漠へ追放した方の異教徒から手紙が届いたと。それを見るなりどこかへ——恐らく塔へ向かったと。

早口に喋《しゃべ》るレオに、サイはしどろもどろになっていた。王は口が達者で、大人をもやり込めると聞いている。同行を譲らないようだ。

「良いよ。一緒に行こう」

三人で、螺旋階段を登る。レオは一気に駆け上がり、枢とサイは半ば這《は》うように。

城の尖塔《せんとう》は思った通り、ジュディス砦《とりで》との通信のためにあった。今ようやく、その役目を果たす時が来た。

最上階に着くなり、三人は港を背にして北の窓に貼り付き、目を凝らした。

日が暮れれば恐ろしいほど暗い夜に覆われる、人工光のない世界に、点滅を繰り返す柔らかな光が仄《ほの》かに見える。

枢はモールス信号の紙を床に広げた。

リュックから白紙のルーズリーフとペンを取り出し、ふとレオを見、大丈夫と妥協して腰帯の下からスマートフォンを取り出す。

王が大きな目を更に大きく見開いた。ここバルヴェルトへ帰還した日の出来事を思い出したようだ。

遙か北の、遠い微かな光へ向けて、スマートフォンのフラッシュを幾度か点滅させると、向こうの光が気付いて揺れた。

「あれは誰だろう。サイのお父さん？」

「さあな。父さん本人に限らず、仲間なら、この暗号を知っててもおかしくない」

「仲間に日本語を教えてる訳？　効率が悪いよ。仲間とはラーディア語を使ってると思う」

やがて北の光が、意識的な点滅を始めた。

枢はスマートフォンを消し、ペンを取ってルーズリーフに向かった。長い光と短い光とわずかな間とを正確に写し取る。

少し長い間を挟んで同じフレーズを繰り返していると気付いた時、伝えたい言葉が一区切りしたのだと気付く。慌ててそれを、届いたばかりの表に当てはめてみた。

「エイチ、オー、ユー、ケー、オー、ケー、ユー」

「どういう意味」

「ほ、う、こ、く。報告」

枢がスマートフォンで了解のサインを示すと、再び通信が始まる。

サイが光のパターンを伝え、枢は床に突っ伏したままそれをルーズリーフに書き取っていった。レオは邪魔しないよう口を噤《つぐ》み、北の塔と枢の手元を真剣に見比べている。

やがて、北の光が沈黙した。

「なんだって？」

「解読は、後回し。まずは……」

枢が幾つかの言葉を光として伝えると、遠い光が大きく揺れた。

そして通信ではなく、ゆるりと、丸を描く。

「何て言ったんだ？」

「ティー、オー、ユー、エス、エー、エヌ、クエスチョンマーク」

「……俺が文字分からないの知ってて言ってるだろ」

「うん」

柩は緩やかに動く遠い光に満足げに微笑んだ。

「あそこにいるの、やっぱりサイのお父さんだ」

＊＊＊

ルーファスはジュディス砦の中で、空がうっすら白み始めるのを合図に短い眠りから覚めた。

塔内はまだ寝静まっている。なるべく気配を立てないよう身支度をし、前庭に出る。見張りが踵《かかと》を合わせるのを手を振ってやめさせ、井戸で水を汲《く》み、顔を洗った。

指先が切れそうなほど冷たい水で精神まで引き締め、南の空を仰ぐ。

王城の尖塔そのものは、ここからは見えない。だが昨夜は、夜闇に幽《かす》かに明滅する光が確かに、南の高い空にあった。ルーファスが心を捧《ささ》げる者の手による光だと思えば愛おしくて、いつまでも見つめていられた。

城に柩がいる。

バルヴェルト城砦《じょうさい》は護るべき、そして帰るべき場所であると、改めて心に誓う。

我々の旅は往路のみではないと諭してくれたのは、この砦の兵士だった。

「あーあ、良く寝た。屋根のある建物で寝たの五年振りだ」

わざとらしく大声で欠伸《あくび》をしながら、砂漠の王が塔から出てきた。

彼の日常の過酷さに改めて驚いているルーファスに並び、白いものの混ざり始めた短い黒髪を豪快に掻《か》きながら、ヒロは白々と明け始める夜を名残惜しそうに見送る。

「なんで来なかったんだよ。心配してたぞ」

「――済まない」

「まあ分からない話でもないがね。二人の会話に、通信役なんぞ挟みたくないってのも」

詮索《せんさく》するヒロに、ルーファスはわずかに渋い顔をした。

表向き、騎士団長代行と『墜ちたる星』の繋《つな》がりは主従関係のみ。ルーファスは戦乱の世に墜ちた弱き星を護り、その代償として枢はラーディアを栄光へ導く。それだけだ。

ルーファスは枢を心から愛していたし、枢に好かれているという自負もある。が、それは秘匿すべきものと理解している。

顎《あご》を突き出すようにして、ヒロはルーファスを見遣る。愛嬌《あいきょう》のある垂れ目が、興味深そうに光っていた。眼の色や形は息子とだいぶ違うが、奥底に怜悧《れいり》さを窺わせる光を湛《たた》えているのは同じ。

「戦況報告ついでに少し話をした。うちの息子は相変わらず生意気だな。ちっとも成長してない。あれに言うこと聞かせるの、大変だったろ」

「いや。賢明で誠実だ。彼の尽力がなければ、予言の星の命は既にないだろう」

「星、ね。――かなめ、って言うんだってな。良い名だ。ど真ん中、一番大切なとこ、って意味だよ」

「遺跡に刻まれた七星の名と同じ文字だと」

「へえ。名前と運命の因果か。興味深いね。俺なんか、でっかい木って意味の名前なのに、草一本生えない砂漠暮らしだ」

荒野に聳《そび》え、皆の拠り所となる、大樹。

この、砂漠の王と称される異教徒が、いまだ正しく把握できなかった。

苦労を重ねた表情は深淵《しんえん》で、ルーファスには計り知れない。

「とりあえず大規模な夜襲はなかったようだな。準備の方に費やしたんだろう。こっちも対処を急ごう」

腰や肩を回しながら、ヒロは朗らかに言う。

「始めるぞ。ジャイアントキリングだ」

飄々《ひょうひょう》とした足取りで井戸へ行き、気軽に水が汲めることに感嘆の声を漏らす。

彼が陽気に口ずさむ歌に聞き覚えがあった。彼の息子もたまに歌っている、語呂《ごろ》の良い日本語の明るいメロディーが、この過酷な戦場という状況とあまりにもかけ離れている。

砂漠の王は恐ろしいほど頼もしく、そして雲のように掴《つか》み所《どころ》がない。

＊＊＊

夜の間に幾らか動きがあったようだ。

アルベニス軍は再び南下し、しかもヒロの言う通り投石機を組み立て、巨大な台車の上に据え終えていた。大きな岩の弾も脇に用意されている。

昨日の一時退却も、どうやらこの秘密兵器に全てを賭《か》けるためのものだったようだ。事前に知っていなければ、敵陣の中央に突如現れた巨大な木組みに度肝を抜かれたことだろう。

朝靄《あさもや》もまだ拭《ぬぐ》い切れていない早朝、投石機の破壊作戦は動き始めた。

ヒロとルーファス、タケル、それにスカーが顔を突き合わせ、任務の最終確認をする。

まずヒロがカタパルトの構造を講釈する。ほぼ正しいラーディア語を操るヒロも、言葉選びが難しいらしく、遂に小枝で模型を作って説明し始めた。

木組みの台座に長い腕が取り付けてあり、片方に錘《おもり》、もう片方は弾を入れるようになっている。人力か巻き取り機で軽い方の腕を下げ、重い錘を持ち上げて、てこの原理で腕を振り弾を飛ばす。

単純な構造だが大きさが並外れているため、威力は計り知れないという。

「構造はどうでも良い。とにかく、あれを燃やす」

ヒロは簡単にそう言った。

ルーファスの横でタケルが顔をしかめている。

タケルが『塔の悪魔』を特別に気にかけているのを知っているからこそ、その唯一の肉親であるヒロに対し屈折した態度を取りはしないかと、余計な心配をしてしまうルーファスだが、どうやらタケル自身は割り切っているようだ。

「かなり立派な丸太ですが、簡単に燃えますかな」

スカーが皆の疑問を代表して口にすると、ヒロは大仰に頷《うなず》いた。

「完全に炭にしてしまうのが理想だが、そこまでする必要はない。縛ってある縄が燃えて切れてしまえば、バラバラになってもう使い物にならなくなる」

「なるほど」

「そこでだ、矢を確実に結合部分へ命中させる腕が必要になる。ライターオイルの火は消えにくく、縄の繊維は燃えやすい。分かるな？」

水を向けられたタケルは真面目な表情で顎を引き頷いた。

ラーディアの命運を一手に担うと言っても良い弓の使い手はいつになく無口だったが、その表情は力強く、誇らしげでもある。

「恐らくあれが連中の最終兵器。切り札だ。燃やしてやれば士気が下がって退却を選ぶ可能性も出てくる。——ま、希望的推測でしかないがね」

圧倒的に不利な状況下、暗闇の中の一縷《いちる》の希望に縋《すが》りここまで来た。今更だとルーファスは思った。

不可能としか思えなかった栄光と勝利への道を、思いもよらない奇跡を重ねながら歩んできた。今更、進むべき道に迷いはない。

どれほど細く、険しい道であろうとも。

「火炎瓶は五本。一本で良いから命中させてくれよ。よし——じゃあ、行こう」

ヒロの合図で全員が各々の馬に跨《また》がった。

タケルはアルベニスの偵察から奪った平原の馬に、騎射用の鞍《くら》を据えたまま。よもや、こんな形で役に立つとは思いもしなかった。

運命は間違いなく、ラーディアを勝利へ導いてくれている。誰もがそう、確信している。

異教徒が作った火矢は、小さなガラス瓶が鏃の代わりに結びつけられていた。

その重さを考えると、普通の矢よりも射程距離が短い。アルベニスの弓騎兵の攻撃範囲にわずかながら踏み込む必要がある。

ラーディア唯一の弓騎兵の周囲を、砂漠の王の機械弓部隊、ラーディアの兵、傭兵《ようへい》が固めた。

起死回生の突撃部隊が、早朝の平原を切り裂くように北上する。

まさか奇襲されると思っていなかったのかアルベニスの反応が遅れていた。今なら接近できる。突撃部隊の速度が上がる。

近付けば近付くほど、投石機の巨大さに圧倒される。ロープを兵士が数人がかりで巻き取る様子が見えた。長い方の腕が下がり、反対側の短い方の腕に吊《つ》るされた岩の錘が持ち上がる。

ぞくり、と、冷たいものが背を伝う。咄嗟《とっさ》にルーファスは、振り向いて叫んだ。

「逃げろ！」

兵士がロープから手を放すと、投石機が唸《うな》りをあげた。

解放された錘が落ちる勢いで腕が振られ、先端に載せられていた弾が勢い良く撃ち出される。

弾はルーファスらの頭上を大きく孤を描きながら飛び、ラーディア総軍が野営する森の手前に地響きと共に着弾した。

届かなかったことに安堵《あんど》しつつも、早く投石機を壊さなければ森ごと軍が壊滅させられるかも知れないという恐怖に戦いた。

人の背丈ほどもある車輪の付いた台車を、アルベニス兵が数十人がかりで押す。じわりじわりと、巨大な兵器が動く。

「――ぶち切れそうですよ。サー・ルーファス」

タケルが静かに怒気を吐いた。

口元が強ばっている。

「あの弾。あれ城壁です。連中が壊した、ラーディア北部の街の」

「分かっている。落ち着けタケル」

「心配しないで下さい。むしろ集中できます」

投石機は二投目の準備に取りかかった。ルーファスらは手綱を絞る。砂漠の兵が前に出て機械弓を構え、アルベニス陣営を牽制《けんせい》する。

タケルは昨夜のうちに調整した弓を取り、火矢をつがえる。すかさずヒロが瓶の先に火を点《とも》した。異世界の燃料は、驚くほど良く燃えた。

弦が頬に食い込むほど引き絞り、放つ。だいぶ瓶が重いらしく投石機の足下に当たり、鏃の先の小さな火が、瓶が割れて零れたオイルに引火する。アルベニスの陣営がにわかに色めき立った。

「低いぞ。もう少し上を狙え」

「分かってます。黙ってて下さい、お父さん」

「誰がお父さんだ」

タケルはぷうと唇を弾くように息を吐いて心を切り替え、二本目の矢をつがえた。一本目の軌道を元に角度を調整し、丁寧に狙いを定める。

静かに、火矢が放たれた。

そして目の前に、大番狂《ジャイアントキリング》わせと砂漠の王が例えた光景、まさにそのものが広がる。

表面に油が塗ってあったのだろうか、人の背丈の三倍はあろうかという木組みは、一瞬で鮮やかな炎に包まれる。

そのさまは、立ったまま火に灼《や》かれる巨人のようであった。

＊＊＊

サイの父親、砂漠の王ヒロは、画期的な情報伝達手段を枢に伝えた。

彼が息子に与えた——今は幼王レオのお気に入りになっている——単眼鏡を覗《のぞ》けば、日中でもジュディス砦《とりで》から発せられる光の信号を読み取れる。即ちバルヴェルト城は、リアルタイムで戦局を知ることができた。

ヒロがその場にいない限りこちらからの返信ができない。ジュディス砦の通信役は高性能のスコープを持たず、また日本語が分からないため、ただヒロが書いて寄越したメモの通り機械的に打電しているのみだ。

それでも戦場の今を知りうる手段として、早馬より遙かに早い。

かつてバルヴェルトの貴族は『思想の汚染』を恐れていた。異教徒を恐れるあまり殺すことすらできなかったラーディアが、今はその知恵でもって成り立っている。

何がきっかけで印象が逆転するか分からないものだ。枢はつくづく、そう思った。

「変わりはない?」

「変わりはない」

しばらくぶりに交わした会話は、しばらく前に交わしたそれと、全く同じ内容だった。

枢はサイと二人、城の尖塔《せんとう》で、スマートフォンを充電しながら連絡を待っている。

サイが定期的に単眼鏡で確認しているが、なかなか通信内容は変わらなかった。

投石機を燃やしに行くという通信が、繰り返されている。

ヒロが突撃部隊に加わるのは、昨夜の通信で聞いた。理由は、火炎瓶に火を点けるためだと言う。

こちらの世界で用いられる種火よりオイルライターの方が遙かに手軽だが、扱える者がヒロしかいない。いつも細かいところで詰めが甘いと、サイは父親の仕事を酷評した。

まだ暗いうちに、彼らは動き始めたはずだ。時は緩やかに過ぎている。

枢はふうとため息をついた。何も知らされずにじっとしていなければならなかった今までより多少は気が楽とは言え、やはり待つ身であることに変わりはない。

案じているだけの時間が長引けば、思考は悪い方へ向かう。推測を交えず客観的事実だけを見つめていようと、枢は得た情報を頭の中で整理する。

昨夜の報告によれば、アルベニス軍は六つの大隊による連合軍。どうやら大将不在のまま数だけ揃えたものらしい。

アルベニスの理想とする社会は女王を頂点とする厳密なヒエラルキーであり、横並びの軍隊に浮かび上がる五本の亀裂はごまかしようがなかったと言う。

弓騎兵の左翼、即ち東の側をまず神聖国の僧兵が打ち崩し、ラーディアと砂漠の民が続く。

すると負け慣れていないアルベニスは早々に切り札のカタパルトを用意した。

「カタパルトって何だ？」

通信内容を日本語に訳して聞かせている時、出てきた単語にサイが首をひねった。

「映画で見たことがある。シーソーみたいな奴で岩を飛ばすんだ。びょーんて」

「びょーん……」

良く分からないという顔をするサイに、枢はカタパルトの構造を絵に描いて説明した。

枢が映画で見た、最も単純な形を描いてみせると、サイはそれを自分の頭の中で立体化し動かして理解したようだ。

「攻城兵器だな。本で見たことはある」

「そう言わなかったっけ？」

「名前が違うから分からなかった。それにしても城を壊すための兵器が、歩兵や騎兵を相手に役に立つのか？」

「どうだろ。怖がらせることはできるかも知れないよ。ラーディアにはない装備だし、もしかしたら抑止力になる」

戦術においてラーディアが一昔も二昔も遅れているのは仕方のないことだった。この小さな海洋国は、非力だが環境に恵まれていたお陰で、領土の拡大や他国侵略という野心を持たなかった。

他を侵し奪わずとも満ち足りている。海を目指して南下する草原の民の渇きに、憐憫《れんびん》の情こそあれ理解は到底できない。

今もラーディアには、アルベニスの領土を奪う意図は一切なかった。

ただ、女王の国の侵略が始まる前の状態まで国土を取り戻したい。それだけだ。タケルらの故郷である北部も、陥落した王都も、いまだアルベニスが踏み付けている。

「——変わった」

「えっ？」

自分が書いたカタパルトの絵を何となくペンでなぞっていた枢は、慌ててルーズリーフをめくる。

新しい一枚を用意し下敷きを敷いて構えた。

「良いか？」

「うん」

サイが読み取り、枢が書き記す。

この段階ではまだ、意味をなさない点と線の羅列でしかない。隠された意味は、表に照らし合わせて初めて浮かび上がる。

通信終了の合図を見送り、念のため二巡目に照らし合わせて間違いがないか確認した上で、枢は信号をアルファベットに直した。

「作戦、成功、帰還。——だって」

端的な通信文は、敵の秘密兵器を破壊し終えたのだと伝えている。

敵陣に近付き火矢を放つという危険な作戦に赴いた者らが、無事に戻ったことも。

サイの肩が、安堵《あんど》にすとんと落ちた。

「まったく無茶するよあの親父《おやじ》。火矢で火を点けて来るって、一か八かにも程がある」

「でもさ、弓ってアルベニスの特技だと思ってたけど、ラーディアの人間で使い手がいたって驚きだよね。その人、すごくラーディアの運命の人って感じ」

「……運命の人かどうかは分からないけど、まあ確かに、いてくれて良かったと思う。アルベニスに関わりがあるんだとしたら、ずっと秘密にしておきたかっただろうに。ほんと、感謝するよ。父さんの無茶な策に協力してくれて」

「是非会ってみたいね」

この時、二人はまだラーディアの『運命の人』が誰なのか知らなかった。

＊＊＊

日が暮れ、そして明けた。

その日は珍しく、暖かい風が吹いていていた。

こまめな報告は入り続けた。カタパルトは完全停止、それによりアルベニス軍の士気が目に見えて下がる。ゼイオンの僧兵部隊が再び突撃し弓騎兵の壁を破る。ラーディアの騎士が敵の大将旗を取る。南大陸の重装兵も前線に加わる。

要点だけを手短に、簡素に伝える光の通信では、細かな部分は分からない。が、勝っているのは間違いないようだ。

夜の通信で食糧の要請があった。枢は朝一番にそれを王に伝えた。

騎士団の庁舎は送り返された負傷兵で溢《あふ》れ、避難していた港町の女性達が自主的に手当と看護に当たってくれていた。

善戦しているのは確かだ。が、長引くことへの懸念が、じわじわと広がり始めている。

枢とサイは日中、塔で新たな連絡を待つのが仕事だった。そこへ、どうしても気になるらしく、レオが頻繁に登って来る。

意味ある点滅を繰り返す光を単眼鏡で覗《のぞ》く表情は、ただそれを面白がっているだけではない。己の国が戦っていることを心に刻んでいるように見えた。

戦争を終わらせる覇王エルレシオン。

様々な奇策を用いた型にとらわれない戦いで、小国は大陸を平定するまでになる。奪われた領土を取り返すだけに留まらず、女王の国が滅びる時まで立ち止まることなく進み続ける。

そこに確かに存在するのは、枢の――『墜ちたる星』の影だった。

遠い過去から遥かな未来まで、もう一つの世界はこの世界に影響を与え続けている。

枢には、二つの世界が糾《あざな》う運命など予想もできなかった。ただ今、できることをする。己が信じる正義を貫く。

すなわち両親が出会い己が誕生する未来を護る。

「何か生温かいと思ったら、南風だな。今日は」

単眼鏡をレオに取り上げられたサイが視線を海の方へ向ける。

秋にしては珍しく、海からの風がバルヴェルトを吹き抜けていた。

「このまま追い風のまま、風向きが変わらなければ良いね」

「……まあね」

「かなめ！　かなめっ！」

新たな通信を伝える光の点滅に、レオが興奮した声をあげる。

枢が単眼鏡を受け取り、サイが紙に向かった。王に見守られながら新たな通信を枢が読み上げ、サイが書き記す。

繰り返し二度、写し間違いがないか確認した後、枢は解読作業に入った。

「ええと。ダブリュ、エー、ジー、エー、ケー、アイ、エム……」

一文字ずつ声を出していた枢はふと耳まで赤くなり、あとは、無言で書き殴っていく。

幸いなことに、不思議そうに手元を覗き込んでいるサイもレオも、どちらもローマ字が読めない。

心臓が壊れそうな思いで、枢は手を動かした。

最後の文字まで対応するアルファベットを書き終えると、枢の頬にぽろりと涙が伝う。

「――どうした。何か、良くない報告か？」

「かなめ？」

枢はゆっくりと頭を左右に振る。

「終わったよ。皆、帰って来る」

栄光を約束する『墜ちたる星』は、笑みを浮かべたまま、泣いていた。

アルベニスが大きく退却した、ラーディアが勝利した、その報告を握り締めて。

季節外れの南風が吹いた晩秋。

後に歴史の大きな転換点として記録される神聖暦六百五十四年も、終盤に差し掛かった頃だった。

第十一章間　女王の悔恨

耳を疑うような報告が、寝椅子に寛ぐ女王の元へ届いた。

動かざる山が動いた。

にわかには信じられなかった。中立国ゼイオンが、ラーディアのために挙兵するなどと。

天地がひっくり返ってもあり得ないと思い込んでいた神聖国のまさかの参戦に、さしものアルベニスの女王ヴィヴィアナも声を発して驚いた。

まずは何かの間違いであると判断した。そんなはずはないと。次に、ラーディアが情報を混乱させているのだろうと訝《いぶか》った。相手は軍旗を偽る卑怯《ひきょう》な作戦さえ使う国だ、油断はできない。

だが、次から次へとゼイオンの動きが報告されるに連れ、疑り深いヴィヴィアナも信じざるを得なくなった。

六百五十四年間も山頂で祈りを捧《ささ》げ続けた、黙して不動なる法王の国が、動いた。

アルベニスと敵対し、ラーディアに加勢した。

これまで幾つの国を滅ぼそうとも、山奥の国は沈黙を続けた。つまりゼイオンは、女王の国の為すことに全く興味がなかったはずだ。

このまま中立を貫くと思い込んでいた。女王の胸に不快な感情がじわじわとこみ上げてくる。あまりにも意外すぎて、言葉も出ない。

法王がラーディアに付くと——自分達が神聖国を敵に回すと、一体誰が予見できただろうか。これは、万に一つの可能性もなかった、不測の事態だ。

「……理解できないわ。遂に耄碌《もうろく》したのかしら」

女王が落ち着くまで気配を消して寝椅子の脇に立っていた老宰相が、こほんと小さく抗議めいた咳払《せきばら》いをする。

年寄りが年寄りだからという理由で軽蔑《けいべつ》されることに、同じ年寄りであるオスワルドは同情するのだろう。女王は冷ややかに彼女の腹心を見遣った。

「どう思う？　何故ガヴァラス大司教は、心変わりしたのかしら」

「心変わりと申しますと」

「建国以来の国是をすら翻すほどの価値を、ラーディアに見出したということよね。あの国も港が欲しくなったとか」

「どうでしょうな。欲とは無縁の国ですぞ」

「他に理由がある？」

問いかけつつ、女王自身も考えた。

ラーディアの王都を落として、まだ一年と経っていない。幼い王子が神聖国へ留学という名目で疎開したのは、正確にはいつなのか分からないが、恐らくアルベニスが南へ侵攻を開始した後だ。王都に戦火が及ぶことを恐れての行動だろうから、そう昔のことではないはず。

だとしたら、ゼイオンの法王とラーディアの王子——現在の王——との交流は、年単位で数えることができないほどの短期間だ。

短い交わりの中で法王は、六百年以上も続いた方針を曲げるほど影響を受けたというのだろうか。

ふと、女王の思考にある可能性が引っかかった。

あまり意識したことはなかったが、法王と幼王の間にあるものに思いを馳《は》せれば、看過できぬひとつの事実が浮かび上がる。

エルレシオンの幼い額に冠を載せ、ラーディアの王としたのは、他ならぬガヴァラス猊下《げいか》だ。

老いた法王と幼い王の間にある絆《きずな》は、国家の統治者として平等なものではない。

法王はエルレシオンをラーディア国王に任じた者として、彼の上に立ったつもりなのかも知れない。

ゼイオンもまたラーディアを手中に収めようとしているに違いない。女王の胸の内に、黒い感情が揺らめく。

二人の『王』が邂逅《かいこう》する運命を拓いたのは他でもないヴィヴィアナだった。

ヴィヴィアナが幼王を誕生させたのだ。栄光を約束された、予言されし幼王を。

「女王陛下」

一陣の風が蝋燭《ろうそく》の炎を揺らした。

オスワルドは枯れ枝のような手で長い髭《ひげ》を摩る。

「心変わりは、していないのやも知れませぬぞ」

垂れた瞼《まぶた》の下で、老獪《ろうかい》な光を帯びてオスワルドの瞳《ひとみ》が妖《あや》しく輝く。

女王は眉根《まゆね》を寄せた。軽く顎《あご》を上げて、無言のまま先を促し説明を要求する。

老宰相は身を屈め、声を落とした。女王の部屋に人影は見当たらないが、命令があれば即座に対応できるよう常に召使いが耳を欹《そばだ》てている。それらに気を配るように。

「あのしゃちほこばった宗教国家が、情に流されて翻意するとは到底思えません。恐ろしい仮説ではありますが、もしかしたら予言の一端を担うことこそ国是だったのやも知れませぬ」

「オスワルド。お前までこれは予言されていたことだなんて言うの？」

女王の腹心はイエスともノーとも答えなかった。

沈黙が許されるのはオスワルドがヴィヴィアナに信頼されているからに他ならない。他の者が女王の質問に対し曖昧《あいまい》な態度を取ればどうなるか、アルベニス人なら身に染みている。

自分の立場を理解しているからこそ、オスワルドは女王に意見をする。

「根拠のない迷信を信じるのはもうやめなさい」

「恐れながら陛下。その根拠のない迷信に、どれほど苦しめられて来たとお思いですかな」

ヴィヴィアナの表情が更に険しくなった。

ただの傍仕えの召使いなら腰を抜かして逃げ出してしまいそうなほどに。

だが長年彼女を支え続けた片腕は、じっと立っていた。豊かな髭を撫《な》でながら。

根拠のない迷信とヴィヴィアナが断ずる『墜ちた星』を信じて突き進む、愚かな小国の民は、もはや偶然で片付けられぬほどの幸運を手にしている。

彼の国の民は調子付き、逆に女王の民は戦く。予言が現実となり、幼王が栄光を手にする――女王の国は滅びると。

予言など存在しない。

振り返るべきは己の詰めの甘さのみ。

簡単に潰《つぶ》せると高を括り、情報収集を怠ったがため、みすみす幼い王子を国外へ逃してしまった。

密偵をもっと深い場所へ潜ませ、王子の動きまで探らせねばならなかった。ラーディアの王統を潰すことに、細心の注意を払うべきだった。

どのような手段で、幼い王が老獪な法王を動かしたのかは分からない。

ただ現状の全ては女王の慢心から始まっている。

決して、予言の力などではなく――

「陛下！」

「報告ならもううんざりよ！　ゼイオンの動きなら

もう聞いた！」
女王の間の入口で、兵士が凍り付いた。
ぶるぶると震えるように首を左右に振っていると
ころを見ると、どうやら別の報告に訪れたようだ。
あの強大な神聖国を敵に回す。これ以上に恐ろし
い話があるとも思えない。なるべく情報を寄越すよ
う言ったのは他ならぬ女王自身だ。ひとつ深く息を
吐き、手招きをする。
「何の話？　お前はどんな情報を持って来たの？」
「かねてより北西方向で目撃されておりました賊が
再び姿を現しました。ロアーネの……砂漠の民のよ
うです」
砂漠の民。
曖昧な表現だが、現在ラーディアを調子付かせて
いる『墜ちたる星』とは別の、もう一人の異教徒が
率いる者らである可能性を示唆している。
アルベニスの全力、全勢力を傾けてバルヴェルト
制圧に挑んでいる今、無防備な背を突こうと考える
のも分からない話ではなかった。
だがその程度の知恵なら異教徒でなくとも回る。
「確かなの？」
「羽のない鉄の矢を射る者がいたとのこと。間違い
ないでしょう、神の業です」
口を開きかけ、言葉が思うように出て来ず、ただ
深くため息をひとつ零してこめかみを押さえる。
本当に頭が痛かった。
南に手こずっている間に東の脅威が立ち上がり、
今度は西からまた別の勢力がじりじりと迫る。
バルヴェルトを攻め落とすどころか、これではま
るで己がいつの間にか包囲されているようだ。
「分かったわ。下がりなさい」
「し、失礼致します」
追い払うように手を振ると兵は慌てて女王の視界
から消えた。
ただ苦い後味のみが喉《のど》の奥に広がる。
「このアルベニスが負ける訳がないのに」

己に言い聞かせるよう呟《つぶや》けば、老宰相がふうむと唸《うな》る。

女王は視線を上げた。

「何?」

「いえ。もうそろそろ、エットレ殿下が前線に到着している頃ではと思いまして」

「それでどうなると言うの? まさかお前、あの弱虫が兵を奮い立たせるとでも?」

オスワルドの反応は肯定でも否定でもなかった。

エットレの無能さは周知の事実、とは言え女王であり妻でもあるヴィヴィアナの目の前で中傷するほど無礼でもないらしい。

あの胆の小さな男が威張っていられるのはアルベニス国内で安全を確保した上、なおかつラーディアが弱小国家であればこそだ。

予言に導かれて勝ち続けるラーディア、領土を奪還し続けるラーディア、そして大国ゼイオン神聖国を味方に付けたラーディアを相手に、アルベニスの誇る弓騎兵隊を率いて戦いを挑むことなどできるはずがない。

幼王の国だけならまだしも。神聖国が敵に回った今、夫は良くて敗走、悪ければ殲滅《せんめつ》される自軍と、運命を共にするしかない。

「ねえ、オスワルド」

「はい陛下」

「私の軍隊はゼイオンに勝てる?」

「分かりません。あの国は未知です。謎に包まれております」

「そうね。だからこそ、だからこそ……」

だからこそ、ラーディアの王子とゼイオンの法王が接触する機会をみすみす与えてしまったことが、何より悔やまれた。

第十二章　未来への分水嶺《ぶんすいれい》

　女王旗を掲げたアルベニス軍はラーディアの徹底抗戦、及び神聖国の参戦により総崩れとなり、大きく退却した。

　うねる丘陵地の彼方にその姿が見えなくなり、多くの犠牲と引き替えの安寧が平原の南部に訪れる。

　その一報が入ると、バルヴェルト城砦《じょうさい》の跳ね橋が降ろされ、落とし格子が巻き上げられた。

　壁の中に避難していた港町の住人は一斉に門を潜り半島の先の我が家へと向かう。

　帰って来る者らのため、戦いに加われなかった者らは町を元通りにしておかなくてはならなかった。老人は漁に出、女性は窯に火を入れ、子供達さえ帰還兵を受け入れる準備に奔走した。

　南大陸の商船は非常事態のラーディアの足下を見ることなく、常識の範囲内で取引に応じた。領土が極端に狭いバルヴェルトにとって輸入は生命線であり、これを潰されれば仮に女王国との戦に勝っても内側から潰れていくしかない。南大陸が友好的であったことは、ラーディアにとって幸運だった。

　勿論《もちろん》、純粋な善意からではないのは承知の上。目端の利く南の商人達は、今は弱みにつけ込むより信用を保つ方が利があると踏んだのだろう。

　互いの腹づもりを理解しつつ南北の商売人は商談を交わし、握手をする。

　賑《にぎ》やかで活気のある港町の姿が戻ってきた。少なくとも城砦内から見ていると、そう感じる。

「ルースまだかな……」

　戦場はバルヴェルト城のすぐ傍なのだから、半日もあれば皆帰って来るとばかり思っていた。

　怪我《けが》をした者から優先的に、港町へ戻って来ている。が、彼らを指揮する騎士団長代行はまだその姿を見せなかった。

　枢は王城に用意された自室の窓辺に肘《ひじ》をついて、

見えるはずのない北の地へ思いを馳《は》せる。

「すぐに引き揚げたら、アルベニスが引き返して来て背中を突かれるかも知れないからね」

「そうだけど」

ぐうの音も出ないほどの正論を吐くサイは、大切な人を待ちわびるという感情が理解できないのだろうかと不思議になる。

騎士団長代行という責任ある立場なのだから、先に引き揚げる訳にはいかないのは分かる。それに、人一倍、国家への思いが強いルースのことだ。最後まで最前線に留まるだろう。

無事ならそれで良い。間違いなくまた会えるのであればいつまでも待つ。枢はふうと吐息を零す。

ばさばさと、大きな紙を広げる音に現実に引き戻された。机に視線を向けるとサイが地図を広げ、巻き戻らないよう四隅を押さえようとしていたので、インク瓶を角に置くのを手伝った。

「この辺りにアルベニス軍の中心があった」

鷲《わし》羽のペンの先が、平原の南端をとんと刺す。

「小さな集落があった場所だ。細々と農業してた」

「その集落に駐屯してたってこと？」

「いや。建物なんか壊されてもう跡形もないだろ。だけどアルベニス人にもし人並みの知能があれば、残してるはずだ。井戸だけは」

まるでアルベニス人に知能がないかのような物言いに多少引っかかるものを感じたが、サイの口の悪さは承知の上。敵国の悪口を言って貶《けな》すのは好みではなかったが、窘めないでおいた。

それに、破壊した村の跡を野営地とした理由は、そこに使用可能な状態の井戸がある——サイの言を借りるならアルベニス人に知能がある証拠。サイ本人もそれが分かって言っている。

「壊されたり水を汚されたりしてなければ良いけど」

「確かに。アルベニス人にとって水は貴重だからこそ、逆にラーディアに奪い返されるくらいなら使い物にならなくする可能性は否定できないな。水は生命線だ。北上するに連れて確保が難しくなる」

羽ペンが、インクを付けないまま地図上を辿《たど》っていく。枢は黙ってそれを眼で追う。

「北に高い山脈があって、雨雲がそれを越えられないから、中央平原はナントカ現象で乾いて暑くなる。……って父さんが言ってた」

「ええと、何だっけ。フェーン現象？」

「中央平原より西は海岸まで砂漠が続く。南の海から吹く風は、ラーディアを緑豊かな地にするだけで中央までは届かない」

「西岸砂漠って奴だね。じゃあ、この辺りの海は暖流ってことか」

「地面を掘って森の地下水が出て来るのは、この辺りまで。そしてこの辺りってのが、ラーディアとアルベニスの本来の国境だよ」

ペンで打った場所より北の辺りに、大陸の中央部を南北に区切るように見えない線が引かれた。

ラーディアの領土は、枢が思っていたよりずいぶん北に広かった。中央平原にかなり食い込んでいる。半島とその付け根の森辺りまでしか意識していなかった枢にとって旧王都は遙かに遠い。

「地下水のあるなしが、国を分けた感じ？」

「まあ考え方の違いだな。ラーディア人は水のある場所に留まって小さな国家を築いた。アルベニス人は土地に縛られず、草原を移動しながら強く大きくなっていった」

「それが国民の気質の差になったんだろうね」

「アルベニスとラーディアは根本的に違うんだよ。だからさ、今更バルヴェルトに定住して貿易で儲《もう》けようたって、そう簡単に生き方を変えられないと思うんだけどな」

枢は小さく唸《うな》った。

それでも現状、アルベニスは海を目指して南下を試み続けている。

港の維持や貿易の存続にどの程度の専門知識が必

要なのか、具体的なことは分からなかったが、平原で狩猟し家畜を追う暮らしを営んでいたアルベニス人に簡単に真似できるものではない気がする。

扱えもしない施設を手に入れて、女王は、どうするつもりだったのだろう？

「——はぁ。もしかして、そういうことか」

枢の脳裏にひとつ、納得のいく結論が閃《ひらめ》いた。

「何が？」

「推測だけど。……でもこの推測が当たってるとしたら、結構、やばいかも」

「どんな推測？　聞かせてよ」

サイが真面目な表情で話を聞く姿勢を見せる。枢は今閃いた推測を言葉にしようと整理する。

が、それを説明するより先に、異教徒達の部屋の扉が乱暴に叩《たた》かれた。

だいぶ聞き慣れた、だが正確な音を聞き取ることはまだ出来ないラーディア語が興奮気味に何かを伝えている。サイの表情が力強く、明るくなった。

「帰って来たみたいだ。迎えに出よう」

「やったぁ！」

枢の推測はあっと言う間に優先順位が下がってしまった。

＊＊＊

送り出した時と同じように、バルヴェルト城砦の前庭に人だかりができている。

あの時と違うのは人々が門の左右に列をなし、中央部を空けて、帰還する者らを待っているという点だ。

門兵が槍《やり》の石突きで石畳を打つ。木製の跳ね橋を渡る蹄《ひづめ》の音が響く。やがて白虎の旗が、軽く竿頭《かんとう》を下げて城門のアーチを潜った。歓声と拍手の渦の中、姿を見せたのは、見覚えのある白い騎士達だ。

ゆっくり前進する彼らの纏《まと》う、矢を避けるためのマントは、どれも激しく裂けている。誰もが果敢に弓騎兵に挑んだ証だ。

怪我をしている者も多い。血と泥に汚れて見る影もなかったが、しかしそれは、バルヴェルトの民の知るどの白より遙かに高潔だった。

戦うことから逃げ隠れていると馬鹿にされていた白虎の姿は、もうどこにもない。

人混みに揉《も》み潰《つぶ》されそうになりながら、枢はぴょんぴょんその場で飛び跳ねて何とか凱旋《がいせん》する騎士達を見ようと試みる。気付いてくれたのは、やはり、ルースだった。

中ほどにいた騎士団長代行が手綱を引き馬の脚を緩めると、全軍がぴたりとその場に止まる。

出迎える民衆の歓声も静かになった。

枢に気付いた周囲の者らが道を空け、背を押すので、あっと言う間に最前列まで押し出される。

騎士団の列を乱して月光色の馬が枢に近付いて来た。枢の目の前で、どこか誇らしげな表情でぶるぶると唇を震わせている若駒の背から、颯爽《さっそう》と脚を振り抜く人物。ラーディアにおいて唯一、真鍮《しんちゅう》色の髪をした騎士が、重そうな音を立てて愛馬を降りた。

「ただいま戻りました。我が君」

「──お帰りなさい。無事で、本当に良かった」

いつものように、ルースは枢に挨拶《あいさつ》をする。揺るぎなき忠誠を示す、まどろっこしくすら感じる手順を踏みながら。

その美しい所作に見惚《みと》れる。差し出された手に手を重ねる瞬間、本当にルースに愛されている、大切に思われていると実感できた。

心の底から、安堵《あんど》する。信じていた。帰ってきてくれると。

ルースが枢に膝《ひざ》をついたのが合図であったかのように、白虎の騎士が全員下馬した。

その場にいた民も皆、『墜ちたる星』に敬意を示して膝を折る。

サイと──もう一人。しゃがむタイミングを逃して一人だけ頭が飛び出していた人物を残して。

「あれ？」

「……我が君？」

「あ、何でもないです。さっきあそこに立ってた人、ビジネススーツ着てた気がして」

見渡してももう、膝をつき遅れたその人物は民衆に紛れてしまっている。

ルースがわずかに怪訝《けげん》そうな表情をした。

＊＊＊

バルヴェルトの世襲貴族の中では、ダグラス家は最も位が高い。

家長は代々、白虎の将軍に任命される。名実共にバルヴェルトのトップに君臨し続けている家だ。

長子ルーファスは、何よりそれが嫌だった。

とにかく、全てが面倒臭い。

戦況の報告は既に届いているはず。父親に簡単な挨拶をする程度で良いと考えていた。が、実に仰々しく『騎士団長との接見』の場が整えられることとなり、相応の支度をさせられる羽目になった。

伝統や格式がどれほど重要なのか理解できないルーファスには、公式に父親に会うための支度に費やす時間が途方もなく無駄に感じる。わざわざ体を清め、髪を編み、清潔な衣服に着替え、新品のフロックを羽織る必要を全く感じない。

忠義を尽くすべきは枢である。今、誰より枢の傍にいたい。離れていた時間、不安にさせた心を埋め合わせなくてはならない。

それ以外の全てが煩わしい。

しきたり通り、将軍の執務室で踵《かかと》を合わせ、ルーファスは父の言葉を待つ。

待たせることが力を持つ者の美徳であると考えている騎士団長は、大きな執務机に書類を広げ、忙しく何かを記す振りをしていた。

従順な素振りを見せながら、退屈な一時、ルーファスの心は枢の元へ馳《は》せた。

迎えに出てくれたということは、以前のように監禁されたり、自由を酷く制限されたりはしていないようだ。

自分が不在にしている間も異教徒達の待遇が良かったのは恐らく、枢に傾倒している国王エルレシオン陛下の指示だ。頭の硬い父親世代の貴族や騎士団の重鎮より上に立ち、厳しく意見する幼い王の存在が有り難い。

ただ心細くはあっただろう。早くこの腕に、抱きしめてあげたかった。

やがてペンの走る音が止まると、騎士団長の部屋に、重い静寂が訪れる。

触れれば切れてしまいそうなほどぴんと張り詰めた空気を、ダグラス将軍の咳払《せきばら》いが濁した。

「良く無事で戻って来た。我が息子よ」

「――ありがとうございます」

たったそれだけの会話を持つのに、まさか半日を要するとは思いもしなかった。

うんざりしつつも礼は欠かさず返事をし、ルーファスは軽く頭を下げる。

それで父から解放され、退室を許されると思っていたのだが、どうやら甘かったようだ。将軍は椅子を立ち、ルーファスの方へ近付いて来た。これは話が長くなると、ルーファスは経験からそう推測し身構える。

「報告は受けた。見事な勝利だった」

「はい」

「二つ、確認したい事柄がある」

「何でしょう」

「一つ。お前は騎士団長代行の名を預かりながら、白虎の騎士の指揮を執らず勝手な行動ばかりしていたそうだが。それについて、申し開きたいことはあるか？」

ルーファスは若葉色の瞳《ひとみ》で将軍を見据えた。

ダグラス将軍は、この色を嫌う。ラーディア人にとって南大陸の瞳の色は、淡くて恐ろしいもの。かって愛した女性に似ているであろうルーファスの視線をも、父は恐れる。

それが分かっているからこそ、息子は父を真っ直ぐに見据える。

「いいえ」

「――では、二つ目。お前はお前の配下を放置し、勝手な行動ばかりしていた。なのにそれに関する声が全く聞こえないのは、何故だ?」

「私の働きを認めているということでしょう」

確かにルーファスは単独行動をした。白虎の師団を率いる団長代行としては失格かも知れない。

が、その行動に一片も、恥じる部分はなかった。

全てはラーディアの勝利のため。そして白を纏う他の騎士も、傭兵《ようへい》も、民間の兵らもそれを理解してくれている。

ルーファスが選んだのは騎士団長らしく振る舞うことではなく、勝利のため決断し行動することだった。そしてそれこそ、今のラーディアに必要な指導者像である。

騎士であることの形にばかり拘泥するダグラス将軍は理解してくれないかも知れないが、そもそもルーファスは理解を求めてはいない。

いずれ比類なき覇王になると予言されている国王エルレシオンも、今はまだ幼い。そして、栄光へ導く星を戦場へ連れて行くことも不可能。

王の代わりに前線に立ち、栄光へ導く予言の通りに働くのが今の自分の役割と、ルーファスはそう確信している。そのためなら卑怯《ひきょう》な作戦だろうが異教徒による汚染された思想だろうが、構わず取り込む覚悟だった。

真っ直ぐ見据える息子の視線から、父が先に目を逸らす。この期に及んで隙なく整えられた口髭《くちひげ》を歪《ゆが》め、息子に背を向けた。

「陛下がお待ちかねだ。お前の口から直接、勝利を伝えなさい」

「はい」

踵を合わせ、ルーファスは父の背に敬礼をした。礼は欠いていないが、親愛の情など欠片もない態度で。

「失礼します」

父の執務室を後にし、ようやくひとつの難題を克服したかと思った瞬間、ルーファスの視界に別の難題が飛び込んで来た。

扉の外に、大柄な騎士が冷笑を浮かべて立っていた。髪型から爪先まで完璧《かんぺき》に、ラーディア貴族の模範たるべき格好をして。

ルーファスは心底うんざりした様子で肩を上下させた。

「何の用だ。マックス」

「あなたに用はありませんよ。兄さん。父上と話がしたくて、待っていたんです」

それは良かったと脇をすり抜けようとしたルーファスは、弟がふっと笑いを零したのを耳にし、足を止めた。

「──用事はないんだろう？」

「ええありません。ただ、おかしくてね。あんな卑怯な手段を考えておきながら、さも英雄であるかのように偉そうに振る舞う姿が」

振り向くことさえ面倒臭いと思いつつ我慢して視線を遣れば、弟マクシミリアンはあからさまな侮蔑《ぶべつ》の表情を浮かべて兄を眺めていた。

「騎士の誇りだけで、どう戦うつもりだ」

「勝てないかも知れませんが、少なくとも、汚い方法で勝つよりましではありませんか？」

「負ける方がましとは。理解できないな」

弟は、外見のみならず考え方まで父と生き写しだった。空虚な誇りを掲げ、清らかなまま滅びる方を美徳と考えている。

「それで、邪魔した訳か」

「何のことです？」

「作戦は厳重に秘匿されていた。アルベニスの伏兵に漏れる可能性は万に一つもない。騎士が、裏切らない限りは」

マクシミリアンはのっぺりとした笑みを頬に貼り付けた。

その表情が肯定している。偽りの旗を掲げるという情報を女王の側に流したのは自分であると。

推測通りだからか、怒りは湧いてこない。ただ暗い絶望が重くルーファスの胸に渦巻く。

「あなたのせいですよ。兄さん」

「私のせい？」

「あなたのせいでラーディアとアルベニスは全面的に争うことになった。あなたが下手に抵抗するから、バルヴェルトは戦火に包まれた。女王が欲しがっているのは港の利益だけで、街を破壊する意志はなかったのに」

長く編んだ髪を胸元に垂らし、誇らしげに撫《な》でながら、マクシミリアンは冷たくルーファスを睨《にら》む。

ルーファスは弟の言葉に正気を疑った。

まさか、女王にポート・バルヴェルトを売り渡すつもりだったのか。

港の権利と城砦《じょうさい》の安全を引き替えに。

「マックス。将軍の嫡子たるお前が、ラーディアを裏切るとは……」

「まさか。取引をしたまでです。国同士、対等に」

それが正しいことである、バルヴェルトを救う唯一の手立てであると信じて疑わないマクシミリアンの表情に、ルーファスは、深い憐憫《れんびん》の情を抱いた。

何故そんな悪手を選んでしまったのか。女王のやり方に多少なりと刮目《かつもく》していれば、そのような駆け引きの通用する相手ではないと分かるはず。

アルベニスは全てを滅ぼし根絶やしにしながら南下して来た。決して例外などない。

「ねえ、兄さん。女王も馬鹿ではない。バルヴェルトを潰《つぶ》してしまえば利益が得られなくなることくらい分かっていた。交渉の余地はあったんだよ。なのに予言に惑わされて愚かな戦いを挑み、バルヴェルトを危険に晒《さら》したのは、あなただ」

「……仮にそれで生きながらえたとして。アルベニスが裏切り者を信じると、お前は本気で思っているのか？」

冷淡な弟の表情がわずかに強張った。

気付いているはずだ。アルベニスに他国の投降兵が一人もいない理由に。

女王は疑り深い。一度祖国を裏切って己の味方に付いた者が、もう一度裏切って己に仇《あだ》なすことを許さない。

南大陸との貿易が生む富で、城砦の安寧を買い取ったとしても、その約束は仮初めのもの。女王はすぐに掌を返し、まずはラーディアを裏切って己の側に付いた者から始末するだろう。

「残念だ。ダグラス家から裏切り者を出してしまったことを、父上もさぞお嘆きだろう」

格式を重んじる貴族の常識に囚われている弟には、何より堪えるであろう言葉を敢えて選ぶ。

マクシミリアンの表情に一瞬、屈辱の色が差した。

「どちらが正しいかは、歴史が証明してくれるよ。兄さん」

弟の遠吠《とおぼ》えに、ルーファスは思わず、自分が未来を知っていることを自慢してやりたくなった。

だが迂闊《うかつ》なことはしない。予言の正体について、ルーファスは枢に口止めされている。

ただ弟と、弟に同調する者の動きは、今後も気をつけておかなくてはならない。それを胸に刻んだ。

＊＊＊

枢にとってラーディアは、面倒臭い手順の必要な国という印象が最も強かった。

それが国単位でそうなのか、王や貴族と接しているからかは分からない。が、とにかく面倒臭い。

自由に行動ができない。戦場より帰還したルースを城門で出迎えたほんの一瞬、無事を確認できただけで、すぐに引き離され、城へ連れ戻された。

そして再び部屋に閉じ込められたかと思えば、今度は騎士団長代行が王へ報告する場に同席するよう命じられる。——勿論《もちろん》、いつもの通り面倒臭い手順を踏んだ上で。

枢やサイの処遇は格段に良くなっている。当初は泥付きの芋を洗うようであったメイド達の手つきも優しくなり、人として当たり前に扱われているような気がする。

ラーディアにとって異教徒がどういう存在かを考えれば、人間扱いは、格段の進歩と言えた。

伝統の刺繍《ししゅう》の入った服を着せられ、革や組紐《くみひも》のベルトで着飾り、やや伸びかけた髪は無理矢理飾り編みを施され、雰囲気だけラーディアの上層部を真似た枢はサイと共に玉座の間へと案内される。

王が民と謁見するその広間には、アルベニスが女王の旗を掲げバルヴェルトが緊急事態に陥った時、最初に足を踏み入れた。あの時、押《お》し潰されそうなほどの恐怖を感じつつ気丈に振る舞っていた幼い国王は、今日は機嫌良さそうに玉座に腰掛けている。

レオがもう一人座れそうなほど大きな玉座に、白虎と七星の、二つの旗を背後の壁に飾って。

枢に気付いて玉座を飛び降りそうになったレオを、周囲が総出で止めた。

一瞬、ぷうっと頬を膨らませて盛大に不機嫌をアピールしてみせたが、そこでわがままを通さないのは良き王だった。言葉は分からないが冷静な受け答えをし、大人しく玉座に腰を戻す。

王国を守護する四つの旗と重ならない、淡い黄色の愛らしい小さな軍服を纏《まと》い、痩《や》せた脚をぷらぷらさせるレオは、枢とサイが定位置に収まるまでじっと見守っていた。

部屋の中央に細長く、玉座へ向けて敷かれた濃緋《ひ》の絨毯《じゆうたん》の、王から見て右側、列のおよそ中央辺り。既に二人分の隙間が空いており、そこに並ばされることは決まっていたようだ。

「思っていたより上座だ」

「そうなの？」

「まあ、あんまり下に扱うと王様の駄目出しが入るんだろうな」

絨毯の反対側に並ぶ老人がじろりと異教徒二人を睨む。

まだこの国には枢が顔を知らない偉い人が沢山いるようだ。枢は口を引き結んでざっと五十名ほどの出迎えの列に大人しく混ざり、ラーディアにおいて何かを為す時に必ず付きまとう『待つ』という行為に耐える。

来訪を告げる、決まりごとなのだろう。槍《やり》の石突きで床を叩《たた》く音が聞こえ、荘厳な扉が開いた。

騎士団長代行の声が聞こえた。声を張り、扉を護る者と会話をしている。内容は分からないが、それもまた王に拝謁する際の手順とのこと。

枢にとっては、たどたどしい日本語で穏やかに愛を語る印象しかないルースの声が、低く、凛《りん》として、力強く、玉座の間に響く。

やがてルースは謁見の広間への入室を許された。

あまり身を乗り出しては、また向かいの老人に睨まれてしまう。枢はルースの方から近付いてくれるのを待った。

目の前の絨毯を踏みしめて玉座の下へ向かうはずの騎士団長代行を、うずうずと。

恐らく今回の戦いで良い働きのあった者らと思われる。ルースを先頭に十名ほどが、細長い絨毯を踏みゆっくりと王の前へ進む。

剣を帯びているのはルースだけだった。王の前で武器を所持する特別な権限を、枢の騎士は持っているのかも知れない。具体的なことは分からないが妄想するだけで楽しかった。

目の前を通り過ぎる際、ルースは枢に目礼をした。

それが玉座の前で許されるぎりぎりの行為なのだろう。枢はにんまりと頬が緩むのを懸命に堪えつつ、愛する騎士を見送る。

ひっ、と、横でサイが息を呑《の》む音が聞こえた。

ルースしか見えていなかった枢はその音にすぐに、サイが何に驚いたのか理解する。

王に謁見する列の最後尾に、騎士ではない——それどころか明らかにラーディア人でさえない容貌《ようぼう》の人物が二人いた。片方は剃髪《ていはつ》した、僧侶《そうりょ》の清廉な雰囲気を漂わせる偉丈夫。そしてもう一人は痩せた中年男性。だらだらとした足取りは他の、訓練を受けている者との差が明確だった。

「あれってもしかして」

「もしかしなくても」

枢と同じように、使用人に捕獲され身支度をされたのであろう。着慣れない様子のラーディアの正装を着せ付けられた、胡麻塩頭《ごましおあたま》の中年男性が、ふと枢達に目を留めた。

日焼けしかさついた頬にくしゃくしゃと大きな皺《しわ》を刻み、彼は、笑顔になる。

「連れて帰って来たのかよ……」

苦々しく、サイが言う。

当然だと枢は思った。今回の勝利は、彼なくしてはあり得ない。ラーディア国王に拝謁する栄誉を与えるに足りる働きをした。

芹沢大樹《せりざわひろき》。二十年以上前に墜ちてきた異教徒、砂漠の国の王、そしてサイの父親。

思わぬ形ではあったが久々の再会なのだ。さぞ喜んでいるだろうと思ったが、枢の見る限り、どうやらサイは困惑しているようだった。

嬉《うれ》しくないはずはない。だが恐らく、心の準備がまだできていない。

「止まるなよ。……足を止めるなよ。陛下の面前だぞ。絶対に止まるなよ。止まる……止まっ……」

サイの願いは残念ながら届かなかった。

五年前にラーディアから追放された異教徒に、たとえ玉座の前であろうと生き別れた実の息子を無視することができるはずもない。

列を離れて大股《おおまた》に近付いて来る。満面の笑みで。

そして。

「さあちゃん！」

ぶふっ、と、枢は吹き出してしまった。

サイだけではなく周囲の皆に睨《にら》まれてしまい、慌てて両手で口を塞《ふさ》ぐ。

「おい五年ぶりか？　見違えたよ。さあちゃん大きくなったなあ。ますます母さんそっくりになった」

「あぁ……くそっ……」

悪態になど全く気付かない素振りで、大きな傷だらけの手を広げてサイの頭に乗せ、丁寧に飾り編みされた赤毛を乱さないよう注意を払いつつ優しく撫《な》でる。深い声音は、明らかにそれと分かるネイティヴの日本語だった。

枢はちらりとサイを覗《のぞ》き見《み》た。迷惑そうな、だが嬉しさを隠しきれない、その表情は複雑でどこか可愛らしい。

サイが心から彼を慕っていることは枢も良く知っているのだが、父親を持たずに育った枢は、素直になれない息子特有の屈折した感情までは理解してやれなかった。

ふと彼の視線が枢に移る。

枢は背筋を伸ばした。

「あんたが、新しく来た日本人か」

「はい。都築《つづき》枢といいます。高二です……でした」

「俺のことは知ってるだろ？　芹沢大樹だ。東京下町の小さな町工場で働いていた。こっちの世界に来てもう二十五年くらいになる」

「存じています。あの、サイには……息子さんには大変お世話になっています」

「行儀の良い坊ちゃんだな」

玉座のすぐ傍の辺りから、やんわりと窘めるような咳払《せきばら》いが聞こえて来た。

枢が口を閉ざし顔を伏せると、特に気にした様子もなく彼はまた息子に構い始める。

サイはそんな父を全力で睨み付けていたが、どうやら通用しないらしい。

「綺麗《きれい》な格好させて貰《もら》って。ちゃんとパンツ穿いてるのか？」

「……くそ親父が」

「こいつはまた、口の悪い子だなあ。親の顔が見てみたいよ。親は誰だ？　──俺か！　じゃあ仕方ねえな！」

荘厳な謁見の間に、場違いな大笑いが響く。

サイの怒りと苛立《いらだ》ちは最高潮に達した。

「場をわきまえろって言ってんだよ！」

「ああ？　知ったこっちゃないね。俺はこの国を追放されたんだ。今更、王様に尽くす礼もへったくれもない」

「殺されるぞ」

息子の言葉にようやく今の状況に関心を持った父親は、ゆっくりと周囲を見渡す。

英雄達を迎えるべく絨毯の両脇に揃えられた国家の重鎮は皆、冷淡に彼を見ている。

逆に近衛の騎士達は殺気だった様子で、王や貴族達を庇《かば》うように展開し、異教徒のもしもの動きに備えていた。

「大丈夫、安心しろ。俺に直接手を出す度胸なんざ、この国にある訳がない」

にやりと口角を上げる彼を、枢は、本能的に怖いと感じた。

今でこそ賞賛しか聞こえない砂漠の王が、何故ラーディアにこれほど恐れられ追放されたのかを、改めて思い知る。

彼は、危険な存在かも知れない。

「変わってないな。だから追放されたってのに」

サイがぼやく。昔から一筋縄ではいかない人物だったようだ。白虎が手を焼いたのも分かる。

彼が大人しく謁見の列に戻り、言うことを聞くふりをしてくれたお陰で、式典は再び粛々と進み始める。枢はサイの通訳を聞きながら、ずっとルースを目で追っていたが、時折聞こえてくる砂漠の王の声がどうしても気になった。

力強い声は、王と会話をする時でさえ相変わらずだった。敬意を示す振りをしてはいるが、子供と見下しているのが分かる。

日本人が喋《しゃべ》るラーディア語は枢の耳にも聞き取りやすく、彼の言葉なら覚えられそうな気がした。が、彼を好きになれるかどうか分からない。

サイの父親は、思っていた以上に個性が強い。時折、通訳が言葉を濁すことがあった。大抵その時、彼がとても優しい表情をしている。

枢は気付いた。サイが訳すことを躊躇《ためら》うのは、恐らく彼が息子への愛を語る言葉なのだろうと。

ラーディアが最も恐れた異教徒、芹沢大樹。荒野に追放された後、そこに国を造り王となった者。

そして『火の悪魔』の父親。

どれが本当の彼なのか、枢にはまだ分からない。

＊＊＊

翌日、塔に戻ることを許されたサイと枢が真っ先に行ったのは、掃除だった。

窓を開けて空気を入れ換え、鶏の羽を掃き出す。

部屋には卵がびっしり産み付けられているに違いない、と恐ろしい光景を思い浮かべていた枢だが、どうやら鶏達は無尽蔵に卵を産み続ける訳ではないらしい。必要な数を産み終え、温めながら、大人しく主の帰りを待っていた。

思ったより早く戦いが終わって塔に戻れた。餌と水が足りたことに、サイは心から安堵《あんど》している様子だった。

枢が墜ちて来るまで、サイの家族は彼女達のみだった。卵を供給するだけに留まらず、サイの孤独を埋める大切な存在なのだ。

無心に箒《ほうき》を動かしながら、枢はサイが父親と引き離されてからの五年間のことを考えていた。

喋らなければ忘れてしまうからと、常に日本語を使用していたという。それが塔の見張りのラーディア人兵士に、異教徒への恐怖を与える一つの要因となった。

悪魔は、通じない言葉で喋る。全く違う世界の生き物である、と。

「父さんと一緒に調べていたことを、調べ続けた。何にも目標がなくてただ黙って閉じ込められてるなら、頭がおかしくなっていたかもね」

いつかそう、ほろ苦い微笑を浮かべて語っていた。

狭い世界しか知らないサイにとって、父親の存在は大きかった。むしろサイの全てだったと言っても過言ではないだろう。

その父親が戻って来た。

事実上の死刑であったはずの追放から五年を経て、彼はバルヴェルトの貴族の思惑に反して生き延び、国を造り王として君臨し、そして今、一騎当千の軍隊として帰って来た。

喜びと戸惑いが一段落した後の、サイの決断が、枢は怖かった。既にサイはラーディアにとってなくてはならない存在。ラーディアを快く思っていない父親に感化されてしまうのではないか。

サイを、取られてしまうのではないか。

異教徒・芹沢大樹がラーディアを赦し、和解が成立するならば、これほど心強い協力者はいない。

だが彼の声音に、表情に、家族を引き裂き自らを砂漠へ置き去りにした者らへの憎悪を感じてしまった枢は、不安で仕方がなかった。

せっかく全てがうまくいきかけていたのに。

「かなめー。ちょっと降りてきてー」

枢を呼ぶサイの声が聞こえ、はたと我に返る。

箒を壁に立てかけて窓に寄り、鉄格子に顔を押し当てて下を見れば、砂色の斑《まだら》模様の馬がふらふら歩き回り、暢気《のんき》に草を食《は》んでいるのが見えた。

ここに来る者は限られており、その愛馬もいつしか見分けられるようになった枢だが、初めて見る毛並みだ。

階段を一気に最下層まで駆け下りると、そこに、鉄格子を挟んで向かい合う父と子の姿があった。

サイは不機嫌な様子だが大樹は外でにこにこと手を振っている。

謁見の間で会った時と同じラーディアの上着の襟を緩めて袖《そで》を折り上げ、格好良く着崩したさまは、枢より着慣れた様子に見えた。

何となく気まずく、枢は格子に近付く。

「よう枢ちゃん。元気か」

「は、はい。あの、元気です」

「そりゃそうだよな。昨日会ったばっかりだもんな。ところで枢ちゃん、ウィンチのチェーンの鍵《かぎ》持ってない？」

枢は頭を左右に振って否定した。ほら見ろとばかりサイが冷たい眼で大樹を見遣る。

落とし格子を上げる巻き上げ機には鎖が巻き付けられ、厳重に封印されていた。その鍵を持つのはルースのみ。よほどの事情がない限り他人に貸さず、常に彼が自ら二人を確認する。

「だから言ったろ。ないって」

「五年ぶりに帰って来たのに、家に入れないってどういうことだ。大体な、鍵を騎士一人に預けておいて、そいつにもしものことが――」

大樹の声が徐々に小さくなっていく。ばつが悪そうに髪を掻《か》く様子に枢はようやく、自分がどんな貌をしていたのか理解した。

ルースにもしものことが。うっかりそれを想像してしまい、悲愴な表情になっていたようだ。

「ごめんごめん。枢ちゃんとあの金髪は二人三脚でここまで生きてきたんだよな。悪かった、嫌な想像させたな」

「大丈夫です。可能性が無い訳じゃないですし」

大樹は誠実に謝罪し、息子の非難の視線に苦笑で応えてから、その場に座り鉄格子に寄りかかる。

枢はもう少し彼に近付いた。

「可能性ね。でもあの金髪の兄ちゃん、どんな状況でも執念で生き残りそうな気がするぜ」

「執念？」

「枢ちゃんが大切で大切で、大切すぎて、運命さえ変えてしまいそうな勢いを感じた。その強い信念があの、どう考えたって勝てない戦いに奇跡を呼んだんだと思う」

「ああ、その……ルースは本当に素晴らしい人です」

枢は鉄格子のすぐ手前に膝《ひざ》を抱えて座った。サイも傍にしゃがむ。

「でも僕って言うか、ラーディアのために行動しているんだと思います」

「そうか？」

「はい」

思えばルースという人物には、ぶれが無い。

一貫して祖国に忠実に行動している。仮にそれが自らを追い込むことになろうとも。

ただ興味深いことに、誰より王国を愛する騎士の行動は、王国の常識からは大きく逸脱していた。

混血だったためか、典型的なラーディア貴族である父親への反発か、ルースは盲目的な国粋主義者ではない。柔軟な思想を持っていたからこそ、忌むべき異教徒の力を借り『墜ちたる星』の予言を信じるという選択ができた。

ルース以外の騎士や貴族の反応を見れば、どれほど非常識な行動であったかが分かる。

枢を待っていてくれた。――たとえ最初は、予言された存在を利用する目的だったとしても。

それはお互い様だと枢は思っている。枢もまたルースに対し最初に抱いた感情は純粋な愛ではない。唯一味方になってくれそうな存在に庇護《ひご》を求め、身を委ねただけ。

ただ今はもう、忠誠と恩恵を越えた深い絆《きずな》で結ばれていると確信している。それこそ大樹の目に、ルースの行動が枢のためであると映るほど。

「あいつはただもんじゃない。日本語のローマ字表記を一晩で覚えたからな。これがどんだけ凄《すご》いか分かるかい枢ちゃん。うちの息子が二十年かかってできないことを一晩でだぞ」

「あのねえ！　俺は日本語の文字を覚えられなかったんじゃなくて、最初から意図的に覚えなかったの！　文字なんか、音が多い方の文字を覚えておけば足りるだろ」

「そんなムキになるなよ、さあ」

「さあって呼ぶな」

父親に愛称で呼ばれることが、サイは気に入らないようだ。あからさまに不機嫌な表情になる。

大樹は気にしていない。むしろ、息子をからかって楽しんでいる様子だ。

「確かに日本の発音は全てラーディアの文字で書き表せる。逆は無理だけどな。でも覚えておいて損はない。向こうの世界の文字が必要な時もあるよ」

「例えばどんな？」

「安全な暗号の代わりとか」

サイが真顔になった。冗談めいた会話に突然食い込んできた剣呑《けんのん》な話題に。

大樹が用いた光の信号は、光という性質上どこからでも見える。バルヴェルトの城砦《じょうさい》内にはいまだアルベニスの伏兵が多く紛れ込んでいるはず、信号と文字の対応表を写し取られてしまえば内容は敵国に筒抜けになる。

通信に日本語が用いられた理由は、音の種類が少ないからだけではない。傍受されても意味が分からないようにだ。

改めて、大樹の深慮に舌を巻く。枢はそこまで考えていなかった。

「所詮《しょせん》アルベニスは一時撤退したに過ぎない。雄獅《し》子《し》の旗を見たなんて物騒な報告もあるし、前線に置いてる奴らと定期的な報告は続けた方が良いだろう。そうなるともう何人か、信頼できる騎士に簡単な日本語を覚えさせた方が良いな」

「雄獅子？　どういうことだよ」

「さてね。今のところ噂だけだし。アルベニスの王婿でも出張ってきたんじゃないの？」

女王旗が雌獅子なのだから、雄獅子の旗であればその配偶者と見るのは妥当な読みだろう。枢は素直に納得した。

女王の夫がどれほどの権力を持っているのかは分からないが、少なくとも現状の、幾つかの大隊が横並びになった歪《いびつ》な状態からは脱出する。

雄獅子が合流して指揮系統を立て直し、再び戦いを挑んで来るのも、そう遠い未来ではないような気がする。

「……あの、お父さんが付いていてくれるなら、心強いです」

「そうか？」

枢の言葉に大樹はにぱっと笑顔になった。

「そういや、枢ちゃんはどうしてこっちの世界に来たんだ？」

「え？」

「俺はなんで俺だったのか、全く心当たりがない。共通点があるのかなって思ってさ」

「僕は――」

今から十二年後に産まれる、ラーディア国王エルレシオンの息子です。

未来を知る者として、過去を変えるために、送り込まれたんだと思います。

「――分かりません」

「そうか。やっぱりか」

思わず枢は嘘をついてしまった。

大樹の知識が加われば、時を超越して二つの世界が繋《つな》がる謎に、もう少し近付けるような気もする。

が、枢はまだ彼を心から信用できない。

ちらりと横目で見遣れば、サイは渋面だが理解を示すように深く頷《うなず》いてくれた。

＊＊＊

結局、大樹が五年振りに自宅へ足を踏み入れられたのは、その日の午後ルースとタケルがいつものように異教徒を訪ねた時だった。

白虎の騎士は動き始めるのが遅いが、一度動けば今度は容易に止まれなくなるらしい。非常事態にありながら、騎士による異教徒の尋問――という名の逢瀬《おうせ》――はきっちり定刻通り行われる。大樹の目の前で、落とし格子の巻き上げ機にかけられた鍵《かぎ》付きの鎖が外された。

五年ぶりの帰宅。ルースが枢に挨拶《あいさつ》をしている間に、大樹は塔の内壁に沿う階段を猛然と駆け上がって姿を消した。

「……どうしたのかな」

「何か気になるもの、置いてってたんだろ」

放っておけ、とサイがひらひら手を振る。

タケルが茶化すような声音で短く何かを言うと、ルースは渋い表情になりサイは苦笑した。

二人共それを訳してはくれなかったので、枢は独自解釈しておくことにした。変わったおじさんだ、とか何とか述べたのだろうと。

騎士らと砂漠の王の手勢は互いに協力し合い、困難な勝利をものにした。その縁があるからこそ、ルースはタケルの軽口に否定的な表情をしている。タケルが大樹と戦場で顔を合わせたのかは枢には分からないが、好意的な態度に見えた。

大樹にそこはかとなく危険を感じるのは、どうやら自分だけらしい。

思い違いだ、彼は本当に良い人で間違いない、味方なのだと、いくら言い聞かせても不安が枢の心の底から消えない。

「それで？　戦いはどうだった？」

サイが強引に話題を変えた。父親の話題を避けたい意図が透けて見えている。

塔の上階へ行っていた皆の意識が最下層に戻ってきた。

「過去より、先について話がしたい」

今は悠長に思い出話をしている場合ではない。ルースの返事は短いが、的確だった。

戦場で何が起きたのか、どのような奇跡を重ねて勝利を得たのか。英雄達の戦いざまを是非聞きたいと思っていたが、アルベニスがまだ完全撤退した訳ではないのだからそんな余裕がないのも頷けた。

ルースは常に最善を考えている。

「まあね。森を離れて草原へ攻め出て行かなきゃいけないんだし。今後の方針をしっかり決めて――」

「おーい！　さあ！　俺の工具箱知らないか？　青いやつ！」

「ああ？　知らねえよ！　一番上の部屋くまなく探せ！　てか俺をさあと呼ぶな！」

頭上から聞こえた父親の大声に、同じく大声で返答し、サイは頭痛がすると言いたげに額を指先で押さえた。

迷惑そうにしていながら、それでもどこか嬉《うれ》しそうに見えるのは、枢の思い違いではないだろう。

親子の間で交わされた日本語が理解できていないはずのタケルがくっくっと肩で笑っていて、それに気付いたサイがわずかに頬を染めた。

ごまかすように、顔をごしごし擦っている。

「そう言えばさ、昨日、王様の前に例の弓を射った奴は出てこなかったけど、なんでだ？」

そして再び強引に話題を変える。

大樹の話を続けたくないだけであろうサイの問いに、ルースとタケルは同時に表情を強張らせた。

会話はなく、わずかな目配せのみ。既に二人の間には何らかの、秘密の約束があるようだ。

「本人の希望だ」

「へえ。なんで。国を救った英雄になれるのに」

「――アルベニスの血を持っている」

ルースの説明は手短だったが、枢の胸にずんと重く響いた。

あまり他人の感情というものに配慮しないサイも流石に察知し、痛ましげに眉根《まゆね》を寄せる。

サイもルースも、その英雄と同じ痛みを知っている。心は純粋なラーディア人でありながら、流れる血の半分がラーディアのものではないという理由で、謂《い》われのない迫害を受けてきた。

あまつさえ、件《くだん》の人物は現在交戦中の敵国アルベニス人との混血。ラーディアの上層部に純血を尊ぶ傾向がある以上、名乗り出た後の偏見を嫌い、正体を隠しても仕方がない。

「そいつ、精神的にはラーディア人なんだろ」

「そうだ」

「……分かった。そっとしておこう」

サイがそう言って理解を示すと、ルースとタケルがほっとした表情を見交わした。その様子は枢の目に、二人がその人物をアルベニス憎しの世論に晒《さら》さないよう庇《かば》うことで結託しているように見えた。

今はまだ、アルベニス人との混血のラーディア人が、堂々と名乗り出られる空気ではない。ラーディア人の誰もが、女王国に負わされた傷に苦しんでいるうちは。

「心はラーディア人、てのじゃ駄目なのかな」

ふうと枢は切ないため息を零した。

枢も、自分はラーディア人であると思いたい。言葉は話せないし、違う時代に違う世界で生まれる予定の枢が、純粋にラーディアの国民として受け入れられるはずもないのだが。

それでも心は純粋に、父の国を誇りに思っている。

「何をもって民とするかは、難しいところだよ。由緒正しい貴族のお歴々はラーディアを見捨てようとした。混血や移民や外国人が頑張っている時にね」

「それは――」

「さあ！　なあ要らない鉄板持ってないか？　鉄板！　なるべく薄い奴！」

重苦しい会話は、再び頭上から聞こえた大樹の声によって中断を余儀なくされた。

「その辺にあるもん適当に使え！」

「良いのか？　勝手に切るぞ」

「好きにしろ！　……ったく、自由な親父だ。調子狂う」

大樹に振り回されているサイは、どこか楽しそうに見える。本人は、空気を読まない奔放な父親に苦労していると言いたげな表情だったが。

ふと見ればタケルは必死に笑いを堪えていた。会話の内容が把握できていない分、親子のやり取りそのものの雰囲気が面白いのだろう。

＊＊＊

今日の会議が始まる前に、枢はほんの少しだけルースと二人きりの時間を要求した。

ラーディアの救世主と言って過言ではない砂漠の王を、何故か信用することができない。自分の正体を、しばらく秘密にして欲しい。未来を知っていること、幼王の息子であることを、絶対に漏らさないで欲しい。そうルースに約束して貰《もら》うために。

枢が時を越えたこと、枢の母は未来のラーディアに来て再び日本へ帰っていること、それらは恐らく世界を跨《また》ぐ秘密の重要な手掛かりだろう。大樹と共有しないことで、解決は遅れる。

だが枢は己の直感を信じることにした。

勿論《もちろん》ルースは、枢の言葉に誠実に従ってくれる。本当にそれで良いのかと問いたげな表情ではあったが、枢の選択を最優先してくれる。

「お望みの通りに。我が君」

「うん。……ありがとう」

「つらくはありませんか？」

「ううん。平気」

自室の扉を閉め、声が漏れ聞こえないよう小声で会話をする。

必然的に互いに顔を近付けることになる。瞬きをする度に睫毛《まつげ》が頬に擦れるのが分かるほどくっついた状態で甘やかに言葉を交わしていれば、自然と唇が近付いていき、触れ合い、吐息を吸い取るような甘い接吻《くちづ》けへと進展していった。

枢が『墜ちたる星』として有名になり、ルースが白虎の騎士を背負って立つ立場になれば、二人きりでいられる時間がどうしても短くなる。人前では主君と騎士として振る舞わなくてはならず、なかなか、恋人同士に戻れなかった。

やっと、思う存分ルースを独り占めできる。その背に腕を回し、唇を受け止めた。ルースも愛おしそうに枢の腰を抱き、髪を撫《な》でてくれる。

触れ合っていてようやく、ルースを失っていたかも知れないという恐怖が枢を襲う。

あの戦いは勝つ。ラーディアは滅んでいない。それが分かっていても、ルースを危険な場所へ送り出さなくてはならないことに心が悲鳴をあげる。

待っている間は、待つことに必死で、気付かなかった。こんなにも苦しかったと。

「はぁ……。本当に、無事で良かった……」

「私を、信じていて下さい」

「信じてます。あなたが死なないことを、僕は知ってるから。十二年後、母さんに会ってるんだから。……でも、すごく、怖かった」

触れれば安心するかと思ったが、再び離れなくてはならない時を今度は勝手に心が恐れる。

待つという苦痛から、逃れたがる。

「かなめ」

「……はい」

「私を、導いて下さい。必ずかなめの元へ、帰って来られるように」

顔をルースの胸に擦り付けて、こくこくと小さく幾度も頷《うなず》く。

滅びに瀕《ひん》した王国を救う動機が、愛しい人を死なせたくないから、というのはずいぶん身勝手だ。だが覇王の国にルースがいないのであればそれは、枢にとって目指すべき未来ではなかった。

「かーなめー。そろそろ降りておいでー」

サイが呼んでいる。渋々、枢はルースから身を引きはがした。

くっついていることがとても自然で、離れる方に違和感を覚えてしまう。頑張って表情を取り繕う枢に、ルースは穏やかに微笑み、優しい指で髪を整えてくれた。

＊＊＊

サイの部屋に集まった、奇妙な五名。

異世界人と異教徒と、混血の貴族庶子と成り上がりの民間人騎士。

王国を導く『墜ちたる星』の言葉を国王は何より優先する。枢の決定が国王レオの、すなわち王国の決定となる。

つまり枢の言葉を騎士が聞き取るこの会議は事実上、ラーディアの最高意志決定機関と言って過言ではないはずだが、何故かラーディアの中枢の人間がそこに一人もいなかった。

それどころか明らかに招かれざる者が混ざっている。ラーディアを追放された異教徒、芹沢大樹が。

中心となって話を進めるのは大樹だった。流暢《りゅうちょう》な日本語と下手なラーディア語を混ぜて会議を率いるさまには、荒野に追放されてわずか五年で国を築き王となった彼の行動力とカリスマ性が滲《にじ》み出《で》ていた。

ただ、どうしようもなく胡散臭《うさんくさ》く感じるのは、母子家庭で育った枢が力強い父性に慣れていないせいばかりではないようだ。

「ラーディアは変わったな」

最新の情報は特になかった。アルベニスは相変わらず遠く退却したまま動きがない。

弓騎兵の大軍団を追い払い奪い返した土地に小さな野営地を設け、見張りを置いて警戒している。集落の跡地は無防備な状態にあるため急いで防護壁を築き、砦《とりで》のようなラーディアの拠点となるものを置いて、見張りの安全を確保せねばならない。

土地は踏みにじられ荒れ果てたが、井戸が生きており、巧くやれば数年で畑を蘇《よみがえ》らせられそうだと農業を知る兵士が言っている。食糧をほぼ輸入に頼っている現状、穀類の自給はラーディアにとって優先すべき問題だ。

雄獅子《しし》の旗の目撃情報はあれから入っておらず、何らかの誤報の可能性もある。西回りに平原中北部に偵察を出しており、それらの帰りを待っている状態である。

そこまで現状の情報を確認し合った後、大樹が苦笑した。

「変わっただろうか」

「ああ。俺が知っている五年前と大違いだ。他の世界の人間の言葉に耳を貸すようになった。俺やさあをどんな目に遭わせたか、もう忘れた訳じゃないだろう?」

「時代が違うよ。それに俺は、そんなに酷い目に遭ったと思ってないけど」

「閉じ込められてるじゃないか。動物園の猛獣みたいに檻《おり》の中に」

サイは長椅子を年長者に譲って本棚に寄りかかり、厳しい顔で腕を拱《こまね》いている。

息子が父親に反発する感情を具体的に知らない枢にも、サイの態度がただの反抗期でないのは分かる。その表情にある不信感はそのまま、大樹のラーディアへの不信感を映したものに感じられた。

そして恐らく、枢自身も。

国家に対し明確に否定的な態度を示す大樹を、どうしても信頼できない。

「あの、お父さんは、知っていたんですか?」

「ん? 何を?」

「栄光を約束する『墜ちたる星』の予言が、僕達を……日本人がやって来ることを意味していたって」

「まあ、俺じゃない別の日本人だろうなって認識はあった。死んだ女房が言ってたからな。俺がこっちの世界に来た時、大きな星が空から真っ直ぐ地上へ墜ちたって。つまり予言の言葉は端的に、世界を越えて来る日本人を指している」

枢はサイを見た。サイは無言で頷く。

そういうことかと、枢はひとつ納得した。

枢が世界を跨いだ日、西の森に光を見たサイはすぐ将軍に『墜ちたる星を探せ』と伝えたという。

幼王の御代、西に墜ちたる星。それが別の世界の人間であると、最初から分かっていたからだ。

「突飛な推測じゃあないよ。枢ちゃん。多分、多少思想の汚染されたラーディア人なら分かっていたんじゃないかな。墜ちたる星ってのは、隕石《いんせき》が墜落して敵を滅ぼしてくれるって意味じゃなくて、異教徒だってことはさ」

大樹は長椅子に脚を組み替えて座り直し、軽く前傾した。

椅子と向かい合う場所にクッションを置いて体育座りしていた枢も、釣られて顔を寄せる。

「砂漠にいても、世界のこっち側の噂は届いたよ。平原の民族が侵略戦争を始めたことも。それでラーディアの都が落ちて、王が討たれたことも。その結果、予言の必須《ひっす》条件である『幼王』が誕生したことも。すぐに思ったよ。時が来た、ってね」

「予言が、幼い王に約束されたものだから、幼い王のもとに星が――あなたではない別の日本人がやって来る、ってことですか？」

「俺じゃないのは確かだろ？　あの可愛らしい王様が誕生した時、俺はとっくにラーディアを追放されていたんだから」

それでも全く無関係ではない。サイの存在がなければ枢は今頃どうなっていたか想像さえできないし、何より大樹自身、こうしてラーディアが栄光を手にするための戦いに関わっている。

いまだラーディアに禍根を残しているのは間違いないようだし、それでも窮地に駆けつけ力と知恵を貸してくれた真意は読めなかったが、少なくとも今は協力関係にある。

もう一人の『墜ちたる星』だと、枢は勝手にそう解釈している。

もしくは――砂漠の位置は、半島の北西。

「王国の栄光が、異なる世界の者である理由は、何だろうか」

「ま、文化レベルの差だろうな」

丁寧に言葉を探しながらのルースの問いに、びしりと眉間《みけん》に縦皺《じわ》を刻んで真顔で大樹が答える。

身も蓋《ふた》もない回答だが、砂漠に灌漑し馬車の廃材で機械弓を誂《あつら》えライターオイルで火炎瓶を作る男が言えば、無条件に説得力を持つ。曖昧《あいまい》な表現で記された予言の全てを内包している気がする。

「僕は、お父さんみたいに知識も経験も技術も何もありませんよ」

「じゅうぶん賢いし、それに健康で頑丈だ。衛生面もちゃんと分かっているし、ワクチンを打っているだろうから感染症にも強い。俺達にとっちゃ常識でも、こっちの世界で発見されていないことは多い。それだけでも結構なアドバンテージだろう」

「綺麗《きれい》にしろってのは、確かに子供の頃から言われたなあ」

「その割にあんまり身につかなかったようだがな」

「別にいいだろ」

清潔ではない自覚があるのか口を尖《とが》らせるサイだが、出会った頃に比べてだいぶましになったと枢は思っている。

身だしなみに気を遣う必要のなかった塔の悪魔も、最近は他人の目に触れる機会が増えた。城のメイド達に飾り立てられるのにも慣れた様子だ。

髪を梳《くしけず》って飾り編みにし、繊細な刺繍《ししゅう》の衣服を着て腰に沢山の帯を巻けば、とても綺麗だ。

サイが人目を気にするようになった最大の理由と枢が目しているタケルが、明るく声をかけた。優しい言葉だということだけは分かる。

つんと尖った返事を返して顔を背けるサイの頬がわずかに赤らんでいるのを、枢は見逃さなかった。

大樹も含めてしばし交わされる会話を、誰か訳してくれないだろうかと待っていると、ルースが枢の傍に膝《ひざ》をついた。

手を差し伸べられるので指先をちょんと乗せれば、軽くキスをしてくれる。

それは主君へ質問をする非礼を詫《わ》びる行為であると、柩は知っている。

「町へ行きたいですか？　我が君」

「町？」

「今夜、星へ祈りを捧《ささ》げます」

どうやらタケルとサイと大樹が繰り広げていた会話は、デートへの誘いと素っ気ない返事と首を突っ込む父親のそれだったようだ。

勝手に内容を妄想して、笑いが漏れてしまう。

柩が笑っていると、いつも難しい顔をしているルースも微笑んでくれた。

「もちろん、行きます」

＊＊＊

ラーディアにおける死生観は、少し独特だった。

夜空に輝く星の一つ一つが、魂なのだという。星が地上に墜ちて人は産まれ、死して再び星になり、夜空へ還って光り輝く。

全ての生命が、墜ちたる星なのだ。

港町へ向かう馬車の中で、サイが教えてくれた。

流星のように人が空から墜ちて来ることを実際の現象だと理解しているサイは、伝承を教えてはくれなかった。初めて聞くラーディアの死と再生の神話は、とても新鮮だった。

「それで、今から何が？」

「死者の魂を星に還す、何て言うかな、弔いの儀式みたいな感じかな」

「ふうん。面白そう……って言っちゃ不謹慎か」

既に陽が落ち、秋の、早い夕暮れが訪れていた。

しばし黙って轍《わだち》の音に耳を傾ける。蹄《ひづめ》の音が高く軽快に、石畳を叩《たた》く。

ラーディアの宝、死力を尽くして護り抜いたポート・バルヴェルトが近付いて来る。

やがて馬車が止まった。枢は行儀良く、随伴する騎士が扉を開けてくれるのを待った。

扉が開き、ルースが手を差し伸べる。その手を借りて窮屈なタラップを降り、足下ばかり注視していた視線を上げる。

すると、そこに。

「わあ……!」

半島の先端が、光に包まれていた。

数え切れないほどのランタンの灯火が、バルヴェルトの道路にも民家にも港にまで溢《あふ》れている。

枢は無意識のうちに、ルースの手をきつく握っていた。

沢山の犠牲者の魂が今、再び星へ還ろうとしている。港町は沢山の灯りに包まれていた。

足下に揺れる無数の小さな光の点は、枢が初めてこちら側の世界に訪れた夜に見た、森に息衝く蛍の群れを連想させる。

あの時はまだ、何も知らなかった。城砦《じょうさい》のすぐ近くにまで迫っていたアルベニスの兵に怯《おび》えながら、ルースと二人で息を潜め、蛍の森に姿を隠していた。

それから時が流れ、ずいぶん色んな経験をしたように思う。季節はひとつ、確実に過ぎた。

光の中を、枢はゆっくりと歩き始めた。港の先端へ向かって、ルースの手を握ったまま。

サイとタケルの声がいつの間にか聞こえなくなった。枢達を二人きりにしてあげようという優しさか、むしろ自分達が二人きりになりたかったのか。

大樹はきっと息子と同行を主張するだろうと思っていたが、枢の予想に反して彼は町へ来なかった。片付けなければならない仕事がある、という。

どんな仕事なのかは推測も難しい。ただ彼がラーディアを追放された際に持ち出せなかった荷物は塔の最上階に当時のまま眠っていたのだから、五年越しの仕事を片付けたくなるのも分かる気がした。

「……綺麗ですね」

「はい」

素直な感想に、ルースは頷《うなず》いてくれた。

「鎮魂の灯火。近いものは、僕達の国にもあります。星に還るって話ではないですけど」

ラーディアの死生観は仏教における輪廻《りんね》の思想に近い。

地に墜ちて産まれ、死すれば星に還って夜空で輝き、やがて再び地に墜ちる。

枢はその考えが嫌いではなかった。むしろ、天国で安らかに眠り続けるよりよほど楽しそうな死後の世界だ。

いずれこの世界にも天才発明家が誕生し、高性能の天体望遠鏡を作って太陽と惑星の関係を発見し、星が魂の煌《きら》めきではなく何万光年も離れた先で燃えている別の太陽だと気付くかも知れない。

仮にそのような未来が来ても、ラーディアの民の魂は星として輝き続けるだろう。

道の端に等間隔に並べられたランタンは魚の脂を燃やしているらしく、辺り一面に美味しそうな匂いが漂っていた。

幻想的な光景と庶民的な匂いの対比が面白い。枢の足取りは軽かった。無数のランタンもひとつひとつは儚《はかな》い灯で、顔がはっきり判別できるほどの明るさはないため、安心して町を歩ける。

今宵、光の祭を近くで見ようと、城砦に住む貴族も護衛を付けて港町へ降りて来ている。枢とルースの二人連れも、特に目立ってはいなかった。

ランタンには薄い紙の覆いが被せられている。その幾つかには亡くなった人の名前らしき文字や、子供の手による似顔絵が記されていた。

込められた祈りをひとつずつ眺めながらゆっくりと歩く。

夜風は少し冷たく感じた。いよいよ、冬の到来が近付いている。

「寒くはありませんか」

「ううん。大丈夫。――あのね、ルース」

「はい」

沢山の命が失われた。

ラーディアを護るというひとつの目的の下に。

今ここで星に還されようとしている多くの魂に祈りを捧げようにも、言葉が出てこなかった。

自分はこの戦いを指揮した側の人間である、という思いが、枢の心に絡みつく。

そうしなければ砦《とりで》ごと潰《つぶ》され、もっと多くの犠牲を生んでいたと、頭では理解していたとしても。

「何もなくさずに良い結果を得ることはできません」

枢の心情を察したルースが、主君を労る。

「かなめ。あなたは、とても優しい」

「弱いだけです」

犠牲を強いることが怖いと感じる枢の弱さを、ルースはやんわりと否定した。誰も傷つけたくないと逃げていては、戦いに勝つことはできない。だが強いだけでは余計な悲しみばかりを増やす。

枢の優しさは必要なのだと、ルースは諭す。


平和な覇王の王国が誕生するまでに、どれほどの魂が星へ還ることになるのか。せめて枢は、忘れずにいようと思った。

その平和の礎に、大切な人を失った悲しみが存在することを。

子供達がはしゃぎながら脇を駆けて行く。岬の突端の方へ向かって。

ルースは枢の手を取った。

「始まります」

「え？　何が？」

普段は枢に付き従うばかりのルースが、手を引いて先導する。枢は素直に従った。

港に近付くに連れてどんどん人が増えてくる。

人混みをすり抜けて桟橋の手前の大きな建造物を曲がると、枢の目に飛び込んできたのは、無数の灯だった。

丸い柔らかな光を放つランタンを、皆が手に持っている。

もしかしてと期待しつつその無数の光を見つめる枢の目の前で、ひとつ、またひとつ、ランタンは人の手を離れてふわふわと夜空へ浮かび上がった。

地上から解き放たれた魂が、星となって夜空へ戻っていくかのように。

ゆっくりと、名残を惜しみながら、産まれ育ったバルヴェルトの町を、海を、森を見晴るかしながら。

無数のランタンが、空へ昇って行く。

魂が、還る場所を目指して。

その光景を眺めていた枢の袖《そで》を引く者がある。

一人の老婆が、ランタンを枢へ差し出していた。もぐもぐと、小声で何かを訴えている。

「墜ちたる星よどうか息子に祝福を、そして星の元へお導き下さい、と」

ルースが通訳する。

ばれたのかと、周囲を見渡す。皆、夜空を見上げることに一生懸命だった。どうやら『墜ちたる星』がここにいると気付いたのは老婆だけのようだ。

ランタンの薄い紙にはびっしりと、恐らく母の思いであろうものが書かれている。

枢はそっと、両手で、それを受け取る。見た目よりずっと軽く、そして温かい。

「——僕にできることなんて、本当に何もありません。けれど、どうか信じていて下さい。絶対に、栄光の未来は来るから」

両腕を高く掲げ、そっと手を放すと、熱の籠《こ》もった紙風船状のランタンは静かに浮かび始めた。

そうしてすぐに、空で待っている無数の灯と合流する。ゆるやかに、漂いながら、陸風に乗って海の方向へ流されつつ空へ昇って行く。

徐々に小さくなっていくランタンを、枢はただ黙って見送った。

失われた魂が星に還る、その手助けがほんの少しでも出来たような気がした。

「やーれやれ。面白いお祭りですねえ。大変興味深い」

ふと枢の耳に届いた日本語。

その声色はサイでも大樹でもない。勿論《もちろん》ルースとも違う。

反射的に振り向きそうになったがぐっと堪え、ゆっくり、何気ない風を装ってそっと視線を声のした方へ向ける。

そこには、空に消え行くランタンを見送るラーディアの民に混ざって一際不釣り合いな、ビジネススーツ姿の痩《や》せた中年男性がいた。

帰還する騎士らを出迎えた時、民衆に紛れていたものと同じ濃紺。あれは見間違いではなかったのかと、枢は息を呑《の》む。

ランタンの浮かぶ空を見ていた視線が、ゆっくり枢に降りて来た。

「や。初めましてだね。都築君」

「誰……？」

日本人であることは間違いない。平凡で特徴のない顔をした、どこにでもいそうなありふれた風体の中年男性だ。

だからこそここラーディアで落ち着き払った態度で民衆に紛れているのが実に奇妙ではある。

大樹のように既にこちら側の世界に馴染《なじ》んでいるのだとしたら、今度はその格好がおかしい。こんなに目立つ日本風の格好でいて、異教徒の噂が全く立たない訳がない。

そっとルースが枢を庇《かば》うように半歩前に出る。枢はルースの袖にしがみつく。

「私が誰か。それはちょっとナンセンスな質問ですね。何故なら私は、存在ではなく概念なので。未来の概念を擬人化したら、働き疲れた中年の姿になるって、ちょっと、面白いと思いません？」

「なんで僕の名前を知っているんですか？」

「当然でしょう。君は重要な存在ですからね」

彼はさっと周囲を見渡した。怪訝《けげん》そうにこちらを見ている者も、あるにはある。

「場所を替えましょうか。どうせ、意味の通じる人は少ないんですけど」

踵《きびす》を返すビジネススーツに付いていくべきか、枢は迷った。

だが、行かなければ重要な事実を知る機会を失う気がする。

ルースを見れば自分が付いているから安心しろとばかり力強く頷《うなず》いてくれた。

人混みを離れる方向へ歩き始める痩せた背中を追う。飄々《ひょうひょう》とした足取りも白髪の交ざった髪もくたびれたスーツの皺《しわ》も、肌寒さに肩をすくめる仕草まで、どこか見覚えのある典型的な日本人だった。だからこそここラーディアで極めて異彩を放つ。

「君には感謝しています」

黙って歩くことしばし。港を離れ、住宅地を少し抜けた辺りで、彼は立ち止まり振り向いた。

「何の感謝ですか？」

「二つの時間を結びつけてくれた。ラーディアが滅びに瀕している現在と、ラーディアが栄える未来、乖離《かいり》した時空を繋《つな》ぐことは君にしかできない」

既にランタンは建物の屋根より高く上がっているため、町の手前からも海へ向けて漂い上昇していく無数の灯が見える。

枢はルースの腕にしがみつき、それに視線を固定したまま。彼の方を見ることがなかなかできない。

「でももう大丈夫でしょう。かけ離れていた現在と未来が、君の存在でひとつになろうとしています。この世界の未来のすげ替えは、ほぼ成功しました」

「母さんが見たラーディアが現実になるってことですよね？」

「まだ不確定な部分はありますがね。でも、君の仕事はそろそろ終わりです。帰りましょう」

彼の言葉の意味が、すぐには分からなかった。

枢がそれを咀嚼《そしゃく》し嚥下《えんか》するまで、彼はじっと表情を崩さず待っている。

――日本へ。

帰る。

「い、嫌です！　僕はまだ何もできてない！　ラーディアのために、父さんのために、本当にまだ何も！」

帰る。帰らされる。

ごく当たり前に予想できるその未来について考えることを、枢はこれまで意識的に避けてきた。

嫌だ。……帰りたくなんかない。

＊＊＊

「かなめ」

優しく名を呼ばれ、顔を上げた。

心配そうに表情を曇らせるルースの顔がすぐ傍にある。

優しい手が、髪を撫《な》で続けていてくれる。

「落ち着きましたか？」

「え……っと……」

ざわつく心を深呼吸で鎮め、周囲を見渡す。見覚えのない部屋だった。ラーディア風の質の良さそうな調度品が必要最低限、調えられている。装飾品や置物の類が少ないのが王城とは違うところだが、匹敵する豪華な部屋だ。

ベッドに並んで腰掛けてルースにしがみついていた枢は、脇机の小さな灯りに視線を留めた。炎の揺らめきに合わせて踊る金属製のランプの影を見つめながら、すっぽり抜け落ちた記憶を探す。

ランタンを夜空に浮かべ、戦没者の魂が星に還るさまを見送った。

お疲れさま、ありがとう、いつかまたこの世界に産まれてきてくださいと、祈りを込めて無数の灯火を心に焼き付けた。

そして、その場にどう見ても日本人で日本語を話す中年男性を見付け、話を聞いた。

枢の、ラーディアでの役目は終わり。帰ろう。そう言われて――パニックになった。

「ごめんなさい」

走って逃げられる訳もないのに走り出してしまっ

たことまでは、かろうじて覚えている。

それからどういう経緯を経て、こうして品の良い部屋でルースの胸に甘えているのかは、頑張っても思い出せない。

とても格好悪かったはずだから、主君の名誉を重んじるルースに訊《き》いても教えてくれないだろう。

「……ルース」

「はい」

「帰りたくないです。僕はずっと、ここに、この時代のラーディアにいたい。願っても、かなわないことなのかな」

未来の概念と名乗った男の言葉を、ひとつずつ思い返す。

繁栄したラーディアの未来に誕生した枢は、日本で成長し、滅亡寸前のラーディアの過去へと送られた。異なる二つの時空を結び付け、未来をすげ替えるため。不可能としか思えない勝利と栄光へ、時の流れを導くため。


理由はまだ分からない。ただこのまま放置して、ラーディアがアルベニスに蹂躙《じゅうりん》されることを、彼が望んでいないのは確かだ。

ここへ来る時は突然で何の前触れもなく、枢の意志など全く尊重されなかった。

恐らく帰る時も同じように唐突に、この世界から引き離されるだろう。未来の概念は、その時が近いと枢に教えに来た。

逃げ出してしまった枢を強引に連れ戻そうとしなかった辺り、まだ刻限は来ていない。これは最初の報せだったという訳だ。

枢はルースにしがみつく腕に力をこめた。

引き離されることが怖い。

ルースは枢の背に腕を回して上体を支え、覆い被さるようにしてベッドに押し倒した。

さらりと肩から零れる真鍮《しんちゅう》色の髪が、枢の頬に触れる。

「あの……ここは、どこですか？」

「私の部屋です」

騎士団の庁舎にあった執務室とは違う。調度品はベッドがメイン、つまりルースの寝室ということだ。

意識してしまい勝手に頬が熱くなる枢に、ルースは主君が何を考えているのかお見通しとばかり微笑み、軽いキスを落とす。

ベッドに投げ出された枢の掌に、ルースが掌を重ね、指を絡めて強く握る。

ひりつく心を擦り合わせるように唇を重ねていれば落ち着くかと思った。

だが今が永遠ではないこと、終わりが近付いていることを突き付けられた枢の胸の内は、ざわめいたまま。

枢の母親は向こうの世界へ帰った。大樹は二十年以上こちらの世界に留まっている。二人の違いは何なのだろう。

枢に約束されている運命は、どうやら母と同じ。時を結びつける役目が終われば、元の世界に帰らなくてはならない。

ならばその役目を果たさず、『墜ちたる星』として予言をせずにいたら、ずっとこの世界にいられたのだろうか？

――答えは否。枢が働かなければ、ラーディアは滅亡する。

愛する者達が滅びてしまうより、栄光を約束して己がいなくなる未来の方が、まだましに思える。

「かなめ。少し眠って」

「眠るのが怖いです。起きたら、向こうに帰ってるかも知れない。アパートの、僕の部屋で、僕のベッドで、夢が醒《さ》めるみたいに今が消えてしまって、当たり前に学校に行って、面白くない授業を受けて、そんな毎日に戻ってるかも知れない」

「予言が成り立つ時まで、ラーディアはまだあなたを必要としています」

「僕を……必要として……」

「陛下は幼く、敵は強い。まだラーディアに栄光は遠いです。まだラーディアには、あなたが必要です。我が君。我が愛しの、墜ちたる星」

枢はゆったりと、愛する者の声を聞く。

限りがあることを一度意識してしまえば、二度と忘れることなどできず、ずっと心に付き纏《まと》う。

いつか去らなくてはならない。別れなければならない。その日に怯《おび》え続ける。

ラーディアが勝つごとに。栄光ある覇王の国に近付くごとに。

「ルース」

「はい」

「目覚めた時に、絶対に、ここにいてくださいね」

「勿論《もちろん》です」

瞼《まぶた》を閉じると、無数の星の瞬きが見えた。

ランタンの灯だったかも知れない

＊＊＊

塔は静まり返っていた。

中に閉じ込められている異教徒が外出しているのだから、当然、見張りもいない。

しんと闇に沈む我が家を、サイは鞍《くら》に座ったまま曖昧《あいまい》な表情で見上げた。

「戻ってないね」

「まあ、戻らないだろうねえ。折角のチャンスなんだし」

タケルは飄々《ひょうひょう》と答える。サイは肩越しに、手綱を握るタケルを冷たく見遣った。

特に堪えた様子もなく笑顔で受け流し、タケルは鐙《あぶみ》から降りる。

途端にサイは背にひやりとした寒さを覚えた。さっきまでそこにあった騎士の気配が遠のくと、急に夜風が染みる。

白虎の騎士の前に座らされての乗馬は幾度も経験がある。むしろ馬車など用意して貰《もら》えず、移動の必要がある際は基本的に、荷物のように無造作に鞍に上げられ降ろされるのが当たり前だった。

サイを懐に包むように腕を伸ばし手綱を繰る騎士がタケルであること、タケルがとても丁寧に敬意を払ってくれること、それがサイの心を乱す。

心の疼《うず》きの正体をまだ理解できていない。

タケルは胸に手を当てて軽く礼をしてからサイの腰を掴《つか》んだ。サイはタケルの肩に手を置き、腰を持ち上げられるのに合わせて脚を振り抜く。

騎士はごく優しく、極めて丁寧に、そっと異教徒を地面に降ろしてくれた。

こんなに大切に扱われたことが初めてで、サイはそっぽを向く。王城のメイド達の職人技で仕上げられた髪はまだ綺麗《きれい》に保たれており、繊細に飾り編みされ胸元に垂れるそれをしきりに指に絡めながら。

理由なくふて腐れるサイを子供扱いするようにぽふぽふと頭を叩《たた》いてから、タケルは落とし格子の巻き上げ機を巻く。

重たい音を立てて、サイを世界から隔離し続ける鉄格子が持ち上がった。

「さあ、どうぞ。我が君」

おどけるタケルの、差し伸べられた右手に、ふと視線が止まる。

気付かなかった。

右手の中指と薬指に、目立たない色の包帯を巻いている。

「その指」

「ん？　……まあ、怪我ぐらいする」

「そうか。そうだよな」

「これぐらいで済んで奇跡だよ。俺は白虎にしちゃ場数を踏んでいる方だけど、あんなに、何て言うか、味方の士気が高揚した戦争を知らない」

サイは同意し深く頷《うなず》いた。

女王軍最大の武器は遊牧民の機動力でも雨のごとき矢でもない。相手の心の深い場所に植え付けた恐怖心。アルベニスには到底かなわないと信じ込ませる負の影響力だった。

ようやく今、女王がかけた暗示を『墜ちたる星』が覆そうとしている。

人々は予言を信じることで、弓騎兵に萎縮《いしゅく》する心を解放させる。そしてアルベニスを退却へ追い込むという奇跡をすら成し遂げる。

「俺は帰るよ」

サイが塔に入ると、タケルは鉄格子を降ろし、厳重に巻き上げ機を封印した。鍵《かぎ》を預かっているということは、伏兵の嫌疑をかけられていた成り上がりの騎士もようやく、あの堅物の信頼を得られたようだ。ふっとサイは微笑む。

異教徒を閉じ込め終えると、タケルはサイに鍵を見せながら愛想良く笑った。

「騎士団の偉い連中に裏切り者がいる。城砦内《じようさい》で立てた作戦は敵に筒抜けだ。これからはここがラーディアの頭脳になる。どんなことがあっても、絶対に護るからね」

「偉い……っていうと？　どの辺り？」

「サー・ルーファスはサー・マクシミリアンを疑っている」

将軍の座を巡り争う長子と嫡子。反目し合うべき兄弟の運命が、まさか片方を敵に寝返るまで追い詰めるとは思いたくない。

だが枢が墜ちて来た最初の夜もそうだった。敵に情報が回るのが早すぎる。

「――気をつけて」

「大丈夫。ではお休みなさいませ、我が君」

「ふざけんなよ」

「ふざけてないよ。本気。じゃあ次の尋問までに、草原の旅行記で弓の扱い方でも調べておいて」

指に包帯を巻いた右手をひらひらと振り、もう一度笑顔を見せて、タケルは颯爽《さっそう》と馬上に跨《また》がった。

その背を鉄格子越しに見送りながら、サイは、理解できない胸の圧迫感にひとつため息を吐いた。

「……ふざけやがって」

タケルの姿が見えなくなると、暗く冷たい塔の階段を上り、部屋に戻る。

塔が広く感じた。

五年前まで二人暮らしだった。サイがラーディアにおいて大人とみなされる歳になると、大樹は追放された。殺すことさえ恐れるあまり、砂漠に放置するという残酷な方法での処刑だった。

それからずっと、サイは独りで塔に閉じ込められていた。いつの間にか父のいない生活にも慣れて、独りが当たり前だった。

見張りの兵と仲良くする気もなく、孤独を友とし、異世界よりやって来た父の研究を――世界が繋《つな》がる謎を――追い求めていた。

それが今では、枢と二人暮らしの方が日常になっている。久々の独りがやけに寂しく感じられ、話し相手のいない時を持て余す。

横になって目を閉じていても眠くならず、サイはふうと息を吐いて長椅子から身を起こすと、限界まで絞って種火にしてあったランプの灯を大きくし、本棚を照らした。

タケルの言葉が心に引っかかっている。旅行記に弓兵の弱点が書いてあるのかどうか疑問なまま、最も詳細で信頼できる冒険家のシリーズを引き出す。

大樹は旅行記や紀行本を集めていた。塔から連れ出される際、さすがに本は持ち出せなかったため、サイの手元に膨大な蔵書が残されている。

それは直径数十歩の塔の中で育ったサイが、世界の本当の広さを学ぶのに大いに役立った。

机の上のガラス器具を脇に寄せ、大きな革表紙本を置く。

植物繊維のそれとは手触りの違う羊皮紙をめくれば、北大陸の地図がまず目に飛び込んできた。

バルヴェルト半島の小ささ。平原の広大さ。誇張されているのは分かるが、十二年後に世界を席巻しているはずのラーディアはあまりにも弱々しい。

ここからどのように勝っていくのか。森に護られたバルヴェルトを出て、今後は草原で弓騎兵と向き合わなくてはならない。圧倒的不利な条件を切り抜ける、何か良い手があるのだろうか。

女王を中心とした遊牧民の日常が事細かに記された本を、サイは丁寧にめくっていく。

そして、弓についてのページで手を止めた。

詳細な挿絵と解説文を交互に眺める。

弦を、右手の中指と薬指に引っ掛けて引くとの解説に、サイの喉《のど》がひくりと震えた。

冒険家は親しくなったアルベニス人に弓を引かせて貰い、慣れていないせいでこの二本の指を怪我したと記している。まさしく、タケルが包帯で保護していた指だ。

「そういうことか……」

サイはすぐに、タケルの意図を理解した。

これに気付かせたかったのだ。

公にすることを伏せた『アルベニス人の血を持つラーディア人』の正体を、こっそりサイに教えたかったのだ。

アルベニスとの国境近くにあった都市に生まれ、ラーディア北部の赤毛ではない風変わりな褐色の髪をして。

敵の事情に詳しすぎて伏兵ではないかと疑われていたのに、今では騎士団長代行に塔の鍵を託されるまでの信頼を受けている。

混血であることに負い目を感じない騎士団長代行は、王の前に進み出るよう強く要請しただろう。

だが、彼はそれを固辞した。隠し通した敵国の血を、たとえ自分が手柄を立てたとしても公にすることはできなかった。

その敵国の技で、ラーディアは奇跡の勝利を掴んだというのに。

サイの頬に穏やかな笑みが浮かんだ。

騎士らはこの先も、戦場での出来事を語ってはくれないだろう。

推測するしかない。弓の腕をひた隠しにする騎士がいて、攻城兵器の攻略に弓の技が必要となる、その奇跡のような戦局を。

弦を引き絞る際に強い負荷がかかるであろう指の腹を何となく撫《な》でていると、落とし格子の巻き上げ機を回す音が聞こえてきた。

枢はきっと朝帰りだろうと思っていたのだが。ランプを手に、迎えに降りてやる。

すると、そこに。

「良かった。起きてたな」

大樹が、塔の最下層に仁王立ちしていた。

落とし格子は半ば上がっている。

「なん……で……」

「この世界の鍵は構造が単純だ。いっぺん見りゃ複製できる」

昼間の工具と薄い鉄板は、それだったのか。港町に同行せず、今までそれを作っていたのか。父が偉そうに見せている複製の鍵を、サイは忌々しげに睨《にら》んだ。

適当に使えと言ってしまったことを後悔しながら。

「まあしかし、運が向いてきた。死者を弔う方法がスカイランタンってなあ、どこの東南アジアだよって感じだが。お陰で見張りもいないし、枢ちゃんもまだ戻っていない。さあ急いで荷物をまとめろ」

「荷物?」

「必要最低限な。輸送能力に限界があるから」

大樹が自分をここから連れ出そうとしている。それに気付くのにしばらく時間がかかった。

サイは呆然《ぼうぜん》と、父を見つめる。

「ラーディアを裏切る気かよ」

「裏切るも何も、最初から手を組むつもりはなかった。息子を人質に取られてるんだ、協力するしかないだろう」

サイのために。

サイを連れ出すために。

大樹が何故ラーディアに協力してくれたのか、その理由がようやく分かった。

「ほら、急げよ」

「俺は……どこへも行かない」

「さあちゃん。何言ってるんだ、自由になれるまたとないチャンスなんだぞ？」

「自由になるチャンスなら今までもあった。けど俺は、ここを選ぶ。あんたと一緒には行かない。俺はラーディア人で……枢の通訳だ」

時が凍り付いてしまったのかと思うほど、父は微動だにしなかった。

ラーディア人にはない濃い色の瞳《ひとみ》で、じっとサイを見据えている。

サイはその視線を真正面から受け止め続けた。息子の意志を無視した身勝手な父親の、悲しげで痛ましげな視線を、敢えて。

「……どんなに尽くしても、ラーディアはお前を認めないぞ。お前は異教徒だ」

「ああ。分かってるよ」

「じゃあどうして、ここに留まろうとする？」

「故郷だから、かな」

すんなり出てきた言葉だった。

故郷。どれほど迫害されようとサイはラーディアで生まれ、育った。この国を誇りこそすれ、決して恨まない。

腰に手を当て、俯《うつむ》いて、父はため息を落とした。

「俺はお前を俺の息子として、日本人として育てたつもりだけどな」

「その件については感謝してる。日本語が喋《しゃべ》れたお陰で、役に立てた訳だし」

大樹が近付いてくる。

手を挙げるので叩《たた》かれるのかと身構えるサイの髪を、その大きな手が、優しく撫でる。

子供の頃、大好きだった父親の手だ。だいぶ小さく感じるのは、それだけ自分が大きくなった証。

「さあは、ちっとも父さんに似てないな」

「俺もそう思う」

「グザファンの本当の意味、話してやったことあったかな」

「知ってるよ。火の悪魔だろう？」

「いいや。賢く聡明《そうめい》な天使だよ」

ほろ苦い笑みを浮かべたその表情に、息子の説得を諦《あきら》めかけた失意の色が窺える。

少し遅い、とサイは思った。

今年の春までのサイなら大人しく付いて行っただろう。が、ここにいるのはもはや父親の知っている孤独な異教徒ではない。

サイにとって大切な人も、サイを大切に思ってくれる人もいる。

「大人になったな」

「そりゃ五年も経ってるし」

「時が流れただけじゃ、人は成長しない。良い出会いをした。良い経験を積んだ。その結果だ」

意に沿わない決定をしたことは残念だが、息子の成長が誇らしい。

大樹の表情は、父の本音を気恥ずかしいほどに伝えている。

「それがさあの選んだ生き方なら、父さんは祝福してやるしかない。正直、なんだってこんな馬鹿な国に肩入れするのか、さっぱり分からないけどな」

「騎士団の上の連中は確かに救いようがないけど、皆が皆、馬鹿って訳じゃない」

「はは。そうだな。もっと早く会いたかったよ、あの可愛い王様や金髪の騎士さん達に」

聡明な幼王レオと誠実な騎士ルースのことは、大樹は認めているらしい。騎士が複数形になっている辺り、他にも一目置く若者がいるのだろう。

だとしたらもう納得するしかないはずだ。今のラーディアは大樹の知る五年前とは違う。幼王レオを筆頭に、若い世代に交代しようとしている。

そして他ならぬサイも、国を動かす若者の一人。

「明日から父さんは敵になる訳？」

「俺はラーディアの味方をするつもりはない。けどな。父親はいつだって息子の味方だ。ラーディアの頼みなら梃子《てこ》でも動かないつもりだが、さあちゃんが『お父さんお願い』って言うなら助けてやらんこともないぞ」

にわかに渋面になるサイに声を出して笑い、大きく頷《うなず》いてみせると、大樹は緩やかに踵《きびす》を返した。

ゆったりと大らかな足取りで塔を出、巻き上げ機を回す。重い音を立てて、父と息子が再び鉄格子で隔てられた。

サイは駆け寄り、柵《さく》を掴《つか》む。

「父さんが、北の英知だろうって思ってた。皆もそう思ってる」

「『北に凍らぬ熾ありき。そは幼王の英知なり』か。そりゃ俺じゃないよ。もう一人いるだろう？　ラーディア北部出身の燃えるような赤毛をした、どんなに迫害されても心の奥底に情熱を絶やさなかった、火の名を持つ英雄が」

「は？　何言って――」

「とことん王様の力になってやれ。お前はこの世界で最高の知恵を持っている」

「何のことだ。俺は全然、賢くない」

「言葉だよ。お前は大陸唯一のバイリンガルなんだぞ。つまり、父さんと母さんの息子ってことだ」

巻き上げ機を元通り鎖で封印した後、大樹は、作ったばかりの鍵《かぎ》を格子の隙間からサイの掌めがけて投げ込んだ。

柔らかな弧を描くそれを、サイは注意深く受け止める。

「忘れるなよ。父さんはいつだってお前の味方だ」

「うん。……知ってた」

ここから連れ出そうと企てたことも、全ては、息子への過剰な愛ゆえ。

それを否定するつもりは無い。

ただもう、サイは己の生きる道を選んでいる。

枢と――『墜ちたる星』と共に、幼王の傍らに在り続けると。

第十二章間　女王の煩慮

グアルハルに雪が降ったと聞き、女王の心は冬の大陸風に逆らうように北へと駆ける。

万年雪を頂く偉大なる山脈が、白さを更に際立たせる季節。大地が空を斬り落とそうと窺う刃物のように研ぎ澄まされた銀嶺《ぎんれい》を、もう何年も離れている。

やはり遊牧民が一箇所に留まるべきでないと、幾度となく繰り返す後悔を今日も噛《か》みしめていた。

バルヴェルト城砦《じようさい》を陥落させよと、女王の勅命を下して以降、戻る報せは望まぬものばかり。

そうして遂に、受け取ることはないと信じていた一報がもたらされた。

――バルヴェルト城攻略失敗。

万に一つも起こり得ないと思っていた事態が、現実となった。

女王旗を掲げる最強不敗のアルベニス軍が、ラーディアの徹底抗戦およびゼイオン神聖国の加勢により総崩れとなり、撤退を余儀なくされたのだ。

無傷で手に入れることは不可能と諦め、力ずくで奪う覚悟で臨み、そして負けた。全力で挑んでも、宝は手に入らなかった。

ヴィヴィアナには、その理由がただの不運だとしか思えない。

何も間違っていない。女王として正しい選択と行動を取り続けている。ただ、少しばかり不運が重なってしまっただけ。

そう。不幸な偶然でしかないのだ。

唯一、女王に反省すべき点があるとすれば、アルベニス軍があまりに大きすぎたことだ。

良かれと思って兵を集められるだけ集めたが、そうすることで指揮系統が乱れ、逆に混乱を生じてしまった。本来のアルベニス軍は女王から兵士まで縦に一本、真っ直ぐ通った主と従の絆《きずな》に従って行動する。これまで各陣営の横の連携を取る必要がなかったため、その方法が分からない。

とは言え全力でバルヴェルト城を叩くだけなら、慣れない連合軍にも容易い仕事だったはず。想定外の、神聖国の横槍《よこやり》さえ入らなければ、ことはすんなりと運んでいたのだ。

ゼイオンの法王がちゃんと中立を保ってくれていれば。

クルロ将軍がもっと賢く、嵐をうまくやり過ごしていたなら。

ラーディアの王がもう少し愚鈍であったなら。

砂漠の神とやらが多少御しやすい性格であれば。

「――全く」

不運を他人の責任にしていたのでは、勝てる戦も勝てなくなる。女王はゆるゆると頭を振り、今の状況を憂う度に脳裏で高笑いするまだ見ぬ『墜ちたる星』の影を振り払う。

これは決して、予言されし者の能力ではない。偶然が重なっただけ、たとえ異世界の人間であろうと奇跡が起こせるはずはない。そう己に言い聞かせる。

心が弱れば、在るはずの無い闇がそこに生まれる。じわじわと精神を蝕《むしば》み、いずれ『予言』による滅びを是非もなく受け入れてしまう。

実際、アルベニスには予言された滅びの影が日増しに濃くなっていた。敗北の報に憤怒するでも報復に燃えるでもなく、ああやはり予言の通りだ、予言は覆せないと、諦めの空気が漂っている。

このまま幼王の栄光を――即ち女王国の滅亡を受け入れてしまいそうな雰囲気が、重く城下を覆い始めている。

ラーディアが栄光に活気付くように、女王の民もまた、滅びの気配に戦いている。たった数行の言葉遊びの詩がここまで力を持ち始めている。

最早、女王の威厳を持ってさえ抑え込めないほど。

「陛下」

黒衣を引きずりながら、老宰相が笑顔で近付いて来た。

手には銀色の盆を載せている。

「何か用？」

「面白いものを手に入れました。お召し上がりになりませんか？」

寝椅子に身を委ねる女王に、宰相オスワルドが盆を差し出す。

元は一つの塊だったであろう白い薄片が上品に並んでいる。オスワルドがまず中心辺りの一枚を指でつまみ口に入れた。毒見のつもりらしい。

女王も、白い花弁のようなそれに手を伸ばし、最も小さなものを選んで端をほんの少し噛み千切った。

「……何の味もしないわ」

「そうですかな？　繊細で、なかなか滋味深いと思いますが」

「私は好きではないわね。何なのこれ」

「南大陸産の、牛の乳のチーズです。最近、我が国でも手に入るようになりました」

女王は片眉《まゆ》を上げた。

オスワルドは応じるように豊かな口髭《くちひげ》を歪《ゆが》める。

「これが、何？」

「どう思われますかな？」

「何故？」

「これまでチーズを食べるには我々遊牧民が羊を飼い、乳を搾り、加工する必要がありました。が、遂に南大陸から船に乗って牛のチーズがやって来る時代となってしまったのですぞ。我々の文化の根本が脅かされております」

老宰相は真面目な顔をしている。

やれやれと女王は肩でひとつ息をついた。

「ここは北大陸で最も豊かな国ですもの。貿易で利益を得ようと思えば、あちらの品が市場に増えるのも当然よ」

「多少であれば。確かにラーディアは贅沢《ぜいたく》をする余裕がないでしょうし、神聖国は取引相手として面白くないでしょう。商売相手を探すなら自ずと我が王都に集うのは明白」

「きちんと平等な取引ができればそれで良いのよ。くれぐれも私の国の——いいえ北大陸の富が一方的に流れ出ることのないよう、目を配っておくことね」

「それは勿論《もちろん》、抜かりなく。まあ、ご心配には及びません、あちらの大陸の品は全て安価ですので。ラーディア人は数字に弱いようですな」

女王の眉根《まゆね》が静かに引き絞られた。

チーズ作りが重労働であることは知っている。南大陸産のそれは美味しくはなかったが、安く手に入るのであれば手を出す者もいるだろう。

文化の根本が脅かされている、というオスワルドの言葉は大袈裟《おおげさ》だとしても、確かに言い知れない不快感があった。

遊牧民が羊を追う理由を失う。

ふと極端な結論に至り、女王は軽く頭を振る。

城に留まることに嫌気がさしている今だからこそ余計に、遊牧民としての生活を手放すことを恐ろしく感じる。

「おや。これはこれは。姫様」

オスワルドの柔らかな声に顔を上げれば、女王の部屋の入口にプルシアが顔を覗《のぞ》かせ中を窺っている。

女王は破顔し、娘を手招きした。

「ご機嫌麗しゅう。姫様」

「こんにちはオスワルド」

「爺《じい》は退席した方がよろしいですかな？　ではこれで。失礼致します、女王陛下」

深く腰を折る宰相に頷《うなず》いて返し、女王はプルシアに向き合った。

艶《つや》やかなぬばたまの髪を優しく撫《な》でる。

美しい——と彼女自身は確信している——娘は最近、予言の恐怖に顔を曇らせていることが多かったが、今日はとても晴れやかだ。

「ママ」

「ご機嫌ね。何か良いことがあったの？」

「アヤがこれをくれたの。見て」

お気に入りの侍女の名と共に、娘は首飾りを引っ張り出して母に見せた。

見たこともない色合いの半貴石が、丁寧に磨かれて一列に並んでいる。

「まあ綺麗《きれい》ね。これどこで手に入れたのかしら」

「南の国の商人が、町に沢山来ているんですって。色々、初めて見るものがあるそうよ」

オスワルドが女王の胸に残した不快感が、再びじわりと広がった。

南の品物が次々と、アルベニスに浸潤している。

今を生きるのが精一杯のラーディアでは買い手が付かないであろう贅沢な品々が、豊かなアルベニスで流通するのは分かる話だ。が、そこには重大な危険が潜んでいる。

自ら作り出せないものに執着する生活は危険だ。

アルベニスはそれを良く知っている。草原のごく限られた地域にしか自生しない、香りに興奮作用を持つ花の存在でもって。

最初は安値でばら撒《ま》く。やがて手放せなくなった取引相手は、身を滅ぼすまで金を積んでくれる。簡単に富を吸い上げる、手軽で確実な方法だ。

南大陸の品々に、麻薬のような魅力があるとは思えないが、オスワルドの懸念はあながち杞憂《きゆう》ではないのかも知れない。

このままでは少しずつ、アルベニスらしさが薄れていく。

バルヴェルト港を手に入れ、南大陸との貿易に力を入れれば、否応なく文化の混濁は進む。アルベニスがアルベニスだけで存在していた時代は急速に終《しゅう》焉《えん》へと向かう。

馬に乗らず定住し、羊を追わずチーズは異国から買い、男達は弓を置いて狩りに出ず、女達は刺繍《ししゅう》をやめて南大陸風の色鮮やかに染めた服を着る。

そんな、望まぬ未来が訪れようとしている。

「アルベニスが滅びるって……こういうことなのかしら……」

「ねえママ。アヤと一緒に町に行っていい？　異国のお店を見てみたいわ」

「……そうね。行ってらっしゃい。気をつけてね」

「ありがとうママ！」

ヴィヴィアナの心に芽生えた小さな闇。

目に見えぬ棘《とげ》が刺さっているかのように、じくじくとした不快な痛みがいつまでもこびり付いている。

女王は自国の伝統に誇りを持っている。アルベニスが港を手に入れ貿易を開始し、異国の文化が少しくらい流入したとても、いずれそれらは飽きられ捨てられ、良いものの方が残ると信じている。

だがいくら己にそう言い聞かせても、遊牧民の国が文化的に消え去るかも知れないという不安は、晴れることはない。

第十三章　七星は覇王と共に

けたたましい電子音で、枢は飛び起きた。

ベッド脇の小さなテーブルに手を伸ばしてデジタル時計を止め、部屋を見渡す。

子供じみた柄のカーテンを透かして、朝日が差し込んでいた。

ベッドを降りる。机の上にはルーズリーフと教科書、筆記用具が散らばったまま。

壁を見る。高校の制服がハンガーに掛けて吊《つ》るしてある。ブレザー、スラックス、それに臙脂色《えんじいろ》のネクタイ。

足下には通学用のリュックが大口を開けていた。世界史の参考書とおやつのビスケット、ポケットティッシュとタオルハンカチが覗《のぞ》いている。

「……何、ここ」

イラスト入り元素記号表ポスターの貼られたドアを開ければ、賑《にぎ》やかな音が聞こえてくる。

音の方にゆっくり進む。音の発生源は、朝の情報番組を垂れ流すテレビだ。

「おはよ。どうしたの、具合でも悪い？」

台所で、ガスの火を止めてフライパンを手にしたまま振り向いた母が、不思議そうな顔をしている。

ゆるゆると頭を振り、否定した。具合は決して悪くない。

当たり前の朝が来ていた。

テレビは名前も知らないような芸能人が結婚したの離婚したのと馬鹿馬鹿しく騒ぎ、開け放った窓から少し湿気のある風が吹き込み、身支度もそこそこに母が台所で忙しく動き回っている。

「早く着替えなさい。コーヒーは自分で淹《い》れてね。パンは冷蔵庫の中だから」

「……ねえ、母さん」

「分かってるって。パン冷蔵庫に入れるなって言うんでしょ？　仕方ないじゃない今の時期はカビが生え易いんだから」

「母さん」

きびきびと弁当を二つ作っている女性が、母親だということは分かる。

ここが、慣れ親しんだ自宅だということも。

——だが、違う。

「母さん聞いて。僕、さっきまで父さんの所にいた。ねえ、ここじゃない別の世界、父さんのいる世界にいた」

「何それ。夢の話？　いいから着替えておいで。遅刻するよ」

「夢……」

夢なんかじゃない。

本当に、父さんの世界にいた。

ラーディアという国の、バルヴェルトという街に。

「聞いてよ。母さん。僕は——」

「かなめ」

甘やかに、名を呼んでくれる声。

ふとひとつ息をつき、大きく瞬きを繰り返す。懐かしい自宅の朝の風景は一瞬のうちに溶けて消え、代わりに、心配そうに顔を覗き込む愛おしい顔が視界を埋めた。

枢は仰向けに横たわり、ルースが覆い被さって髪を撫でてくれている。こっちが現実の続きだと理解するのに、わずかに時間が必要だった。

そっと手を伸ばしてルースの頬に触れる。温かい。

「はぁ……びっくりした……」

「どうしました？」

「元の世界に帰った夢を見てました……」

両腕をルースの首に絡め、抱きつく。ルースが確かにここに存在していると確認するように。

昨夜、『未来の概念』と名乗る謎の人物と接触し、帰ろうと言われたせいだ。いやな夢を見た。——元の世界に戻ることを悪夢と感じてしまう己に内心苦笑する。

言葉も通じない知らない世界で過ごす日々。こちらの世界にいる限り、元の世界での記憶を失っていくという。両方の世界に同時に存在することはできず、どちらかを選ばなくてはならない。

枢は今しがた見ていた夢を思い返した。何気ない日常、母親が忙しそうにしているいつもの朝。あのあと学校に行き、授業を受ける。特に楽しみもない毎日が繰り返される。

平和で安全で満ち足りていて、豊かで何でも手に入る。――ルース以外。

あの世界に帰りたくない。

ラーディアでルース達と共に生きたいと、枢ははっきりと己の決意を固めている。

王の息子であることを、たとえ、生涯隠し通さなくてはならないとしても。

「約束しました」

「え？」

「かなめが、目覚めた時に必ず傍にいると」

「……そうだったね」

約束通り傍にいてくれた最愛の騎士に、キスで応える。枢を組み敷くルースの体は大きく硬く力強く、そして熱かった。

深く、食むように唇を合わせ舌を絡める。重ねた掌に、どちらのものとも言えない熱がしっとり籠《こ》もって来るのが分かる。

「かなめ……」

長い接吻《くちづ》けから解放されたルースの唇が、切なげに、枢の名を綴《つづ》る。

ふと枢は気付いてしまった。自分がそういう精神状態でなかったからとは言え、昨夜、もしかしたらルースに我慢させてしまったのではないかと。

枢の騎士は言い付けを守り、傍にいてくれた。抱きしめてくれていたが、それ以上を求めずに。

気付いてしまえば、本当に彼が健気《けなげ》で愛おしくなってくる。

そして、欲しいと思ってしまう。

体の芯《しん》が甘ったるく疼《うず》き始めた。決して己の手の届かない箇所、ルースでなければ触れることのかなわない場所が、愛撫《あいぶ》を求めている。

浅ましい劣情が膨れ上がる。愛する者とひとつに融け合う感覚を既に覚えた枢の体が、素直にルースを欲しがっている。単純に快楽を求める衝動も、もっと深く心を交わしたいという思いも強い。

「ルース、あのね」

「はい」

「ルースがここにいるから、帰りたくない。……っていうのは、理由として、駄目なのかな」

枢に覆い被さる騎士がふと小さく笑う気配がする。耳朶《じだ》に直接触れるように、甘く囁《ささや》かれたその返事は、ラーディアの言葉だった。

それが惜しみなく深い愛情を捧《ささ》げる言葉だということは知っている。

「私は永遠にかなめの傍にいます」

たとえ再び『未来の概念』が枢を連れ戻しに来ようとも、必ず護り抜いてみせる。

その覚悟を、ルースは、身をもって示した。

枢にも分かりやすい形で、二人が離れられないことを証明してみせる。

ルースの舌と唇は、容赦がなかった。いかに我慢してくれていたのかが素直に伝わってきて、翻弄《ほんろう》されながらも枢はそれが嬉《うれ》しくて仕方がない。

普段は感情を表情に出すことすら抑制している騎士が、欲望のままがつがつと己を貪《むさぼ》る。枢の理性は徐々に蕩《とろ》け、いつしか素直に体を開いていた。

既に窓の外に高く陽が昇っているらしく、厚いカーテンを閉ざしていても部屋は薄明るい。彼の眼に肌をさらしている、見られているという羞恥心《しゅうちしん》が、逆に熱を煽《あお》る形になった。

愛されたい。もっと知って欲しい。

もっと、深く。

やがてルースが枢に受け入れる体勢を取らせる。枢の腰を抱え上げ、脚を大きく開かせて。

枢の表情がわずかに緊張する。

いくら丁寧に慣らされようと、彼を体内に受け入れる行為は、まだうぶな枢の体にそれなりの苦痛と違和感を与える。無意識のうち、これから訪れる痛みに耐えるよう体が強張った。

苦しいのは一瞬。愛し合っているという喜びに塗り潰《つぶ》され、すぐに掻《か》き消《け》される程度のもの。枢はきちんとそれを理解していた。

「あ……」

ゆっくりとルースが枢を穿《うが》つ。

圧《お》し広げられ、じりじりとせり上がってくる感触。体内に、熱い楔《くさび》が打ち込まれるのが分かる。

内臓が押し上げられるような感覚に、枢は息を詰めた。

「かなめ」

愛しています。囁いてくれるルースに頷《うなず》きで返事を返し、ただ汗ばむ腕を彼の背に回ししがみつく。

全身の神経はただ、二人が結ばれている部分にのみ集中していた。

ルースが分かる。ルースを感じる。枢の体内に息衝く、ごくわずかな動きまで全て。

優しい律動に合わせ、ぞくぞくと背筋を駆け上る感覚は、決して不快なものではない。感じるのはただ、彼に抱かれているという愉悦のみ。

「はっ……あ！　ぁんっ……！」

緩やかな動きで徐々に体を暴かれていき、耐えるように歯を食い縛っていた枢の顎《あご》の力が、ある一点で急に抜けた。押し殺した吐息ではなく、はっきりと、甘く濡《ぬ》れた声が漏れる。

ひときわ感じやすい場所を突かれ、脳天まで突き抜けるような刺激に大きく体が跳ねる。

「ふぁ、あ……あっあっ」

執拗《しつよう》に繰り返される緩やかな抽送に、次第に枢の頭の芯に霞《かすみ》がかかって来た。

精神的な充足感だけではなく、もっと直接的な熱が枢の内に芽生え、次第に大きく強く枢を支配し始める。

体の奥に刻み付けられるルースの律動が気持ち良い。枢の頭の中をそれだけが満たす。

やがて、ぶるりと大きな震えが走った。射精時の開放感とも違う何か、もっと深い場所からせり上がり意識の全てを包み込むような、初めて知る感覚だった。

まださほど性への関心が強くなく、また同性に惹《ひ》かれる方でもなかった枢には、自身に何が起きているのか分からなかった。

ただルースが枢の体の奥深くへ精を放つまで、幾度となくその深い絶頂を味わった。

＊＊＊

枢が幸せな一時を過ごしている頃、塔のサイはいつも通りの朝を迎えていた。

まず日の出の正確な位置を測って記録し、産みたての卵を回収して回る。普段は枢に一任している三階にも足を運んだ。

共同生活を始めてから今まで、この部屋に枢のいない朝を迎えたことはなかったかも知れない。冷え切ったベッドの上は元々の主達で賑《にぎ》わっている。すっかり寒くなって引っ張り出した毛織りの布団は、格好の産卵場所となっていた。

卵を集め、だらしなく服を引きずりながら階段を下りる。塔の最下層は閑散として、冷たい空気が降りていた。

落とし格子に向かって朝の挨拶《あいさつ》をすれば、見張りがちらりと中を覗《のぞ》き込み軽く目礼する。

井戸で水を汲《く》んで顔を洗い、竈《かまど》に火を起こして卵を蒸す段取りを整えながら、ふと、壁一面に刻まれた星図に目を遣る。

この塔は、元々あった井戸の周囲にぐるりと石を積むようにして建てられている。

異教徒・芹沢大樹を閉じ込める為にわざわざ建てたのか、それとも昔からあった通信もしくは観測のための塔に鉄格子を填《は》めたものなのか、サイは己の城について詳しいことを知らない。

「七星か……」

視線はおのずと、ひときわ目を引く大きな七つの星に導かれる。

ラーディアの王権の象徴であり、ゼイオンの信仰の根幹であり、二つの世界を結ぶ『門』だとも言われる星々。そのうちの一つは実際に『墜ちたる星』枢と同じ文字の名前を持っている。

枢の母親が、その全ての象徴である星にちなんで枢を名付けたのか、それとも現時点の幼王が心から敬愛している『予言の君』枢の名を己の息子に与えたのか。

もしくは枢が枢であったから、時を越えて遺跡にその文字が刻まれたのか。

「……分かんないなぁ……」

まだ結論を探すには早すぎるのだろう。

予言は世界を大きく動かした。戦局は完全に覆り、大国アルベニスを破ることも夢ではなくなっている。

ただサイには、どうしても納得できないことがあった。

もう一人の日本人、即ち父親の存在だ。

何気ない風を装って鉄格子に近付いてみる。中から巻き取り機の様子は見えないが、どうやら異状はないらしい。

昨夜、ラーディアが目の敵にしていた——そして国家の危機に掌を返して味方につけようとした危険な異教徒、芹沢大樹により暴かれた痕跡《こんせき》は残っておらず、完璧《かんぺき》に元通りということか。

サイの胸中は複雑だった。

異教徒を毛嫌いする世論を作り出したのは、そもそも大樹自身だ。あちこちに言葉や文化が残っていることでも分かる通り、大樹以前の日本人は、それほど迫害されている訳ではなかった。

あまりにも文明が発達しすぎているため時の権力者からは疎んじられたかも知れないが、持っている知識は役立ったはず。ラーディアにのみ墜ちて来る異世界の人間は、それなりに有用だったはずだ。

大樹が、殺すことさえ躊躇《ためら》うほど恐ろしい異教徒を演じたのは、殺されないため。自分自身と妻子の身に危害が及ばないよう、敢えてラーディア上層部から徹底的に憎まれた。

そうすることで一切の手出しをされることなく、監禁状態のまま放置という扱いを受けた。

傷付けられるより、よほどましな扱いだ。

それが分かっているからこそ、サイは悩む。

昨夜を——息子を救出できるチャンスを、大樹は五年間、待ち続けていた。彼がラーディアに加担した理由はひとつ。サイを連れ出すことを、諦《あきら》めていなかったからだ。

「駄目駄目！　あんな親父より優先しなきゃいけないことがあるんだよ！」

サイは思わず声に出して自分を叱り付けた。

今更ラーディアを捨てて大樹と逃げたいという思いは欠片もない。枢に、そしてこの国に必要とされている。求められる感覚を、サイは生まれて初めて知った。

大樹は大切に育ててくれたが、所詮《しょせん》は扶養家族。ただの荷物でしかなく、彼の役に立っていたという覚えはない。

少なくともサイは、今の自分が好きだった。二つの世界の橋渡しができることを、誇らしいと思っている。

唐突に日本語で叫んだことを不審に感じた見張りが鉄格子を覗き込んでいる。

蒸し上がった卵をざるに取りながら、サイはその訝《いぶか》しげな視線に笑顔で応えた。

そうして、ふうと小さく嘆息する。

これから先、ラーディアにとって最良の行動を取らなくてはならない。

大樹と共に逃亡する道を選ばず、ここに残った以上。今後もあどけない王に仕え、枢の良き理解者で在り続けるのは当然のこととして、もうひとつ果たすべき任務がある。

——いかに父を利用するかだ。

＊＊＊

「サイ！　ちょっと聞いて！」

太陽がすっかり昇り切った頃、ルースと共に塔へ戻ってきた枢はサイの部屋に飛び込むなり、興奮のあまり掴《つか》みかからんばかりの勢いで切り出した。

抱きつかれるのかと思わず身構えると、枢もすんでのところでサイが接触を嫌うということを思い出したらしく、ぐっと思い留まって伸ばしかけた両手を握る。

安堵《あんど》の息をつき、サイは適当に束ねてまとめただけの縺《もつ》れた赤毛に手を突っ込み、わしわし掻《か》きむしった。

「……君達の昨夜のお楽しみなんか、聞きたくもないんだけどな」

「違うよ！　そうじゃない！　僕だってそんな話したくないよ！　そうじゃなくてね！」

「分かったから。落ち着いて」

サイと枢、そしてルース。さっきまで一人で寂しいと感じていた部屋に彼らが揃《そろ》い、この方が当たり前に感じることに奇妙なくすぐったさを覚えつつ、サイは枢の話を聞く。

ランタンを空に浮かべる弔いの儀式は、サイも街で見た。が、異世界人には気付かなかった。ビジネススーツがどういうものかは分からないが、枢が最初に着ていた制服と似たデザインだと言うから港町で見かければ結構な違和感があるはずだ。

枢は通常、塔に幽閉されている。たまに外出するのは王城へ召される時だ。人目に付かず接触できる機会はなかなかない。人々の目が空に向いている瞬間を狙ったのも分かる。

「何だろう。未来の概念って」

「分かんない」

未来というものは言葉の印象に反し既に決まっているもので、何らかの不具合が生じた場合は無理矢理にでも正しい道に戻されるものらしい。

アルベニスの侵攻を受け滅亡寸前のラーディアは恐らく『未来』にとって好ましくないのだろう。

二つの世界の混血である枢を、わざわざ過去に送るという、実に強引な方法で未来を変えなくてはならないほどに。

「——ミナキ」

「うん？」

黙って枢の話を聞いていたルースがぽつりと零す。

サイは眉根《まゆね》を寄せた。

「まあ日本人のラ行がラーディアのナ行に聞こえるのは仕方がないとして、あんたもうそういうレベルの言語力じゃないだろ？」

「タケルの名付け親を、彼はそう覚えていた。音を間違えているのか」

「ふぁ」

奇声をひとつ漏らし、ぴくんと枢の背が跳ねる。

幾つかの事象が、頭の中でひとつに繋《つな》がったらしい。

おおよそサイが考えているものと同じ結論に至ったのだろう。

『未来』がタケルをタケルたらしめた——北部の生き残りとしてサイに接触し、騎士としてルースに仕え、そして恐らくまだ枢は知らないだろうがラーディア人が持っていない弓の腕で窮地を救うべく、導かれた。

もし枢に接触した『未来』とタケルに異世界の名を与えた『ミナキ』が同一人物であるならば、概念という存在による干渉は昨日今日に始まった話ではなくなる。

恐らく砂漠の遺跡に予言を刻んだ段階で、未来は過去を操っているのだ。

「未来が過去を変えることに、どんな事情があるのか知らないけど。何にも説明せずにいきなり違う世界に連れて来ておいて、用が済んだらさっさと帰ろうってずいぶん勝手だよな」

「用が済んだから帰る……のかどうかも正直分からない。だって母さんは、多分、僕を育てるために父さんと別れて日本に戻ってるんだから」

「そうだなあ……」

「理由は分からないけど、僕は、日本で育つ必要があったんだと思うんだ。……もし僕がラーディアで育っていれば、もっと正確な予言ができるのに。けど、多分、それじゃ駄目なんだと思う」

世界を跨《また》ぐ理由。

大樹のそれは何となく想像ができる。彼は技術屋だ。戦争に勝つための小手先の技がラーディアに必要だったのだろう。

枢の母・真理花《まりか》に至っては、更に単純だ。彼女は覇王エルレシオンを愛し、また愛されるべき運命の女性であった。

枢に課せられたものは、大樹の言うように知識と免疫力だけなのか。

それとも別の使命があるのか。

彼らの前に姿を現した『未来』だが、その実態はまだ漠然としている。

＊＊＊

枢を異教徒の塔へ送り届けた後、ルーファスは騎士団の庁舎に向かった。

騎士団長代行としての仕事が山積しているのは勿《もち》論《ろん》、城に戻って父親や弟と顔を合わせたくないのが主な理由だった。

弟マクシミリアンは港町を女王へ売り渡すつもりでいた。単純な叛逆《はんぎやく》行為ではなく、それが国のためである、ラーディアを存続させる唯一の手段であると本気で信じているから質《たち》が悪い。

誤った行動を取る味方は、時として敵よりも厄介な存在だ。ルーファスは頭が痛かった。

周囲の視線を徹底的に無視しているルーファスだが、この件は慎重にならざるを得なかった。

証拠もないまま弟を裏切り者として糾弾すれば、弟の側に立つ者らは嫡子を陥れるための陰謀だと反撃するだろう。

ルーファス本人には、マクシミリアンを蹴落《けお》としたい意志は全くない。むしろ逆に、弟に父の跡目を譲り自分は自由になりたいと考えている。

言葉でも行動でもそれを示しているのに、貴族の一部はルーファスを野心的な庶子だと思い込んで勝手に兄弟の確執をでっち上げ、盛り上げる。

特に最近、マクシミリアンが負傷し休んでいる間にルーファスは将軍の名代として働いた。『墜ちたる星』の予言を確実なものにするため父の肩書きを利用したのは確かだが、全てラーディアのため。嘘偽りなく国家に忠実な行動だった。

だが弟派はマクシミリアンの負傷につけ込み将軍の座を窺う狡猾《こうかつ》さだと受け止めたようだ。

嫡子マクシミリアンを次の将軍へと考えている連中は常に、長子ルーファスの評判を下げるきっかけを探している。

不確定な陰謀論で逆に追い込まれることのないよう、注意しなければならない。

——敵はラーディアの内にもいる。誰にも警戒されることなく棲《す》み着き、王国を蝕《むしば》んでいる。

「我が君！」

考えることに集中するあまり、そこにいる人物に気付かなかった。

大柄な南大陸人が、わざとらしいほどの笑みを浮かべている。

「ジェイド」

「よもや私のことをお忘れではないかと。心配しておりました」

忘れてしまえるものなら、その方が良いのだが。

ルーファスは疲れた笑みを薄く浮かべる。

いまだ魂胆の見えない南の軍人は、仰々しく敬礼をした。

「少々、お時間を頂けますかな？」

「何だ？」

「陛下のことを。――と申しましてもラーディアの若く美しき国王陛下ではありません。我らがリダルの統治者、神に大陸を任じられし者、そしてあなたの義理の従妹でもあらせられるお方です」

仰々しい慣用句を全て取り除き、重要な言葉だけを抜粋して咀嚼《そしゃく》する。彼らの国の動きを伝えたいという意味のようだ。

他人に等しいルーファスを王族と認め護衛の兵士まで付けたその魂胆が、いよいよ分かるかも知れない。ジェイドと名乗る南大陸人を徹底的に無視していたルーファスだが、話を聞かざるを得ない。

「……分かった」

身内さえ疑わしい状態で異国人を信頼する気には到底なれなかったが、それでも辺りに目を配り耳を澄まし、情報を仕入れる重要性は理解している。

「まずはお喜びを申し上げます。我が君。此度《こたび》の勝利、見事でした」

自室に移動するまで黙っている分別は、ジェイドにはあった。ルーファスが椅子に深く腰をかけてから、定型文で切り出す。

胸に手を当て、形だけは敬意を示しているような素振りで。

「あなたが在ってこその勝利でした」

「私ではない」

「存じております。が、予言は所詮《しょせん》、言葉です。それを実現させるため動く者が必要です」

確かに最初はわずか数行の、どこの国のものでもない言語で記された言葉でしかなかった。

十一歳にして戴冠《たいかん》した幼王エルレシオン陛下と、墜ちたる星、枢。二つの大きな歯車が噛《か》み合い、動き始めるまでは。

「だいぶ多くの兵を貸してくれたようだが、見ての通り今のラーディアは働きに対し充分な報償を授けることができない」

「その件に付きましては、全てが片付いてから。我らが陛下はバルヴェルトの存続をお望みです」

翡翠《ひすい》色の眸《ひとみ》がわずかに妖《あや》しい光を宿す。

さながら獲物を見付けた獣のように。

「これをご存じですか？」

ジェイドは懐に指を入れ、親指ほどの小さなガラス瓶を摘み出した。

騎士団の庁舎は戦時にもかかわらず掃除が行き届いており、完璧《かんぺき》に磨かれたガラス窓から差し込む日差しで瓶の内容物が良く分かる。

ごく淡い紫色をした粉末が少々。瓶は封蝋《ふうろう》で完全に密閉されていた。

「……例の麻薬か」

「の、廉価品です。花芯を摘んだ残りの花弁を乾燥させて砕いた安価な粗悪品。ただ香りは残っていますから若干の興奮作用はあります。一度これに手を出してしまえば次第に上質なものが欲しくなるという次第でして」

ラーディア北部の街がひとつ、記憶の欠片さえ残さず消え失せたことを思い出し、喉《のど》の奥に苦い味が広がる。

瓶をルーファスの執務机に置くと、ぴしりと姿勢を正して立ち、ジェイドは両手を後ろに組む。その表情はルーファスの痛みを労るように神妙だった。

「ラーディアの先の王は賢明でした。薬を街ごと消し去ったという、強引な解決手段を耳にした時、人を人とも思わない野蛮な措置と呆《あき》れたものです。が……薬の蔓延《まんえん》を完璧に封じ込めるという意味では、唯一効果的な手段でした。同じ決断ができなかったがために、南には多くの被害が出ています」

「良策だったのかどうかは分からない。確かに国内での流通を食い止めたが、バルヴェルトを介して他国へ流出していることは看過できない」

「そうですね。何しろアルベニス人ときたら人を騙《だま》すことに長《た》けている」

遊牧民に対し狡猾な印象を抱くのは、近隣の国ばかりではないらしい。

ただ裏を返せば、女王はそれだけ賢いということだ。敵対する側にとって卑怯《ひきょう》と思えるほど。

「南が乗り出してきた本当の理由は、これか」

「理由の一つではあります」

「全てではない、と」

「大きな理由は二つ。勿論、あなたの存在が大切だからです。そうしてもう一つが、この素晴らしい港を女王に渡してしまわないように。この辺りは何度もご説明申し上げていると思いますが」

心に響かない言葉は、記憶にも残らないものだ。確かにジェイドの口から幾度も、南大陸の考えを聞いている。だがどうしても信用できない。

たったそれだけの理由で戦争に荷担するだろうかと穿《うが》ってしまう。

ジェイドが脇の長椅子を差し示すので軽く手を振って座ることを許可した。

ルーファスは執務机に両肘《りょうひじ》をつき、指を組む。

果たして本当に、南大陸が資金と兵力を注ぐほどのものが、バルヴェルトにあるだろうか。

北大陸唯一の貿易港、バルヴェルト。女王にとっても南大陸の国々にとっても、この地は確かに意味がある。

巨大帆船を着けられる港湾設備が整っていることと、豊かな漁場であること。ここまで追い詰められながらラーディアが存続していられるのは、ひとえにこの幸運があったからだ。

枢が現れ、予言が現実となっていく今、ラーディアに起きている全ての奇跡をただの幸運と片付けてしまうのは無理がある。『未来』は、アルベニスではなくラーディアを導いている。

「ラーディア存続と引き替えに、港を女王に献上すべきだと考えている者もいるようだが」

「それは身の毛もよだつ愚策ですな。アルベニスの女王は蛇のように狡猾で執念深い。裏切り者を信用するとは到底思えません」

ルーファスは軽く顎《あご》を引き、同意の意思を示した。

女王国を信頼し手を組むのは危険である、という点では、南の兵士と同意見だった。

それで戦いを避けたつもりでも、港の主導権が女王の手に渡れば全てを海に委ねているラーディアは緩やかに衰退していく。

南大陸の国々は貿易の玄関口としてラーディアを選んだ。

恐らくルーファスは体の良い口実だ。大事な商売相手をと言うより、遠く王族に連なる者が仕えている城を護る、とした方がまだ格好が付く。

バルヴェルトに加勢し女王を牽制《けんせい》する理由を探した結果、国王の義理の従兄ルーファスを探し当てたのだろう。

「我が君。このことはまだ内密にしておいて頂きたいのですが」

「何だ」

「我らが国王陛下もまた、女王に宣戦を布告致しました」

「……我が王国に荷担することによってか」

「いいえ。別の戦場において」

やんわりと微笑むジェイドの心が見透かせず、ルーファスは眉根《まゆね》を寄せた。

「じき冬になります。女王は戦に時間をかけすぎたことを、すぐに後悔することになるでしょう」

「確かに、働き手が戦に出たままでは充分な冬支度ができないだろうな」

「今の時代、金は武器より強いのですよ、我が君。女王の国を崩す手段は、弓騎兵を倒すことのみではありません。我々の標的は、戦わぬ者ら。アルベニスという国の生活と文化を保っている者らです」

ルーファスの喉が小さく上下した。

金によって、アルベニスの生活と文化を崩す――

「フェムアトは恐ろしい国だな」

「綺麗事《きれいごと》で戦に勝てないのは当然のこと。現実的と申し上げた方が良いでしょう。あなたさまの半分を司る血です」

現実的な手段が予言を信じることとは、何とも矛盾した話だ。

遠い昔に遺跡に刻まれた文言ほど、現実とかけ離れたものもないというのに。

＊＊＊

しっかりと自己主張の強いノックが、沈黙の訪れていたルーファスの執務室に響く。

ルーファスの護衛は弁えた様子で立ち上がり、応じるべく重厚な扉へ向かった。

「――なんだ。おっさん居たのかよ」

「おや。相変わらず口の利き方が個性的ですね君は」

「タケル」

聞き馴染《なじ》んだ声に気付き、普段から気の合わない二人が言い合いを始める前にルーファスは急いで声をかけた。

ジェイドは退がり、タケルが入室の許可を求めるように敬礼をする。

ルーファスは良い潮と執務椅子を立った。

精悍《せいかん》な貌をした短髪の騎士は、誠実な表情にわずかな笑みを浮かべてルーファスを待っている。

思えばタケルの態度は一貫して変わらない。敵の伏兵と疑っていた時も、今も。己の心によって印象はこうも変わるものかと、改めて不思議に思う。

タケルはルーファスの知らないことを多く知っていたし、自身について全てを明かしている訳でもなかった。そのことが、変わらず誠実であったはずの彼の言動に不要な疑惑を生んでいた。

敵国との混血であるため、と分かってしまえばタケルの秘密はもっともなことだった。

無知は人の目を曇らせる。だがこの戦に関わる全ての国、全ての者を、知ることなど到底できない。

ならば己が無知であることだけは忘れずにいようと、ルーファスは謙虚にそう考えている。

先入観を捨て本質を見ること。少なくとも予言に活路を見出し異教徒に力を借りたルーファスは、バルヴェルトの貴族の誰よりそれができていると自負している。

アルベニスやゼイオンだけではなく、砂漠の王や南大陸の諸王国に対しても、それは同じ。

「どうした」

「将軍が、塔の二人を連れて城へ来るよう——陛下が仰《おつしや》っている、と」

タケルはちらりとジェイドを見、面倒臭そうな表情を浮かべてから、ルーファスに彼の父の言葉を告げた。

ルーファスは軽く幾度も頷《うなず》く。枢に会いたがる陛下に、どうやら将軍は手を焼いているようだ。

二人が年齢の逆転した親子であることは、塔の異教徒達とルーファスだけの秘密だ。エルレシオン本人は理由を知らぬまま、唯一の肉親に懐いている。

戦争という恐怖が身近に存在しない国で育った枢のふわふわとした優しい面立ちに癒されるのは確かだが、それ以外の絆《きずな》を無意識のうちに、王は求めているようだ。

「彼らは——ああいや、私が直接、陛下にお伝えしよう」

「その方が良いでしょうね」

口角を軽く上げる皮肉な笑いは、タケルを遣いに出したダグラス将軍に向けてのものだろう。

これまでバルヴェルトには、ダグラス将軍に命令を下せる者がいなかった。将軍以下バルヴェルトの貴族は、まだ幼い陛下を制御できると考えていたようだが、後の覇王は既にその片鱗《へんりん》を覗《のぞ》かせている。

王のわがままに振り回されストレスの溜《た》まった父に、八つ当たりされていなければ良いが。冷笑を浮かべるタケルにふとそんな同情心さえ湧いてくる。

「陛下はあなたを信頼しています。サー・ルーファス。恐らくあなたの言葉でなければ聞かない」

「最強の後ろ盾を得ましたな」

「下衆《げす》なこと考えるなよおっさん」

ジェイドの言葉にも、間髪入れないタケルの返しにも、ルーファスはただ苦笑だけを滲《にじ》ませる。

陛下の信頼は有り難かったが、それを駆け引きのカードにしたくはなかった。

ルーファスにとって国王エルレシオンは、主君の父親なのだ。今はまだ幼くとも。

「少し離れる。その間に、頼みがある。ジェイド」

「何なりと」

「南の王の武器を調べておいてくれ」

「――と、申されますと?」

普段はひとつに束ねているだけの髪を解いて緩く編み直し、ラーディアの貴族としての体裁をそれなりに整えながら、ルースはきびきびとした声音で用件だけを告げる。

「私の元へは、港の詳細な仕事内容までは回って来ない。女王国と南大陸がどのような取引をしているのか教えて欲しい」

「それが我々の武器、ですか。なるほど」

ジェイドは太い眉《まゆ》を吊《つ》り上《あ》げた。

＊＊＊

「かなめはどこだ?」

勉強室と名付けられた王城の一室にルーファスが通されると、待ち構えていたエルレシオン王は分厚い本を広げた机から飛び出して来て必要な挨拶《あいさつ》を全て飛ばし、まずそう訊《き》いた。

ルーファスが枢を連れて来るとばかり思っていたらしい。騎士が一人で会いに来たことに、ひどく落胆している様子だ。

だがそこで感情的にならないのは、幼くとも王の威厳を感じさせた。伝え聞いている様子から随分わがままを言ったのだろうと推測していたが、取り乱すのではなく利発な表情をして、『墜ちたる星』がここに居ないことへの納得のいく説明を求めている。

「登城の準備ができておりません」

「準備など必要ない。王としてではなく友人として会いたいと言っているのだ、支度をさせずとも良いではないか」

「――陛下」

勉強室に敷き詰められた贅沢《ぜいたく》な絨毯《じゅうたん》に片膝《かたひざ》をつき、ルーファスは王を見上げた。

愛らしさと怜悧《れいり》さと、決めたことを譲らない意志の強さが融和する明るい瞳《ひとみ》が騎士を射すくめる。強い眼だ。

十二年後、彼は比類なき覇王として北大陸に君臨している。戦争を終わらせ、滅亡に瀕したラーディアを繁栄に導いている。そんな予言を確信させる力を宿している。

枢の面影がある、最愛の主君の父親である、という事実を抜きにしても敬愛すべき王だった。

「陛下のご友人であれ、彼の者は異教徒。我が国では危険な存在とされています」

「かなめは危険な存在なのか?」

「いいえ。ラーディアにとって誰より強い味方です。だからこそ、彼らを護らなくてはなりません」

利発な王の瞳が輝く。

危険な存在、の意味を正確に把握したようだ。

異教徒が王国に災いをもたらすことはない。むしろ考慮すべきは、異教徒は危険な存在だと信じて疑わない一部のラーディア人による、不測の事態だ。

わがままを言って枢を王城に連れて来させれば、異教徒を嫌う者らの目にさらされる機会がそれだけ増える。

敢えて『墜ちたる星』は栄光の象徴として民衆の前に出ることを選んでくれた。ラーディアは一枚岩ではなく、いまだ根強く思想の汚染を忌み嫌う声があることを承知の上で、自らの存在でラーディアが奮い立つのであればと。

ただでさえ、露出の機会が増えている。それだけ、ラーディア内部の反対勢力に狙われる危険性も高くなる。

枢が城へ来る準備。己に会うための身支度ではなく、そういった危険を考慮し身辺を固めなくてはならないという意味だ。

王は全てを悟った様子で表情を引き締める。

「かなめは私が護る」

そして王は、真っ直ぐにそう断言した。

その強い表情にじんわりと胸が熱くなり、ルーファスは表情が緩まないよう奥歯を強く噛《か》んだ。

息子を護ると。エルレシオン王は今、そう宣言したのだ。ルーファスにとっても最も大切なものを。

「陛下」

「何だ?」

「明日必ずお連れ致します。私を信じて下さい」

「お前のことは信頼している。ダグラス」

ルーファスは心からの忠誠の意を込めて、深く頭を垂れた。

だがいつまで待っても、王は礼をやめさせるお決まりの言葉を言わない。

「――ダグラス」

「はい陛下」

いつになくはっきりしない態度と小さな声で、王は目の前の騎士を呼ぶ。

まだ頭を上げて良いと言われていないが、騎士は顔を王へ向けた。

「頼みがある」

「何なりと」

「乗馬を教えて欲しい。剣もだ」

ルーファスは目を見張った。まだ若い王の、存外に強い意志を漲《みなぎ》らせた双眸《そうぼう》に。決意に固く引き結んだ口元に。

「私は今まで、ただ護られてきた。父上や母上、ガヴァラス猊下《げいか》、それにお前達バルヴェルトの民に。私は強くなりたいのだ。ダグラス。かなめを、私の国を、この手で護れるようになりたい」

「陛下……」

予言とは決められた未来。

その未来へ向けて迷うことなく時は流れている。

後の覇王は誰に指示されるでもなく、自ら選んで覇の道を進もうとしている。

枢の記憶している未来において、覇王エルレシオンは兵を率いて戦場を駆け、女王の弓騎兵をものともせず勝利をおさめ、北大陸の戦争を終わらせる。

栄光の未来は、現在のラーディアの窮境を思えば到底、実現不可能な夢物語に思えてしまう。

だが、ルーファスは信じていた。予言は必ず真実となる。

今はまだ予言に護られている幼王も、やがて自らの意志で国を導き、己の運命を切り拓く。枢が教え導かずとも、予言の通りに。

「では、御指南致しましょう。——ですが覚悟して下さい。甘くはありませんよ」

「お前こそ、私がまだ子供だから王だからと手加減することは許さない」

「はい。全力で、お相手致します」

王はにっと強気に笑った。枢の面影のある穏やかな表情に、鋼のごとき強い意志を滲ませて。

＊＊＊

「おやおや……」

頬に疵《きず》のある傭兵《ようへい》隊長は、仲間が教えてくれた港町の酒場に足を踏み入れ、思わず声に出して呟《つぶや》いた。

最初に聞いた時は信じていなかったが、どうやら間違いないようだ。

異教徒ヒロが酔《よ》い潰《つぶ》れている。

昼間でも薄暗く、空気は淀《よど》み、そこそこ賑《にぎ》わってはいるが品の悪い客も多い、およそ清潔とは言えない店だった。

此度の勝利の立役者と言って過言ではない『砂漠

の王』が独り飲んだくれているのが似合う店構えではない。

どうしてこの店で、彼は潰れているのか。頬杖《ほおづえ》をついてうとうとしているヒロの真正面に、スカーは大きな音を立てて椅子を引きつつ座った。

どんよりとした酔眼がゆっくりと、スカーの鼻の頭で焦点を結ぶ。

「……ああ。あんたか」

「どうしました」

「別に。どうもしちゃいねえよ？」

口角を上げるその表情は、スカーの良く知っているヒロだった。重そうな瞼《まぶた》に酩酊《めいてい》感を残している以外は。

飄々《ひょうひょう》とした口ぶりで嘯《うそぶ》いてはいるが、何かあったとしか思えない。

下手に詮索《せんさく》をせず、語り出すのを待つ方が得策だろう。とことん付き合う覚悟で黙って正面に座っていると、ヒロは酒臭い息をひとつ吐き、ゆうるりと頭を巡らせた。

「なあ。良い子だなあ、王様は」

「ですなあ。真っ直ぐで、聡明《そうめい》でいらっしゃる」

神聖国との国境の山を下ったあの時のことを、スカーは忘れられない。

傭兵部隊の任務は、王を安全に城へ連れ帰ることだった。だが王は迷うことなく、囮《おとり》の部隊を救いに行くと言ってくれた。

そのお陰でスカーの息子リュートや、囮の騎士達の命がある。

国王すり替え作戦は機密扱いとなっており、たとえ相手がヒロであれ迂闊《うかつ》にその経験を語ることはできない。だが実は、おおいに自慢したいのだった。

幼い王を自身の鞍《くら》の前に座らせ、この腕に抱えるようにして、山道を駆けた。あの時エルレシオン王の賢さと強さを、スカーは肌で感じた。

「おつらいでしょうになあ。頑張っておられる」

「経験が人を育てる。俺が十二の頃なんて何のつらい経験もしてないからな、ゲームと漫画のことしか考えてなかったよ」

空のジョッキが幾つもテーブルに転がっている。つまみの皿は食べ尽くし、干物の魚の尾びれしか残っていない。

ずいぶん長いこと、ヒロはここで時間を費やしたようだ。

新たな客にようやく気付いた、薹《とう》の立ったメイドが愛想良く近付いてくる。ヒロは指を二本立てて酒を追加した。

「王様の傍に息子がいた。王様に会うでかい部屋にだぞ。国の偉いさんと一緒に並んでだぞ。汚物みたいに隔離されてた息子が、王様の部屋にいた。……五年ぶりだ。大きくなってやがったよ。相変わらず生意気で、顔も全く俺に似てねえけどな」

「墜ちたる星の発見された時から、息子さんはラーディアにとって重要な存在になりました。それこそ王の間に招かれるほど」

「ああ。不思議な話だよな」

運ばれてきたジョッキが二つ。それぞれ手に取って軽くぶつける。スカーはあまり口を付けなかったがヒロは豪快にあおり、半分ほど一息に飲んでふうと息をつく。

その表情には深い優しさがあった。息子の成長を喜び、そして戸惑っている。

「俺の息子は、王様と一緒に生きる方を選んだ」

「……なるほど。それで自棄《やけ》酒ですかな」

「息子ももう大人だ。自分の生きる道を自分で選びたいって言うのなら、黙って背を押すのが親ってもんだろ」

そう頭で理解していても、心が、息子を手放すことを拒否している。

ヒロが深酒に逃げている理由をようやく理解し、スカーは深く首肯した。

勿論《もちろん》、気付いていていた。砂漠に自らの王国を築き君臨していたヒロが、スカーの要請を呑《の》んでラーディアに協力してくれた理由は、息子グザファンの元へ帰るためだと。

追放された異教徒が再びラーディアの地を踏むには、仲間に加わる振りをする以外にない。

そう簡単にラーディアの味方になってくれるとは思えず、ヒロに何らかの企みがあるだろうと分かっていたが、スカーは敢えて詮索しなかった。そもそも彼らへの仕打ちを思い出せば、今更ラーディアに忠誠を誓えと言う方がおこがましい。

比較的、平等な取引だと思っていた。今、彼の息子は『墜ちたる星』の通訳として、国家に大切にされている。彼の身の安全、地位の確保、そして忌むべき異教徒の汚名を雪ぎ名誉を回復することと引き替えに、流刑地を王国として栄えさせるほどの知識を貸してくれるならと。

だがこの様子では、どうやらヒロはもう少し危険なことを考えていたらしい。

静かな間が、汚れたテーブルを囲む二人に訪れる。周囲の喧騒《けんそう》をものともせず、そこだけは静謐《せいひつ》な繭に包まれているかのように。

やがてヒロが、ほろ苦く笑う。

「あの子は俺の未来だ。あんたに分かって貰《もら》えるとは思わないけど」

「分かりますとも。わしも村ごと失いながら、息子だけは護り通した。父親とはそういうもんでしょう」

「いいや違う。そういうレベルの話じゃねえ。あの子はな、俺と女房の子なんだ。つまり俺と女房は、遺伝子的に等しい。違う世界ではあるが、住んでる人間は同じだ。二つの世界は別々のもんじゃなく、少なくとも生物的な意味では繋《つな》がっている。地球上にある遠く離れた二つの島みたいなもんで、かけ離れてはいるが完璧《かんぺき》に断絶されてはいない。どこかで繋がっている」

返事に窮するスカーを見遣り、話が通じていないことに気付いたヒロは力なく肩で笑った。

「まあ要するに、さあは二つの世界を結ぶ存在ってこった。大事な一人息子。俺が作った最高のものだ」

「ヒロさん、本当に息子さんを溺愛《できあい》しているんですなぁ」

「息子を愛さない父親がどこにいるってんだ」

この調子では、もし『塔の悪魔』に恋人でもできたら鬼の形相で割って入りそうだ。

ふとそんな場違いな想像をしてしまい、スカーは小さく笑いを零す。そして悲しいため息をひとつ吐いた。

これほど愛情深い父親を子供から引き離すなど、ラーディアは何と罪深いことをしてしまったのか。

「あーあ。参ったな」

「何がです？」

「王様は本当に良い子だ。それに騎士さん達も、さあも、枢ちゃんも、街の皆も、こんだけ追い詰められながら必死に頑張っている。未来が明るいと信じてね」

「そうですなあ」

「今まではラーディアを恨んでりゃ良かったのにさ。今のラーディアは若い連中が一生懸命やっている。俺、なんか格好悪いや」

既に答えは出ているが、異教徒として迫害され苦しみ抜いた記憶がそれを受け入れることを邪魔している。

だが、いくら深酒で先延ばししようと、いつかは決めなくてはならない。

過去を赦し、ラーディアに協力するか。それとも息子のいるバルヴェルトを離れ、砂漠に帰るか。

「いい加減、ラーディアを認めたらどうなんです？」

「嫌なこったね。俺は絶対に赦さない」

「赦してくれなんて言いませんよ。ただ、ヒロさんは息子さんの味方なんでしょう？　息子さんのために戦うていで、良いじゃないですか」

そう簡単に割り切れないから、困っている。

ヒロの表情はそう物語っていた。

「参考までに訊《き》きますが、今後について何か考えをお持ちですかな？」

「今後？　……今後なあ。敵の侵略は多分、今年あと一回あるかないかだ。アルベニスの冬は厳しいからな、こんなところで男衆を遊ばせておいたんじゃ国が自滅しちまう。本格的に空っ風が吹く前に退却して、自分達の国の冬支度をするはずだ」

「ほう」

「来年──ラーディアの年明けは春だったな？　風向きが変わってまたぞろ攻めて来る前に万里の長城的な何かを用意させれば良い。あんだけ立派な城砦《じょうさい》を造れるんだから、貝殻を焼いて石灰にするところから教えなくても簡単な防壁くらい組めるだろ」

「ほうほう」

「あとは冬の間に通信兵を何人か教育して、城と砦《とりで》に配置する必要がある。町の人間は怪我が治ったら防壁を造りながらせっせと魚を採って塩漬けと干物を作って、年明けの長丁場に備える」

　輪染みのできたテーブルを爪でとんとん叩《たた》きながら、回らない舌を懸命に動かしてヒロは語る。

　酔っていながらつらつらと淀《よど》みなく語られる、砂漠の王の未来予測。

　スカーはその全てを頭に叩き込《こ》もうと努力した。

「あと何か、最近急に気持ち悪いくらい大量の輸入品が流れ込んでるってうちの連中が言ってたな。南大陸が経済戦争を仕掛けている可能性がある。俺はそっちは専門外だ、詳しい奴にちゃんと管理させた方が良い。何が入ってきて、何が出て行っているか。相場は妥当か」

「なるほど」

「訊いといて、生返事ばかりだな。ちゃんと分かってんのか？」

「理解しようと頑張ってはいますがね。何しろわしは数年前まで剣じゃなくて鍬《くわ》を握っていた身、あなたと戦略を語り合う頭なんて持っちゃいませんよ」

「じゃ何で訊くんだ」

「協力して貰うため、でしょうなあ」

　誠実に口元を引き締めるスカーに、ヒロは残りの酒を口に運びながらへらりと表情を崩す。

「良い奴だな。あんた」

「どうも」

「ラーディアは案外良い国かも知れないな。白虎の偉い連中を除いて」

「ああそりゃ同意します。あれは除いた方が良い」

場末の酒場に、中年男二人の朗らかな笑い声が響いた。

＊＊＊

「剣と馬術の指南役ですか……」

真冬のそれを思わせるきんと澄んだ青空を眩《まぶ》しそうに見上げながら、タケルがルーファスの言葉を繰り返した。

タケルと並び外を眺めているルーファスは曖昧《あいまい》に頷《うなず》く。

二人の目の前に広がるダグラス邸の前庭は冬枯れて、今はすっかり色を失い寂しげだった。

「……それと、異世界の言葉も、との仰せだ」

「何と言うかまあ……次から次へと忙しい……」

「決して、望んで仕事を増やしている訳ではないのだが」

「まあ、陛下にとってサー・ルーファスは誰より強い騎士なのでしょうね。憧《あこが》れの存在、と言いますか」

多少誤解がある、と思わなくもなかったが、確かにここ最近、ルーファスは目立っている。

乗馬と剣術は嗜《たしな》みとして幼い頃より叩き込まれてはいるが、果たして王を教育するのに己が相応しいかどうかは分からない。実際に腕が立つのと、教育者として優れているのとは、別の素質だ。

日本語に至っては自分もまだ片言だという自覚がある。ルーファスに話しかける時は枢もサイも気を遣って平易な語彙《ごい》でゆっくり喋《しゃべ》ってくれるが、彼らだけで会話をする手加減なしの日本語は聞き取ることさえ難しい。

到底、教えてやれるものではない。

「どう思う」

「受けて下さいよ。陛下直々のお言葉なんですから」

「いや。陛下に限らず練兵は必要だ」

「まあそうですね。アルベニスは真冬の間は南下して来ないでしょうから、その間に民兵を鍛えた方が良いでしょう」

「ラーディアに弓騎兵は必要だと思うか？」

タケルに視線を向けず、探りを入れてみる。

兵に弓術を教えてくれないか、と。

その技を他人に見せることを何より嫌うタケルはただひょいと肩をすくめたのみ。

「馬に乗らない弓兵の方が良いでしょうね」

「そうか」

「今のところ無敵の弓騎兵に、敢えて弱点を挙げるなら、軽さです。お父さんの機械弓を除いてもう少し現実的に取れる手段で考えるなら、地面に立って足を踏ん張って強い弓を引く、ってとこでしょう。防壁とか、そういうのの上から」

「なるほど」

砂漠の王を気軽に『お父さん』呼ばわりしている件については、ルーファスは敢えて詮索《せんさく》しないでおくことにした。

「……やりませんよ」

「何を」

「ラーディアに弓撃手がいれば、国境警備に役立つのは分かりますけどね」

「まだ何も言っていない」

「言ってるじゃないですか、遠回しに」

いずれ時間が解決してくれそうだ。

今まで隣国を警戒する必要のなかったラーディアだが、アルベニスと接触している辺りにいつ摩擦熱が生じるか分からない現状、タケルの技術は大いに役に立つ。

タケルにしかできないことがある。それが分かっていて目を逸らす男ではないと、ルーファスは確信している。

ラーディア国王の傍に在るべき騎士団は四つ。白虎以外が壊滅している現状のままでは格好が付かない。少しずつ時間をかけて、再編し立て直していかなくてはならない。

真紅の弓部隊というものが新設されても良いのではないか、とルーファスは考えている。特に北部の国境を護る朱雀には、アルベニスに対抗しうる力がどうしても必要だ。

タケルが何かもう少し文句を言おうとしたと同時に、二人の背後でダグラス邸の正面玄関が内側から静かに開く。

騎士は即座に、エスコートすべき者らに最高の敬意を払って礼をする。

屋敷の執事が押さえている玄関扉の向こうで枢は嬉《うれ》しそうにふんわりと笑い、サイはぷんと顔を背け、落ち着かない様子で髪を指に巻き付けている。

国王エルレシオン陛下は異教徒の二人を友人と認定しているが、あまりにも境遇が違うため、そう気軽に会えないのが実情だった。

つい最近まで異教徒は王城に足を踏み入れるどころか城砦内で暮らすことさえ許されなかった。いまだ偏見は強く、いくら幼王の誉れ高き『墜ちたる星』とてそう簡単に世間の目は変わらない。

頭の硬い連中に下手に難癖を付けられぬよう、ぐうの音も出ないほど完璧《かんぺき》に支度を調える。異教徒は二人共正装をすることにも、城へ行く手順も、回数を重ねてだいぶ慣れた様子だった。

枢を枢の世界の言葉で主君と呼ぶと、照れ臭そうに応じてくれる。

タケルとサイの方へ意識を向ければいつも通り、傍から見ているとじゃれ合っているのか喧嘩《けんか》をしているのか分からないやり取りをしていた。

＊＊＊

エルレシオン陛下は友人に会いたいだけ。仰々しい謁見の場を整える必要などないと言うのだが、必要な手を全て打てば自然と仰々しくなる。

それは一国を担う王という立場上仕方のないことと諦《あきら》めて貰《もら》うしかない。

有事であれば否応なく王城に連れて来られる異教徒と、戦争が一息つけば会いにくくなる。皮肉なものだ。

早く枢達が壁の内側で安全に暮らせる国にしなくてはと、ルーファスは決意を新たにする。二人共、隔離生活に不便を感じていない――むしろ塔での生活の方を楽しんでいる様子ではあるが。

「かなめ！」

出来うる限り簡単に用意した、友人達の逢瀬《おうせ》。

その会場となっている食堂の間に入るなり、いつものように王は枢に抱きついた。

言葉が通じない以上、体で理解し合うのが王とその息子の常だ。通訳を挟むのももどかしいらしい。

一部のバルヴェルト貴族が顔色を変える光景ではあるが、今回は何しろ友人達の個人的な会合ということになっている。

王は、急いで城内を整え、安心して住めるようにするから、と訴えている。

ルーファスがこっそりそれを伝えると困ったように微笑みながら、枢は王の髪を撫《な》でてやっていた。

戦時のラーディアは王であれ贅沢《ぜいたく》ができない。それでもおやつの飲み物と菓子は出来る限り上質なものが集められた。王は友人とその通訳をテーブルへ誘う。

王や貴族が食事会を行う食堂の間で、存在感のある螺鈿《らでん》の長テーブルが三人を待ち構えていた。部屋の隅に控えていたメイドが椅子を引いて適切な席へ彼らを座らせ、いそいそと卓を整える。

騎士二人は退がり、三人の様子を広い食堂の間の下手から眺める。

穏やかな冬の日差しが差し込んでいた。会話の内容は聞こえてこないが一様に表情は明るい。

この平和が続けば良いと願わずにはいられないが、まだ戦いは始まったばかり。簡単に決着が付かないことは、幼い王が兵を率いて戦うという予言にも表れている。

「失礼致します。サー」

控え目なノックの音がし、ごく薄く扉が開く。

さり気なくルーファスがその隙間に身を寄せた。

「どうした」

「アルベニスに動きがあったようです」

兵の報告に、ルーファスは眉根《まゆね》を寄せる。

報告すべきか悩んだが、恐らく王は、友人との楽しい一時を邪魔されることより緊急事態に自分を外される方を嫌がるだろう。

「――陛下」

静かに王の傍に近付き、声をかける。

焼き菓子をひとつ手に取ったまま、王は表情を引き締める。

一瞬にして、予言に護られた幼王から、自ら王国を率いる覇王の貌へと変わった。

王の傍では枢が不安そうな表情をしている。今すぐ抱きしめて安心させてやりたかったが、そうもいかない。

エルレシオンと枢、サイ、それに二人の騎士は慌ただしく会議室へ移動した。

そこに待っていた神聖国よりの客人――アリアは部屋に飛び込んで来た一行に深く頭を垂れて敬意を示し、その脇で僧兵ショウが両の掌を胸の前で合わせるゼイオン独特の挨拶《あいさつ》をする。

意外なことに、枢がすんなりとそれを真似た。

問い質すサイに、驚かれたことに驚いた様子で『日本では割と普通』と答えている。

「何があった」

王は上座の椅子に掛けるなり問う。

控えていた兵が発言への許可を求めるように踵《かかと》を鳴らし敬礼した。

「退却したアルベニス軍の偵察を行っていた傭兵《ようへい》より、雄獅子《しし》の旗が目撃されたとの報告が入りました」

「確かか」

「間違いないとのこと。鬣《たてがみ》を有した、雄の獅子の旗です」

刹那《せつな》、会議室は静まり返った。サイが枢に訳して伝える日本語以外、何も聞こえない。わずかな衣擦れの音さえ。

「エットレ。女王の王婿です」

剃髪《ていはつ》の僧兵が静かに、聞き慣れない名を口にした。

アルベニスは女王が支配する国。当然、女王に夫はいるが、表に出てくることはない。

「あまり良い噂は聞きません。ただこれでアルベニス軍の大きな欠点がひとつ補われたことになります」

「有能か無能かは関係なく、偉い奴を担いでいれば連中の組織がまともに働くってことか」

「――ですね」

タケルの遠慮のない解釈をショウは肯定した。

「厄介なことになりそうだ……」

ルーファスは軽く唇を噛《か》んだ。

冬になれば撤退すると思っていたが、どうやらそう甘くはないようだ。

＊＊＊

アルベニスの動きは、深く静かな恐怖としてラーディアの中心部に浸透する。

雌獅子の旗が翻った時のパニックとはまた違う、不気味な静けさと共に。

「全く。これから寒くなるのに、戦争なんかしてる場合かよ」

混沌《こんとん》とした書庫の棚を前にサイは毒突いた。

騎士団の書庫には、様々な記録が雑然と蓄積されている。バルヴェルトや白虎にとって都合の悪い資料は排除されているようだが、それ以外は、ただ慣習的に保管されていたらしい。

後に利用することを考慮していない資料の中から目当てのものを探すのは骨の折れる作業だ。

サイは埃《ほこり》を巻き上げながらばたばたと忙しく書棚の間を駆け回り、アルベニスに関する資料を探し回っている。

女王の配偶者は、公にほとんど出てこない。どの程度の権力を持っているのか、誰も知らないなら資料を当たるしかない。塔の蔵書にそれがないことは既に分かっているから、頼み込んで王や枢達と別行動を取らせて貰った。

以前、地図を借りに来た時、サイの知らない多くの記録が眠っていることを確信した。ここならば何か得られるかも知れない。サイは夢中になって知識の海に潜り続ける。その傍らで、窓から差し込む冬の日差しも白く濁るほどの埃に、護衛のタケルが連続でくしゃみをしていた。

「なあ、サイ」

「……ん？」

「早すぎると思わないか」

遂に痺《しび》れを切らしたのか、タケルが鼻をすすりながら声をかけて来る。

サイは書棚に重ねられた羊皮紙を繰る手を止めた。

「アルベニスが？」

「そうそう。女王の旦那《だんな》、退却を知ってから出てきた訳じゃないよね絶対」

退却から立て直しまでの間隔が短いとは、サイも感じていた。

敗北の一報が入り、その理由が連携の甘さにあると見抜き、女王の配偶者が将軍としてアルベニス軍の頂点に君臨すべく寄越された、と考えると時間的に辻褄《つじつま》が合わなくなる。

以前から雄獅子の旗の噂は聞いていた。

かなり前の段階で、王婿エットレはアルベニスの首都を発《た》ち、南へ向かっていたということになる。だとすると、その理由は何だろうか。不敗を誇る女王軍、敗北を予測して動くはずはない。

「……何しに出て来たんだろ」

「ラーディアの滅亡するさまをこの目で見たい！　とかか？」

「まさか」

タケルの推測をサイは鼻であしらった。

「軍の指揮ができる人間なら最初から将軍の座に就いていたはず。そうじゃないってことは戦争は素人なんだろ。軍のてっぺんに置物を飾って統率するのが目的なら、女王が負けを意識し始めたってことだから警戒すべきだけど、勝つ前提で偉いさんが見物に来たってんなら単なる馬鹿だ」

単なる馬鹿の方であって欲しい、と願いつつ、サイは棚の最上段に手を伸ばす。

届かない。

生まれた時から塔に閉じ込められている『悪魔』は発育不良だった。痩《や》せぎすで背も低い。比較的大柄なラーディア南部の人間に合わせて誂《あつら》えた棚の最上段から、大きな本を引き抜けない。

頑張って背伸びをするサイを、背後からふわりと包み込む気配がある。

タケルが、片腕をサイの腰に置き、片腕を伸ばして、サイの指がようやく下部にかかっているだけの本をやすやすと抜き取ってくれた。

「はいどうぞ。我が君」

「……用事が済んだんなら、離れろ」

「やだ」

サイが本を受け取ると、タケルは両腕をサイの腰に回した。

タケルの懐におさまる形で、緩やかに触れ合っている。強い接触では拒絶されることを理解して、力ずくで抱きしめることはせず、ただ優しく包み込んでくれている。

その甘やかな力加減と、それでもなお確かに感じる背の温もりに、心がむずむずする。勝手に鼓動が激しくなる。

「はぁ……可愛いな畜生」

髪に頬擦りされる気配に、サイの体がわずかに硬直した。

「ダグラス家のメイドの本気を見た」

「何がだよ」

「元々可愛いから、綺麗《きれい》にしてると本当に腰に来る」

サイは本を抱きしめたまま固まっている。体が思うように動かないが、不思議と不快ではない。

何故かタケルにだけは触れられることを許してしまっている。自分自身でも、理解が出来ないことに。

拒絶しないのを良いことに、騎士の腕にほんの少し力が込められた。

触れ合うサイの背とタケルの胸に、ごくごくわずかな圧力がかかる。

「腰に来るって、意味分かる？　もう大人なんだし、男の体の生理現象くらい知ってるよね」

「馬鹿にするなよ」

「俺は個室なんか貰《もら》える身分じゃないからねえ。今夜は大変だ」

「……知るかそんなこと」

「相変わらず冷たいな。約束守っただろ？　ちゃんと生きて帰って来た」

つんとサイの胸が痛んだ。

殺してやると口走った時、タケルは戦場では死なないと約束してくれた。普段の彼の軽口とは違う、奇跡など望むべくもない戦いへ赴く直前に生還を誓った、紛れもなく騎士の誓言だった。

約束通り帰って来てくれたことが嬉《うれ》しかったし、彼の帰る場所として少しでも、戦場の彼を勇気付けることができていれば良いと思う。

心が、彼に束縛されていく。

これまで何者でもなかった孤独な『悪魔』は、仲間を得、その中でも特別な一人を見初めたことで、己というものを意識する。

ほんの少し腕に力を込めて抱き締められ、髪に頬擦りをされてから、サイは解放された。

一刻も早く逃げ出したい、タケルの傍を離れたい心の衝動に反し足は動かない。ゆっくり踵《きびす》を返し、タケルと向き合う。

全身の毛が逆立つような思いで。埃っぽい古書を両腕でしっかり抱きしめたまま。

相変わらずタケルの表情は明るく屈託がない。たった今、サイの心を大きく乱した自覚さえないようだ。

「あれ？　逃げないね。偉い偉い。成長した」

「ふざけるな」

「ふざけてない。どこからどう見ても真面目そのものだろ」

「ふざけてるようにしか見えねえよ」

「本気だってば」

タケルが手を伸ばしてくる。目を閉じ身をすくめるサイの頭を、大きな手がよしよしと撫《な》でる。

父と似ている骨張った傷だらけの手が、丁寧に飾り編みされた赤毛の上を滑る。

良く似ている。だが全く似ていない気もする。

前髪を撫で上げられ、何をされるのか把握したサイは更に目をきつく閉じ体を硬く緊張させる。爪が白くなるほど本を抱く手に力を込めて。

その様子にふと笑いを漏らした後、タケルは、ちゅ、と優しい音を立ててサイの額にキスをした。

それが今のサイに耐えられる限界と、タケルは把握してくれている。

一度、頬を擦り合わせた後、誠実な騎士は身を離した。

「……あんたさあ。絶対おかしいよ」

サイは額をごしごし擦った。タケルが触れた場所が熱くて、痒《かゆ》くて仕方がない。

「何が」

「俺は可愛くないし、関われば不幸になる『悪魔』で、思想を汚染すると恐れられている異教徒だ」

「そういう肩書きには左右されないって言ったろ」

人と関わりを持たずに育ったサイは、他人の心を読むのが苦手だった。

今も、にんまりと笑みを浮かべるタケルが何を考えているのか分からず混乱している。

タケルが執着する自分の価値は、女王の弓騎兵に蹂躙《じゅうりん》されたラーディア北部の出身であるという、同郷の縁《えにし》だけだと考えていた。

だがもしかしたら、少し違うのかも知れない。

肩書きに左右されないと言い切った彼は、仮にサイが北部の赤毛でなかったとしても、同じように接してくれるのかも知れない。

そう思うとどうしようもなく胸の内がざわついた。

「あんた、アルベニスの人間なんだろ？」

「母親はね。冬の間だけ城砦《じょうさい》に逗留《とうりゅう》しに来てた遊牧民だよ。で父親は純粋な北部人。俺はどっちかって言うとラーディア人だ。母さんを否定するつもりはないけど、完璧《かんぺき》にラーディア人のつもり」

タケルはやんわりと微笑んでいる。

誰にも教えたくない過去を語ってくれているはずなのに、いつも通り飄々《ひょうひょう》と。

「だったら、髪伸ばせよ」

「髪？　あーあ、まあそうだな。剣を捧《ささ》げる相手も見つかったし、そろそろラーディアの騎士の体裁を整えても良いかな」

ラーディア北部の赤毛と、黒髪のアルベニス人の混血を示す、赤褐色の髪。

タケルがいつまでも短髪なのは、その色への劣等感から来ているのは分かっている。

サイも母親が赤毛、父親が黒髪だが何故か混ざらず、それどころかラーディアの北部人にも希《まれ》なほど際立って赤い。

「似合わないだろうけどね」

「そうでもない。その、髪の色、悪くないと――」

適当な慰めではなく心からそう思っている。

が、唐突に飛びかかるように抱きしめられ、それをきちんと伝えることはできなかった。

「仰せのままに。我が君」

母の素性も、父の血筋も、己の過去も。全てを消され、過去を持たずに生きていた孤独なラーディア人が、わずかに声を震わせている。人は、帰属できる場所がなければ、とても弱い。

適切な言葉をかけてやることはできなかった。

何を言うべきか分からなかったし、出かかった言葉も、塞《ふさ》がれてしまう。唇で、唇を。

何をされているのか気付いて全力で抵抗を開始するまで、じっくりと堪能されてしまった。

＊＊＊

女王の軍勢を大きく後退させたとは言え、勝利は束《つか》の間《ま》のもの。

ラーディアという小さな国はあの戦争で疲弊し切っている。再び攻め込まれれば、耐え切れるかどうか分からない。

人々の心の中には、冬という甘えがあった。アルベニスの冬は過酷だ。労働力の多くを兵士として外に出したままでは春を迎えられないため、本格的に寒くなる前に撤退せざるを得ないはず。大陸中央部に比べて比較的温暖なバルヴェルトは、その間に力を蓄えれば良いと考えていた。

その甘い目論見を、雄獅子《しし》の軍旗が打ち砕く。作戦会議室は紛糾していた。

中心にいるのはダグラス将軍。騎士団長は、己を飛び越えて騎士団長『代行』の方に先に話が通ったことが気に入らないらしい。

現場は、代行の方が動きの速いことを良く知っている。既に、白虎はルースを中心に回っていた。

「また攻めてくるのかな……」

声を荒らげる父を涼しい顔であしらうルースと、将軍を叱り付けて代行の方に意見を求めるレオの様子を眺めながら、枢がふうと息をつく。

重厚なテーブルにアルベニス関連の書類を広げていたサイが怜悧《れいり》な視線を上げた。タケルと共に資料を探しに行った際に書庫で何かあったのか、戻って来てもしばし落ち着きがなかったが、活字に集中しているうちにいつものサイに戻ったようだ。

「仮に雄獅子の軍が勝っても、その背後で国が凍え死ぬだけだろ」

「だよね」

「彼らが今動くことに、何の益もありません」

ゆるりと会話に入って来た、いつも通り穏やかなゼイオンの巫女《みこ》の言葉にも、言い知れない不安と疑惑が滲《にじ》んでいる。

枢は幾度も頷《うなず》いた。

「じゃあどうして、将軍の旗を掲げたんでしょう。簡単に勝ってすぐに帰るつもりなんでしょうか」

「前の戦いでこっちが旗を使った撹乱《かくらん》作戦を取ったからな、それの真似かも」

「敵将エットレと共にどの程度の兵力が補充されたかは分かりませんが。こちらも満身創痍《まんしんそうい》、時間を与える方が不利と判断したのやも知れません」

ラーディアを一瞬で殲滅《せんめつ》させ、何の心残りもなく冬支度に入れる段取りを付けたということか。

バルヴェルトは迎撃の態勢が整っていない。先の戦いの傷がまだ癒えていない者も多い。再び攻め込まれれば、二度目の奇跡があるかどうか。

枢は腕を組み、項垂れて、しばし周囲の喧噪《けんそう》を意識から閉め出す。

そうして己の記憶に集中した。

キーワードはレオが王都に帰って来た年の冬に、初めて経験する戦争。後の覇王の人生に大きな影響を与える出来事だけに、話を聞かされたはずだ。

不要な情報と一度は頭の隅に片付けた母の物語を必死に引っ張り出す。

思い出せないだけで、忘れてしまった訳ではない。頭のどこかに、必ず残っている。

「残ってない。諦《あきら》めよう」

「あるって!」

「……ん？　どうした？」

本を閉じかけたサイが不思議そうな顔で枢を見ている。

どうやら、全く無関係なサイの独り言に反応してしまったらしい。無理に笑み、ふるふると頭を左右に振った。

「ごめん。他のこと考えてた。……母さんの話」

傍でアリアがわずかに興味を示したので、曖昧《あいまい》な言葉で説明をする。サイは察してくれた。

「そっちは？　何がないって？」

「ああ。アルベニスの女王の夫について。本当に、外交も何もしないんだな」

アルベニスは代々、女王の独裁国家。女王の存在でもってのみ成り立つ。その夫は、次の女王の誕生には不可欠だが、政治には一切関わらない。

何も分からない、という事実から分かることは、そういう信じがたい国のあり方だった。

特別な旗を掲げてはいるが、どの程度の権力を持っているのか全く見えてこない。雄獅子の旗の意味さえ。

「女王の夫って、どういう風に決めるんだろ。普通に恋愛結婚なのかな」

「んー、貴族みたいな血筋はあるだろ。軍人かも知れないけど」

「そう言えばエルレシオン陛下にも、アルベニスのプルシア王女との縁談がありましたね」

にこやかな笑みを浮かべるアリアの言葉に、枢もサイも硬直した。

「忘れてた……そうだったね」

「そうそう。それで陛下を連れて帰るのを急いだんだった」

二人は部屋の上座を見遣る。将軍達と話をしていたレオが視線に気付いてちょんと首を傾げた。

枢はその可愛らしさに緩む頬を気力で引き締める。父が別の女性と結婚させられてしまうと肝を冷やしたのも、今となっては遠い昔のような気がする。

傍にいるのが、抱きしめるのが、いつの間にか当たり前になっていた。

「今思えば、アルベニスはあの手この手でラーディアを併呑《へいどん》しようとしてたんだな」

「でもアルベニスの婿になれって誘いじゃなくて、王女を嫁にやるって話じゃなかった？」

「どっちにしろ姻戚《いんせき》関係を結べば終わりだよ。港が欲しくて欲しくて堪らない女王が、陛下の義理の母親になるんだぞ」

「うう……それは……考えたくない」

最初は平和的な手段を模索していたのかも知れないが、どの作戦も上手くいかず、結局、力で攻めて来た。そしてそれすらも失敗した。

今更引き下がる訳にはいかないのだろう。

恐らく女王は北大陸の地図の、ゼイオン神聖国以外の土地を、己の色で塗り潰《つぶ》すまで止まらない。

破壊し尽くされた港を手に入れることに、何の意味もないと分かっていようとも。

「とりあえず、うちの陛下が候補に挙がるくらいなんだから、女王の配偶者ってのはどこぞの権力者ってケースが多い訳かな」

「それは……断言できないと思う。港を手に入れる口実みたいなもんだと思うし」

「結局、将軍がどういう奴なのか分からないってことだな。うん。じきに冬になるってのに……」

何となく、枢は窓の外を見た。

陽は既に傾き、昼間の濃い青空はすっかり色を失っている。強い風が吹いているのが、がたつく窓の立てる音で分かった。

そう言えば寒気のことを『冬将軍』と呼んでいるのを聞いたことがある。

今、ラーディアは二人の将軍に攻め込まれているのだ。女王の配偶者エットレ、そして北大陸を凍てつかせる冬。

ふと、そんなことを思った。

＊＊＊

レオとの茶会はさんざんな形で終わった。

今の平和は恒久のものではなく、戦いが小休止しているだけだと改めて思い知らされた枢は、全力でこの難局に挑む決意を新たにする。

自分の問題は一旦《いったん》後回し。ラーディアに『墜ちたる星』が必要とされている間は、少なくとも日本に帰らされることはないだろう。

方向音痴を自認する枢は、どこまでも単調な景色の続く王城の廊下を注意深く歩いていた。

既に陽は落ち、空は藍色《あいいろ》を濃くしている。仕事の早い王城の使用人達が、廊下の壁の高い位置にある燭台《しょくだい》に蝋燭《ろうそく》を立ててくれている。等間隔に並ぶ丸く暖かな灯を数えながら、枢は懸命に頭の中を整理していた。

女王の配偶者は何者で、何をしに来たのか。

いつアルベニスを発ったのか、少なくとも彼らが負けを認め退却するより前に南を目指していないと今このタイミングで合流できないはず。

恐ろしい切り札なのかも知れない。

サイは、勝っていると思って見物に出てきた楽天家だと推測しているが。

「――あれっ？」

作戦会議室に戻る最後の角を曲がる寸前、枢は、ひとつ向こうの角にひょろりと立っている人影に気付いて足を止めた。

壁燭台の光が、その足下を照らし出している。地味なスラックスと、くたびれた革靴の。

全身の血の気が引くような恐怖。

元の生活に戻ることを恐怖としか感じないのは、戦争に負ければ己の存在が消えてしまうという実際の危機感より、この生活で得た大切な人、愛する者から、引き離されやがて忘れてしまうことへの恐れに他ならない。

ゆっくりと息を吸い、静かに吐き、枢は部屋へ戻る角を曲がらず直進した。

「こんな所で何をしているんですか？　警備兵を呼びますよ」

「やあ都築君。今日は逃げないのかい？」

「……ちゃんと話し合わないと、逃げても無駄だって分かってます」

「まあそうだね。でも話し合いなんて何の役にも立たないよ。君を連れて帰るのは一瞬で済む」

ビジネススーツ姿の、疲れた印象のある中年男性は、日本で出会ったら記憶の端にも留まらない、ごくごくありふれた風体をしている。

だがラーディアの、それも王城の中にいれば、強烈な違和感を醸す。

枢は『未来の概念』を真っ直ぐ見据えた。

「僕を連れて帰れないはずです。まだ、戦いは終わっていない」

「そうだね。どちらを優先させるべきか迷うところだ。約束を果たす義務はないけれど、果たしたい義理はある」

「や、約束？」

「そう。約束したんだ。――君のお母さんと」

二日前に夢に見た、慌ただしく弁当を作る母の後ろ姿が、枢の脳裏に浮かんだ。

「か、母さんと、どんな約束を？」

王城の廊下は定期的に兵が見回りをしているはずだが、その高らかな踵《かかと》の音さえ聞こえて来ない。

ビジネススーツの人物が醸す強烈な違和感に、枢は、また別の世界へ足を踏み入れてしまったのではないか、既にバルヴェルトの城を離れて違う場所へ連れて行かれてしまったのではないかと、不安で胸が圧し潰されそうになる。

未来の概念は、ただやんわりとした笑みを、くたびれた貌に浮かべている。

「君はこの世界を、何だと思う？」

「……え？」

質問に質問が返ってきた。

唐突な上、あまりにも漠然とした問いに、枢は答えに詰まる。

この世界は何だろう。

枢の知っている世界ではない。日本ではなく、地球でさえなく、もしかしたら宇宙規模で違う世界なのかも知れない。

だが枢はラーディアの大地に立ち、生きている。生身で外を歩けるし、呼吸ができ、食事も摂れる。少なくとも同じ世界にある他の惑星ではできないことが、ここではできている。

「わかり……ません」

「簡単に例えるなら、神様が用意した幾つかの水槽のうち、巧く育たなかったひとつ、かな」

「育たなかった」

「そう。そこで神様は、良く育った水槽とほんの少し繋《つな》げて、必要なものが通れるようにした。そうして、こちら側の世界を二度目の滅亡から救う為にやってきたのが君や、真理花さんや、芹沢さん達」

スーツのポケットに両手を突っ込んで緩く立っている『概念』の目に、ほんの少し温かな感情が見て取れた。

揺れる蝋燭の灯の下、枢はその感情を凝視する。

「何度やり直しても結果は目に見えている。純粋にこちら側の世界の成分だけでは発展できない。また遺跡がひとつ増え、一握りの人間が原始時代からやり直すことになる。だから、混ぜたんだよ。必要最低限、こちらの世界が繁栄するのに欠かせないものをね」

「混ぜる……混ぜるって、つまり、混血だったら生き残れると」

「いやいや。血だけとは限らないよ。文化、風習、その他諸々。君も気付いているだろう？　ゼイオンは六百何十年か前に日本人が建てた国だってこと」

枢は頷《うなず》いた。そうではないかと推測していた。むしろその建国の『天地の始めの七人』に未来の自分が関わるのではないだろうかとさえ考えていた。

ゼイオンは、予言を現実とする為だけに力を蓄えていたような不思議な国だ。日本語が伝わっており、僧侶《そうりょ》が合掌をして挨拶《あいさつ》をし、和服から派生したような衣装で、水稲栽培の技術があり、宗教が国の土台となっている。

あまりにも不可思議な国は、日本人が過去へ干渉したのだと考えれば全て理解できた。

「……七名、なんですよね。星と同じ数。誰ですか？　僕が知っている人？」

「真実を知らない方が良い場合もある。これ以上あれこれ入れ知恵したら、悪い影響が出るかも知れない。だから秘密」

「じゃあ僕は、知っていたら到底できないようなことを、させられているってことですか」

「そういう意味じゃなくて。ラーディアが勝つ以外に、アルベニスが負ける理由を考慮する必要はないってことだよ。女王が敗れるのは覇王が勝利するから。それ以外の理由を、君達が知る必要はない」

かすかな足音が近付いて来た。

枢の名を呼ぶ声も聞こえる。ルースだ。戻りの遅い枢を、ルースが捜している。

「この世界を牽引《けんいん》すべきは女王ヴィヴィアナではない。覇王エルレシオン、ラーディアの遺伝子だ。そのために星は地上に墜ちた。遠い過去へも、遥かな未来へも、ただ君のお父さんの勝利、それだけを目的にね」

「父さんの……勝利……」

「必要な時、星は墜ちる。黙って夜空に輝いているだけじゃ、幼い王を勝利へ導けないからね。覇王の存在の重要性はいずれ分かるよ」

多くを語ってくれているようで、肝心な部分はぼやかしている。

これではいくら訊《き》いても、逆に疑問が膨らむばかりだ。何を問えば良いのかさえもう分からなくなってくる。

「――もう良いかい？　そろそろ行かないと、君の騎士に見つかって斬り殺されちゃう」

「待って下さい。最後にひとつだけ。さっき、母さんと約束したって言いましたよね。それ、どんな約束なんですか？」

枢の、最後の問いに、彼は柔らかく微笑んだ。

「君を護って欲しい。いかなる危険からも、あらゆる災難からも、必ず護り抜き、そして無事に連れて帰って欲しい。それが真理花さんが出した、君をここへ寄越す条件だ」

「え？」

「この約束が守れなくなるようなら、強制的に帰らないといけないけれど、君の仕事はまだ少し残っている。ラーディアの栄光は始まったばかりで、いつ道を踏み外すか分からないからね。もう少し時間をあげるよ」

唐突に枢の背後で廊下の窓がひとつ、強風に煽《あお》られて大きく開く。冷たい夜風に蝋燭《ろうそく》の灯が揺らいだ。

慌てて窓を閉じに向かった枢の目に飛び込んで来た——星の灯。

「北斗七星……！」

それは王国を導く光、二つの世界を繋ぐ門、全ての事象の根幹とも言える存在でありながら、枢はまだ、実物を見ていなかった。

冬になってようやく空に昇った七つの星が、枢にも馴染《なじ》みのある形を描いてくっきりと輝いている。

自然と呼吸が速くなる。

太古よりこの世界の人々が心を寄せた、信仰の対象でもあった星を見つめたまま。

「さようなら都築君。……ああ、そう言えば君と真理花さんの名字、都を築くって書くんだね。実に示唆的だ」

「あ、ちょ、ちょっと待っ——」

慌てて扉を閉じて振り返り、視線を戻しても、もうそこに『未来の概念』の姿はない。

その代わり、愛しい存在がすぐ傍まで来ていた。

「かなめ！」

唐突にぎゅっと抱きしめられ、額に唇を押し当てられる。

どれほど心配してくれていたのかが、その力強い腕から伝わって来る。

「……あの、ルース、大丈夫、トイレくらい一人で行けますから……」

ルースの過保護は今に始まったことではないが、ビジネススーツの彼と接触したあの夜から輪を掛けて強くなったような気がする。

枢が日本へ連れ帰られてしまうことを、本気で警戒しているのが分かる。

ぎゅっと背に腕を回して抱きつき、まだここにいると伝えた。

まだここにいる。

ずっと、ここにいたい。

真実を知らない方が良い場合もあると彼は言っていた。その通りだと枢は思った。

——母さんの願いなんて、知らなければ良かった。

＊＊＊

国境の遙か北まで退却していたアルベニスの軍に、山吹色の雄獅子《しし》の旗が翻る。

将の名は王婿エットレ。最初にラーディアに攻め入り、王都を滅ぼした——そして今夏の大嵐が引き起こした『黎明《れいめい》の谷の奇跡』により壊滅したアルベニス第一陣を率いていた敵将クルロの兄。

その情報が民衆にまで広まると、ラーディアは再び一致団結し、バルヴェルト城砦《じょうさい》の防衛準備に取り掛かった。騎士から民兵に至るまで、先の戦いで負傷した兵も女子供さえ、有事に備えて自らに出来ることを模索する。東に留まっていた神聖国の軍、港町に休んでいた南大陸の兵も、彼らに倣う。

前回の戦いで、城を護り抜いた誇りのもとに。

女王の軍がどのような意図で王婿の旗を掲げたのかは分からないが、それに応じるしかなかった。

勝利するごと、敵を退けるごとに、戦場はバルヴエルトを守護する森を離れていってしまう。草原に出れば弓騎兵が圧倒的に有利、今まで以上に激しく降り注ぐ矢の雨への備えが必要となる。

港町の住民は一丸となって準備に当たった。温厚な王はいざという時には壁の内側への避難命令を出す。働けるのは今だけだとばかり。

神聖暦六百五十四年、初冬。ラーディアの象徴たる七つ星が、いよいよ空に姿を現す季節。

誰かが言い始めた。今年は七星の輝きが例年になく弱いと。

最初のうちは不吉な現象だ、何らかの凶兆だと危《き》惧《ぐ》する声もあったがやがて、民の心は自然とひとつに纏《まと》まっていく。

七星の輝きが弱いのは当然のこと。

何故なら我らを導く星は既に地に墜ち、今や幼王の傍らで輝いているのだから――

第十三章間　女王の信念

それは未明の出来事だった。

雷鳴のような音が轟《とどろ》き、女王ヴィヴィアナは目覚めた。二度、三度。既に音の領域を越えて現実の力をもって大地を揺り動かす、激しい地響きと共に。

冬のアルベニスに雷が発生することは希だった。そもそも遊牧民の暮らす内陸部には年間を通じて雨が少なく、雷雨となると春の終わりに大地を眠りから目覚めさせ草原の芽吹きを促しに来るだけだ。

真冬の夜の雷鳴など、アルベニスの誰も聞いたことがないだろう。

女王は寝台を出、爪先に室内履きを引っ掛けてガウンを肩に羽織り、寝室の窓辺へ向かった。

鮮やかに瞬く星々が、明ける間際の群青色の空から女王の城を見下ろしている。

嵐が来ている様子はなかった。ほっと安堵《あんど》したもので、ではさっきの音は何だったのだろうと別の不安が女王の胸に湧き起こる。

決して夢などではない。間違いなく聞いた。びりびりと空気が震え、大地が鳴動した。

女王は自室を出ると、灯の消えた冷たい廊下を早足に移動した。花飾りのある扉をそっと開く。

「……ママ?」

女王ヴィヴィアナの娘プルシアも、あの奇妙な音で眼が覚めたようだ。

寝台に半身を起こし、不安そうにしている。

母は娘に駆け寄り、寝台に腰掛けた。

「凄《すご》い音がしたわ」

「そうね。ママも聞いた」

「何かしら」

空には雲ひとつなく、星空が広がっている。つまり雷ではない。

ヴィヴィアナはプルシアの髪を撫《な》でて気持ちを落ち着けてやろうとし、そうすることで己も落ち着こうと努めた。

城が揺れ動くほどの轟音《ごうおん》。何かが起きているのは間違いない。

「……ねえ、ママ」

「なあに?」

プルシアは母の肩に頭をもたげた。

「パパはまだ帰って来ないの?」

「もうすぐよ。もうすぐ、戦いは終わるわ。そしたら私達で、会いに行きましょう。海の見える新しいお城よ」

ヴィヴィアナの目には、プルシアが何か良からぬ不安に心を喪いかけているように見えた。

実際、ここまで女王の予想を反して戦争は長引いている。夏になる頃には港町を制圧しているはずだったのに、いまだ達せず。それどころか追い詰めた敵に思いがけぬ反撃を喰らい、一時退却さえ余儀なくされた。

更に、女王にとって不運は重なった。

ラーディア滅亡の瞬間をこの目で見たいとわがままを言って出て行った夫エットレが、退却した自軍と合流した、という。

本来ならば喜んでしかるべきなのが、何故か嫌な予感しかしない。

大きすぎる軍隊が指揮系統の乱れから退却せざるを得なくなったのは、纏め上げるだけの器を持った将がいなかったせいだ。

エットレにそれが務まるとは、正直思えない。

予言に怯《おび》える小心者のこと、星に導かれしラーディアの奇跡の進軍を目の当たりにして更なる混乱を自軍にもたらす可能性の方が高い。

厳しい冬を前に、そろそろ撤退の限界が近付いている。エットレのせいで機を見誤れば、アルベニスの根幹を揺るがす大惨事になるだろう。

「ママ。あのね、私、良いことを思いついたの」

プルシアはヴィヴィアナの耳にこそこそと秘密の話をする。

ヴィヴィアナは眉根《まゆね》を寄せた。

「……またそんな、悲しいことを」

「そう？　素敵だと思うけれど」

「お前は何も心配しなくて良いの。予言なんてないのよ。あれはただの言葉遊び。そんなもので運命が左右されて、たまるもんですか」

女王は信じていた。

予言など、存在しない。

真に恐れるべきは予言を信じる者の心の闇だ。無駄に敗北を意識させ、辿《たど》る必要のない破滅の道へと無意識のうちに誘う暗雲だ。

ヴィヴィアナは自らに言い聞かせるように繰り返した。予言など存在しないと。

やがて母と娘が落ち着きを取り戻した頃、廊下をばたばたと走る足音が聞こえてきた。複数名の兵士が交錯し合うように。

「静かにしなさい！　王女の部屋の前で何事なの」

唐突に女王が扉を開くと、その姿に驚いた兵士が縫い止められたように動かなくなった。

凍り付く兵を女王は順に睨《にら》み据える。

「あれは何の音?」

「それが……どうやら城が襲撃された様子です」

「何ですって?」

女王は背後をちらりと振り返り、まだ不安そうにこちらを見ている娘に笑顔を見せてから廊下に出、後ろ手に扉を閉めた。

娘に聞かせるべき話ではない。

「どういうことなの?」

「わ、分かりません。現在、情報収集を行っております」

「敵は何者?」

訊《き》いたとて、分かるはずもなかった。ヴィヴィアナはガウンを翻し、女王の間へ向かう。

本来、夜衣姿で足を踏み入れるべき場所ではないが、緊急事態なのだから仕方がない。身支度をする間が惜しい。

早足で廊下を進む女王の耳に、またしても聞こえてきた——轟音。

思わず壁に手をつくほど、王城が揺れた。

「まさか投石機? そんな大きなものが城に迫っていたら、気付かないはずが」

「陛下! 城の北門が襲撃されました!」

廊下を駆けていた別の兵がヴィヴィアナを見付け早口に報告する。

女王は言葉を呑《の》んだ。

アルベニスにおいて最も警戒の薄い場所だ。壁のごときグアルハル山脈を背負う彼らにとって、北から攻め込まれるという想定自体が存在しない。

ここのところ、アルベニスの首都リェガンタの周囲に、不穏な気配が漂っていたのは知っている。

もう一人の異世界人が築いた砂漠の国の民が、草原にちらほら姿を見せている、と。

女王はその報告を心に留めてはいた。だが実際に手を出して来るとは思ってもみなかった。

砂漠の王は賢い男だという。

ラーディアの流刑地に自然発生した罪人達の国なのだから、あの時代遅れの白い騎士団を恨んでいるはず。海と砂漠、敵対関係にある二つの勢力がよもや手を組むとは思えなかった。

だが民を率いる王は、混乱に乗じる程度の狡猾《こうかつ》さを持っているかも知れない。

王とも神とさえも称される男は、己を必要とする砂漠の迷い人には惜しみなく手を差し伸べ、手厚く持て成す。ヴィヴィアナが立てた使者は彼の崇拝者になるか、武器で追い払われるようにして戻って来るかの、どちらかだった。

「……何ということなの」

女王は爪を噛《か》んだ。

砂漠の王の意図が手に取るように分かる。

仮に立場が逆であったら、彼女もまた、そうしただろう。

ただ一方向を見つめ、全勢力を一点に注ぐ国があったなら、その背後を突いてみたくなるはずだ。

「早く制圧しなさい」

女王の命令は簡単だった。

だがそれを実行に移すのは現在のアルベニスには難しかった。城に残っている兵力は乏しい。女王と王女の身を護る、最低限の数しかいない。しかも深夜、見張りは交代で睡眠を取っている。

叩《たた》き起《お》こされ戦の支度をするまでに、北門が突破されてしまう。

女王は一瞬だけ逡巡《しゅんじゅん》し、情報が集まるであろう女王の間ではなく北を目指した。

ヴィヴィアナのためだけに存在する、遊牧民の生活には合わないながら王族の象徴である広く美しい城を駆ける。

乾燥地帯にあって贅《ぜい》を尽くした、豊かな水の流れる城を。

「……そんな……！」

北門を見渡せるテラスに出た女王の目に飛び込ん

で来たもの。

それは、夜空を焦がす火だった。

王都の北門が、燃えている。

脚から力が抜け、ヴィヴィアナはその場にくずおれた。

アルベニスが襲撃されている。

今まで多くの国や集落を攻め滅ぼして来た己の足下に点いた火の恐ろしさに、がくがくと体が震えた。

女王は初めて、侵略される側の恐怖を覚えた。

全てを失うかも知れないという恐怖を。

＊＊＊

「ただのボヤですな」

翌朝、あの騒ぎにおいても起きて来なかった老宰相が、にこにこと報告する。

被害は宮殿の北門が燃えた程度。怪我人数名。敵は少人数、全て逃走。

「ただのボヤ……ですって？」

「我が王城の堅牢《けんろう》さに尻尾《しっぽ》を巻いて逃げたのでしょう。一歩たりと、踏み込まれておりません」

宰相は胸を張る。

玉座にかけた女王は、北門に撃ち込まれた矢羽根のない鉄の矢を掌に弄《もてあそ》びつつ、すっと目を細めた。

寒気を実際に感じるほどの冷たい表情に、自慢げだったオスワルドの表情がやや強張る。

機械式の弓から放たれる鋼の矢は、馬車の車輪の輻だった。あり合わせのもので、砂漠の王は恐ろしい武器を作っているらしい。

ヴィヴィアナの心を満たす感情は恐怖だった。

認めたくはない。が、足下が崩れ落ちる恐怖と、女王は懸命に戦っている。

敵は本当に逃げたのだろうか。

最初から城を落とすつもりがなく、ただアルベニスに脅しをかけただけではないのか。

「……ねえ、オスワルド」

「は」

「プルシアを呼んできて。昨日の夜の話、ママが詳しく聞きたがっているって」

「は……」

「それから北門の復旧は急ぎなさいね。そのままにしておいたら物騒だから」

世界が動いている。

女王はそれを肌で感じていた。

昨夜の、己の城が燃えている光景は、生涯忘れないだろう。たとえそれが、ボヤ程度のものであったとしても。

第十四章　希望へ繋《つな》がる試練

後に大いなる変革の年として記録される神聖暦六百五十四年の冬。

大きく退却するも完全な撤退は選ばず、ラーディアの北に留まり続けていたアルベニスの軍が、雄獅《し》子《し》の旗を掲げた。

それがもたらす意味を、まだ誰も知らない。王婿がどのような人物か、ラーディアには全く情報がなかった。

ただ言えるのは、これでアルベニスの弱点がひとつ補われたということ。

厳密な上下関係のみで成り立つ遊牧民は横の連携に慣れない。建造物の最上部に重いキーストーンを置いて安定させるように、彼らには頂点に立つ将軍が必要だった。

理解できないのは、何故このタイミングで彼らが将軍を得たのかという根本的な部分だった。

退却の一報を受け、その理由を判断してから動いたにしては、雄獅子の旗の翻るのが早すぎる。かと言って戦の始まる前に将軍がアルベニスの首都を発ったのであれば、それはそれで遅すぎる。

己の弱点を知っていたのならば、そもそも最初から将軍を先頭に出陣するはず。ずいぶん、中途半端で不可思議な時期に現れたものだ。

雄獅子の存在そのものより、この奇妙な動きにこそラーディアは混乱し、様々な憶測が飛び交った。

しかし敵が将軍旗を掲げてこちらを窺《うかが》っている以上、手立てを考えなくてはならない。先の戦の傷が完全に癒えたとは言えないバルヴェルトも、大慌てで動き始める。

季節は冬本番に差し掛かろうとしている。城を護る天然の要塞《ようさい》、降り注ぐ矢の雨を防いでくれた森もすっかり葉を落とした。

加えて、大きく退却した彼らと相対するのにラーディアは平原へ出て行く必要がある。

かつて王都があった辺りは、もはや荒れ果てているだろう。

ふと懐かしい光景を思い出し、エルレシオン王は小さな頭を左右に振る。

静かな、王の学習室。王は螺鈿《らでん》のテーブルに広げた地図を眺めつつ、大きく息をひとつ吐いた。

ラーディアはこれまで平和で、近隣の諸国ともそれなりにうまくやっていた。国境の警備も甘く、非力で、王国殲滅《せんめつ》の決意を持った遊牧民の襲撃を食い止めることができなかった。

四色の騎士団のうち、北方警護の朱雀はアルベニスの襲撃を受けあっと言う間に散った。王都は女王の口車に乗せられ、自ら城門を開いて敵を招き入れたため内側から落とされた。

——陛下。

王都陥落の報を受け取り、あまりの衝撃に悲しむことすらできなかった幼いエルレシオンに、神聖国の頂点である法王ガヴァラスは最初にそう声をかけてくれた。

ラーディア国王陛下、と王子エルレシオンを呼び、そして七星の加護を願ってくれた。

その瞬間にエルレシオンは王となった。悲しみでも絶望でもなく、両親の死がもたらしたものは、滅びに瀕した王国を背負うという重責だった。

恐らくラーディア最後の王となるだろう。が、誇り高くあろう。そう決意したものだ。

昨年の出来事が、遠い過去のように感じる。

あの頃、まだ王の傍に栄光はなかった。

「失礼致します。陛下」

作戦会議室の扉がノックされたことも、部屋にいた衛士がそれに応じたことも、何者かが入室したことも分かっていた。

広げた地図の、ラーディア王都跡あたりを睨《にら》み付けていたエルレシオンは、穏やかな女性の声に顔を上げる。

ゼイオンの巫女《みこ》がいつもの、王の教育係としての真面目な表情をして、弁えた所作で深々と礼をする。

「……両親のことを考えていた」

王の言葉にアリアは表情を崩さなかった。

繊細な指で、頬にこぼれた髪を耳に掛けたのみ。

「陛下は……父上は、こうなることを予期していたのだろうか」

「こうなる、とは？」

「私の元で予言が現実となると」

ラーディアに伝わる、異教徒の言葉で記された曖《あい》昧《まい》な、どういう風にも解釈できる童歌。

それが現実とはかけ離れた空想だったのは、謳《うた》われているのが『幼王』だからだ。何故、歌の主人公は幼くして戴冠《たいかん》したのか。幼王の御代を想像すれば、とても平和な時代とは思えない。

だからこそ予言は力を秘めていた。全てを失い、か弱く幼い者が王となるまで追い詰められた状態で、ラーディアは栄光を授かるのだと。

「最後の……一縷《いちる》の希望だったのは、間違いないでしょうね」

「父上は勝てなかったのか？　騙《だま》されたと聞いているが、敵の嘘を見抜けても、勝てなかったのか？」

アリアは静かに頷《うなず》いた。

分かっていたこととは言え、はっきり肯定されてエルレシオン王の喉《のど》が震える。

「これは……申し上げるなと口止めされていることです。どうぞご内密に」

「分かった。誰にも言わない。何だ？」

「猊下《げいか》は、先王陛下ご夫妻も早くゼイオンへ避難されるよう、再三に渡り要請していました。ですが、先王陛下は王都と運命を共にする決意を最期まで変えませんでした。……都の民を道連れにするのは心苦しいが、それが、未来のためなのだと」

未来のため。

王子を生き存《なが》えさせ、栄光の約束された『幼王』を誕生させるため。

まるで自らが生きている限り、王国には夜明けが来ないと信じていたかのように。

エルレシオン王は硬く口元を引き結んだ。

王都陥落、そして両親の死が、栄光の未来の始まるきっかけだったとは思いたくもない。結果として幼王が誕生し、予言が現実のものとなろうとも。

出来るならば、失いたくなかった。

「法王猊下も、異国の王子の額に冠を載せて王と為す権利など持ってはいません。先王陛下は愛する王子を送り出す時に既に冠を脱ぎ、ラーディアの全てを……王権も、領土も、民も、未来も、王国の誇りも何もかもを譲り、そして託しました」

「父上は」

「陛下をラーディア国王としたのは、他ならぬ先王陛下です。猊下はただ名代を務めたに過ぎません」

エルレシオンは幼くとも凛《りん》と、王の貌を上げた。

異国の統治者に戴冠して貰《もら》ったが、王位は間違いなく父親から譲られたのだと、改めて理解する。

「ガヴァラス猊下の厚意には本当に感謝している。今の私には何も返すことができないが」

「猊下が見返りを求めることはありませんから、どうぞご安心下さい」

「それは勿論《もちろん》、猊下は私の大切な友人だ。心から信頼している。だが、いや、だからこそ、私は甘えたくない」

つらい経験を重ねたことで、十二歳の王は少しだけ、同年代の子供達より早く大人になった。

アリアは、静かに幼王エルレシオンを見つめる。

彼女の目には、エルレシオンは酷く大人びて映っていた。早く立派な王となって王国を背負えるようになりたいと背伸びをする青さと、歳不相応に成長した強さが静かに、あどけない頬に混じり合う。

たとえ勝利と栄光が予言されているとしても、実際にラーディアは非力だ。王はその現実から目を背けてはいない。

そう簡単には勝たせて貰えないことを理解し、弱い存在であると承知の上で、それでも大国ゼイオン神聖国と肩を並べたいと強がっている。

アリアは胸に手を当て、静かに祈りを捧《ささ》げた。

信仰に生きる彼女は、聖なる者の存在を口にする時は必ずそうやって予め敬意を示す。

「お気になさることはありません。我々が手を差し伸べるのは、そうすべきだという遙か昔からの約束なのです」

「それは聞いている」

「予言をかなえる為に、ゼイオンは存在しています。天地に最初に在りし方々は、我らにその時を待つよう告げて再び星の元へ還られました。あれから六百年以上、我らは待ち続けたのです。栄光と、英知と、希望と、守護を従える幼王の誕生を。——密《ひそ》かに、約束されし四方の力のうち一つが、我らであれば良いと烏滸《おこ》がましくも願いながら」

「……分からない。何故、我が国を救うためにそこまで」

「そうではないのかも知れません。我らはただ予言をかなえることだけを目的としています。それが結果的に、ラーディアを救いアルベニスを討つことに繋《つな》がっただけで」

ふふと微笑む巫女に、王は苦笑を返した。

最初から分かっていたことだ。栄光を約束された、予言されし幼王という存在であれ、あまりにも大きな運命の盤上で弄《もてあそ》ばれる、ひとつの小さな駒に過ぎないのだと。

「——ひとつ訊《き》きたい。教えてくれ、アリア」

「はい陛下。何なりと」

「今、お前達が慕う『天地の最初に在りし方々』が星の元へ還ったと、そう言ったな?」

「ええ」

「では私の『墜ちたる星』もいつか、ラーディアを去る日が来るのか?」

真摯《しんし》なその問いに、アリアは、答えてくれなかった。

心優しい巫女は肯定して王を傷付けることも、否定して望みを与えることも、しなかった。

＊＊＊

異教徒の塔の最上階にある物置部屋は、先日の大樹の来訪より少々様変わりしていた。

見慣れた木箱の配置が変わり、幾つかは埃《ほこり》を払われ釘《くぎ》を抜いて蓋《ふた》を開けられた形跡さえある。

追放される際、大樹が何をここへ隠したのか。そして戻ってきて真っ先に何を取り出したのか。興味はあったが詮索《せんさく》はせず、枢は大樹の荷物に触れないよう気を配りつつ鉄格子の隙間に顔を押しつけた。

サイの単眼鏡はレオに気に入られ、現在は王家の所有物となっている。そこで肉眼を凝らして旗の様子を窺うしかない。

勇壮な白虎の軍旗と共に風にはためく青いペナントをようやく見て取り、まだ敵に動きのないことを確かめる。そして、確かに青は安全・安心の意味だが青空に溶け込んで視認性が良くないので変更を提案しようと心に誓う。

せめて緑色にしてもらおう。

雄獅子《しし》の旗の第一報が届いた時、偶然にも枢はレオの傍にいた。そしてそのまま雪崩れ込んだ、王を中心とした軍略会議の場で、策を求められた。

女王の国の王族についてなど母から聞いた覚えはない。具体的なアドバイスは何もできない代わり、情報伝達手段について幾つか提案をした。白虎の旗と共に掲げるペナントも、その一つ。

危険な動きを察知した時は黄色の旗に変わる。幼王の覚えめでたき異教徒も未《いま》だ塔に幽閉されている状態であり、仮にペナントが変わっていることに気付いても実際は何もできない訳だが、何も知らないままでいるよりは遥かにましだ。

ラーディア、特にバルヴェルトは、情報の大切さを侮っていると枢は考えていた。

もちろん枢も近代的な戦争について詳しい訳ではない。レオは頼ってくれているが、正直、自信がなかった。

栄光を約束する存在の、メッキの薄さがいずれ明るみに出るのではないかと。

「でもまあ……仕方がないよねえ……」

思わず声に出して呟《つぶや》いていた。そう、仕方がない。

枢の武器は母の思い出話だけ。実際に戦争を指揮することなど不可能だった。

百歩譲って、過去の枢がもう少し真剣に父親のいる世界に行きたいと願っていたとしても、時を遡《さかのぼ》るという発想は爪の先ほどもなかっただろう。母子が日本で過ごした年月と同じだけ、父の国も時が流れていると普通は考える。

想定の二十九年前のラーディアに降り立つなど、しかも覇王の国は戦争中で、滅亡寸前の状態だなどと、推測できるはずがない。

時を遡った理由なら分かる。母の知るラーディアと現在はかけ離れている。

二つの時空を結び、未来の概念と名乗った存在が思い描く世界像に近付ける、そのためだ。

それは分かっている。が、具体的に何をしに来たのか、そして何をなし得たから帰るのか――

ぶるりと背に震えが走った。天気の良い朝は冷え込むと天気予報で聞いたことがある。

異世界においても天気を始め、ほとんどの物理法則が同じらしい。

じっとしていると頭の中はもやもやとした未来の不安でいっぱいになる。枢は余計な心配事を振り払い、もう一度、城壁に翻る旗を見た。ここへ来た時は海風を浴びて北へ靡《なび》いていた白虎の軍旗は、大陸風を受けて尻尾《しっぽ》を海の方へ向けている。

変わる様子のない青を目に焼き付けて、最上階の物置部屋を出る。塔の内壁に沿う螺旋《らせん》階段を駆け下り、途中で自室に寄って卵を回収した籠《かご》を取り、更に下る。

「サイ、おはよう」

「ん。おはよ」

二階層まで駆け下りる。枢の同居人は相変わらずだらしない格好で寝椅子に長くなっていた。

城に行く時にはいつも綺麗《きれい》に身支度を整えてもらっているが、帰ると二日ともたない。既に髪はぼさぼさ、服は中途半端に着崩れている。

「旗はどうだった？」

「青だった」

「ふうん。連中やっぱり動くのが遅いねえ」

寝椅子の肘掛《ひじか》けに立て掛けるようにして、豪華な革装の大きな本が置いてある。何の本なのかは分からない。ただサイは、塔に戻ってからずっと本を読んでいる。

サイが父親から譲り受けた書棚には旅行記が多かった。異教徒でなくとも旅をすることは難しく、広く世界を見聞するにはそれらが最良の手段だからだという。

奇をてらった創作話も多く含まれるため慧眼《けいがん》を磨く必要があるが、それが、自由を奪われた親子が世界を知る唯一の手段だった。

「そっちはどう？　女王国について、何か分かった？」

サイは欠伸をしながら身を起こし、縺《もつ》れた赤毛に手を突っ込んで掻《か》きむしる。

枢は寝椅子の端に、遠慮がちに腰を下ろした。

「本当に手掛かりがなさすぎる。身近な神秘の国だよ、あそこは」

「ふうん」

「男が狩猟と放牧で草原を駆け回っている間、女は留守番をする。だから女王がまとめる国なんだ。もう発生からしてラーディアとは違う」

「そうだね。僕達の世界でも、女性だけが王位を継ぐ国ってちょっと思いつかない」

「連中に作れるものはチーズだけだ。農業はてんで苦手。羊は飼うけど、植物を育てるって発想がそもそも無くて、穀物が必要になったら他の国や民族が育てたものを奪う」

「酷いな、それ」

気怠げだったサイが寝椅子に膝《ひざ》を組んで身を乗り出した。聞き手がいる方が頭が働くらしい。

「朱雀……つまりラーディアの北部を任された連中は、主に遊牧民を警戒するために置かれていたはずなんだ。けど、遊牧民は弱い者いじめが仕事だ。強い相手には手を出さない狡《ずる》さがあった」

「実際にゼイオンには攻め込んでないしね」

「そもそも遊牧民は強かった。けど、結局、囲まれた世界に存在していたに過ぎない。何年か前にようやくそれに気付いた訳だ」

壊して奪うことが当たり前だった国が突然、港を乗っ取るべく海を目指した。

迷惑な話だと嘆息する一方で、この小さく非力な国を支えた豊かな海と、大陸間貿易の持つ力を改めて理解する。


「でも奪ったところでちゃんと運営できないいんじゃない？」

「だからこそ——ん？」

下から声が聞こえる。ラーディア語では何を言っているか分からなかったが、声には覚えがあった。

朝食を持ってきた兵士ではないのは間違いない。間違えるはずがない。

鉄格子に顔を押しつけてみれば、思った通り。

「たまごだ！」

朝日を浴びて黄金色に輝くルースの愛馬が見えた。

飛び出しかけ、思いとどまって服装をチェックし、ずいぶん長く伸びた髪に軽く手櫛《てぐし》を通してから、あらためて石段へ向かう。

巻き上げ機の鍵《かぎ》が外され、少しずつ落とし格子が持ち上げられていくところだった。

うずうずと、枢は騎士がそれを潜るのを待つ。

「おはようございます。我が君」

ルースはいつも通り隙のない純白のフロック姿で、

いつも通り完璧《かんぺき》な所作だった。

丁寧な挨拶《あいさつ》が終わるのを、枢は黙って待つ。

用件を切り出すのは、彼が顔を上げ目を合わせて微笑んでからだ。

「あの、おはようございます。どうしたんですか?」

騎士がここを訪れるのは午後と決まっている。白虎はよほどのことがない限り慣例を曲げない。

ルースの表情が柔らかいので、切羽詰まった状況ではないのが分かる。が、敵が不穏な動きを見せ始めたばかりの今の状況では、暢気《のんき》に会いに来てくれただけとも思えない。

不安に駆られる枢を安心させるように、ルースは掌に置いた枢の手を握った。

「陛下が、お会いしたいと」

「またですか」

よほど駄々をこねられたのか、ルースの表情にわずかに滲《にじ》む苦笑。

「もうさあ、枢はお城に暮らせば良いよ。王様と一緒にさ」

頭上から気怠げな声がし、振り向けば階段に腰掛けて脚を組むサイの姿がある。

咄嗟《とっさ》に枢の心を満たしたのは、二人で過ごした時間だった。

悪魔と恐れられ、孤独が当たり前だった異教徒が、自分の領域に枢の居場所を作ってくれた。そして始まった、不器用な共同生活。古書とガラスの器具と鶏と作戦会議で満たされた毎日。

楽しい思い出に溢《あふ》れ、日本へ帰りたいと思うこともなかった。

ただ言葉が通じるという以上に、枢にとってサイは大切な、離れ難い、かけがえのない友人。

「僕の家、ここなんだよね」

「ここは俺ん家だ」

「僕を追い出すの?」

適当に羽織っただけの服をかき合わせ、髪に手を突っ込み、サイはしばし考え込む振りをした。

「……いいや。君も異教徒だからね。異教徒の塔に住む権利は、当然ある」

ルースがきびきびとした声で階段のサイに何事かを命令し、サイは気怠くそれに応じている。

幾らか会話のやり取りが続き、遂に渋々、サイは腰を上げた。

「まったく、しょうがないな」

サイは心底、面倒臭そうな顔をしている。

だが残念ながら、ここは通訳の出番だ。

＊＊＊

いつものようにダグラス邸で身支度をさせられたが、今回はいつもと違うオプションが付いていた。

朝食がまだであるとの情報が伝わったらしく、着替えと髪のセットが終わる頃には二人分の軽食が別室に用意されていた。

枢が今まで味わったことのない不思議な香りの茶らしきものと、発酵させないパン、焼いた魚、卵、果実など。食材は普段と変わりがないが、料理人の腕が良いのが分かる。

広い部屋の大きなテーブルで、枢もサイも急いでそれを腹におさめた。王を待たせていると考えれば、優雅に味わっている暇などなかった。

「あの、ごちそうさま」

二人が食べ終えるまで背後で控えていた女中に、せめて感謝の雰囲気だけでも伝われば良いと心を込めてそう声をかける。

良く訓練されたダグラス家の女中は表情を全く変えることなく、スカートを両手でつまんで片足を引き、軽く腰を落とした。優雅なお辞儀だが、そう言えば、女中が主人に対して行うようなこの美しい所作を、枢は初めて受けた気がする。

回を重ねるごとに扱いが良くなって来るのが、何故か楽しい。

バルヴェルトの上層階級にとって、近付くことさえ嫌な存在だったはずなのに。

執事に案内されて玄関の広間まで歩き、そこで待っていた別の女中にマントを着せかけられる。

食事の時と同様に上着を着せる役の女中も無表情で、目を合わせてもくれない。だが枢が礼を述べた時、何事かを呟《つぶや》いた。

それがどういう意味か、教えて貰《もら》えないまま。急いで玄関を出、ルースにエスコートされて馬車に乗る。

「今日はタケルさんいないんですね」

枢に続いて乗り込もうとしていたサイがタラップを踏み外しそうになったことは無視した。

「その……働いています」

「そっか」

ルースが言葉を探す様子を見せたのは、秘密にしたい訳ではなく単に対となる日本語を知らなかっただけだろう。

何か特殊な、ルースの語彙《ごい》では伝えることが難しい任務を帯びているのかも知れない。

枢はタケルに、そういう印象を勝手に抱いていた。生まれついての貴族ではないせいか柔軟で、器用に働くと。

二人が腰を据えたのを確認し、ルースは馬車の扉を閉めた。

やがて静かに蹄《ひづめ》が鳴り、車輪が軋《きし》む。

「さっきの女中さん何て言ったか分かる？」

ダグラス邸を出た辺りで早速、訊《き》いてみる。サイはにんまりと口角を上げた。

「歌の一節だよ。直訳すると『夜道で足下を照らし、大洋で方角を示し、我々を導く存在であれ』って感じかな」

「星の歌だね」

「要するに君はラーディア人にとって導きの光であるということだ」

ラーディア人にとって星は大切なもの。大地に生まれ落ちる前の、魂の輝き。月が存在しないというこの世界において、夜は星明かりのみが頼りだ。

　そして海洋国家ならでは、方角を知る上でも重要な存在だ。ひときわ目立つ七つの星を王権の象徴とするほど、彼らは星を愛している。

　予言された、王が手にする四つの力のうちの一つが『墜ちたる星』であったことは、ラーディア人の誇りをおおいに刺激したことだろう。空から墜ちてくる異教徒どころか幼王の存在さえ知らぬ頃から、我が王国にいつか星が墜ち、そして王に栄光を約束すると。

「貴族の使用人って、どういう身分？」

「ん？　良くも悪くもないよ。良家のお嬢さんが就く職業じゃないが、かと言って読み書きもできない平民出身には無理だし」

「じゃあ多少は、異教徒を嫌ってるってことか」

「嫌ってただろうな」

　サイが過去形に言い換えたことが、地味に嬉《うれ》しかった。

　恐らくサイも、己への待遇が良くなっていくのを肌身に感じているはず。

　歌は『墜ちたる星』への激励と解釈しておくことにした。それも、元々あまり快く思っていなかった、中流階級の出身者からの。

「ラーディアは少しずつ変わっているのかも知れないね」

「変わらないといけない。君の影響力は我が国にとって大きいが、それだけで勝てるほど状況は甘くないからね」

　幼王に栄誉を授ける星の下、ラーディアは一致団結しようとしている。

　その中心に在る予言の存在が非力な自分であることにむず痒《がゆ》さを感じるが、枢は御輿《みこし》に担ぎ上げられる運命を受け入れた。

　それは未来を変えなければ己が消えてしまうという、利己的な感情からではない。今は心の底からラーディアの勝利と栄光を望んでいるからこそ、その役に立てるのであれば多少恥ずかしい使命も我慢しようと考えている。

＊＊＊

十二歳は成長期だと、枢は感じた。

特に十五歳で成人するラーディアにおいて、それも一刻も早く大人にならなくてはならない幼王レオにとって、一日一日が深い意味を持つ。数日ぶりに会うレオは、間違いなく成長していた。

いつものように抱きついて来なかったせいかも知れないが、ひどく大人びて見える。

凛々《りり》しい表情で『良く来てくれた』的なことを言った――と推測する――レオは、どうやら枢に甘えることを己に禁じたらしい。

まだあどけなさの残る頬。そんなに強がらなくても、年相応にもっと大人を頼れば良いのにと、胸が苦しくなってくる。

後の覇王は多くの犠牲の上に誕生した。もしアルベニスの侵攻がなければ両親の元で何不自由なく成長したであろう王太子は、戦争により多くを失ったことで自ら軍を率い、やがて大陸を平定する。

枢が操らなくとも、世界は自然と、在るべき未来へ舵《かじ》を切っているように感じられた。

強く在ることを己に課したと思われる父を眩《まぶ》しく感じ、枢ももう父を子供扱いしないと誓う。

その華奢《きゃしゃ》な肩に滅亡寸前の国を背負う幼王を、抱きしめたくなっても我慢しようと。

「君のこと、君の世界のことを知りたいみたいだ」

午前の爽《さわ》やかな光が窓辺に降り注いでいる。王の勉強室は暖炉に火が入っており暖かい。

ダグラス邸の女中に着せかけられたマントを城付きの女中に脱がせて貰い、身軽な格好になった枢に、通訳がそう伝える。

枢はサイを見、そしてレオを見た。

「僕のこと……」

レオが枢の生い立ちに興味を持つのは、自然の流れだった。どこからともなく現れた、違う世界の人間なのだから。

ただ枢には、レオの好奇心に応えてあげられる自信がなかった。あなたの息子であると、レオ本人に話すべきかどうか分からない。

「僕は……この世界を変える力を持っている別の世界で産まれ、育ちました。半分ラーディア人です」

丁寧に言葉を選び、サイが伝える間を空けながら、枢は語る。

「今までも、僕が育った世界から、沢山の人が墜ちて来ています。異教徒、です。でも僕は彼らとは違って、この世界から向こうに行って、そして戻って来ました」

「また帰るのか？　って」

「それは、今のところまだ分かりません。でも……多分」

頷《うなず》いたのか俯《うつむ》いたのか、中途半端な仕草になってしまった。が、王は察したようだ。

己の問いにイエスと答えたのだと。

サイが曖昧《あいまい》なニュアンスを通訳する前に、レオは表情を曇らせた。

「僕の使命は、ラーディアを導くこと。今もう既に、栄光の未来は始まっています。つまり、僕のやるべきことは、もう終わりに近付いているんです」

「ずっと傍にいて欲しい、って」

「……僕もです。僕は、この国が大好きです。僕の半分が、ラーディアを故郷だと認めている」

父さんの存在を意識したことがないまま十七年も生きてきたけれど。

やはり僕はあなたの息子です。――父さん。

唇を噛《か》み、出かかった言葉を飲み込む。

「心配しないで。僕と陛下は、強い絆《きずな》で結ばれています。今の僕はもしかしたら消えてしまうかも知れないけれど、それでも絶対に、切れることはありません」

いつかレオは一人の女性と出会う。

枢と同じ世界から来た女性に、特別な関心を寄せるだろう。

どのようなきっかけで、レオが愛する女性を元の世界へ返したのかは分からない。合意の上だったのか、それとも母は『未来の概念』によって強引に連れ戻されたのか。

その辺りのことは詳しく聞いていない。ただ悲しい別離の話を聞いた覚えはないから、きっと納得ずくで帰ったのだろう。

その時レオは、気付いていただろうか。

幼い頃に傍にいた『墜ちたる星』が、自分の息子であったと。

息子の未来が己の過去と結びつき、運命を変えたのだと、時を越えてなお切れることのない親子の絆を感じてくれただろうか。

両親が何故、別れたのか。

その理由が今この瞬間を生むためだったように感じ、枢の胸が苦しくなる。

彼らはきっと、自らの幸せを犠牲にして王国の運命を変えることを選んだのだ。

枢は王の前に片膝《かたひざ》をついた。ルースやバルヴェルトの民が枢に対ししてくれるように。

「僕は消えてしまうかも知れない。けれど、陛下、僕は消えてしまう瞬間まで、そして消えてしまった後もずっと、あなたの傍にいます。あなたを導く星として」

夜道で足下を照らし、大洋で方角を示し、ラーディアを導く者として。

女中が聞かせてくれた歌詞の通りの存在であろうと、枢は王に誓う。

枢は導きの星――

ふと、己の名前の由来はもしかしたら己自身の言葉なのかも知れないと思い至り、枢の頬に穏やかな笑みが浮かぶ。

微笑みながら、王を見上げる。

『墜ちたる星』の忠誠を受けるレオの表情は凛々しかった。瞳《ひとみ》が濡《ぬ》れているように見えたのは、朝日の悪戯《いたずら》だったのかも知れない。

＊＊＊

「……まじかよ」

タケルは思わず、声に出して呟《つぶや》いていた。

彼は信じていなかった。砂漠の王、先の戦いにおいてラーディアを劇的勝利に導いた立役者ヒロキ＝セリザワが、港町の場末の酒場で飲《の》み潰《つぶ》れているとの情報を。

日中は大抵そこにいると言われ、半信半疑で足を踏み入れた。白虎の白いフロックが目立つのでバルヴェルトで手に入れた既製服を着て。

王とまで称された男が何故、そこまで堕落したのか。噂が嘘であってくれれば良いと願いつつ。

「お久しぶりです」

タケルはヒロの向かいの椅子を引いた。

背もたれにふんぞり返って腕を拱《こまね》き、俯いて眠っているとばかり思っていたヒロが、ふと視線を上げる。

「よう。誰かと思ったらあの時の兄ちゃん」

「何やってるんですか、お父さん」

「だから俺はお前の親父じゃねっつの」

アルコールと、魚の干物を焼く煙、吐瀉《としゃ》物、それにタケルには分かる、ラーディアで禁止されているはずの麻薬の匂いが立ちこめる。

あちこちで小競り合いが生じており、怒号が飛び交ってすらいる。

酷い店だった。ヒロが昼間の時間を潰すのに、向いているとは思えない。

ヒロはジョッキの底でテーブルを叩《たた》いて店のメイドの注意を引き、指を二本立てる。慌てて、タケルは手を振って取り消した。私服に着替えているが、騎士団長代行の命による極秘の任務中だ。酒を飲む訳にはいかない。

「何だよ面倒臭えな」

「ちょっと話に付き合って下さい」

「その前に、タケルっつったな。訊《き》いて良いか」

「……何です？」

「あんたの名前、日本の語感だよな？」

やはりタケルの名は異世界人の気を引いた。

「偽名です。事情があって本名を捨てることになった時、避難先の異教徒に付けて貰《もら》いました。異世界の英雄神にちなんだ名前だそうです」

「英雄ねえ。あれか。日本武尊《やまとたけるのみこと》か。神話に関しちゃあんま詳しくないけど、確かあっちこっちの部族を征伐して、国をひとつにした奴だ。俺達の国にある王権の象徴、所謂《いわゆる》『三種の神器』のうちの一つがそいつに由来するはずだ」

深く酔ってはいないようだ。とろりとした酔眼の底に理知的な光がある。

「良い名だ」

「自分には良く分かりません。この名前に、何を託されたのか」

本名を捨てざるを得なかった運命に対する慰めだと思っていた。その名は英雄にあやかったもの、誇って良い名であると。

異世界の者らはこの名に反応する。接点を持つには好都合、という程度の認識しかない。

具体的には知らなかった『異世界の英雄神』が王権の象徴に関わっている、ラーディアで言う七星、ゼイオンの『天地に最初に在りし方』に匹敵する存在だと分かり、嬉《うれ》しさより戸惑いの方が先に立つ。

ヒロは小さく笑いを零した。

「ところで英雄神さんは、何しにこんな所に来たんだ？　勧誘か？　こないだあの渋いスカー・フェイスとも話したが、俺はこれ以上ラーディアに手を貸すつもりはないぞ」

「サイ……息子さんに協力する気はないんです？」

「二人共おんなじとこ攻めて来やがるな。俺はもう少し遠回しなことを考えている」

テーブルに身を乗り出す様子が、いかにも秘密の作戦を教える雰囲気だったので、タケルも顔を近付ける。

砂漠の王は疎らな無精髭《ぶしょうひげ》に覆われた頬に、まるで新しい悪戯を考え付いた子供のような、無邪気な笑みを浮かべた。

「俺はな、これから砂漠に戻って、毛糸のセーターを着て、チーズフォンデュパーティーを開こうと思っている」

「……はい？」

意味が分からず当惑するタケルを、ヒロは心底楽しそうににやにやと眺め回した。

「つまりだ。遊牧民が冬を越すのに必要な物資を片っ端から買い占める」

「彼らを飢えと寒さで追い詰めると」

「物分かりが早いねえ。さすが半分……おっと秘密だったたな。そうだ。南大陸の商売人が先に仕掛けたみたいだが、俺も乗っかることにした。幸い、俺達には軍事力はないが金ならあるからな」

タケルは大まかに理解した。

遠回しに息子に協力する、の意味を。

彼は国家を――それも大陸の半分を飲み込もうとする大国を、経済的に追い詰めようとしている。

文字通りに干上がらせることまでは不可能だとしても、与える混乱は少なくない。

ただでさえアルベニスは現在、多くの働き手が兵士として国境付近に逗留《とうりゅう》している。羊毛にしろ保存食にしろ燃料にしろ、厳しい冬を越すための物資は不足しているだろう。

「その金は、どこから来てるんです？」

「あちこち掘れば、売れそうなもんが出て来るよ」

「砂漠に何らかの宝が眠っているとは、聞いたことがないですね」

「そりゃロアーネの周辺までしか、人の手が入ってなかったからな。奥地はすげえぞ。まだ金と石炭は出てきてないが、岩塩だけでも結構な価値がある。バルヴェルトが海産物関連の産業を休んでいる今、高騰中だ」

不毛の荒野に、文字通りひとつの国家が誕生しようとしている。

そこに人が集い暮らしているというだけではなく、産業があり経済が動いている。

寒気をすら感じるほど、砂漠の王は『王』だった。彼らが築いた灌漑《かんがい》設備により、砂漠の奥地まで行くことが可能になった。ヒロの言葉がはったりでないのなら、豊かな資源を抱えた砂漠の王国は、いずれ看過できない勢力となるだろう。

アルベニスをすら恐れさせるほどの。

潰すか手を組むか。早い段階でどちらかの手を打たなくては、ラーディアもその脅威に戦き続けることになる。

砂漠の王国は、白虎の師団による異教徒迫害の末に誕生した、言わば敵対勢力だ。

今はまだ二国間に王の愛する息子という鎹《かすがい》が打ち込まれている。サイが幼王に協力している限り、ヒロもラーディアには手を出さないだろう。

だがもし武力で息子を取り返そうと砂漠の王が思い立てば、精鋭による小規模な戦闘においてラーディアに勝ち目はない。

「おいおい。そう怖い顔すんなって。大丈夫、うちの息子が王様に協力するって頑張っているうちは手出ししないよ」

「正直ですね」

「どうしても俺をラーディアの味方だと思いたい連中が多いみたいだからな。白黒はっきりさせておいた方が良いだろ？」

一日も早く戦争を終わらせ、サイの通訳としての仕事を片付けた上で連れ帰る。息子を愛する父親の行動原理は分かりやすかった。

やっていることの規模は別問題として。

「北に凍らぬ熾ありき……。自分はあなたこそ幼王に約束された英知だと思っていました」

「さあも言ってたけど、そりゃ違う。ぶっちゃけ俺はラーディアにこれっぽっちも良い印象を持っちゃいない。そんな人間が王国を明るい未来に導く訳がないだろう？」

「そうでしょうか。少なくともあなたは確かに、我々の味方でした」

「俺を内側に数えるのはやめておけ。鞘《さや》のない抜き身の刃《やいば》を内懐に入れるようなもんだ。ついうっかり出来心で、取り返しの付かない何かをやらかすかも知れないぜ」

底の知れない笑みを浮かべるヒロに、タケルは黙って向き合う。少なくとも今はまだ、彼を味方に数えておいても良いはず。

問題は幼王の国が盤石なものとなり、アルベニスとの戦いに終わりが見えた時だ。

王国のために働いた異教徒の名誉を回復し、自由にしてやらなくてはならない。

その時、サイがもし父親を選んだら。

息子を取り戻した後、砂漠の王はラーディアを放置しておくだろうか。

己の人生を壊した国を。

「——お父さん」

「冗談だよ。息子に免じて昔のことは不問にしてやる。あいつはこの国が好きだと言った。故郷だとね。味方になるつもりはさらさらないが、表立って敵にもならないから安心しろ」

息子の宝物は壊せねえよ。

そう呟《つぶや》くヒロの表情は、間違いなく父親のそれだった。

彼を信じたい。ラーディアへの恨みはいまだ根強く残っているようだが、息子への愛情は本物だ。

「なあ、タケル」

「何です？」

「俺は安全な場所から命令するだけの偉い奴が、大嫌いなんだ」

「分かります。……それで？」

「女王様は今、お城の中で南を向いている。そこを北から突いたら、どうなると思う？」

「そりゃ大騒ぎでしょうね。でも今のラーディアにアルベニスの北へ派兵する体力はありません」

「んーなもん必要ねえよ。実際に攻め込まなくて良い、ほんのちょっと怖がらせてやれば気付くさ。戦争は正面衝突だけじゃないってな。そろそろ……怖い思いをしていると思うぞ」

楽しい悪戯を企んでいるようなヒロの笑み。

ごくりと、タケルの喉《のど》が鳴った。

＊＊＊

再襲撃の気配に慌てる港町を出、半島を駆け上がり城砦《じょうさい》都市へ戻る。

門兵はタケルの顔見知りで、平服の彼に気付いて意味ありげな目配せをして通してくれた。仮にも騎士の称号を得た者が、軍服を脱いで極秘の任務に就いているのが面白いらしい。タケルは門兵のにやにや笑いを無視した。

さて砂漠の王の魂胆をどう騎士団長代行に伝えるか。考えながら城砦内部の前庭から騎士団の施設のある方へ歩いていたタケルは、脇道から出てきた人物とうっかりぶつかってしまった。

「失礼」

咄嗟《とっさ》に詫《わ》びると、若い労働者風の男は仲間と何かこそこそ言葉を交わし合い、タケルを一睨《にら》みすると石畳に唾《つば》を吐いて去って行く。

呆《あき》れつつそれを目で追っていると、ふと、ぶつかった相手の背からふわりふわりと舞い上がったものに気付いた。

両手で包み込むように捕まえてみる。

「蛍《フイリ》？」

城砦の外の森に棲息《せいそく》する、夜になれば淡い光を放つ羽虫だった。茂みに入ると体に付着する。

つまりあの男達はつい今し方まで森にいたのだ。

それも奥深く、獣道さえ通っていない場所に。

タケルの背を、冷たいものが撫《な》でていく。

——いやな予感がした。

＊＊＊

枢をルースが、サイをタケルではなく別の騎士がそれぞれ馬に乗せ、異教徒の塔へ帰る路。すっかり冬の陽は傾いて薄暗く、森を抜ける風は冷たい。

今日はいつもと様子が違った。馬は塔のずいぶん手前で停止し、先を行く護衛の騎士が何者かと言葉を交わしているのが聞こえる。

「何て?」

枢は後ろを見てサイに訊《き》いた。

「……なんでそこにいるのか、って」

「つまり、誰かいるんだね?」

サイはぷいと顔を背けた。それで、枢は誰がいるのか理解した。

塔の手前で、ルースが颯爽《さっそう》と美しい所作で馬から下りる。枢は騎士がエスコートしてくれるのを待った。たとえ衆目にさらされていない場所であれ、自力で降りることは戒められている。

『墜ちたる星』は国民にとって希望の象徴であるだけでなく、王と会うことさえ許されている存在なのだから、形だけでも貴人として振る舞わなくてはならない。品のない行動をする者が傍にいると、王の威厳まで損なってしまうからだ。

行儀良く降ろしてもらい、手はず通り礼儀正しく手を差し伸べるルースに応える。死角となっていた塔の入口にタケルの姿が見えた。頬に疵《きず》のある、大柄な傭兵《ようへい》もいる。

二人とも厳しい表情だったが、枢には笑顔を向けてくれた。

スカーは豪快に『こんにちは』と言う。唯一覚えているその日本語で命拾いしたと聞いている。サイの父親をスカウトしに行った時、その一言で異教徒の側の存在だと証明してみせたらしい。

元気に日本語で挨拶《あいさつ》する相手を、大樹は攻撃できなかったのだ。

枢もはっきりとした発音で『こんにちは』と応えた。自分の言葉が通じることが、スカーは嬉《うれ》しそうだった。

「何かあったんですか？」

「不審な人物を見たと」

「ここで？」

ルースがタケルに何事か問いかけ、タケルが答える。スカーもサイも口を挟む。幾らか強い言葉が、枢の頭上を飛び交っている。

訳してもらえるのを、枢は我慢強く待つ。サイはすぐに己の仕事を思い出したようだ。

「壁の内側で体に虫が貼り付いてる不審な人物を見たんだと」

「虫……？　そんなに珍しい？」

「虫そのものは珍しくないけど、フィリはここの森でしか見られないよ」

「ああ蛍だね。僕が知ってる数少ないラーディアの単語だ」

「城砦からここまで道を通らず茂みを突っ切って来たら、体中にフィリが貼り付く。もう冬だし、虫も少なくなっている時期だからね。相当長いこと森に潜んでいたんだろうって話」

タケルが真っ先にここに来た理由が分かった。

城壁の外に広がる森は広大で、そこに身を潜めて様子を窺うべきものは少ない。それこそ、異教徒の塔くらいしか考えられない。

枢は塔に近付いてみた。

荒らされた形跡を探しても、黒い石の壁や鉄格子に何の痕跡《こんせき》も見られなかった。地面は枯れ葉に覆われて、そもそも足跡が残りにくい状態だ。

鉄格子から指紋が検出できないか考えてみた。セロハンテープならペンケースに入っている。

「……無理だよね」

仮に指紋が採取できたとして、そこからどうすれば良いのか。城砦に出入りする全員の指から指紋を集め、見比べるのか。

現実的ではない考えを捨て、改めて塔の周囲を見渡してみる。

落とし格子の巻き上げ機は相変わらず頑丈に封印されたままだった。鎖を切ろうとしたり、鍵《かぎ》を壊そうとした形跡はない。不審者は諦《あきら》めたのか、そもそもここまで来ていないのか。どちらにしろ異教徒の家は無事だった。

「外出していてラッキーだったのかな」

「だとしたら、王様の強運は半端ないな」

「確かに」

王のわがままで朝食も食べずに呼び出された。もし普段通りの朝だったら、何が起こっていたのだろう。落とし格子は外から開ける構造になっているため、巻き上げ機を施錠する鎖を切れば塔に踏み込むことも可能だ。

「空き巣に入られなくて良かったね」

「空き巣……。ああ、そっちの心配もあった訳か」

ルースが出掛けにもきちんと鍵を掛けてくれることを、今更ありがたく感じた。

盗まれて困るものならスマートフォンくらいしかないが、予言や異教徒の存在を好ましく思わない者に侵入され暴れられても困る。

貴重な書物が多く眠っているし、鶏達だっている。

「もっと大切なものがあります」

ルースは真剣な表情で、枢の心配が的外れであると指摘してくれた。

騎士は空き巣より異教徒の身を案じているが、枢にはまだ、命が狙われたという実感がない。

タケルもまたこの塔に特別に心を置いている。今まで見たこともないほど表情が険しかった。

「警備を強化するってさ」

騎士二人の会話の内容を、サイはざっくりと説明してくれた。

長い立ち話だったが、ほんの一言で伝え終えてしまえる内容だったらしい。

＊＊＊

塔の最下層の竈に火を起こせば、上の部屋まで充分暖かい。

おまけに今日はサイの部屋に五名もひしめいている。寒さを感じる隙はどこにもなかった。

作戦会議に傭兵隊長が参加している理由。スカーは大樹に聞いた策とやらを持って来ていた。それについて『墜ちたる星』の意見を聞きたいと言う。

肩に鶏を止まらせて真面目な表情で、強面《こわもて》の傭兵が大樹の様子を語っている。本棚に寄りかかるサイが、それを日本語に訳す。

「ばんりのちょうじょう、だってさ」

「万里の長城？」

「父さんが言うには、今のラーディアに必要なもの」

「ああ、まあ、そうだね。あれ良いかもね。あんまり現実的じゃないけど、理想型ではあるかも」

「……知ってんの？」

「日本人なら多分誰でも……あ、ちょっと待ってて」

枢は抱えていた鶏をサイに押しつけて部屋を出ると、階段を駆け上がって自室に飛び込んだ。

リュックの上にも寛いでいる鶏がいた。ごめんねと謝って布団に移動して貰《もら》い、ファスナーを開ける。

世界史の図録をこちらの世界に持ち込んだのは、このためだったのか。運命の手際に感心しつつ、ラーディアにはまだない色鮮やかな写真印刷を施した分厚い本を撫で回す。

日本に帰りたい、元の暮らしに戻りたいと思うことは、これまであまりなかった。自分が消えてしまう焦燥感やラーディアを救う使命を強く感じていたし、ルースやサイ、幼い父など愛すべき人がいて寂しさも感じない。

母を一人にしてしまっていることだけは、胸が痛む。産まれる子供の父親となるべき人物を紹介できなかったことで、母は家族と縁を切っている。頼れる親戚《しんせき》はなく二人だけで生きてきた。

いつか日本に帰ったら、父さんの話をしてあげよう。枢より年下の、可愛らしい少年ではあるが。

自然と笑みを零しつつ、枢は参考書を手に再び階段を駆け下りた。

「あったよ。これこれ」

異世界の書物、特に写真を印刷したものに関心があるらしい皆の注目を集めつつ、枢は図録を繰る。

世界の歴史を学ぶための本で、万里の長城は誰でも習う有名な建造物であると説明をしながら。

すぐに目的の写真は見つかった。大地に横たわる大蛇のように、城壁がうねりながら遙か彼方まで続いている。ヒロが思い描く、ラーディア防衛に必要なものだ。

騎馬民族の襲撃を防ぐ目的で造られたという説明をゆっくり読み、サイに訳して貰う。

大陸の中央部が乾燥するのは共通の自然現象であり、そこで馬を駆る民族が力を付けるのも同じ。

矢を防ぐだけの高さは必要なく、馬が飛び越えられない障害物で囲えば良い。これも恐らく、辿《たど》り着《つ》く共通の対策だろう。

写真を凝視する彼らにとっても、それは理想的な解決策のはずだ。

問題は規模だった。仮に厳冬期は休戦するとしても、一冬でこれを完成させるのは、今のラーディアの体力的に不可能だろう。

「確かに理想型ではあるが現実的ではないな」

「ぱっと造れるものじゃないからね。実際にこれも何世代にも渡って継ぎ足していったものらしいし」

「七星の向こう側の世界も、騎馬民族には困らされていたんだな」

「そうかも」

二つの世界は共通点が多い。

同じような環境に置かれた同じような人間は、自然と似通った道を通って繁栄していくのだろう。

枢は、母の昔語り以外にももっとラーディアを導く多くのヒントを知っているはずだ。世界史は数多《あまた》の文明の繁栄と衰退、成功と失敗の記録。熱心に勉強していなかったことが、今更悔やまれた。

騎士と傭兵《ようへい》隊長は、真剣な議論を更に重ねている。

サイが訳してくれる話では、城をぐるりと囲う防壁ではなくもう少し簡単に作れる柵《さく》のようなもので、アルベニスの弓騎兵を妨害できないかという内容らしい。

完全に足止めする必要はなかった。整然とした隊列を乱すだけでも効果はあるはずだ、と。

「普通に考えて……なんで今までそれやってなかったんだって話」

「まあそう言うな。ここまで攻め込まれるなんて想定してなかったんだ。都から見れば大陸の端っこの田舎だよ？」

枢は神妙に頷《うなず》いた。

幸運が幾つも重なり、バルヴェルトは無傷のまま残っている。ラーディアの運命が本当に首の皮一枚で繋《つな》がっていたことを、改めて痛感した。

＊＊＊

その頃、ダグラス将軍は自室に籠《こ》もり、頭を抱えていた。

敵が掲げた将軍旗の意味が全く理解できずに。

旗は何らかのメッセージのはずだが、外交の表舞台にほとんど姿を見せたことがない王婿の登場が何を意味するのか、意図を汲《く》み取れない。

アルベニスは元々、こちらの常識が通じる相手ではなかった。定住せず広大な平原を移動しながら暮らす民族であることも、人間相手に弓を引き矢の雨を降らせるという理解し難い戦法も。

彼らには、今まで通りの手段は通用しない。だからこそ偽りの軍旗を掲げるという『墜ちたる星』の卑怯《ひきょう》な策を甘んじて受け入れた。こちらだけが正々堂々としていたのでは分が悪い。

神聖な旗を穢《けが》す行為だけに抵抗はあったし、効果のほども今ひとつだった。ラーディアの騎士は卑怯者の集団であるという、好ましくない評判を得ただけだった。

「……いや」

思わず声に出してそう呟《つぶや》く。

冷たい冬の訪れた窓の外を睨《にら》み据え、ダグラス将軍は執務室の豪華な椅子に身を預けた。

偽りの旗を掲げる作戦が今ひとつだったのは、情報が漏れていたからだ。

アルベニスは知っていた。北大陸の歴史上一度も使われたことがない、前代未聞のはずの策を。

しかも情報の出どころは次子マクシミリアンだった。誇らしげに本人が認めたのである。高潔なる白虎の騎士が、そのような手を使ってはならない。ラーディアの名誉のため、何としても兄を阻止しなくてはならなかったと。

汚れた勝利より清らかな敗北を選ぼうとしたマクシミリアンの行動は、将軍にとっても悩ましい。

どのような手を用いても勝利を目指す長子、あくまで高潔であることを望む次子。平等に育てた二人の息子は、かけ離れた理想を抱いている。

何故、二人にこれほどの差が生じたのか。父ダグラス将軍には理解できないことだった。

「騎士団長殿」

執務室の扉がノックされた。うなり声のような返事を返し、ダグラス将軍は腰を上げた。

どうやら準備が整ったらしい。

＊＊＊

ダグラス将軍の鹿毛の馬がバルヴェルト城砦《じょうさい》の前庭に到着すると、わずかなざわめきがそこに集う騎士らに生じた。

何故、と不思議そうに将軍を眺めている。

人員も武器も食糧も集められるだけかき集め、彼らはこれよりジュディス砦《とりで》に向かう。砦を本拠地として交代で休みつつ、奪還した村落跡の野営地にできる限り人を置き、雄獅子《しし》の動きを警戒しつつ大急ぎで村落を復興させる。

アルベニスの動きは緩慢だった。だが必ず動く。国を遠く離れた国境線に長期に渡り駐屯したままでは、寒さや餓えに困っているだろうと容易に推測できる。撤退を選ぶにしろ突撃して来るにしろ、決断が迫られているはず。

撤退するならば良し。その背を追う必要はなく、黙って見送る。

攻めて来るなら迎え撃て。駐屯地からジュディス砦、そして王城の塔への情報伝達手段は確保されている。報告を受け取り次第、すぐにバルヴェルトの全兵力で向かうから、凌《しの》ぎ切れ。

それが彼らに下された命の全て。

将軍は城砦の前庭を馬上から見渡した。

先の戦に向かう前の出陣式とは、明らかに雰囲気が違う。

どうやら、彼らに祝福を約束する『墜ちたる星』の姿がないことが不満で仕方ないらしい。あの少年に見送って貰《もら》わなくては、栄光を手にすることが出来ないとでも言いたげに。

エルレシオン王のわがままを優先したが、こちらにも顔を出させるべきだったか。代行ではなく騎士団長が自ら見送りに出ているのに、この温度差は意外だった。

思想の汚染の進み具合に、ダグラス将軍はやれやれと肩を落とす。

騎士団が、ラーディアという国自体が、その恐るべき存在に傾倒していくことが不安だった。将軍にとってはアルベニスの女王以上に、『墜ちたる星』の少年の方が信用ならないからだ。

「誇り高き白を纏《まと》うラーディアの子らよ。その働きに期待している」

激励の言葉を、これより出陣する白の部隊は直立したまま聞いていた。

跪《ひざまず》くでも歓声を上げるでもなく。前庭は凍り付くような緊張感の下、静まり返っている。

やれやれと心の底から嘆きつつ、将軍は手綱を繰った。

「『墜ちたる星』の輝きと共に在れ」

そう祝福の言葉を述べると、わずかに士気が上がったように見えた。

認めざるを得なかった。予言はともかく、あの少年の存在が王国を奮い立たせているのは間違いない。栄光の未来が約束されていると信じているからこそ、ラーディアは強い。

「父上」

白虎の躍る旗に導かれ、白い軍服の上にマントを羽織った部隊が城門を出て行く後ろ姿を見送っていると、轡《くつわ》を並べて来る者の気配があった。

将軍は立派な口髭《くちひげ》をわずかに歪《ゆが》める。

「分かっている。マクシミリアン。予言を信じるのは愚行だと言いたいのだろう」

「ご理解いただけているのでしたら、何も申し上げることはありません。その通り、予言に振り回されるのは如何《いかが》かと思いますが、残念ながら彼らの思想は完全に汚染されている。なればそれを利用するのも賢い手だと思いますよ」

そう。利用したに過ぎない。

栄光を授ける者の名を出してやれば彼らは勢い付く。普段以上に良く働くだろう。

少なくとも予言には、その程度の効果はある。将軍はそれを認めているし、マクシミリアンもそこだけは否定しない。

ただし入れ込みすぎるのは危険だ、という認識は父も息子も共通して持っていた。

「父上、私もジュディス砦に向かわせて下さい。そろそろ騎士団に戻らなくては、兄上との差が開く一方です」

静かに視線を向ければ、将軍の息子はやんわりとした微笑を浮かべている。

兄と張り合うことだけを生き甲斐《がい》にしているような弟にしては、水をあけられたことを認めた謙虚な物言いだった。

「マクシミリアン」

「私の働きを示しましょう。陛下もきっと、ご満足頂けるはずです。必ずや雄獅子を制してみせます」

「信じて良いのか？」

「勿論《もちろん》です。むしろどこに疑う余地がありましょう」

一分の隙もなくラーディアの貴族らしい格好をした息子が、自信に満ちた表情をしている。

将軍は言葉に詰まり、豊かな口髭を指先で撫《な》でて整えた。

騎士の中から裏切り者が出る――

異教徒がもたらした不吉な予言は、ダグラス将軍の耳にも入っている。しかも何故だか将軍には、裏切り者は二人の息子のうちどちらかだという根拠のない確信があった。

それが『疑う余地』だった。

今までの常識を覆して異教徒の手を借りた長子ルーファスか。敵国と取引をしようとしている次子マクシミリアンか。

どちらも王国のために行動しているのは間違いない。ラーディアを裏切ろうなどと欠片も思っていないだろう。が、良かれと思って行った決断が逆に王国を追い詰めてしまうのではないかと、将軍は危惧《きぐ》している。

栄光を約束する者が何故、そのような不吉な予言を口にしたのか。避けられない不測の事態への警告と考えるのが妥当だ。

異教徒の唱える予言が必ず実現するとは思っていない。が、実現しないとも限らない。

「……どうするつもりだ」

「最強の切り札があるではありませんか。兵を引くことで港の利益が手に入るとなれば、わざわざ壊しに来るほど女王も愚かではないでしょう」

ダグラス将軍の胸にじわじわと不快感が滲《にじ》む。父は息子よりほんの少しだけ現実を理解していた。

アルベニスは和平を持ちかけて門を開かせた後、城内へ突撃するという手を使って、労せずラーディアの王都を陥落せしめた。その卑劣さに涙した将軍だからこそ、マクシミリアンが心配でならない。

あれほど明確に掌を返す相手が、次は誠実に交渉してくれるだろうか？

「マクシミリアン。ラーディアの王都が、先王陛下ご夫妻が、どのような運命を辿《たど》られたか。忘れるな」

「大変不幸な出来事でした。王都にはポート・バルヴェルトのような、アルベニスにとって価値あるものが何も存在しなかったばかりに」

ふう、と将軍は息をついた。

息子の信念はどうあっても曲がらないらしい。

確かにラーディアの王都は、海を目指す女王にとっては道半ばに存在する障害物程度だったのだろう。

その非道さを示唆してさえ、マクシミリアンの自信は些《いささ》かも揺るがない。

二人の息子、向いている方向は真逆だがどちらも王国の未来を憂う強い愛国心と、そして己の選んだ道が正しいと信じて絶対に疑わない頑固さだけは、何故か似ていた。

母親の違う兄弟の共通点が誰に由来するのかを考えれば、ただ苦い笑いのみが込み上げて来る。

「行きなさい」

「ありがとうございます」

不安は拭《ぬぐ》えない。だが今は、前へ進まなくてはならない時だ。

＊＊＊

脇机にありったけ並べて灯《とも》していたアルコールランプがひとつ消えた。視界が少々暗くなり、サイは枢に借りた世界史の図録にしおり代わりの鶏の風切羽を一枚挟んで閉じると、消えたランプに燃料を足すべく寝椅子を立つ。

ふと鉄格子の外を見遣れば既に真夜中に近い空の色をしていた。

写真をふんだんに使用した参考書はサイの好奇心を強く刺激した。

文字は読めない。枢達の世界の文字は千種類以上もあり、その全てを覚えるのは効率が悪すぎる。覚えることを、子供の頃に放棄した。

だが写真は見ていてとても楽しい。なかなか図録を手放さないサイに呆《あき》れ、貸してあげると言って枢は部屋に上がっていった。あれから随分、時間が経っているようだ。

もう一つの世界を知りたいという思いは、常にあった。が、こちら側の世界でも一人で満足に生活できない身、向こう側の世界で生きていく術がなく、思い描くことだけで満足していた。

何百人も乗せた鉄の乗り物が空を飛ぶ世界。大樹は、その部品を製造する仕事をしていた。内容は理解できなかったが、かつての仕事の話をする父はとても活き活きとしていて、誇らしげで、そんな父を見ているのは楽しかった。

素晴らしい世界であると、だからこそ技術の発展していないラーディアから妬《ねた》まれているのだと、己に向けられた憎悪を、大樹はそう解釈していた。故郷に誇りを持ち、自らを迫害する王国を下に見ていた。

今思えば、彼はそうすることで、暗い感情に負けないよう心を保っていたのだろう。ラーディアを憎むことは、もう今のサイにはできない。

予言されし幼王の時代が到来した。異教徒を弾圧していた白虎の騎士も変わろうとしている。蔑《さげす》むべきと信じ込んでいた異教徒こそ栄光を授ける存在であると気付き、受け入れようとしている。

いまだ頭の硬い連中が上にのさばっているのは確かだが、ラーディアは確実に変わり始めていた。それが分かるからこそ余計に、サイは祖国を愛おしく感じている。

良い方へ変化しつつある祖国。己の半分、日本という未知の世界への興味とはまた別の思いだった。

開いたままの窓から熱が逃げて行く。夜半の冷え込みに気付き、サイはアルコールランプを置いて窓辺に近付いた。

「……ん？」

木戸を閉めようとしてふと、外の気配に気付く。

かすかに、落ち葉が音を立てている。獣が近付くことはあったが、それとは違う気がした。

見張りが夜半にこれほど音を立てることはなかった。確かに警備を強化するとは言っていたが、うるさいと邪魔になって来る。

サイはランプをひとつ取り、覆いを被せて灯を隠すと、物音を立てないようそろそろと階段を降りた。

昼間タケルが見かけた、蛍が体に貼り付くまで茂みに潜んでいたという不審人物が戻って来たのかも知れない。警戒を怠らず、慎重に。

毒ガスを発生させるものや爆発物を投げ込まれる場合を除き、鉄格子の正面にさえ立たなければ安全だ。塔に閉じ込められたまま生きていく護身術を、大樹にそう教わっている。

壁伝いに、鉄格子の横まで移動した。枯れ葉を踏む足音ははっきりと聞こえている。

「誰かいるのか？」

星明かりを避けて闇に身を沈めたまま問いかけてみると、外がぴたりと静かになった。

「誰もいないよ」

「……あんたがいるだろ」

飄々《ひょうひょう》としたタケルの声に、全身から一気に力が抜けた。ランプの覆いを取ると鉄格子の影がすらりと外へ向かって伸び、その中に短髪の騎士が佇《たたず》んでいるのが見える。

白いフロックの上に防寒用の厚いマントを羽織り、白い息を吐きながら、優しそうな笑顔を浮かべて。

「俺を不審者に数えるなよ」

「じゅうぶん不審者だろ。こんな時間にガサガサ音を立てて」

「うるさかった？　ごめん、もう寝てると思ってた」

確かにいつもなら寝ている時間だ。たまたま今夜は、枢に借りた異世界の書物が面白かったので眺めているうちについ夜更かししてしまった。

そう説明すべきか一瞬悩んで、サイは別にとだけ答えた。

「何やってんだ」

「警備を強化するとは言ったけど、具体的にどうしようかねえって考えてたとこ。今の季節、この大量の落ち葉に火を点けられたら危ないだろ」

「火か……」

ここが襲撃される恐れは、なかった訳ではない。が、現実的ではないと思っていた。

関われば身に不幸が及ぶと信じられており、一般のラーディア人は異教徒を傷付けるどころか近付くことさえ厭《いと》う。

大樹がそう世論を誘導した。徹底的に恐れられるよう振る舞った。無視される方が身の安全が保てるからと。

ただその常識は、アルベニス人には通用しない。当初、女王は『墜ちたる星』を奪おうと画策していた。だがもっと手っ取り早く、異教徒を葬り去ろうとする可能性は大いにあった。

栄光へ導く者がいなくなりさえすれば、ラーディアの快進撃が止まるからだ。

確かに、鉄格子の隙間から大量の枯れ葉や小枝を詰め込んで火を点けたら、塔自体が煙突になって良く燃えそうだ。サイは己の想像に寒気を覚えた。

「あ、怖がらせちゃったね。ごめん」

「常に最悪を想定しておくのは、重要だろ」

「まあね。言いたくないけどこの塔には、どう考えても一個だけ埋められない警備の穴がある」

「へえ。どんな?」

気軽に問えばタケルは予想外に真摯《しんし》な表情で、鉄格子越しにしっかりとサイの目を見据えて来る。

「俺はサー・ルーファスのことが好きだし、立派な方だと思っている。あの人のやることにケチ付けたくはないけど、巻き上げ機を封印したのは悪手だと思うね。もしもの時、君達を助け出せない」

サイはすぐに、タケルが何を心配しているのか理解した。

ルーファスは大切な『墜ちたる星』が連れ去られることを恐れている。塔に鍵《かぎ》をかけたのはあの騎士の不器用すぎるほど真っ直ぐな愛情ゆえ。

枢を愛するからこその措置が逆に、異教徒の安全を確保する上で障害になるのではないか、とタケルは考えているらしい。

もしタケルが心配しているように、塔に火が放たれたら。鍵を持つルーファスが来る前に、閉じ込められている二人は最悪の事態になりかねない。

「……で、どうする訳?」

「それを今、考えているとこ」

にんまりと、タケルは口角を上げる。

いつも通りのふざけた表情に戻っていた。

「絶対に俺達を助けるって、約束できるな?」

「勿論《もちろん》。いい加減、俺を信頼してくれよ。我が君」

タケルは鉄格子の隙間に手を入れ、掌をサイの方へ差し伸べた。

サイはしばし迷った後、相変わらず着崩れている服の懐に手を入れながら鉄格子に近付いた。節くれ立った疵痕《きずあと》だらけのタケルの掌に、己の指先ではなく服の中から取り出したものを押し付け、両手で包んでぎゅっと固く握らせる。

掌に違和感を感じたのか、タケルが怪訝《けげん》そうに眉《まゆ》を寄せた。

サイがそっと手を放し、数歩下がってから、タケルは拳《こぶし》を開いた。

その小さな金属片が何か、説明してやるつもりはない。タケルが気付くまでサイは黙って待った。

「この鍵、もしかして」

「何も聞くな。それから、誰にも言うな。……ただお前が、黙って、持ってろ」

主君に命じられた通り無言で頷《うなず》き、タケルは鍵に接吻《くちづ》けてからそれをフロックの内側に仕舞った。

そして、サイには予想外の行動に出た。

腰に帯びた剣の留め金を外し、すらりと抜き取る。ぽかんとしているサイの目の前でそれを逆手に持ち替え、マントを掴《つか》んで指を隠した左手の上に刃を置いて、鉄格子の中のサイに柄を向ける。

剣を手にした経験はなかった。こわごわ、柄を受け取る。想像していた以上に重い。

タケルは満足そうに微笑み、その場に膝《ひざ》をついた。

サイはそっと、タケルを傷つけないよう極めて慎重に、刃で彼の肩を叩《たた》く。

鉄格子越しの刀礼。祝福する者もおらず、ただ満天の星だけが頭上に煌《きら》めいている。

「……何を言えば良いのか知らない。何かを誓わせるんだろう?」

「君が思っていることで良い。俺にして欲しいこと。俺に守らせたいこと、誓わせたいこと。どんなことでも、俺は従うよ。君の騎士だからね」

塔の中の主君は己に忠誠を誓う騎士を鳶色《とびいろ》の瞳《ひとみ》に映す。

「俺を独りにしないこと。全部終わって、枢が日本に戻って父さんが砂漠に引き上げて皆が故郷に帰っても、お前だけは——ここに来てくれ。と、時々でいいから」

「君はお父さんと一緒に行かないのか」

「俺の家はここだ。戦争が終われば、今までの暮らしに戻る」

その時に、耐えられる自信がなかった。

今まで当たり前だった独りきりの日常に。

神妙な顔をして膝をつくタケルが、ううん、と小さく唸《うな》った。

「……誓いを立てる側が口を出すことじゃないけどさあ、その時々っての、やめない？」

「俺のために無茶して欲しくないし」

「もっとシンプルに行こう。朱雀にかけて誓う。ずっと傍にいるよ」

彼の信念の全てと言って良いものの名に誓われた誠実な言葉。震える手でタケルの剣の柄を握ったまま、サイはこくりと頷く。

彼を、信じようと思った。

＊＊＊

「ねえ、お母さん。今日先生がね、『けんかりょうせいばい』って言ってたよ。喧嘩《けんか》する人はどっちも悪いって。でもお父さんは良い王様で、悪い王様をやっつけたんだよね？　お父さんは悪くないんだよね？」

「そうね。お父さんは、何も悪いことしていないものね」

「でも王様を殺したんでしょ？」

「国を滅ぼすというのは、王様を討つことだけじゃないよ。王様を殺しても国が生きることはあるし、王様が生きていても国が滅びることもあるから」

「……わかんない」

「枢がもう少し大きくなったら、きっと分かるようになる。今は分からなくても良いから、これだけは覚えておいてね。お父さんは本当に正しいことだけをした」

これだけは覚えておいて――

お父さんは、本当に正しいことだけを――

「や。おはよう」

「わあああぁっ！」

枢は飛び起きた。

文字通り、飛び上がるように。

ベッドの足下に腰掛けているビジネススーツの中年男性が、その様子を見てへらりと相好を崩す。

「そんなに驚かなくても」

「おっおお驚くに決まってるじゃないですか！　何やってんですか人の部屋で！」

「君と話をしようと思って来た。残念ながら僕にとっては鉄格子も意味がないからねえ」

「そっそそそういう問題じゃないです！　人が寝ている時に、勝手に部屋に入るの、おかしいじゃないですか！」

「でも真っ当な手続きを踏んで君に会うのはとても大変なんだ」

「そっ……それは何となく分かりますけど、でも、だからって……」

まだ呼吸は乱れ、心臓は肋骨《ろっこつ》の下で激しく暴れている。枢は極力、己を落ち着けようと努めた。

深く大きく深呼吸する。

部屋に忍び込んだ『未来の概念』以外のものに注意を向けられるようになるまで、しばらく時間がかかった。

鎧戸《よろいど》の隙間から、早朝の気配が部屋に忍び込んで来ている。太陽が昇る一瞬前の、澄んだ空気と静寂が心地良い。

普段ならまだ寝ているか、気の早い鶏が目覚め、枢を起こす頃。

——何故こんな穏やかな朝に、勝手に部屋に入り込んだ謎の人物に驚かされているのか。全く理解できない。

「もしかして……今から日本に帰るんですか？」

「いやいや安心して。僕もそこまで鬼じゃないよ。帰る時にはきちんと皆に挨拶《あいさつ》する時間は取る」

「帰らなくて良い、っていう選択肢は」

「それは無理。真理花さんとの約束を破るなんてできない」

母の名を出されると、何も言えなくなる。

枢の身を案じ、必ず連れて帰るとの条件付きで送り出してくれたと聞かされた。母の存在を意識してしまうとどうしても、自己主張を通すことができなくなる。

今も母は一人、枢の帰りを待ちながら寂しく暮らしているはず。

小さなアパートの台所で、自分の分だけ弁当を作り、仕事に出掛ける支度をしている時間帯だろうか。

ふと懐かしく思い出し、同時に胸が痛む。

『未来の概念』が小さく咳払《せきばら》いをし、己に注意を向けさせた。

「聞いてない？　君が産まれた時のこと」

「えと……。良く分かりません。聞いてるのかも知れないけど」

「真理花さんには、とてもつらい決断をさせてしまった。こちら側の世界を救うためにね。そんな彼女にねえ、君まで奪うとは言えないんだ。分かって欲しい」

つらい別れだったという話は聞いていない。そもそも父の王国で過ごした思い出話で、つらかった話をしてもらっていない。

幼い枢が怖がると気を遣ったのか、楽しいことしか思い出したくなかったのか。

今なら分かる気がする。愛する者と引き裂かれ、元の世界に戻った母の悲しみが。

「……そもそもどうして、この世界の過去と未来は食い違ってしまったんですか？　どうして、別の世界の僕や母さんや大樹さんがそれに関わっているんですか？」

「言ったはずだよ。知らない方が良い場合もあるって。教えてはあげられないけど、君も脳味噌《のうみそ》を持っているんだから推測することはできたはずだ。何か気付かなかった？」

「えっ？　……ええ、僕、鈍いって言うか昔からちょっと抜けてるところがあって」

ふわふわした天然と称されることが嫌いだったが、

否定はできなかった。

今ではむしろこの性格のお陰で、異世界の『墜ちたる星』として頑張って来れたのではないかと思うこともある。精神的に柔らかいので衝撃を逃がすことができる。

もっと頭が良ければ、もしくは勘が鋭ければ、真実を突き止められたのだろうか。思い悩む枢に、『未来の概念』は渋い表情で首を傾げた。

「簡単なことだ。この世界をアルベニス人に託すことはできない。けれど、ラーディア人は生き残れない。幾人かの異教徒は、てこ入れだよ」

「どうして母さんが選ばれたんですか？」

「王様と相性が良い」

「大樹さんは？」

「知っての通り、あの知識と行動力が評価されて抜《ばっ》擢《てき》された」

「……本当にそれだけ？」

「嘘はついてないよ。秘密にしていることは、沢山あるけれど」

枢の名を呼びながら階段を上がって来るサイの気配に、『未来の概念』が億劫《おっくう》そうに腰を上げる。

時間がない。何か、もっと、確信に迫ることを教えて貰《もら》いたい。そのためには一体、何を質問すれば良いか。

「都築君。次が最後のミッションだ。これが終わったら帰るよ」

「次？　次って何です？　大体、今までほったらかしておいてなんで急に出てきてそんな指図するんですか？」

「それだけ終わりが近いってこと。慎重を期さないとね。ヒントは君のお母さんから全て受け取っているはずだから、必ず成功させるように。いいね。王様に正しい選択をさせるんだ」

正しい選択。

ふと枢の脳裏に閃光《せんこう》が走った。

さっきまで見ていた母の夢、あれは『概念』によって掘り起こされた新たな記憶なのだろうか。

今まで忘れていた、何気ない会話の中にある重大なヒント。

王様を殺しても国が生きることはあるし、王様が生きていても国が滅びることもある――

「あれはつまりラーディアとアルベニスのこと？　じゃあもしかして女王は」

「かーなめー。どうしたー？　うなされてたみたいだけど」

部屋の入口に視線を向けてサイを見、視線をベッドの端に戻せば、もうそこに『未来の概念』の姿はなかった。

枢はふうと息を吐く。

「その……うるさかったらごめん。夢を見てた」

「夢？　どんな？」

「新しい夢だよ。母さんがくれたヒントをひとつ思い出した」

サイの顔が好奇心に輝く。

枢は口角を上げ、無理に笑みを作って見せた。

これが最後だとは言わないでおくことにした。

「まずは飯を食おう。顔を洗っておいで。夢の話はそれからだ」

「はあい」

卵を集めて、朝の身支度を済ませるまで、サイはいつもより早く届いた朝食に手を付けずに待っていてくれた。

普段通りの発酵させないパンと魚の油漬けに、珍しくデザートの餅菓子《もちがし》がひとつ付いている。

今日はゼイオンの祭日で、城砦《じようさい》の北に駐屯している僧侶《そうりよ》達が配っている祝いの菓子だと言う。

稲作を行う国ならでは、米の粉を水で練った生地で木の実の餡《あん》を包んで蒸したか茹《ゆ》でたかした餅菓子を、枢は懐かしくサイは珍しそうに頬張る。

喉《のど》に詰まらせないよう丁寧に咀嚼《そしやく》しながら、枢はこれからについて考えた。

夢の中で母は語っている。王様を殺しても国が生きることはあるし、王様が生きていても国が滅びることもあると。

王を殺され都を破壊されてなお滅びなかった国、ラーディア。

異国に難を逃れた幼い王子と、大陸の端の小さな城砦、一握りの国民。たったそれだけ残っていれば国体をなす。

では逆に、王が生きていながら国が滅びるとは、どういうことなのだろう。どのような条件で、国は滅んだと言えるのだろう。

枢が聞いている限りでは、覇王エルレシオンはアルベニスを滅ぼすという形で長く続いた戦争を終わらせている。

自らアルベニスを討ち大陸を平定したからこそ、エルレシオンは覇王と呼ばれている。

だがもし、アルベニスの終焉《しゅうえん》が母の言う『王が生きたままの王国の滅亡』なのだとしたら。覇王による戦争終結は、アルベニスの王統を断絶したという意味ではないということになる。

これまで疑うことなく信じ込んでいた。

数年以内に覇王エルレシオンはアルベニスの王都に攻め込み、女王を討つのだと。

「ねえサイ。突然だけど、女王と女王の夫を殺さない勝ちってあると思う？」

「んー……投獄？」

「でもそれだと、アルベニス人が黙ってないよね」

「まあな。間違いなく助け出しに来る。で、戦争は長引く。王の血が生きているなら、希望が繋《つな》がってしまうからな」

「うん。ラーディアもそうだったからね。父さんが生きていたから国家は存続した」

「敵に情けをかけるべきじゃないと思うよ。俺は」

餅《もち》が伸びるのが楽しいのか、わざと伸ばしながら食べているサイを眺めながら、枢はふうと小さく嘆息した。

サイの正論に、何故か素直に頷《うなず》けない。

今回だけは違う気がする。常識的な答えが『正しいこと』ではないような気がする。

しかし何が違うのかは分からない。

レオが選ぶべき、枢がレオに選ばせるべき正しい選択が何なのか。見当も付かない。

ただ一つだけ分かっているのは、もし間違った選択をしてしまえばラーディアの未来が潰《つい》えるという事実のみだった。

ようやく、栄光が現実味を帯びて来たというのに。

＊＊＊

昨日と同じ平穏な一日であると、ラーディア国王エルレシオンはそう確信していた。

今日はゼイオン神聖国の祭日。歴代法王の誰かの生誕祭にあたるらしく、森に駐屯し城砦の北を護ってくれている僧兵達が祝いの菓子を作り、港町で振る舞っている。

幼王エルレシオンの元にも、丸い餅菓子が届けられた。あの国は何かにつけて菓子を配り、皆で幸福を分かち合う。王がゼイオンで過ごした期間は短かったが、幾度となくこんな風に餅菓子を頂いた。

素朴で懐かしい味に老いた友人と過ごした日々を思い出し、できればもう一度会いに行きたいと考えながら平らげた。

長閑《のどか》な一日だと、そう感じていた。

雲ひとつない、輝くような冬晴れの空に身を躍らせる白虎の旗。共に掲げるペナントは、王が心より信頼する『墜ちたる星』枢の助言通り、青空を背景にしても視認性の良い緑色に換えた。

雄獅子《しし》の部隊が野営地を畳む様子も見られず、もうしばらく動きはないだろうと予想される。先遣隊によりバルヴェルト北部の村落は復興が大急ぎで進められており、城砦内も港町も戦争への、そして冬への備えを整えつつある。

王は餅菓子を食べ終えると、己に課せられた、武術と座学の日課を順にこなしていく。

当たり前に過ぎ去る長閑な一日だと感じていたからこそ、その不思議な一報を、にわかには信じられなかった。

最初の報告は、何かの間違いだと捨て置いた。

二度目の報告で対応を求められ、半信半疑のまま砦《とりで》の衛兵をそちらに割くよう命じた。

幼王エルレシオンは、三度目の報告を三度復唱させた。

だが三度聞いても意味が分からなかった。

あり得ない。

全く理解できない。

「……私が直接会おう」

「はっ」

「玉座の間に連れて来ておいてくれ。供は連れず、一人で」

もし事実なら、現場に任せてはおけない。エルレシオンは自ら腰を上げざるを得なかった。

ふと『墜ちたる星』を呼ぶべきかとも思ったが、王として己が判断すべきだと思い留まる。

枢は協力してくれるだろう。ラーディア人の及ぶべくもない高度な世界で育まれ培われた明晰《めいせき》な頭脳と豊かな知識で、王の歩むべき道を示すはず。

だがまずは、自分自身で判断しなくては。

いつか『墜ちたる星』が帰ってしまう日が来る。

その時に、枢に頼りすぎて一人では何も決断できない愚鈍な王となっていたくはなかった。

＊＊＊

身支度を終えた王は、騎士団長ダグラス将軍以下数名の騎士やバルヴェルトの学者らを従え、謁見の間へと向かった。

奥の壁を彩る七星の旗を背に、王に拝謁する者を見下ろせるよう置かれた台座に上がり、エルレシオンが二人は並んで腰掛けられそうな大きな玉座にゆったりと腰を据える。

そして、緋《ひ》の絨毯《じゅうたん》に膝《ひざ》をつく者を静かに見据えた。

兵士に囲まれ、一人の少女が薄い笑みを浮かべている。

年齢は王より少し上だろうか。黒い地に鮮やかな色糸で細かな刺繍《ししゅう》を施した、典型的な遊牧民の民族衣装を纏《まと》っている。長い黒髪は細かく三つ編みにしていた。

四名もの兵士の、四本もの槍《やり》に囲まれていながら、その表情に怯《おび》えはない。真っ直ぐに、凛《りん》として、王を見つめ返している。

「初めまして。王様」

鈴を転がすような優しい声が、ぴんと張り詰めた空気を揺らめかせる。

「自己紹介をしても宜しいでしょうか」

「聞いている。――アルベニスの第一王女プルシア」

「お見知りおき頂きまして、光栄です」

遊牧民の少女は感情のこもっていない挨拶《あいさつ》をする。

王の喉がわずかに上下した。

「それで……どうやってそれを証明するつもりだ？」

「母の手紙を持参致しました。お読み頂けたものと思います」

「手紙が本物だとしても、お前が影武者ではない正真正銘の王女だという証拠にはならない」

少女は口を開きかけ、噤《つぐ》み、ただやんわりと微笑んだ。恐らく、どう説明しても無駄だと判断したのだろう。

言葉では証拠にならない。

確かに、玉座の前に跪く少女は品があり、育ちの良さが窺えた。気の強さを滲《にじ》ませつつも社交的な表情に、指先まで神経の行き届いた所作に、人の上に立つ者として育てられているのを感じる。

同じ境遇だからこそ分かる。生まれついて他人を跪かせて来た者のみが纏う輝きが。

だが、それだけで信用するのは早計だろう。

そもそも奇妙な話なのだ。女王の国の第一王女、即ち次期女王、第一王位継承者が、戦争中の敵国に使者として立てられるなどと。

普通に考えて捕らえられ殺される未来しかないその任務を、女王は何故、愛娘《まなむすめ》に課したのか。

確か一人娘だ。その身にもしものことがあれば、アルベニスの王統に関わるというのに。

エルレシオンは女王の寄越した手紙に目を落とした。当たり障りのない言葉でやんわりと、冬の間の休戦を提案している。

たったこれだけの内容なら、馬車を何台も連ねてわざわざ王女自ら持ってくる必要もない。ラーディアの前線を見張る兵がもう少し軽率であったなら、取り返しのつかない事態に陥っていたところだ。

——否。もう陥っているのかも知れない。

ラーディアの地をアルベニスの王女が踏んだ、その瞬間に。

「今更、お前達の国を信じろと言うのか。今まで我が国に何をしてきたと思っている？」

「わたくし達は、わたくし達の行いを恥じる気はありません。胸を張って正しい行いだと断言できます」

王の表情が険しくなる。

ラーディアの王都はアルベニスの和平の申し出を受け入れ、クルロ将軍とその手勢を武装したまま城壁の内側へ入れたため、陥落した。

そのどこが、胸を張れる正しい行動だと言えるのか。荒らげたくなる声をかろうじて飲み込む。感情的になれば、駆け引きは負けだった。

女王は奸智《かんち》に長け、卑怯《ひきよう》で、欲しいもののためには手段を選ばないと噂される。

評判通りだった。その気になれば娘さえ駒として扱うのだから。

王女を殺せば、アルベニスにラーディア討伐の大義名分を与えてしまう。だがこれまで思うまま侵略行為を続けてきた女王に、今更何に己の正当性を示す必要があるというのか。

そして王女を殺さず捕らえておけば今度は、人質を奪還するという口実にしかねない。

どう転んでもこちらが不利だった。

「プルシア姫。一体、何をしに来た？　ここは貴方にとって敵国。どういう目に遭うか、想像できただろう」

「危険は承知の上です、陛下。ですが、わたくしの言葉でしたら父も聞くでしょう」

玉座の傍に控える騎士がわずかに反応した。

王女の父——雄獅子の牙《きば》は今まさにラーディアの喉元《のどもと》に突き立てられている。

「説得して、退却させると？」

「ええ」

「では何故、自軍ではなく敵地へ乗り込んできた？」

少女は答えない。

やんわりと微笑んだまま、答えを濁す。

承知の上で危険を冒す理由は、勝利を得るため。

王女を擁していることはラーディアにとって不利な条件にしかならない。

本物か、影武者かは些事《さじ》だった。アルベニスが『王女である』とのお墨付きをもって寄越した一人の少女を受け入れてしまったが最後。ラーディアは刃物を突き付けられ動きを封じられたも同じ。

少なくともラーディアを混乱させるという意味では、アルベニスの女王の策は功を奏したと言って良いだろう。彼女をどう扱おうと、必ずそれに反対する者は現れる。

深々と打ち込まれた楔《くさび》が、一致団結して脅威と向き合っているラーディアを静かに、そして確実に引き裂こうとしている。


ラーディアに送り込まれた、アルベニスの王女。

それだけ女王は追い詰められているのだと言う者がある。逆に余裕の表れだと反論する者もある。

本物の姫を寄越すはずがない、偽者だと断言する者がある。否、常識的に考えて影武者のはず、ということは裏をかいて本物の王女である可能性が高いと異論を唱える者もある。

殺すべき、丁重に扱い余裕を見せるべき、今すぐアルベニスの領地へ追い返すべき、捕虜として扱うべきと、対応についても意見が割れる。

判断を保留することが最も悪手だと分かっていながら、エルレシオンは決断ができずにいた。

ただこれだけは分かる。彼女は重要な切り札だ。緊張が続く二国間の、双方にとって。

そしてこの冬の結果如何で、将来が大きく変わる。

予言されし幼王は、約束された栄光が向こうからやって来るのを座して待つつもりはなかった。未来を自らの手で切り拓く覚悟を決めている。

それは与えられるものではない。己の行動の先にこそ栄光が待っていると、王はそう確信している。

第十四章間　女王の執着

いよいよ本格的な冬を迎えつつあるアルベニス。

ボヤ騒ぎのあったリェガンタ宮殿の北門は、速やかに修復された。

だが、瓦礫《がれき》を片付け新たに石を組み、外見を元通りに戻しただけでは女王ヴィヴィアナの心は晴れない。

汚れを払拭《ふっしょく》したところで穢《けが》れまでは拭《ぬぐ》えない。穢された事実だけは今も北門にこびり付いている。

王宮が襲撃された。

前ばかり向いていたアルベニスの背後を突く者が現れた。

それは生まれて初めて、ヴィヴィアナが肌身に感じる恐怖だった。

何しろアルベニスはこれまで襲撃し、破壊する側だった。襲撃され、破壊された経験がない。

偉大なる女王に刃向かう者が存在するという非常事態。火の手を目の当たりにしながらも、未だにあの夜の光景が信じられなかった。

大陸に墜ちた別の『星』。

予言の存在ではないはずなのに、その『星』の力は強大だった。アルベニスを襲撃するという、誰もなし得なかった――考えることさえなかったであろう大それた事件を起こしてみせた。

忌々しい、と、ヴィヴィアナは思った。

アルベニスは力を持っている。世界を統べるべき大国だ。

女王が北大陸を制するのは当然のことなのだ。

だが予言という不確かな力の下で滅ぶべき小国が生きながらえ、中立を国是としていた神聖国がそれに味方し、良き商売相手になるはずだった南大陸までであの小国の肩を持っている。その上、見過ごせぬ新たな勢力は無謀にもアルベニスに攻めて来た。

風向きが少しずつ変わっていき、気付けばアルベニスは逆風のただ中に立っている。まるで、世界中の全てが敵に回ってしまったかのようだ。

孤立している。

ラーディアが、ゼイオンが、南大陸が、そして砂漠の新勢力が。皆、アルベニスに刃を向けている。

これは、看過できない状態だった。

コンコンと微かな空咳《からせき》が聞こえ、ヴィヴィアナは瞼《まぶた》を上げた。玉座の傍に、黒衣を引きずる老宰相が立っている。女王が考え込んでいるのか、それともうたた寝をしているのか、窺っていたようだ。

「何？　風邪でも引いたの？」

「そのようですな」

オスワルドは乾いた咳《せき》を繰り返す。女王は面白くもなさそうに笑った。

「歳は取りたくないわね」

「陛下。歳のせいばかりとも限りませんぞ。巷《ちまた》で今、風邪が流行しております」

「知っているわ。皆コンコンと咳ばかりして。私に伝染《うつ》さないで頂戴《ちょうだい》ね。今、大事な時なのだから」

言われて、宰相は一歩退がった。

「南大陸の人間が伝染していったのだと、町で噂になっておりますが」

「かも知れないわ。野蛮で不潔な連中だもの。もしそれが本当なら、アルベニスから南大陸人を閉め出さないと」

「お言葉でございますが陛下。それはもう、手遅れかと」

遊牧民が草原を出て海を目指した結果、閉ざされていた文化の扉が開き、多くのものが流入した。変革があまりに速く、女王でさえ驚いているほどだ。

民は、異国の珍しい品に進んで手を出す。その結果、アルベニスの伝統が失われていく懸念を、女王は抱かざるを得なかった。

馬で草原を駆け回ること、狩りをすること、チーズを作ること、羊を追うこと、毛糸を紡ぐこと、刺《し》繍《しゅう》をすること。それらアルベニス人を支えてきた文化の衰退こそ、予言された滅亡なのではないかと、そんな不安が漠然と心を満たす。

何をもって国となすのか、基準は曖昧《あいまい》だ。

だが少なくとも遊牧民としての暮らしを捨ててしまえば、もはやアルベニスとは呼べなくなる。広大な領土と莫大《ばくだい》な人口を抱えたまま、遊牧民の国とは異なる別の何かへ変わってしまう。

内陸の国が、海を手に入れること。女王の悲願は、国の根幹をさえ揺るがす過ぎた願いだったのか。急速に変わりゆく国に、さしもの女王も一抹の不安を覚える。

「それよりも、陛下」

「なあに？」

「……大変申し上げにくいことですが、姫様の件につきまして、色々と……そのぅ……疑問の声が」

ヴィヴィアナの表情が険しくなるに連れ、オスワルドの声が尻窄《しりすぼ》みに小さくなっていく。

女王に意見できる立場にあるのはオスワルドだけ

だった。が、いくらヴィヴィアナが幼い頃より国に仕えている老宰相とて、絶対的な君主を相手にすれば萎縮《いしゅく》してしまう。

彼女の機嫌を損ねたという理由で処刑された者は、そう多くはないが確かに存在している。

「プルシアなら大丈夫よ」

「そうですかな」

「ええ。大丈夫。ラーディアがあの子に手出しできるはずがないもの」

小国とは言え最近調子付いているラーディアを内から引き裂くには、影武者では力不足だ。次の女王として徹底した教育を受けた娘プルシアだからこそ、その責を担える。

それに、どれほど巧く化けたとしても、偽の王女を差し向けたのであればいずれ話が拗《こじ》れる。この件においてアルベニスに一片の非もないよう、本物の王女を送るしかなかった。

わずか十二歳の王に、プルシアを殺す度胸があるとは思えない。

和平の使者として遣わされた王女を手にかけるのは、自国を追い込む愚かな行為だからだ。いくら幼くともその程度の分別は付くだろう――もしくは幼王に栄光を授ける『墜ちたる星』が諫めるだろう。

つまり、幼王が自国の存続を願う限りプルシアの身は安全なのだ。

「これはプルシアが言い出したことよ。あの子が、和平を申し立てに行くと言い出したの。私も悩んだけれど、でも、あの子の考えた策を聞いて、もしかしたらと思ったの」

「お教え下さい陛下。姫様は一体どのような策を」

「優しいあの子が思い付いた、とても悲しい策よ。そう、とても悲しい。あの子はそれで滅びの予言からアルベニスが救われると言うけれど、女王として賛同できても母としては見過ごせない」

「良く……分かりませんな」

「いずれ分かるわ。今頃きっと、幼い王様はあの子を持て余している。せいぜい悩み、揉《も》め、足踏みしているといい」

やんわりと、女王は微笑んだ。

わずかな沈黙が訪れる。

仄暗《ほのぐら》い玉座の間に、老宰相の空咳ばかりが響く。

「早く風邪を治しなさいオスワルド」

「ええ。そうですな。どうやらこの老体には、南大陸風の生活習慣は合わないようです」

「私達は私達で在り続ければ良いの。港を手に入れて貿易を始めたとしても、生活の根幹は変わらない。グアルハルの麓《ふもと》に馬を駆り、羊を追うだけ」

口元を袖《そで》で覆い隠しながら、オスワルドは白く垂れた眉《まゆ》を上げる。

不思議そうな表情をしていた。

女王がまだバルヴェルトを支配することを諦《あきら》めていないのが、さも意外と言いたげに。

「そろそろラーディアから手を引かれては如何ですかな？」

「まさか。私は諦めないわよ。たかが予言に躍らされて撤退するなんて、この私が、アルベニスの女王が、できるはずがないじゃないの」

「陛下……」

女王の表情は強かった。

迷いなく、アルベニスの繁栄だけを見据えている。

「オスワルド。エットレに使者を立てなさい」

「何と」

「プルシアがバルヴェルト城に囚われている、と」

老獪《ろうかい》な宰相の表情が険しくなった。

ようやくオスワルドも、ヴィヴィアナの本当の策略を理解したようだ。

王女を遣わせたのは、前線にいる夫を動かすためだと。

女王は和平を望んでなどいない。和平交渉のため敵国に赴くと決意した娘をすら利用し、戦局を操るつもりでいる。

「だいたいあの弱虫が、さっさと城を落とせばこんな面倒なことしなくて済んだのに。意気地がないくせに前線に出ていって、いつまでもぐずぐずして」

「……まあ元々、戦いに赴いた訳ではありませんからな。お陰で前線は多少潤ったでしょうが」

「甲斐性《かいしょう》のない男なんて要らないわ」

ヴィヴィアナはふうと虚空へ細く息を吐く。

「さっさと港を抑えたら、次は北ね。これ以上、砂漠のならず者に大きな顔をさせておく訳にもいかない。北大陸には秩序が必要よ」

「秩序、とは」

「相応しい者が相応しい座に就くこと」

アルベニスの女王は己こそ北大陸を統べる者として選ばれたと確信している。

予言に沿う形で次々と想定外の出来事が起き、軍は壊滅寸前まで追い詰められていながらも、信念にはわずかな揺らぎもなかった。

「使者だけでよろしいのですかな？」

「構わないわ」

「草原は冬枯れしておりますぞ。食糧も尽きかけていることと思いますが」

「目の前にあるじゃない。豊かな海が」

ぶるりとオスワルドの背が戦いたのは、風邪を引いているせいばかりではないのだろう。

勝利と、港町の制圧を、全く疑っていない女王のただならぬ執念に、さしもの老獪な宰相とて恐怖を感じたのかも知れない。

ヴィヴィアナは、引くつもりが毛頭なかった。

バルヴェルト攻略を諦めて撤退し、ラーディアと共存するという選択肢がない以上、アルベニスの運命は二つに絞られた。

大陸を支配するか、もしくは跡形もなく滅ぶかだ。

第十五章　星が宿る国の黎明《れいめい》

「サイ！　た、大変！　大変だよ！　大変なことになった！」

「……なにが」

塔の階段を転がるように下りてきた枢の興奮した様子に、鶏達がばたばたと暴れる。が、サイは眉ひとつ動かさなかった。

いつも通り淡々と、机の上に広げた地図やら本やらガラスと真鍮《しんちゅう》の器具やらに埋もれている。

「は、旗。黄色。旗の色が黄色い」

「ふうん。何か動きがあったみたいだね」

「……それだけ？」

「それだけ」

鶏達も落ち着き、羽ペンの走る音だけがやけに大きく聞こえる。

枢はため息をひとつ落とし、サイの部屋の寝椅子に散った羽を払い落として浅く腰掛けた。

「心配しなくても、何か伝えたいことがあったらそのうち来るから」

唇を尖《とが》らせ不満を訴える枢を見遣り、サイは苦笑しつつ子供を宥《なだ》めるように言う。

分かっている。必ず報せが来ると。だがそれを待つ時間がもどかしい。

塔に幽閉され外界を遮断された生活ももう長いが、情報を得る手段がないことにいつまで経っても慣れない。自ら調べる手段が何もないのは、苦痛で仕方がなかった。

良かれと思って提案した城壁のペナントも、中途半端な内容で却《かえ》って胸がざわつくだけ。

白虎の軍旗と共にたなびく黄色の旗。それは王城から塔へ向けてのメッセージだ。何か異変が起きているのは確かなのに、それを知る術がない。

「何かもう……生きてるってだけで実質死んでるようなもんだよ……」

「意味が分からないな」

「人間が人間らしく生きるにはもう少し、情報が必要だと思わない？」

「君が普段の生活で触れていた情報量なんて、こっちの世界で得られる訳がないだろ？」

「ネットとか電話とかメールとか動画とかそういうの要らないから。必要最低限でいいんだよ」

「幽閉されている異教徒が人権を訴えたって無駄。そんなにラーディアの最先端に触れていたいんなら、王様と一緒に暮らせば良いじゃないか」

最近、サイは枢を塔から追い出したくて仕方がないような物言いをするようになった。

枢にはそれがサイの不器用な優しさだと分かっている。枢が塔を離れなくてはならなくなった時に心を痛めずに済むよう、心配しなくても独りでうまくやっていけると言外にアピールしている。

確かに、枢にはタイムリミットが迫っていた。いずれ日本に帰らなくてはならないことはもう確定している。タケルという、サイが憎からず想う相手がいるからこそ、多少は気が楽ではあったが。

「……また攻めてくるのかな……」

「んなことしてる場合じゃないことくらい、とっくに気付いてるだろうよ」

「じゃあ何で退却しないんだろう」

「引くに引けないんじゃない？　怖い女王様の元に、手ぶらで帰る訳にもいかないし」

枢は曖昧《あいまい》に頷《うなず》く。

確かに、アルベニスの見立ては甘かった。簡単にひねり潰《つぶ》せる相手と楽観視し、全力を注がなかったからこそ、戦局は無駄に長引きそして手痛い敗北へと繋《つな》がった。

結果論に過ぎないが、もし彼らが最初から本腰を入れてバルヴェルト攻略に乗り出していれば、初夏の段階で城にはアルベニスの旗が翻っていただろう。

「ああもう。膠着状態《こうちゃくじょうたい》が長すぎるよ。僕には時間がないってのに！」

紙を引《ひ》っ掻《か》く羽ペンの音が止まった。サイが枢の方へ意識を向けている。

枢は曖昧にへらりと笑ってみせた。

未来の概念が言う『最後のミッション』について、サイに相談すべきかまだ決めかねている。

枢は幼王に、正しい選択をさせなくてはならない。まだどのような選択を迫られるのかが分からない以上、多くを巻き込みたくなかった。サイに意見を求めたことで、決断しにくくなるのが怖かった。

最後の選択は、枢とレオの二人きりで向き合わなくてはならない。漠然と、そんな気がする。

＊＊＊

王城内で何が起きているのか枢が知ったのは、その日の午後、いつもよりわずか早めにルースが訪れた時だった。

幾つかの、新たな情報を騎士は塔に持ち込んだ。

アルベニスの使者が北の森で拘束されたこと、それが王女プルシアを名乗っていること、王と何らかの取引を望んでいること。

時折ルースの日本語の語彙《ごい》力で処理しきれない内容が混ざり、それはサイが間に挟まる形で語られた。

どうやら敵も必死らしい。

このまま睨《にら》み合《あ》いを続ければ冬という第三の勢力に打ち負かされてしまう。かと言ってゼイオンの憎兵達や南大陸までが防衛に加わっている今のバルヴェルトを、一度退却した彼らが正攻法で落とせるとは考えにくい。

女王国は策略を巡らしているのだろう。大切な王女を使ってまで。

そして枢は『最後のミッション』の具体的な内容をおおまかに把握した。

王が決断すべきは王女の処遇ではないか。

それこそ、万が一判断を誤ればこれまで積み重ねてきた勝利と栄光が一瞬にして崩壊する。

夏の嵐に始まった、ラーディアの快進撃。順調すぎるほどだった彼らの栄光への道が、今、大きな試練に差し掛かっている。

ここをどう切り抜けるか――正しい選択ができるかによって、未来が大きく変わりそうだ。

母の言葉を改めて咀嚼《そしゃく》する。国を滅ぼすというのは王を討つことだけではない。王を殺しても国が生きることはあるし、王が生きていても国が滅びることもある。

何年もかけてアルベニスの領土を全て奪い、物理的にアルベニスという国をこの世から消し去ることが勝利だとばかり思っていたが、もっと早い段階で確定的に、勝敗は決してしまうのかも知れない。

後の偉大なる覇王、予言により栄光を約束されし幼王は、それを成し遂げたからこそ大陸を平定できたのだ。

「……その王女様って本物かな」

「どうだろ。普通に考えて、影武者じゃね？」

「本物を寄越す場合と、偽物がバレた場合と、どっちがリスク大きいんだろ」

王女が本物か、偽者か。その真意は。処遇をどうすべきか。幼王は既に多くの選択を迫られており、ひとつのミスも許されない状況だ。

正しく導けと言われても、判断材料が枢の手元に何もない。

答えを探して彷徨《さまよ》う視線がふとルースと重なり、枢の心臓が小さく跳ねた。

誠実に見つめてくれている瞳《ひとみ》に、にんまりと笑みを返す。

彼と離れなくてはならない――今はその現実を意識的に頭から閉め出す必要がある。帰りたくない思いが、判断を鈍らせないように。

「アルベニスは何を考えてるんだろ」

枢のぼやきに何か言葉を返そうとしたサイが、階下の物音に眉根《まゆね》を寄せる。

鉄格子を叩《たた》く耳障りな音と、見張りと言い合いをする大きな声。ラーディア語の内容は分からないが、喧嘩腰《けんかごし》の方の声音には覚えがあった。

枢にも聞き取りやすい発音をしている。

「お父さんだ」

「……何してるんだろうな」

「何でも良いけど、迎えに行ってあげなよ。サイ。ほら呼んでるよ」

「えー？」

髪を掻きむしりながら面倒臭そうに嘆くと、サイはだらしなく着崩れた服を肩の上にかき集めて階段へ向かう。

枢とルースもサイに続いた。

「よう！　さあちゃん！」

かつて閉じ込められていた塔に、今は自由に入れない。サイの父親、芹沢大樹は、鉄格子の向こうから快活な声で息子を呼ぶ。

塔の内壁に沿う階段を降り、その姿がはっきり見える位置まで近付いて、枢は息を呑《の》んだ。

大樹の格好は、以前ここを訪れた時とは異なっている。

全身を覆う厚い革のマント、肩に担いだ大きな袋、頑丈な手甲のような装備、きつくゲートルを巻いた脚。額の上には、デジタルカメラのレンズ部分を片眼に嵌《は》め込んだゴーグルが載っている。

重厚な旅支度が、これから長い距離を移動すると物語っていた。

「枢ちゃんも。元気か」

「はい。あの……」

「俺は砂漠に帰る。息子をよろしく頼むぜ」

「そんな、急に」

「春になってまだ情勢が悪かったら、もしかしたらまた来るかもな。じゃあ」

「待って！」

軽い挨拶《あいさつ》を残して立ち去ろうとする大樹を、思わず、枢は呼び止めた。

「どうした」

「旗を見ましたか？　王城からのシグナルです。それが今日、初めて黄色が揚がりました」

塔の入口の鉄格子を挟んだ状態では、城壁にたなびく白虎の旗は見えない。意識のみを城砦《じょうさい》の方へ向け、わずかに、大樹の表情が険しくなる。

危険を意味する色の旗。何も知らずとも、それで通じた。

「で？」

「……相談したいことがあります」

＊＊＊

バルヴェルト城壁に翻る旗は、最上階の物置部屋からのみ見える。

鉄格子に貼り付き、デジタルカメラのレンズを流用した手製のスコープゴーグルの倍率を調整してそれを確認した大樹は、軽く肩を上げて落とした。

「……なるほど。考えたな、枢ちゃん」

「旗だけじゃ何が起きているのかまでは分かりませんから、結局一緒なんですけどね」

物置部屋にひしめく大きな木箱のひとつに腰掛け、大樹を見守っていた枢は、中途半端に終わった己の策に苦笑した。

異常を伝える黄色いペナントが、白虎の軍旗と共に掲揚されている。

バルヴェルト城からの明確なメッセージだが、これだけでは詳しいことは分からない。結局、誰かが情報を伝えに来てくれるのを待つしかない。もう少し詳細に取り決めておくべきだった。

砦《とりで》から城へ、光を用いて鮮やかに情報を伝えてみせた大樹の手腕を真似たつもりだったが、どうも詰めが甘い。

「余計に不安になっただけって言うか……」

「いやいや不安になれるだけましだよ、枢ちゃん。少なくとも、心構えはできただろう？」

振り向いてゴーグルを額に上げながら、大樹はおおらかに微笑む。枢は大樹の、大人の労いに笑みを返す。枢が凭《もた》れる木箱の上に足を上げて座るサイもにんまり笑った。

「この世界にしてみりゃ、革新的だ」

「お父さんがやっていることに比べたら、まだまだですけど」

「俺だって別に大したことはやってない」

砂漠に水を引いて人間の住める環境を整え、彷徨う者らに秩序をもたらした『王』の謙遜《けんそん》に、枢はふふと笑いを零した。あれほどのことを成し遂げていながら、大樹はまだ満足していないようだ。

本当に砂漠に王国が誕生し、その初代国王として君臨し、ラーディアやアルベニス、ゼイオンと肩を並べるまで、彼は突き進むに違いない。

「それで？　お城の中で何が起きている？」

「ええと」

どこまで大樹に明かして良いか迷った枢は、物置部屋の入口に視線を泳がせる。

壁際に控えていたルースがその視線を受け止めて軽く頷《うなず》くと、淀《よど》みないラーディア語で語り始めた。

感情の起伏の乏しい、事務的な言葉が続く。じわりと、大樹の表情に不快感が滲《にじ》んでいった。

「……どんな感じ？」

「ま、おおむねさっき聞いたのと同じ内容」

「全部話しちゃって良いのかな」

「良いんじゃない？　完璧《かんぺき》な味方とは言い切れないけど、少なくとも敵でもないし」

国家の安全保障に関わる重要な機密を、すらすらと語っている。ルースは大樹に全幅の信頼を寄せているのだ、と枢は感じた。

二人はかつて共に死力を尽くした。大樹の動機はルースとは異なっていたが、ラーディアを護るという目的は同じだった。共に戦う中で、枢には把握できないレベルで大樹を理解し、信用したのだろう。

ルースの報告を全て聞き終え、大樹はふうむと唸《うな》った。

腕を拱《こまね》き、難しい顔をしている。枢は黙って大樹の言葉を待った。今までそうしてくれたように、何か良いアイデアを出してくれるはずと。

「なるほど厄介だな」

「どうしたら良いでしょうか」

「外交問題は俺の専門外だよ、枢ちゃん。何か新しい道具を作れってんならともかく」

「そうですよね……」

帰ると言う言葉に不安になり、咄嗟《とっさ》に引き留めはしたものの、枢が現在向き合っている問題は大樹に意見を求めるべきものではなかった。

俯《うつむ》き反省する枢に、大樹は相好を崩した。

「枢ちゃんは、どう考えてる？」

「え？　僕ですか？　……僕も専門外ですけど、ただ何て言うか……手を出しちゃ駄目な気がします。影武者かも知れないけれど王女の命を担保に和平を持ちかけた訳でしょ？　それって、こっちを試してるんじゃないかなって思うんです」

「それが『墜ちたる星』の導きなら、そう伝えりゃ良いんじゃないか？」

随分簡単に言うが、ひとつの国を左右する決定が自分の一存でできるはずがない。無茶を、と言い返そうとした枢の真正面に移動し、真っ直ぐ視線を合わせる大樹の表情は、これまでの彼の飄々《ひょうひょう》とした印象を覆すほど真面目で力強かった。

「なあ枢ちゃん。おじちゃんはな、ずっと考えていた。なんでここに来たんだろう、って。その答えが、枢ちゃんに会って分かったよ」

「僕に会って、ですか」

「そう。枢ちゃんには通訳が必要だ。完璧に二カ国語が理解できるバイリンガルで、しかも同世代が良い。——分かるだろ？　歴史上何人もいない異世界人の、しかもハーフが、ちょうど運良くラーディアにいた。偶然にしとくには出来すぎてる」

『墜ちたる星』が輝く上で通訳が必要だから、その親となるべき存在としてラーディアに墜ちた。

そして要求されている通り、ラーディアの女性を愛し、子を授かり、日本語で育てた。

全ては枢のために仕組まれていたのだと、誠実な大樹の表情は、枢にそう訴えている。

枢は大樹の顔を凝視したまま動けなかった。横でサイが軽く鼻をすする。

「まあ実際、未来も過去も、今この瞬間のために調整されている感じがするよね」

サイも察しているようだった。遺跡に遺された予言から、十二年後やって来る枢の母親まで、様々な時代に起きた事象が全て同じ瞬間のためにあると。

六百年以上前に神聖国が興ったのも、枢より少し先の日本から過去のラーディアへ大樹が墜ち、サイが産まれたのも。

全ては今この時のため。

滅ぶべき過去から栄光の未来へ運命を変えるため。

「そんな悲愴な顔すんなって枢ちゃん。大丈夫だよ」

「……でも僕は自信がない。僕にはなんの力もないのに。お父さんみたいに何かを作れたり行動できたり特別なものを何も持ってないし、今だって、すごく迷ってる。僕のせいで何もかもぶち壊してしまうんじゃないかって」

大きな手が、枢の頭をぽんぽんと優しく撫《な》でた。

「心配ない。おじちゃんの見立てだと、全て巧く仕組まれている。神様みたいな存在の掌の上ってこった。枢ちゃんは『墜ちたる星』に最も相応しいからこそ選ばれて、ここにいるんだ。自分を信じろ。必ず巧くいくから」

選ばれたのは相応しいからではなく、エルレシオンと真理花の子だからなのに――

王子の自覚もなく、ラーディアの歴史を知らず、言葉さえ喋《しゃべ》れないまま与えられた使命。息苦しいその重圧に悩んでばかりだったが、それでも何故か、大樹の言葉は温かく心に浸透する。

幼王の飾りではなく、現実にラーディアを導くことができるから、ここにいるのだと。

それは実際にこうして、自力で輝いているもうひとつの『星』が語る言葉だからこそ力を持つ。

「おじちゃんはそろそろ帰るけどな、これだけは覚えておけ。おじちゃんは百パーセント、枢ちゃんの味方だ」

「ありがとう……ございます」

「これから何を」

黙って控えていた騎士が珍しく口を挟んだ。大樹はにんまりと笑みを広げる。

「あちこち掘る毎日に戻るだけさ。早く火山を見付けたいところだ。出たら送ってやるよ、枢ちゃん」

「温泉ですか？」

大樹はしばし固まり、そして、大笑いした。

「温泉！　なるほどラーディアにスーパー銭湯でも造るか！　まあそれも悪かないけど、戦時中にやることじゃないだろう」

「か、火山を掘るって言うからてっきり……」

「硫黄だよ。火薬の作り方くらい学校で習ったろ」

枢の視線が天井を彷徨《さまよ》う。学校は文系のクラスで、国語が得意、科学は取っていない。そう言い訳すべきか悩む。

大樹はまだ笑いが止まらないようだった。

「この世界に足りないものだ。いつまでも弓や投石機に頼っていたんじゃ、そこから先の繁栄はない」

「もしお父さんが発明しちゃったら、北大陸のパワーバランスが完全に変わりますよ？」

「あぁん？　上等じゃないか。次はクロスボウじゃなくて鉄砲隊を引き連れて来てやるぜ」

ふと大樹の意識がルースに向き、はきはきとしたラーディア語で何かを語る。頷きながら聞くルースの表情は険しかった。

「何？」

「大したことじゃないよ」

通訳が初めて仕事を拒否した。

本当に大したことがないなら、わざわざラーディア語を使わないはず。枢の耳に入れたくない内容に違いないと急速に不安になる枢に、サイは柔らかく言葉を続ける。

「戦争は日本人が背負うには重すぎるってさ」

「そのことか……」

枢の決断は多くの人命を奪う。アルベニスの滅亡まで導く者である以上、その重荷は受け入れる覚悟でいた。

だが異世界の先輩は、なるべく枢を苦しみから遠ざけようとしてくれているらしい。

大樹の優しさに、枢はほろ苦く微笑んだ。

＊＊＊

「アルベニスの姫様が、北の森で捕まったって？」

「使者としてやって来たと聞いたが」

「まだ若いんだってなあ」

「器量は良くないみたいだ」

「何だ政略結婚の話はまだ続いてたのか？」

「遊牧民の民族衣装で着飾って、お供をいっぱい引き連れていたそうだ」

「本物なんだろうね？」

「娘を捕虜に寄越すなんて、女王はなんて酷い奴だろう」

「いいや、ラーディアを討つ大義名分をでっち上げるために押し付けたのさ」

噂話は、火のようにバルヴェルトを駆けた。

もはや港町にアルベニス王女プルシアの存在を知らぬ者はいない。が、敵国に娘を寄越した女王の魂胆については、いまだ憶測の域を出なかった。

そして彼女の存在を巡り、ラーディアの世論は、二つに割れた。

王女を今すぐ殺すべきだ、とする者と。

王女を絶対に傷付けてはならない、とする者と。

真意はともかく、女王の打ち込んだ華やかな楔《くさび》は見事にラーディアを二分した。

これまで揉《も》めることのなかった——将軍の長子ル

ーファスが絡む場合を除いて——団結力が自慢の白虎ですら、王女の処遇について意見を纏《まと》められないでいる。

人質なのか客なのかさえまだ定まっていない。ラーディア国王エルレシオンは、決断を留保している今が最悪の状況と理解していながらも、まだ決めかねていた。

わざわざ敵の本陣に飛び込んで来た王女がどういうつもりなのか、目的がまだ分からない以上、迂闊《うかつ》に動けない。

王は己に求められているものを幼いながら理解している。導き決断する者でなくてはならないと。

剣と乗馬の練習をし、歴史と戦争について学び、軽く食事を摂って着替えた後、王は再び王女と接見する時間を設けた。

国の判断は、即ち王の判断。敵国の王女の扱いを、エルレシオン自ら決めなくてはならない。

慎重を要した。判断を誤れば、ようやく曙光《しょこう》が差し始めた小国を再び闇に引き戻すことになる。

「こんにちは。王様」

玉座の間に膝《ひざ》をついて待たされていた王女は、姿を見せた王に涼やかにそう告げた。

「礼を欠いた扱いをしてすまない。本来であれば国賓として迎えたいところだが」

「構いません。今はお互い敵同士、むしろもっと酷い扱いを受けると思っておりました。あなたが慈悲深き王であったことに感謝いたします」

交わされるのは、表面的に互いを尊重する内容でありながら、凍り付きそうなほど冷たい言葉の数々だ。王女の頬に浮かぶ笑みにも、一片の感情さえ窺えない。

これほど冷ややかな微笑みを初めて見たと、エルレシオンは少し見当違いな部分に感心した。

ひとつ息をつき、王は己の背後に控える騎士と王女の傍に立つ兵士に、退室するよう命じた。

あまりにも常識外れな命令だが、王の言葉に逆ら

「滅びの予言、だと」

「……なるほど」

言われてみれば確かにその通りだ。

ラーディアにとっての栄光の予言は、裏返せばラーディアの敵アルベニスの衰退を約束する不吉な言葉となる。幾度となく『墜ちたる星』が狙われたと聞いているが、それほど彼女らが予言の成就を恐れている証とも言える。

幼王の誕生。墜ちたる星の存在。そして小国が得る、大いなる力と英知。絵空事でしかなかった予言は次々と実現した。まるで現在の状況を見知っているかのような正確な予言に、ラーディアの民でさえ驚いている。

滅亡が示唆されているアルベニスの民にとっては尚更《なおさら》だろう。

何故、アルベニスは負けたのか。

即ち何故、ラーディアは勝ったのか。

『墜ちたる星』が約束した栄光の下、東の動かざるうことはしない。二度、エルレシオンが強く命じれば、彼らは静かに従う。

時間はかかったが、王と王女はようやく一対一で向き合った。

玉座に座る王。床に膝をつく王女。

身を切るような寒さは冬のせいでも、人払いを行ったからでも、火が足りないゆえでもない。

王女は真っ直ぐに王の目を見据えていた。王もまた、静かに王女を見下ろす。

「本当の目的を訊《き》こう。何をしに来た」

「……その前に、わたくしにお教え下さい。何故、アルベニスは負けたのですか？」

自国の敗北が腑《ふ》に落《お》ちないと、王女の強い瞳《ひとみ》が訴えている。

勝利を確信していたアルベニスにとって、退却は受け入れ難い事実なのだろう。

王は玉座の肘《ひじ》掛《か》けに頬杖《ほおづえ》をついた。

「アルベニス人はその理由をどう解釈している？」

山が動き、北に在ったもうひとつの星が輝き、身を潜めていた多くの民が立ち上がった。それら全てを幸運な偶然と片付けてしまうには無理がある。

「我々の歴史は、我々には理解できない大いなる何かに操られているのだろう」

「……ええ。そう感じます」

エルレシオンは玉座を立ち、台座を降りた。

プルシアの前までおおらかに歩み寄り、片膝《かたひざ》をつく。

遊牧民の王女は幼王に頭を垂れた。

「陛下がわたくしにお教え下さいましたので、わたくしも陛下にお答えいたします。……民をどうかお救い下さい」

「何だと？」

「わたくしが死ねばアルベニスの王統は絶え、事実上、女王国は滅亡します。……お願いです陛下。予言でそれが避けられないのであれば、わたくしを殺して、どうかアルベニスを傷つけずに滅ぼして下さいませ。所詮《しょせん》寄る辺なき遊牧民、女王という拠り所なければどこへなりと、大陸に散っていくでしょう」

王の喉《のど》が詰まった。

プルシアの選んだ路に。

遊牧民に襲撃され、民を殺され、領土を奪われ、王都を焼き払われたラーディアにとって、滅びとは全てを喪うことを意味していた。

だがそれを与えた側の国が、何も――王女の命以外――喪わずに形だけ滅亡し、王国を解体することで予言を回避しようとしている。

これが、奸智《かんち》に長けた女王の国の、起死回生の一手。命を捨てて民を護りたいという王女の心懸けは殊勝だが、ラーディアがアルベニスに奪われたものの重さを思えば、随分虫の良い話だった。

奪い尽くし殺し尽くした民が、形勢逆転した今、奪われること殺されることから逃れようなどと。

彼らの卑怯《ひきょう》な手段により両親を喪ったエルレシオンに、慈悲を乞《こ》うなどと。

「それは女王が命じたのか」

「いいえ。わたくしの一存です」

「よくもぬけぬけと、そのような図々しいことが言えるものだ」

「ええ。分かっています。ですが、わたくしは……民を護るためならどのような痛みも辱めも耐える覚悟です」

その瞳に宿る光の強さに、エルレシオンは恐怖をすら感じた。

最早、影武者を疑う必要もない。

間違いなく彼女は女王となるべくして育てられている。大国を導く者であり、民を護る者だった。

いざとなれば命を捨ててでも。

エルレシオンは立ち上がり、ゆるりとした動作で玉座に戻った。肘掛けに頬杖をつき、揺るぎなき力強さで見返して来るプルシアを眺める。

もし、立場が逆であったなら。己の命を擲《なげう》つことで国民が救われるのであれば、恐らく自身もそうするだろう。王女プルシアの決断が理解できるからこそ、余計忌々しかった。

遊牧民は狡猾《こうかつ》で計算高いとされる。厄介な相手だ、と王は思った。

目の前にいる少女が敵国の王女であることは疑いようがないが、彼女が見せた崇高な自己犠牲の精神さえ、ラーディアを欺く策略ではと疑ってしまう。

彼女は次の女王。計算高く狡猾な女王となるべく躾《しつ》けられている。

それを忘れてはならない。

＊＊＊

「陛下、畏《おそ》れながら」

敵国の使者との接見を終え、勉強室に戻ったエルレシオンに、教育係が慎ましやかに声をかける。

涼やかな表情を憂いに曇らせ、アリアが痩《や》せた手を胸に重ねていた。

「言いたいことは分かっている」

「では何故『墜ちたる星』の託宣を賜らないのです」

「かなめに頼ってばかりでは、善き王とは言えない。……だが世界はまだ私の手には負えないようだ」

頻繁に呼び付けているからたまには自分から訪ねて行こうと、王は思いついた。異教徒の塔は不可侵の領域で、処分を免れた古い書物なども残っているという。

二人がどのような生活をしているのかにも関心があった。改善すべき点は相談に応じよう。

間違いなく反対するであろう周囲をどう説得しようか考えていると、扉の向こうから慌ただしい足音が聞こえてきた。

王の部屋の前を走るのは、禁止されていた――平常時であれば。

禁を破ってでも一刻も早く王の耳に入れなくてはならない報告だとすれば、残念ながら、凶報だと思って良い。

今の状況で考えられる悪い報せは、ひとつしかなかった。

アルベニスが動いたに違いない。

＊＊＊

北大陸の海岸は西が砂漠、東は急峻《きゅうしゅん》な断崖《だんがい》。

大陸の南、なだらかに海へ下るバルヴェルト半島だけが、船を着けられる唯一の場所だった。海の恵みを独占する形でバルヴェルトは栄えた。

ラーディアの四つの騎士団のうち南を護る白虎だけがぬくぬく肥えたのも、豊かな海の恩恵があったからこそ。長年、部外者の目線でラーディアを観察し続けた異教徒・大樹は、そう分析している。

白を纏《まと》う権利を有するバルヴェルトの貴族は、金で爵位を買った貿易商の末裔《まつえい》ばかり。

だから損得勘定でのみ行動するし、王都の危機に馳《は》せ参《さん》じる気概もなく、巣穴に隠れ怯《おび》えていた。

ただそのお陰で港が存続したのも事実だった。もし白虎にもう少し度胸と、王への忠誠心があったなら、この天然の要塞《ようさい》を無策のまま飛び出して遊牧民の餌食となっていただろう。

大樹には、バルヴェルトの貴族に対し好意的な感情は一片もない。ラーディア最後の領地と王の居城が騎士団の不名誉な性質のお陰で保たれたのは、皮肉だとしか思えなかった。

否。それさえも『神様みたいな存在の掌の上』、全て計算尽くで整えられた奇跡の舞台という訳か。

茂みがガサガサと音を立てた。ラーディアについてぼんやり考えていた大樹は我に返って手綱を引き、馬の尻《しり》に載せてあるクロスボウに手をかけた。

黄昏《たそがれ》時の、冬の森。広葉樹はすっかり葉を落とし、随分見通しが良くなっているのだが、夜闇の迫るのが早く視界は相変わらず利かない。

仲間との待ち合わせ場所へはまだ遠い。良くて獣、悪ければ――

「ああ、撃たないで下さいよ」

聞こえたのが流暢《りゅうちょう》な日本語だったことに、大樹は驚いた。息子と『墜ちたる星』以外に、このレベルで日本語を操る者が、そう居るとは思えない。

かつて頬に疵《きず》のある傭兵《ようへい》隊長が、大樹の警戒を解くために用いた日本語。だが、逆に警戒しなければならない場合もある。

「誰だ」

「誰でもありません。存在ではなく概念です。未来の概念」

その物言いに、覚えがあった。

大樹が警戒を解いたのを確認したのか、茂みからビジネススーツの人影が現れた。

「お久しぶりです、芹沢さん。良い感じに歳を取りましたね。渋くてワイルドで、おじさま好きな若い女性にモテそうです」

「……あんた、全然変わってないな」

「言ったでしょ？　存在しない存在です。だから歳も取りません」

脂ぎった半白の髪、かさついた皺《しわ》だらけの肌、垂れ下がった瞼《まぶた》。痩せてくたびれた中年風の『概念』は、へらりと相好を崩した。

大樹は大仰に肩をすくめ、クロスボウを戻して馬の背を降りる。

「二十年放っておいて、今更何の用だ？　まさか、今から日本に帰るってんじゃないだろうな？」

「良いですよ帰っても。あなたの仕事はぼちぼち終わりです」

「ははっ。馬鹿馬鹿しい」

薄ら笑いを浮かべる相手を、大樹は鼻で嗤《わら》う。

「今更帰ってどうすんだよ。完璧《かんぺき》に浦島太郎《うらしまたろう》だ。二十年以上どこで何をしていたか、どう説明すりゃ良いんだ」

「あなたが望むなら、こちらへ来た瞬間まで時を戻すことは可能です。勿論《もちろん》、若々しい状態のまま。こちらの世界のことを、なかったことにできます」

冬の冷たい風が頰を切るように一陣、林の中を駆けて行った。

分かっている。大樹がそれを――全てを忘れて過去に戻ることを――選ばないと踏んで『概念』はその選択肢を挙げていると。

ただ幸せなばかりの毎日ではなかった。むしろ苦しみの連続だった。が、手放したくない掛け替えのないものも同時に手に入れた。

「俺が過去に戻ったら、息子が消えちまうだろ」

「ああ、そうか。まだ時の環《わ》を閉じていないから全て振り出しに戻って、あなたの仕事が全部無駄になってしまう。それは困ります。ということで、この話はなかったことに」

やはり本気ではなかったようだ。

常に追い詰められていた大樹にとって、こういう無駄な駆け引きや余裕は理解できない。

「本当の用件を言えよ。未来」

「そうですね。じゃあ正直に言います。もう少し待って下さい」

「アルベニスが動くのか」

「さすが察しが良いですね。その通りです。女王に騙《だま》された王婿がバルヴェルト城に向かっています」

『概念』の言葉の意味が分からなかった。息子と引き離されていた五年間で、日本語の理解力が著しく低下したようだ。

今、バルヴェルトを睨《にら》むアルベニス軍が雄獅子《しし》の軍旗を掲げているのも、それが女王の夫の旗印であることも承知している。が、雄獅子が女王に騙されたとは、一体どういうことなのか。

何故女王は味方を、それも自らの夫を欺いたのか。

「女王国は何をやってるんだ？」

「餌をぶら下げたんですよ。いやむしろ宝物と言うべきかな？　意気地のない雄獅子の尻を叩《たた》くために、掛け替えのない宝物まで利用した。女王、エゲツないですねえ」

アルベニスの王女、次の女王となるべき一人娘が、冬期休戦を打診する使者としてバルヴェルトにやって来たと。ついさっき聞いたばかり。

まさか女王は敵国に娘を送り、前線の夫にその救出を頼んだのか。

片手で和平を持ちかけ、もう片方の手で味方をそそのかす自作自演。エゲツないという、その言葉が実にしっくり来た。

王女を無事に返してやれば済む問題ではない。

季節は冬に差し掛かった。既に退却するにも遅すぎるほど時を無駄に費やしている。全てを破壊し略奪し、まるで蝗《いなご》のように突き進んできたアルベニスの大軍を支えるだけのものが、帰路にあるとは到底思えなかった。

帰れないだろう。

——つまり、帰らないつもりだ。

「バルヴェルトで冬を越す気なんだな」

「我々もそれを危惧《きぐ》しています」

「乾燥地帯に残っている女子供は、死ぬぞ」

「それさえバルヴェルトで現地調達するつもりなんでしょう？」

『概念』は面白くもなさそうに笑う。大樹は恐ろしさのあまり、笑う振りすらできなかった。

これでは、どちらも助からない。

ラーディアを滅ぼせば、アルベニスもまた消滅する。

「……女王はもう少し賢いと思っていた」

「自国を信じているのでしょう」

このまま侵略を続けることは素人目にも愚策だと分かる。自国を顧みない女王が、自国を信じているとはおこがましい。

否、過信しているからこそこれほど無茶な進軍を続けて来れたのか。

王国の疲弊を、その目で見ながら。

「国に戻る体力が残ってなくて、草原のど真ん中で飢えて凍えて全滅するよりは、バルヴェルトを乗っ取る方がまだ生き残れる可能性がある……ってのも分からんでもないが」

「城を奪われて二国間の混血が進むことは、我々の目指す理想の未来に大きく反します」

「……あんたらはラーディアの血統を維持したくてこんな面倒臭いことやってんのか？」

鎌をかけたつもりではなかったが、相手は意外なほど表情を変えた。

冷笑を浮かべるその頬に、大樹の当てずっぽうがあながち的外れでもなかったと分かる。

「再びロアーネからやり直すのは、御免です。何が未来でどれが過去か分からなくなるくらい、丁寧に根回ししました。予期せぬハプニングもありましたけど、何とか乗り越えて、ようやく世界が存続する未来へ繋《つな》がりかけているんです」

「なるほど、いっぺん失敗した結果があの遺跡か。二度目の文明崩壊を力尽くで防いでる訳だ」

「アルベニス人に占領されれば、風光明媚《ふうこうめいび》な港町もいずれ遺跡になりますよ。──具体的に言うと十五年後には始まります」

「近いな」

「ええ、時間がないんですよ。我々には」

沈黙が訪れた。

次第に辺りが暗くなっていく。目の前の男の表情を読み取ることさえ、徐々に困難になってきた。

そろそろ退屈し始めた大樹の愛馬が相手をしろと首を振って訴えるので、あやすように鬣《たてがみ》を撫《な》でてやる。下町の町工場で働いていた頃、乗馬の経験は勿論なかったが、この不便な土地で二十年以上生活しているうちにいつの間にか馬の考えていることまで分かるようになっていた。

ずいぶん長い時をここで過ごした。ラーディアに墜ちた異教徒として。

「遊牧民は野蛮で嘘つきで商売にはてんで不向きだが、良いものを作る。ちいと大人しくなってくれるなら、友好的な取引ができると思ったんだが」

「彼らに未来の希望はありません。あるならもう少し穏便な手段が使えたでしょう」

「滅びるしかない、って訳か？　小さな勢力として生き残って、美味しいチーズと良質な毛糸を生産して、世界に美味しさと温かさを提供することさえ許されないと。そりゃ残念だ」

『概念』は表情を変えなかった。

一目で安物と分かるよれたスーツの腕を拱《こまね》き、真っ直ぐに大樹を見ている。

「原因は何だ？　新たな敵か？　そいつらに、ラーディアなら立ち向かえる根拠があるのか？」

「ラーディア人と日本人は遺伝子的に近いんです。容姿はだいぶ違いますけどね。異なる二つの世界の人類では、この組み合わせにおいてのみ子孫を残すことが可能です」

「答えになってないな。日本人とラーディア人の間に子供ができるのは、俺が一番良く知っている」

「つまりラーディア人と日本人は持っていて、アルベニス人が持っていない遺伝子があるんですよ。それが世界の繁栄に大きな障害となります」

「具体的には」

「南大陸由来の感染症に対する抵抗力です」

疫病──

『神様みたいな存在』が世界を統べる国を換えようとしている意味を、大樹はようやく理解した。

＊＊＊

いよいよ、アルベニス軍が動いた。

彼らが野営地を畳み始めていることには、ラーディアの最前線は既に気付いていた。

王女を人質に寄越し、女王の名で休戦を申し込んで来たのだ。てっきり退却するとばかり思っていたが、大方の予想に反し、弓騎兵は再び前進を始めた。

多少の驚きはあれど、想定の範囲内。相手は遊牧民、こちらの常識から逸脱した行動を取ってもおかしくはない。ラーディアは流れるように速やかに迎撃準備に移った。

雄獅子がどの程度の戦力と、武器、食糧を持って合流したのかは分からない。

ただ、アルベニスが態勢を整えている間、ラーディアも手を拱いてじっと待っていた訳ではない。手を尽くして、再度の襲撃に備えていた。

既に、先を尖《とが》らせた丸太を束ねた柵《さく》が草原のあちこちに設置されている。ラーディアの領地をぐるりと囲う『万里の長城』を築くだけの時間も体力もなかったが、簡単なものでも馬が飛び越えられない程度の障害物をあちこち置いておけば弓騎兵の統率が乱れ、勝機に繋がると考えられる。

ラーディア北西部の森を追われた者らが木材を加工し、バルヴェルトの港で働く者らが舫《もや》う。馬術と剣術なら幼少の頃より叩き込まれる騎士らは木を切ることや縄を強く結ぶことは不得手で、ただ言われるままに道具を運ぶ。

戦いは、騎士だけに委ねられているのではない。

誰もがバルヴェルトを、ラーディアを護りたいと思っている。

柵の手前には、漆黒の軍旗が無数に揚がった。ラーディアの王を護ることを使命とする神聖国ゼイオンの僧兵は城を背後にして横に広い陣形を取り、アルベニスを牽制《けんせい》する。

心身共に鍛え上げたゼイオンの僧兵には、これまでアルベニスにとって有力な武器であった恐怖が全く通用しない。矢の雨に怯《ひる》むことなく突き進み敵を引き裂く黒き兵団を、今となってはむしろアルベニスの方が恐れていた。

だからこそ、敢えて彼らは盾となる。

アルベニスの目論見は、誰もが理解していた。既に撤退をすら許されないほど、彼らは疲弊している。冬を越すためにバルヴェルトの町そのものを奪うつもりに違いない。

どんどん、侵略が衝動的になって来ている。港湾施設を破壊しないよう攻めあぐねていた頃の遊牧民とは、もはや別の敵と考えておくべきだ。

欲求を満たすため本能で突き進む、獣のようなもの。しかも腹を空かせており、なおさら質が悪い。

お互い、追い詰められている。先に力尽きた方がこの世から消滅するだろう。

相手が勝利を信じて突き進んでくるのであれば、護る側もまた栄光を疑っていない。

ラーディアには予言があった。それは彼らに未来への確信を与えている。

＊＊＊

早朝、騎士団長代行にして王の武術指南役ルーファスは作戦会議室に呼ばれた。

王であり、ルーファスが心を捧《ささ》げる主君の父親でもあるエルレシオンは、騎士や側近らに囲まれて大人びた表情で口元を引き締めている。

昨日アルベニスが前進を開始したとの報を受けて

から、作戦会議室に詰めたまま。眠れているだろうか、少しは体を休めただろうかと心配になる。あどけなさの残る頬に、王としての重荷が悲しい影を落としていた。

ルーファスはまず最新の情報を王へ告げた。

アルベニスの動きは速くないこと。こちらも迎撃の態勢を整えつつあること。港町の女子供が城砦《じょうさい》に避難を開始したこと。

王は静かに報告を聞いていた。

「ルーファス＝ダグラス」

「はい」

「異教徒への尋問は続けているのだろう」

「はい」

「かなめは――異教徒は、何と言っていた？」

王は穏やかな瞳《ひとみ》でルーファスを見つめている。枢を信頼し、その言葉を尊重すると訴えている。

それだけ決め手に欠ける空虚な議論が王の周りで繰り返されているのだろう。白虎の動きが遅いこと、変化や決断を苦手にしていることは、誰よりルーファスは良く知っている。

不敬は承知の上で、王へ憐憫《れんびん》の情すら抱いてしまう。周囲がこれでは、いくら王が国を動かそうとしてもいつまでも身動きが取れない。

「塔へはまだ、アルベニス軍が動き始めたことを知らせておりません」

「女王の使者については？」

「女王はこちらを試している、姫を寄越したのは挑発であり、これに応じてはならない、と」

「そうか……」

表向き和平の使者だが、どのような武器を隠し持っているか分からない。城内に潜む伏兵と連携し破壊活動をされては困る。問題が起こる前に一刻も早くしかるべき対処をすべきだとの意見があるのは、ルーファスも知っている。

だが王女に手をかけてしまえば、アルベニスは必ずそれを理由にラーディアを糾弾するだろう。塔に暮らす二人の軍師が心配しているのは、これまで一方的な悪であった侵略者にラーディアを討つ大義名分を与えてしまうことだった。

和平の使者を、それも王女をラーディア側が傷付けたとなれば、戦いの構造は複雑化する。

絶対に、アルベニスより先に動いてはならない。付け入る隙を与えることになる。王女は使者としてやって来たのだ、使者として迎えておいた方が後に有利になる。

王女の存在が罠《わな》であった証拠に今、アルベニス軍は再び南下し始めた。

右手で握手を求めながら左手で刃物を突き立てて来ている。

それでも、王女を傷付けるべきではない。一方的に国を蹂躙《じゅうりん》した侵略国を相手に、出来る限り礼を尽くせというのだ。異教徒の言葉に納得できない者は多いだろう。

現に、王を囲む貴族らの一部は枢の言葉に承伏しかねる様子で、不快感を露わにしている。状況が切迫している今、城に忍び込んだ危険な毒蛇をわざわざ生かしておく理由が理解できずに。

このまま王国が分断することが、ルーファスには、何より危険に思えた。

小さな国が力を合わせて、ここまで大国に抗って来たのに。

「畏《おそ》れながら、陛下」

「何だ？」

「もう一人の異教徒――ヒロキ＝セリザワについても、申し置きたいことがございます」

発言の許可を請うルーファスが口にした名が、場の空気を固めた。

王の傍に集まる貴族にとって、異教徒は忌むべき存在だった。どれほど港町の民が歓迎しようと、どれほど奇跡的な勝利をもたらそうと、異世界の技術は思想の汚染、王国より排除すべきものと決め付けている。

枢だけは既にラーディアの栄光の象徴として容認されつつあるが、ヒロを受け入れることはできないようだった。彼を肯定すれば自らの過去の行いが否定される。彼の国外追放が誤りであったと認めることになる。

誇りとは何なのか。ラーディア存続のため『墜ちたる星』を探し求めたルーファスには、王国を危険にさらしてまで体裁を取り繕い続ける必要性が全く理解できなかった。

幸いなことに、幼王エルレシオンはルーファスの考えに理解を示してくれている。

異世界人が持つ奇跡のような知識や技術こそ、王国の栄光に必要なものである、と。

「彼は今どこに」

「既に発ちました」

「そうか」

「一旦《いったん》西へ向かい砂漠へ北上すると思いますが、途中アルベニスの動きを目撃すれば、或《ある》いは」

戻って来てくれるかも知れない。

彼はラーディアなど眼中にないが、囚われたままの息子を何より気にかけている。もしかしたらまた力を貸してくれるのではないかと、ルーファスは期待していた。

「ヒロキ＝セリザワより幾つか策を預かっています。陛下のお許しが頂けるのであれば実行に移します」

思想の汚染であると喧《やかま》しく騒ぐ周囲を片手を振って黙らせ、王はルーファスに先を促した。

異教徒の残した策を、具体的に説明しろと。

ルーファスは軽く唇を湿した。

ヒロが残していった策は、今までの常識に当てはまらない。合理的ではあったが、言い換えれば卑《ひ》怯《きょう》な手段だ。だがかつて『墜ちたる星』も言った。勝つためにあらゆる手を使う必要があると。

朱雀の大隊旗を掲げる策は漏洩《ろうえい》により失敗に終わった。ルーファスは偉そうに王を囲む保守的な貴族らを警戒し、新たな策を言葉に出すことを躊躇《ためら》う。

王はすぐに、ルーファスが言《い》い淀《よど》む理由を察したようだった。

「かなめを、城へ」

王は騎士へ、短く伝えた。

有事の度に異教徒とその通訳を城へ呼び付けることへの申し訳なさと、大好きな友人に会える嬉《うれ》しさとが混ざった、何とも言えない表情をしている。

ルーファスは深く頭を下げて了承の意を示した。

「かなめが来てから聞こう。私も『墜ちたる星』の耳に入れたい事柄がある」

王は王女と二人きりで接見したと言うが、内容はまだ誰にも伝えていない。ルーファスは、恐らくその件だろうと踏んだ。

城内で王が最も信頼する存在に、まず意見を求めたいのだろう。

せっかくヒロが枢に聞かれないよう気を遣いながら教えてくれた策略も、残念ながら、ラーディアの軍師の耳に入れない訳にはいかない。この国が動くには、枢が必要だった。

枢はラーディアを動かすために存在している。

「砂漠の王は他に何か言っていたか？」

「はい。――アルベニス人を信じるな、と」

ルーファスが付け加えた言葉に、少年王はじわりと眉根《まゆね》を寄せた。

＊＊＊

異教徒の塔へ『墜ちたる星』を迎えに行くため、騎士団長代行ルーファスは慎ましく王の前から退がった。

彼の父ダグラス将軍にはゼイオン国境の急峻《きゅうしゅん》な山を登る体力がなく、代わりにその重い肩書きを背負って王の護衛を務めた。その時からずっと、彼は『代行』のままでいる。

将軍の名代としての立場を、彼は活用していた。誠実そうでいて意志が強くなかなか計算高い面もあり、そういうところもまた、王はルーファスを気に入っている。

貴族の年寄りや騎士団の重鎮は、ルーファスの言動を好まない者の方が多い。

彼が『墜ちたる星』こそラーディアの救世主と気付き行動に移ったのは、まだ異教徒は忌むべき存在という常識しか存在しない頃だった。

ルーファスはただ一人、奇跡が始まる前から予言を確信していた。誰より国を愛しているからこそ、古い価値観に囚われることなく希望を模索できたのだろう。

高潔なままの滅びより、禁忌に手を染めてでも栄光を掴《つか》もうと。

型破りなルーファスの判断がラーディアをここまで導いたのは事実だ。

だがこの期に及んで、王の周りにはルーファスや枢を悪く言う者ばかり集まる。墜ちたる星の恩恵や騎士団長代行の献身に気付いていていながら、理解を示そうとしない。伝統だ格式だ誇りだと、空虚な言葉を並べ立てて変化と行動を嫌う。

生き残るために足掻《あが》くことが悪であるかのように。

こうして王の傍に集まりたがるのも、保身の為。

今のラーディアの風潮とは真逆の位置に存在する、古いものの考えに固執する年寄りは、何とかして己の立場を保とうと王に擦り寄る。

前代未聞ではあるが、胸を彩る勲章の数や騎士団に仕えた年数に拘らず実績のみを評価してルーファスを将軍に任ずるべきか、などと考えながら視線を窓に投げれば、バルコニーの手すりの向こうに小さな頭がひょいと隠れた。

「あっ」

思わず声をあげてしまい、王に視線が集まる。

王はわざと視線をバルコニーとは逆、部屋の奥の暖炉に固定した。兵士が暖炉の様子を見に行き、薪を足した。

「しばらく一人にしてくれ」

暖炉の火を眺めたまま、王はやや強い言葉でそう告げた。

部屋の外を固めることを条件に、ぞろぞろと騎士や貴族達は作戦会議室を出て行く。

王は自ら部屋の扉を閉め、閂《かんぬき》をかけた。そしてバルコニーに出る窓を開く。

「リュート」

「あっ陛下！　お久しぶりです！」

冷たい冬の風にさらされながら手すりにしがみついていた王の友人が、ひょっこりと頭を出した。

「何をやっている。衛兵に見つかったら殺されるぞ」

「大丈夫。見張りの巡回の間隔は頭に入ってますから、完璧《かんぺき》に避けます」

そういう問題ではない。とりあえずレオはリュートをバルコニーに引き上げた。

「何故、こんな所に。城へは自由に出入りできるよう、門兵に言い渡してあるはずだ」

「平時ならそうですが、今は緊急事態です。入れて貰《もら》えませんでした」

「だからと言って忍び込もうなどと。むしろ緊急事態だからこそ、もし見つかればただでは済まないというのに」

「忍び込むつもりはなかったんです。……ただどうしても、緊急事態だからこそ、あなたが心配で」

元気な様子を確認できれば帰るつもりだったと照れ臭そうに笑うリュートの、寒さに赤くなった頬を見て、それ以上責めることができなかった。

影武者としてアルベニスを引き付けるという危険な任務を遂行してくれた、同い年の、勇敢で誠実な友人に対し、言葉には言い表せないじわじわとした温かな感情がこみ上げて来る。

平和な時なら一緒に遊ぶことが許されていた。だが有事だからこそ危険を冒して会いに来てくれるリュートは、心の底からレオを思ってくれているのだと分かる。

背負う重荷をしばし忘れて眉《まゆ》を開くレオの目の前

で、リュートは表情をぎゅっと引き締めた。

「俺はまだ子供だから陛下を護ることができません。十五になったらすぐ兵に志願しますけど、父ちゃんはしがない傭兵《ようへい》だし、家柄が良くないから騎士団には入れなくて、その、近くにはいられないけど、でもあなたの兵の一人として精一杯働くつもりです」

「私に仕えることを君が望むなら、すぐに取り立てよう。君は私の身代わりとして働いてくれた。そのことを忘れてはいない。今後も私の影武者が必要となることがあるだろう」

友人として。兵として。

これからもリュートには、傍にいて欲しかった。

リュートは頬を赤らめ何か言いかけて、ふと険しい表情になり、唇に人差し指を当てて王を黙らせバルコニーの床に伏せた。

掌をひらひらさせてレオにも伏せるよう要請するのでそれに応じれば、下の中庭を踵《かかと》の音高く巡回する衛兵が通り過ぎる。

見張りがバルコニーの気配に気付いて見上げないよう、二人は息を潜めた。

やがて居丈高な足音が遠ざかると、二人は自然と顔を見合わせ、忍び笑いを交わす。

こうして二人で顔を見合わせ、息を詰めて危険をやり過ごしていると、王がバルヴェルトに帰還したあの日を思い出した。

王の安全を確保するため囮《おとり》となったリュートと、囮を見捨てることを是としなかった王。あの日、あの緊迫した戦場で、二人は強い絆《きずな》で結ばれた。

「あの……ええと、陛下」

「何だ」

「その、父ちゃんには、陛下とお話をする時は相応しい言葉遣いをしなさいって言われてるんですけど、俺、頭悪いからあんまり正しく喋《しゃべ》れなくて」

「構わない。君の言葉で、続けてくれ」

「う、うまく言えないんですけど、その……陛下がいてくれたことに、感謝したいっつーか」

短く切った髪をがりがり掻《か》くリュートは、耳まで赤くなっていた。

黙って頷《うなず》き、レオはリュートに言葉を促す。

「俺、村がアルベニスに襲われた時、たまたま父ちゃんと出掛けてて。父ちゃんはあの頃ただの農夫で今みたいに強くなかったし、俺もガキだから、村を救いに戻らなかった。……逃げて、隠れたんです」

「正しい判断だ。親子二人でどうにかなる相手ではない」

「生き延びたことが、つらかった。皆死んだのに、なんで俺は生きてるんだろうってずっと考えてたんです。でも俺、陛下の影武者ができて、すごく嬉《うれ》しかったです。このために、陛下のために生きていなきゃいけなかったんだって、そう思えました」

あまりにも多くの人を失った時、人は己が生きていることに苦悩する。

それはレオが抱いている痛みと同じ。

「ラーディアには陛下がいてくれた。生き延びて、戻ってきてくれた。そのことにどうしても、一言お礼が言いたくて」

「私は生かされているだけだ。自らの力で生き延びた訳ではない。皆がいてくれるからこそだ」

「それでもいいです。あなたのお陰で、ラーディアは繋《つな》がっていける。あなたは太陽です。東から昇って、海を照らす太陽。バルヴェルトに太陽が昇った。だからもう、俺達は負けない」

バルヴェルトはラーディアの古い言葉で『太陽が昇る』という意味だという。

領土の東に急峻《きゅうしゅん》な山脈が連なるラーディアにおいて唯一、海から太陽が昇る町だからだ。

東の山に身を潜めていた太陽が、今はバルヴェルトに在る。

ラーディアの黎明《れいめい》。

己に太陽ほどの力強さがあるとは到底思えないレオだが、そう在ることを望まれているのは理解している。いつか民がそう思ってくれる良き王にならなくてはと己に言い聞かせている。

「星が夜を導くなら、私はラーディアの昼に在る者となろう。まだ力及ばぬが必ず」

リュートは笑顔で頭を左右に振り、もう既にあなたは王国の太陽なのだと告げる。

「陛下、あなたが輝く限り、俺はあなたの影として従います。ホントに俺、頭悪いし剣の腕もさっぱりだし、何の役にも立たないけど、でも俺、命懸けであなたを護ります」

誠実な友の、真摯《しんし》な瞳《ひとみ》。

騎士が口にする、忠誠を誓うどの言葉よりも、王の心に真っ直ぐに響いた。

「だが少なくとも君は、私より乗馬が得意だ」

「馬の扱いなら慣れてます。ただし農耕馬ですけど」

扉を叩《たた》く音が室内に響いていることに、二人同時に気付いた。部屋があまりに静かなので、見張りが不安になっているらしい。

王と、傭兵の息子。身分の離れた二人は束の間ただの少年、ただの友人に戻り笑みを交わし合う。

「俺、戻ります」

「衛兵に見つかるなよ」

「大丈夫」

「今度は表から入るように。非常事態でも、君だけは通すよう言っておこう」

「いいえ。極端な例外を認めると規律が乱れるって父ちゃんが言ってました。今は心を合わせて、一丸となって乗り切るべき時です」

中庭を周回する衛兵の足音が再び近付き、そして離れていく。

折を見計らい、リュートはバルコニーの手すりの外に身を躍らせた。

煉瓦《れんが》のわずかな凹凸や壁面の装飾を頼りにひょいひょいと伝い降りて行く少年の姿を見送り、王は城の警備の甘さに苦笑する。

自然と柔らかな微笑みを浮かべながら、王は、初めて思った。

自分は何と幸運だったのだろう。何と多くのものに祝福されているのだろう。栄光を予言されし『幼王』として。

風を冷たく感じ、頬の涙を拭《ぬぐ》う。

予期せぬ友人の訪問を受け、王の心はわずかに浮上した。

ラーディアには希望がある。過去の様々な悲劇は、全て未来への布石。リュートはそれに改めて気付かせてくれた。喪った多くのものの為にも、ここで屈する訳にはいかない。

部屋に戻り、皆を入れる。折良く作戦会議室に新しい情報が届いた。一部の者が期待していた和平の動きではなく、アルベニスは間違いなく侵略の意図をもって進軍しているようだと。

卓上の大きな地図に、雄獅子《しし》の部隊を擁する弓騎兵の陣形が書き加えられた。矢の雨を広範囲に降らせるのに効率の良い、アルベニスが多用する横に広い陣形で、その後ろに雄獅子の旗が翻っている。

雄獅子、王婿エットレが合流し立て直した弓騎兵隊。その規模は以前の侵略時の半分以下となっているが、いまだ圧倒的だった。何より今回は統率者が存在すること、それが最大の脅威となる。

迎え撃つラーディア側に心構えがあり、自信が育ちつつあること、そして今回は最初からゼイオンが味方に付いていてくれることが有り難い。

援軍は既に城砦《じようさい》を出、じきにジュディス砦《とりで》に到着するという。砦と、前回の戦いで奪還した集落の跡地で、迎撃の準備は着々と進んでいた。

「……分からないな」

休戦を申し入れながら進軍を続ける。どちらがアルベニスの真意なのか、エルレシオン王にはまだ判断できなかった。

己の命と引き替えに民を救って欲しいと願い出た王女の言葉とも矛盾する。

どちらかが釣り針、どちらかは撒き餌《まえ》。

片や王女、片や王婿率いる大軍。随分大掛かりな策略だ。どちらを失っても結構な痛手となり、賢明な策とは思えなかった。この戦争、アルベニスの払う犠牲が大きすぎる。

王は静かに奥歯を噛《か》み締《し》めた。

たとえ女王の真意がどこにあろうとも、ラーディアに牙《きば》を剥《む》く敵は必ず食い止めなくてはならない。

「陛下」

背後に近付く気配に、王は地図から顔を上げた。

豊かな髭《ひげ》と編んだ髪に威厳のある、恰幅《かっぷく》の良い騎士が発言の許しを求めて控えている。

王の注意はダグラス将軍その人より、背後に従う大柄な若い騎士へ向いた。

「是非とも陛下に、我が息子マクシミリアンを紹介致したく」

「今でなければ駄目か」

「今だからこそでございます。陛下」

視線を遣れば、騎士は完璧《かんぺき》な所作で敬礼をする。

ダグラス将軍の息子。その存在だけは、王も知っていた。

「初対面であったな」

「先の戦で敵の矢を受けまして、不甲斐《ふがい》なくも長く臥《ふ》せっておりました」

騎士団長代行ルーファスと、将軍の座を巡り反目し合う兄弟と聞いている。なるほどルーファスとは正反対、実にラーディアの古式ゆかしい空気を纏《まと》っている。

父親に従順に育ったのだろうと思うと、王は騎士に憐憫《れんびん》の情さえ抱いた。

王の中で、白虎の伝統は既に形骸《けいがい》化している。今のラーディアでは、古いものは無力だ。

「陛下。私は引退し、息子マクシミリアンに爵位を譲ろうと考えております」

「もう一人の息子はそれで納得しているのか？」

「恐れながら、私には息子は一人しかおりません。陛下。我がダグラス家には、思想の汚染された息子などいないのです」

将軍は愚鈍とも思えるほど誠実な貌をしていた。謀略ではなく王国の為に正しい行いと信じて、長子ルーファスと縁を切ると胸を張っている。

王の開いた口が塞《ふさ》がらなかった。

誰よりも国に尽くし、忠実で、信頼の置けるルーファスをただ異教徒への恐怖心から追い落とす、あまりにも愚かな決断に。

「必ずお役に立ちましょう」

将軍の嫡子は自信ありげな様子だった。

予想外だ、と王は思った。因習から抜け出せないバルヴェルト貴族を『年寄り』と一括りにしていたが、どうやらその年寄りに大切にされれば若者であっても古い体質を引き継ぐらしい。

幼王が君臨し、若い騎士団長代行が兵を束ねる今、ラーディアは新しい時代を迎えたのだとばかり思い込んでいた。しかし、捨て去るべき旧態依然とした伝統はいまだに受け継がれている。

「どう役に立つ」

「私に妙案がございます」

王の眉根《まゆね》が弓弦のように引き絞られた。

為す術もなく追い詰められていたラーディアは、予言の君とその言葉に賭《か》けた者らの働きによって奇跡の勝利を重ね、今こうして息を吹き返し攻勢に出ている。

その奇跡の功労者たる兄を失脚させ成り上がった弟が、したり顔で策を弄《ろう》したいと言っている。

「聞こう」

「は。有り難き幸せ」

マクシミリアンは慇懃《いんぎん》に腰を折る。

騎士らしく、所作の美しさは徹底して教え込まれているようだ。胸に当てた手の指先にまで神経が行き届いていた。

「畏《おそ》れながら申し上げます。如何でしょう、アルベニスの女王に取引を持ちかけては」

「取引?」

「バルヴェルトは大陸唯一の貿易港であるのみなら

ず、豊かな漁港でもあります。日々南大陸の貿易船が着岸し、多くの物資を揚陸し、代わりに魚の樽《たる》を山ほど積んで帰って行きます」

「そんなことは知っている」

「女王が欲しているものはポート・バルヴェルトが生む収益のみ。決して、港を破壊することが目的ではないのです」

甘い毒を吹き込むような声音と柔和な笑みに、王の警戒が強まる。

言いたいことは分かった。

安全を金で買うと。

港が上げる利益を女王に渡すことで、侵略を思い留まらせると。

実に白虎らしいものの考えだった。

枢とルーファス、そして港町の住人や傭兵《ようへい》達が命懸けで積み上げてきたものを全て打ち崩し、今まで通りの弱腰な国に戻りたいらしい。

「なるほど。女王に港の稼ぎを提供すれば、戦わずに済む、と」

「一部の、思考が汚染された騎士らによる卑怯《ひきょう》な策略の数々に、私は胸を痛めておりました。誇り高きラーディアの民として、このような勝利に何の価値がありましょう」

ふうと深く、王は嘆息する。

そして王へ自慢げに策を披露する息子を目を細めて眺めていた父親に向き直った。

「こんなことを言うために、ルーファスを勘当したのか？」

「こ、こんなこと……？　お、お言葉ですが陛下、汚染された、穢《けが》れた勝利に何の意味がありましょう」

「名誉の敗北にもまた意味は無い」

「陛下」

「『墜ちたる星』の輝きの導く先に勝利と栄光が待っているのであれば、私はすすんで邪道を征こう。従えぬ者は従わずとも良い」

言葉を失う将軍の半歩後ろで、マクシミリアンが静かに微笑んだ。

冷酷な眸。

この時、彼の内なる危険性を見抜けなかったことは、王の最大の落ち度だった。

＊＊＊

枢はいつも通り一旦《いったん》ダグラス邸に寄り、身支度を整えてから登城するという。

身なりなど気にせず、友人として気兼ねなく自分を訪ねて欲しいと思っているエルレシオンだが、周囲がそれを許さなかった。

枢は幼王の傍に在って国を導く『墜ちたる星』。威厳に欠ける姿を民に見せる訳にはいかない。

異教徒は忌避すべきとの常識は、そう簡単には覆らない。だからこそ枢はラーディアの伝統に則って正装し、文句の付けようもないほど完璧な貴人でなくてはならなかった。


そうすることで、意識は変わっていく。

星の導きは既に、ラーディアの民に熱狂的に受け入れられている。過去、迫害を受けた異教徒達の名誉は回復し、未来に訪れる者らは歓迎されるようになるだろう。

世界は変わる。エルレシオンはそう信じている。

枢を待つまでの間、もう少し自分なりに情報収集を進めておこうと、王は思い立った。

王女プルシアを閉じ込めている部屋へ、王城の長い廊下を歩く。ぞろぞろと付き従いたがる者らを作戦会議室に全て置き去りにし、ごくわずかな護衛の兵のみを数名連れて。

寡黙に付き従う兵らの存在をしばし忘れ、王は足音だけが響く静寂の中、異教徒が残していった言葉を反芻《はんすう》した。

——アルベニス人を信じるな。

端的なその言葉が心に深く刺さる。

アルベニスが信用ならないことは、エルレシオン王は誰より知っている。

ラーディア王都は、父王がアルベニスを信じてしまったからこそ陥落した。

勿論《もちろん》、違う選択をしていたとしても勝てなかっただろう。搦手《からめて》が海に拓けているバルヴェルトとは異なり、旧王都での籠城《ろうじょう》戦は完全に外界から遮断されてしまう。攻め込まれるより悲惨な飢餓との戦いを強いられ、じわじわと衰弱していく。

門を開き、一息に攻め滅ぼされるか。門を閉じ、緩慢な滅びに苦しむか。どちらにしろ地獄だ。先王は息子エルレシオンを、即ちラーディアの未来を既に敵の手の届かぬ場所へ隠し終えた後だったからこそ、希望のない選択を受け入れたのだろう。

かなめ――

ふと王は、異なる世界より墜ちて来た星を思い浮かべる。

家族について考えを巡らせている時、何故か必ず枢を思い出した。

言葉さえ通じない異界の若者に何故か、親族の温もりを感じ取ってしまう。誰よりも遠い所から来ているのに、最も近い存在のような気がする。

もう一人の親友リュートとはまた異なる絆《きずな》。その意味をまだ王は知らない。ただ自分がそうであるように、枢もまた特別な親近感を抱いてくれているという、根拠のない自信があった。

もうすぐ会える。必ず導いてくれる。そう信じて、王は己の使命と向き合う。

長い回廊をひとつ曲がると、王女の居る部屋の扉を固めていた衛士が気付いて槍《やり》の石突きで床を打つ。王は手を振って見張りに敬礼を止めさせ、手を後ろに組み、扉が開くのを待った。

外側に閂《かんぬき》のある、人を軟禁するためにある部屋の扉が、厳かに開く。

護衛を廊下に待たせ、王は部屋に足を入れた。

自由こそ奪っているものの、最低限の礼は尽くしている。部屋の中は火を絶やさず、暖かかった。

「ごきげんよう。陛下」

部屋の中央に置かれた椅子に行儀良く腰掛けていたプルシアは、腰を浮かし相変わらず感情のない声で挨拶《あいさつ》をする。

王女が連れてきた供のうち侍女を一名のみ傍に付けている。体格の良い女性が王女の椅子を背に庇《かば》うように前に出るのを、王女は優しい声で窘めた。

忠実な番犬のような侍女は大人しく退がった。良く躾《しつ》けられている。

「何かあったのですか？」

「何故そう思う」

「わたくしを呼び付けるのではなく、陛下が自らいらっしゃいましたから」

駆け引きに慣れている者特有の、冷たい笑みが頬に浮かんでいる。

容易に本音を語ってはくれないだろう。

悠長な腹の探り合いをしている場合ではなさそうだ。王は単刀直入に強いカードを切ることを決めた。

「もう一度答えてくれ。何をしに来た？」

「母の手紙に書いてある通りです。休戦の――」

「では何故、アルベニス軍はラーディア侵攻を再開したのだ」

王女はわずかに眉《まゆ》を顰めた。

「それはありえません」

「こんな嘘をついても仕方がない。アルベニスの弓騎兵部隊は昨日、南下を始めた。明日中にも我がラーディアの最前線と接触する」

「いいえ。ママはパパにも和平の報せを送っているはずだから、侵略の意図のない進軍でしょう。もしかしたら私を迎えに来てくれるのかも」

「弓騎兵をずらりと横に並べ、弓に矢をつがえ我々を威嚇しながら前進している。これまでラーディアを蹂躙《じゅうりん》したのと同じ、侵略の意図がないとは到底思えない陣形だ。あちらが攻撃の意志を明確に見せている以上、こちらも応じない訳にはいかない」

はっきりと王女の顔色が変わった。唇が戦慄《わなな》き、黒い瞳《ひとみ》が大きく見開かれる。

王も予想外なほど、王女は狼狽《ろうばい》していた。一瞬にして冷たい氷の仮面が剥《は》がれ落ち、年相応の不安定な少女の表情が露わになる。

「どうして……？」

「そういう策略ではないのか？　和平と偽って王女が城に入り込み、人質を救出する大義名分を得たアルベニス軍が侵攻を開始する。そして王女は、内側から城を陥落させる工作を行う」

「違うわ。違うの。ママは分かってくれたわ。冬の間の休戦を納得して手紙を書いてくれたし、私がここへ来ることも許してくれた。きっと私の言葉ならパパも聞いてくれるし、それに」

王女が取り乱すにつれ、王の頭は冴《さ》えていった。

歳不相応に大人にならなくてはならなかったエルレシオンとは逆に、年上のはずのプルシアは、素の状態だと随分子供っぽく甘えた口調だった。

女王が溺愛《できあい》する一人娘は、おろおろと不安そうに視線を彷徨《さまよ》わせている。その様子に狼狽する侍女を見る限り、演技ではなさそうだ。

「では騙《だま》されたようだな。女王に——実の母親に」

「嘘よ……」

「王女が一人死ぬだけで免れるほど、予言は生易しいものではない。あなたのその崇高な精神は偽りでないとしても、女王はそれすら戦局を有利に進める切り札としか考えていないのだろう」

プルシアの頬に涙が伝う。

表情は、何もなかった。心から信じていた母に利用されたのだと知り、見ている方が苦しくなるほど、空っぽだった。

「パパに会わせて。話をさせて」

「雄獅子《しし》は弓騎兵の大軍の後方に陣取っている。大将同士が顔を合わせるのは、どちらかの部隊が壊滅した後になる」

「私に気付けば弓を引かないわ。私はそのために来たの。パパにラーディアを攻撃させないように。帰るよう説得するために。そして――アルベニスを滅ぼすために」

王統が絶えればアルベニスは解体する。

遊牧民が滅びることはなく、ただアルベニスという国体が消滅する。謀略に長けた国の王女が考え出した、悲しいほど美しい予言の回避手段だ。

女王がそれを認めていたのかどうかは分からない。プルシアの独断かも知れない。だが、その悲しい策を胸に秘めて表向き和平の使者として旅立つ娘を、母は雄獅子の部隊を動かす道具として利用した。

女王はプルシアの遙か上を行く強《したた》かさだ。

滅亡が予言されている国の、唯一の王位継承者プルシアを、エルレシオンは、心の底から憐《あわ》れだと思った。民を救う、その捨て身の策さえ母に踏みにじられ――

「私を前線に連れて行って。必ずパパを説得してみせる。お願い。私を信じて」

「残念ながらアルベニス人を信じることはできない」

「陛下……」

「ここに来るまで、何を見た？　栄えた街を通ったか？　秋蒔《あきま》きの新芽が育った麦畑は？　全てアルベニス人が踏みにじったのだ。そしてラーディアの旧王都は、和平の使者に城門を開いたがゆえ内側から滅ぼされた。この私に、アルベニスをどう信じろと言うのだ」

国民のために命を擲《なげう》つプルシアの悲壮な覚悟は、エルレシオンの胸に響く。だが王女一人の命で贖《あがな》えるほど、ラーディアが失ったものは軽くない。

エルレシオンは滅び行く小さな国を授かった。予言に全てを託し死を受け入れた両親から。

栄光を約束された幼王として、ラーディアを導く義務があった。

「……私はどうしたら……」

「身の安全は保証する。多少の不便は我慢して貰《もら》うことになるが、ここで……どちらかが滅び行くさまを、眺めているといい」

アルベニスの、と断定しなかったのは、王の情けだった。

王はラーディアが滅びる懸念を一片も抱いていない。白虎の騎士が、兵士が、青い旗を掲げる民兵らが、必ず雄獅子を撃退してくれると信じている。

そしてバルヴェルト攻略に全勢力を傾けすぎたアルベニスは、この戦いの敗北でもって衰退と滅亡を決定的にするのだと理解している。

＊＊＊

雄獅子が動いた、王が呼んでいる、という報告を枢は意外と冷静に受け止めた。

むしろ報告を受けずとも、いつになく早い時間にルースがやって来た瞬間に、いよいよその時が来たのだと理解したほどだ。

心の準備は既にできている。

このままでは草原の冬という別の脅威に遊牧民の王国の根幹が揺らぐ。和平を申し込みに来た姫の存在は、女王が見せた一欠片の良心であれば良いと願っていた。

が、やはりアルベニスはアルベニスだった。

唯一の王位継承者であり一人娘である王女をすら戦略の駒として使う。その事実を受け止めた上で、迎え撃つしかない。

幸いなことにラーディアにも多少の余裕があるようだ。二度目であること、前線が以前より北に動いたことなど要因は複数考えられたが、奇跡としか思えない勝利が民を勇気付けているのは確かだ。

兵士は城砦《じょうさい》を出て行き、戦えない者は避難を開始している。馬で森を抜けて城門を潜り、馬車に乗り換えてダグラス邸に向かう道すがら、窓の外を眺める限り人はすんなり動いていた。

「勝てるよね」

「栄える未来が確定している以上、負けはしないんだろうけど、だからと言って油断は禁物」

馬車の向かいに座るサイは相変わらずだった。

枢は自分自身がまだ消えていないこと、すなわち未来が変わっていないことを幾度も確認した。不可能な夢でしかなかった勝利は既に手の届きそうな所にまで近付いている。

もしこれが小説や映画だったら、ここで油断や慢心から不要な危機を招いて話が盛り上がるものだが、これは紛れもない現実なのだ。そういうドラマチックな要素など必要なく、粛々と、在るべき未来へ今を繋《つな》げるのみ。

敵国の王女を擁した状態でアルベニスの再度の侵略を受け、王は厳しい選択を迫られている。何が正しいのか枢にもまだ分からないことばかりだが、王に寄り添いその決断の手助けをしよう。

そして、静かに消えよう。

母の記憶の中に『墜ちたる星』は存在しない。枢は十二年後、忘れ去られていなければならない。


それが最後の使命。

既に見慣れた門を潜り、ダグラス邸の前庭を馬車は進む。メイド達が並んで馬車を待っていた。

たまご色の愛馬で先導してくれているルースが馬車の扉を開けてくれるのを、枢は大人しく待った。

だが、なかなか扉が開かない。代わりにルースと使用人の会話だけが漏れ聞こえてくる。

「へぇ珍しい」

「何？」

「新しい服の準備にもう少し時間がかかるから、待ってくれってさ」

これまでどんなに急な仕事でも完璧《かんぺき》にこなしたダグラス家の使用人にしては、確かに珍しい。

戦争が長引いている状態で物資も不足しているのだろう、と深く考えないことにした。

だが想定外は、なおも続く。

「我が君」

馬車の扉が開く。愛おしい騎士の笑みに釣られ自然と緩む頬を引き締め、枢はルースのエスコートで上品にタラップを降りた。

ルースは枢の指に熱く接吻《くちづ》けをする。手に唇で触れるのは、騎士が己の主君に忠誠を示す所作。だがルースのそれは少々、情熱的すぎた。

車内で、存在を忘れられがちなサイがわざとらしい咳払《せきばら》いをする。

「少しお待ち下さい。我が君」

「あの、はい、だいたい中で聞いてました」

「父が呼んでいます。――いえ、すぐに戻ります」

サイも馬車から降ろし、ルースは名残惜しそうに深く礼をした。

騎士としては己の意志を貫くルースも、残念ながら自宅では父親の言い付けに逆らえないようだ。

見覚えのある執事がルースの代わりに二人を別室へ案内するという。そこでしばらく、支度ができるまで待って欲しいと。

仕方なくルースと離れ、姿勢の正しい老紳士の後に付いて行く。ダグラス邸は、王城より遥かに迷路だった。

「ねえサイ、さっきルースなんて言ったの？　すぐに戻りますの前、ラーディア語で」

「日本語で言うと何だろ。跡継ぎ問題について、みたいな感じ？」

「あー、弟のことか……」

ダグラス将軍はどちらかと言えば弟の方を気に入っていて、位を譲りたいようだ、とルースに聞いている。また弟も父親に気に入られることに人生の意味を見出している、とも。

将軍の椅子に興味はないが、『墜ちたる星』に好意的ではない者らが上層部を占める白虎において、ある程度自由に行動するためには肩書きがどうしても必要だと、いつか説明してくれた。そして、弟がとにかく仕事の邪魔だとぼやいてもいた。

庶子だが長男であるルースと、次男だが嫡子である弟。どちらも将軍の座を継ぐ正当な権利を主張できる以上、難しい問題ではあるのだが、枢には確信があった。十二年後、この世界にやって来た母が最初に出会う『緑色の瞳《ひとみ》の将軍さん』が他の人物である可能性が考えられない以上、ダグラス家の家督争いに勝利するのはルースであると。

「今の国の状況を理解した上で、まだ変われないってのも、なかなか面倒臭いね」

「要するに、状況を理解してないってことだろ？」

先を歩く執事が軽く振り向いたので、お喋《しゃべ》りが過ぎたのだと理解した二人は黙る。

それからしばらく、気の遠くなるほど長い廊下を静かに歩き、やがて行き着いた広い部屋に通される。ダグラス邸には、同じようで少し違う用途の分からない部屋が随分沢山あるようだ。

執事が恭しく礼をして下がり、枢とサイの二人きりになる。重厚なテーブルセットだけがあり、壁の暖炉には起こしたばかりの火が煙っぽく燃えていた。

「服の準備って何だろうね？」

「さあな。丈が間違ってたとかじゃない？　今頃、必死に縫い直してるんだろ」

「別にこないだ用意してくれたのと同じで良いのに」

「『墜ちたる星』の身支度を任されているダグラス家として、こないだと同じ服着せちゃ面子が立たないとか思ってそうだよな」

「そういうこと言ってる場合じゃゃ――」

唐突に、扉の向こうに女性の叫び声が響く。

教育の行き届いたダグラス邸のメイドが声を張り上げている。それだけで異常事態だと分かる。

そこにもう一人、居丈高な男の声が重なる。聞き覚えのある声だった。

「……枢。隠れろ」

「何？」

「君の予言のうち、実現していなかった最後のひとつが、今、現実になった」

メイドに怒鳴る男の声がルースの弟のものだと気

付いた時、枢もまた悟った。

まだ実現していなかった予言。

——ラーディアの騎士から裏切り者が出る。

「日本人らしく発音するなら、マクシミリアン」

「ま、マクシミリアン」

「噂に聞く、騎士さんの弟だね。君をアルベニスの女王に渡すつもりだ」

「ええ……？」

枢の頭の中が、ぐるぐる回る。

今こうして、ルースと離れて部屋に閉じ込められているのは、恐らく弟の膳《ぜん》立て。

だが『墜ちたる星』への信仰心を持った使用人が彼の計画を邪魔しようと立ちはだかっている。メイドという身分でありながら、屋敷の主人に、懸命に逆らっている。

全身の血が音を立てて引いていくのが分かる。

枢が覚えている、唯一の悪い予言が、今。

「サイも隠れて」

「いや。二人ともいなくなったら、逆に怪しい。任せろ、何とかごまかす」

使用人に屋敷の嫡男がいつまでも制止できるはずもなく、悲鳴が聞こえ、扉の向こうが静かになる。

枢はかつてルースとそうしたように、カーテンに身を包んで隠れた。

やがて扉が開く、蝶番《ちょうつがい》のきしむ音が聞こえた。

あれはいつだったろうか。遠い昔に感じる。あの日もルースの弟から、こうしてカーテンに身を隠して逃れた。

あの時はルースが傍にいてくれた。

今は、いない。

サイとマクシミリアンの会話は、緩やかに始まった。だがすぐに激しい口論へ変わっていく。内容は分からないが、枢を巡る水掛け論を繰り広げているのだろうとは推測ができた。

『墜ちたる星』はどこだ、ここにはいない、どこに行った、知らない。恐らくそのような内容の。

椅子が引き倒され、ガラスが割れる音がする。

もうこれ以上、隠れているのは無理だ。サイの身に危険が及ぶ。

震える全身に力を入れて歯を食いしばり、枢は意を決した。

＊＊＊

父ダグラス将軍の書斎まで歩きながらルースは、今日をもってダグラスの姓を棄てることに何の感慨もないことに驚いていた。

貴族の家柄と騎士の肩書きは、あくまで枢のために必要だった。奪われることに未練はない。思想の汚染された異教徒として城砦《じようさい》を追放され、もしかしたら枢達と共に塔に閉じ込められるかも知れない。それはそれで有意義だ。

不自由ではあるが枢とずっと一緒にいられる。今より遙かに楽しい暮らしができるだろう。


が、書斎で待っていたダグラス将軍は、なかなか決定的な言葉を口にしなかった。

ただぐずぐずと、机の上のものをあっちに積んだりこっちに崩したりするのみ。

ルースは苛々《いらいら》と、父の言葉を待った。

ダグラス将軍の本当の用件が、ルースを勘当することではなかったのだと知ったのは、扉を叩《たた》くメイドの金切り声を聞いた時だった。

刹那《せつな》、ほんのわずか父がほっとした表情を見せたことを、ルースは見逃さなかった。

将軍の目的は、自分を『墜ちたる星』から引き離すこと。

見抜けなかった己に歯噛《はが》みしつつ、父の制止を振り切って書斎の扉を開けると、若いメイドがルースの胸にしがみついてきた。

そして泣き叫ぶように、告げた。

幼王の誉れ高き『墜ちたる星』、予言の君とその通訳が、マクシミリアンに襲われたと――

第十五章間　女王の願望

北大陸には、太古より『予言』が存在した。

遺跡に記されていた謎の文字は、それを読み解ける異世界の人間によって大陸の言語に訳され、今に伝わっている。

アルベニスの女王ヴィヴィアナにとって、それは単なる言葉遊びだった。曖昧《あいまい》な単語の羅列で、それ自体に特別な能力がある訳ではないと思っている。

ただ厄介なことに、弱い人間の心を惑わせる。

彼女が恐れているのは、アルベニスの民が予言は紛れもない真実であると――つまり未来を正確に言い当てていると盲信してしまうことだった。

歴史上希な『幼王』がラーディアに誕生し、その懐に別の世界の星が墜ち、そうして始まった滅亡寸前の小さな王国の快進撃。

偶然と括ってしまうには出来すぎていた。アルベニスの側から見れば何らかの意図を感じざるを得ない不運続きに、予言は人の手で覆すことのできぬ確たる未来であると信じる者が増えている。

ラーディアにとっての栄光の予言は、翻せばアルベニスが衰退し滅びることを示唆するものとなる。それを信じることで、自ら衰退と滅びを招く。

ほんの数行の歌。幾つかの単語の羅列。北大陸を席巻する無敵の弓騎兵が、これほどささやかなものに脅かされるなど、あってはならないことだった。

女王は毎日、これまでの出来事を振り返る。

ラーディア王都を落とした時、既に王子が国外へ避難していた点については、己の失敗と言うより相手の方が一枚上手だったと認めている。

その王子がかの有名な予言されし幼王になろうとは、流石に意外な流れであった。

希望と英知と守護と栄誉とを、予言によって約束された者が、よもや己の敵として台頭しようとは。

西の森に星が墜ちたと聞いたのは、夏が間近に近付いていた頃。

幼王の御代に、墜ちたる星。奇妙な偶然が重なったものだ、としか思っていなかった。

義弟が率いる大軍を嵐で失ってしまった時も、不運が続くと割り切った。

「面白くないねえ……」

宮廷の中庭で噴水を眺めながら、女王は呟《つぶや》く。

乾燥地帯において何より贅沢《ぜいたく》な水が豊富に流れる宮殿は、彼女が世界の頂点である証のはずだった。

誰より力を持つ者として北大陸に君臨するアルベニスの女王が、唯一の港を欲しいと思うのは当然のことだった。

むしろ女王にこそ、その宝は相応しい。

田舎の小国が富を独占していることの方が、そもそもおかしい。

女王は、己の考えが正しいと確信している。だからこそ今の状況に納得がいかない。

宮殿の中庭に座し、豊かな水を眺めながら、女王は考える。自分はいまだ世界の頂点であり中心であるはずだと。

なのに何故、これほど追い詰められているのか。

「陛下。こちらでございましたか」

掠《かす》れた空咳《からせき》を伴う弱々しい声に、ヴィヴィアナは視線を上げた。

宰相オスワルドの風邪はずいぶん長引いている。

この冬、アルベニスの中枢リェガンタの城下では風邪が大流行していた。南大陸人は病気を持っているとの噂が広まり、衝突も起きている。

ヴィヴィアナは宰相から伝染されないよう、細心の注意を払って接している。なるべく接触しないよう距離を取っていると内密の話が聞き取りづらかったが、体調を崩している場合ではない。

「何か良い報告でも来た？」

「いいえ。ただし悪い報告も来ておりません」

「エットレはまだぐずぐずしているの？」

「そのようですな」

袖《そで》で口元を隠して咳《せき》を繰り返すオスワルドを見ていると、アルベニスという大国の衰退を見ているようで気分が沈む。

「死なないでよ。オスワルド」

「風邪ごときで死ぬほどヤワではございませぬ。年寄りと甘く見て頂いては困ります」

「なら、良いけど」

ヴィヴィアナは中庭を見渡す。

大陸じゅうの植物を取り寄せて飾っている水路の周りも、気温の下がる冬は殺風景だった。

何もない。ふと、そんなことを思う。

「今、私の傍にいるのは、お前だけなのね。エットレは征き、クルロは死に、プルシアは人質……」

「恐れながら申し上げますれば陛下、あなたさまが決断なされたことでございますぞ」

「……分かっているわ。誰の責任にもしない。女王とはそういう存在だもの。将軍が嵐に呑《の》まれたのも、夫がのろまなのも、大事な一人娘が敵国にいるのも私のせい」

自分のせい、と言葉にするのは、そうではないと心の奥底で思っているからに他ならない。

女王はほろ苦く微笑んだ。

打つ手打つ手が悪手となり己に跳ね返って来る。せめて夫がもう少し賢く勇敢であればばと、仕方のないことを悔やむ。

前線から届く報告によれば、突如合流した王婿に混乱している様子が窺える。

隊を率いる意気地もないのに君臨する無能な将軍のせいで、女王の軍勢のみならず敵さえも当惑しているらしい。

だからこそ、一人娘を送り出した。

どれほど臆病《おくびょう》なエットレも、娘を人質にされているとあれば動かない訳にはいかないだろう。

わずかでも将軍としての誇りがあるなら、軍を動かさざるを得ない。

あの男が前進を指示しさえすれば、あとは無敵の弓騎兵が全てを射貫く。前回はゼイオンに文字通り横槍《よこやり》を入れられ不覚を取ったが、卑怯《ひきょう》な不意討ちは二度も通じない。

残る問題は、プルシアのみ。

幼王エルレシオンがどの程度の器かで、娘の安否が変わってくる。

伏兵が集めた噂では、殺してこちらに圧力をかけるか取引の材料として温存するか、まだ処遇を決めかねている様子だったが。

「姫様は、ご無事でございましょうか」

ヴィヴィアナがプルシアに思いを馳《は》せていることを、老獪《ろうかい》な宰相はすぐに察したようだ。

「生きているならアルベニスのために働いているわ。殺されたら殺されたで、報復を始めるだけよ」

「罠《わな》を送り付け、敵が引っかかるのを待つ、というのも戦略のひとつではございましょう。が、陛下、何故」

「その議論は終わったはずよ。何度も蒸し返さないでちょうだい。あの子は私の娘なの」

女王となるべく徹底した教育を受けている。決してアルベニスの不利になる動きはしない。ヴィヴィアナは娘を信じていた。

そして、母は娘に、予言を覆す存在となって欲しいと願っている。

謎の夜盗集団に王宮を襲撃された夜、プルシアは、己をラーディアに差し出して欲しいと母に語った。

女王を失えばアルベニスという国は崩壊する。アルベニスの王統が絶えた時、予言は成就したと解釈することができる。

アルベニス滅亡の予言を回避するには、事実上崩壊したことにすれば良い。自分が幼王に殺されれば、予言の条件は整う。頭の良い王女が考え出した、とても悲しい策だった。

ヴィヴィアナには、娘の策を用いるつもりは毛頭ない。ただ意気地のない将軍を動かすために、力になって貰《もら》っただけだ。

王国のために己の命を犠牲にするというのであれば、もしヴィヴィアナがプルシアの立場なら幼王を刺して己も自決する。

だがそこまでを内気で繊細な娘に求めるつもりはなかった。ただアルベニスの弓騎兵をバルヴェルトに引き付けてくれればそれで良い。

「ねえオスワルド。お前には見えていないの？　この私が港の見える城に君臨する未来が」

「そうですな……そのような未来が、訪れてくれれば良いのですが」

「私はね、勝利の報告以外、要らないの。それ以外の話はもう聞きたくないわ。次にお前が持ってくる報告はバルヴェルト陥落だと信じているわよ」

「は……」

「バルヴェルト城には私達の王女が人質になっているんだもの。手を尽くすのは当然。絶対に負けられないはずよ」

オスワルドは軽く鼻をすする。

女王は侮蔑《ぶべつ》の眼差しで老宰相を見遣った。既に真冬と呼んで良い時期だった。城下には風邪が大流行し、民は疲れている。

早くバルヴェルト城を占領しなくてはと、気ばかりが焦る。

「……陛下」

「何？」

「このままでは民の心は陛下から離れてしまいますぞ」

「何故？　私はアルベニスを勝利に導くために、本当にこの身を切り刻む思いで戦っているのに」

乾いた咳を二つ三つ零し、宰相はそれ以上何も言わない。己の腹心が何を伝えたかったのか、女王には理解できなかった。

アルベニスの女王ヴィヴィアナは、ただ明るい未来だけを見据えていた。

——崩れゆく足許《あしもと》からは、眼を逸らして。

第十六章　天枢は久遠に瞬き

タケルの耳に一報が届いたのは、まさにジュディス砦《とりで》へ出陣しようとしていた矢先のことだった。

防具も荷も全てを放り出して躊躇《ちゆうちよ》なく馬首を巡らせ、将軍の邸宅へ急ぐ。

騎士にとって、剣を捧《ささ》げた存在は騎士団長の命令より優先すべきものだった。主君の危機に駆け付けるのは当然の義務であり、与えられた任務、赴くべき戦場を投げ捨てる恥より忠義の方が勝る。

――否。己が騎士であろうとなかろうと、相手が契りを立てた主君であろうとなかろうと、理屈など抜きにただタケルの頭の中にはサイの安否しかなかった。それだけだったのだ。

ダグラス邸、バルヴェルト城砦《じようさい》で王城の次に大きな屋敷は、蜂の巣をつついたような大騒ぎになっていた。

ルーファスの下に仕える騎士として出入りが許されているタケルは顔見知りの使用人も多いのだが、皆一様に取り乱していた。迷路のような建物のどの部屋に目当ての人物がいるのか、それを聞き出すだけでも大変な苦労だった。

廊下を走ることは禁じられている。大股《おおまた》に歩きながらタケルは出来る限り冷静に頭の中を整理した。

ダグラス家の次男坊が屋敷の中で剣を抜き、『墜ちたる星』とその通訳に斬りかかったのは紛れもない事実のようだ。そして、それを使用人が束になって抑え込んだのも。

しかしそこから先、二人の安否についての正確な情報は、末端の使用人にまで行き届いていない。それがまた混乱を更に強めている。

ただ、どうやら命に別状はないらしい。使用人らが連携して果敢にダグラス家の嫡男に挑み、希望を護り抜いたのだと。それだけは誰に訊《き》いても、誇りを持って語る。

屋敷で働く者らは思考の汚染が進んでいた。マクシミリアンにとって最大の誤算は、彼の側に付く使用人が少なかったことだ。首をはねられる覚悟で、多くが二人の異教徒を庇《かば》う側に回った。

次男を警戒する動きが、屋敷の中に以前からあったのだろう。『墜ちたる星』からルーファスを引き離す周到な準備に、使用人は表面的に荷担せざるを得なかったが、水面下で手を取り合い異教徒を護るべく画策していた。

怪我だけで済んだのは彼ら予言に感化された者らの尽力あってこそ。

二人を二人きりにせず、常に目を光らせていてくれたからこそ。

慌ただしく廊下を行き来する使用人達だが、騎士の称号を持つタケルとすれ違う際には必ず立ち止まり深く頭を下げる。そんな彼らにいちいち、大きな声でありがとうと言いたくなる。

一縷《いちる》の細い糸のように、希望は断ち切られることなく繋《つな》がっている。

異教徒達がいるとされる部屋に近付くに連れ、すれ違う者の様相が変わってきた。清潔な白い上着を羽織った医師や看護師が混ざり始めている。

全身を襲う痛みを思い出し、タケルは顔をしかめた。矢を受けた時より、傷口を切開して鏃を抜き取り縫合する、彼らによる手当の方がよほど痛かったと記憶している。

二人が荒療治に泣いていなければ良いが。あるはずのない痛みを意識の外に締め出し、タケルは最後の扉を開いた。

と、そこに。

「あれ？　何してんの」

「な、何って……」

広い部屋に用意された、ゆったりとした大きな椅子に、赤毛の通訳が脚をぶらぶらさせて座っている。

タケルが悲愴な表情で飛び込んで来たことに、驚いている様子で。

サイが予想以上に元気だったことで、タケルの体からふにゃふにゃと力が抜けていった。思わず、剣を捧げた主君の足下にへたり込む。

「はぁ……良かった。元気そうで」

「俺はね」

まだ着替えも済んでいない状況での襲撃だったようだ。サイは普段纏《まと》っている、ぶかぶかのローブの袖《そで》をたくし上げる。と、左の前腕に硬く包帯を巻かれていた。

「元々あいつの標的じゃないからね。この程度で済んだ」

「こ、この程度ったって……」

戦いながら生き抜いて来たタケルには分かる。これは防御創。相手は確実に急所の頸《くび》か胸を狙って斬りかかっており、咄嗟《とっさ》に腕をかざしてそれを防いだ際に負った傷だ。

マクシミリアンの意識が他に逸れたのか追撃を免れているが、決して『この程度』の危険性ではなかったはず。

「良く頑張ったな。手当して貰うの、嫌だったろ」

「痛いのはもっと嫌だし」

「まあ、そうだな。白虎の医者は割と腕があるって言うか。今までの戦場でなら助からなかった傷も治してくれる」

タケルがかつて複数の矢を受けて重傷を負い、ダグラス邸で軍医の治療を受けたことを思い出したのか。サイが息を呑《の》み表情を硬くする。

安心させるよう笑顔を見せると、椅子の前に両膝《りょうひざ》をついたまま、タケルは深く項垂れた。

「悪かった。ごめん。申し訳ない。護るとか傍にいるとか偉そうなこと言っといて、何もできなかった」

「仕方がないよ。俺も油断した。この家の中は安全だと思い込んでた」

「それで……あの子は」

「枢？　詳しいことはまだ分からないけど、脇腹の辺りを結構深く斬られてた気がする」

サイの視線が奥の間へ続く扉を示す。ここが二部屋続きの客間で、奥が寝室と推測するなら、椅子に座っているサイより寝かされている『墜ちたる星』の方が遙かに深刻なのが分かる。

悔やんでも悔やみ切れなかった。

最も危険な存在が、最も近くにいた。ダグラス家の次男マクシミリアン。ルーファスさえ疑いの目を向けていた、あの愚かしいほど保守的な男が最大の障害になると分かっていたはずなのに。

「……あいつ、ぶち殺す」

「不許可だ」

頭上から降り注いだ冷徹な声に視線を上げると、タケルの上官であり尊敬すべき騎士が、静かに立っている。相変わらず表情はなく、若葉色の瞳《ひとみ》は冷酷な色をしている。

いつも通り冷静で無感情な騎士団長代行のままでいるルーファスが、タケルには、理解できなかった。

「庇う気ですか？　身内だから？　あなたの大切な人を、いやむしろ国家にとって最も大切な人を傷付けたんですよ？」

「庇うつもりはない」

「だったらどうして止めるんです」

「お前があれを殺してはならない理由なら二つある。一つ目、白虎は私刑を認めていない。二つ目に──」

わずかに、ルーファスが瞳を細める。

「──裁きが済み次第、私がこの手で罰する。手出しは無用だ」

つとタケルの背筋を冷たいものが撫《な》でていった。

気付いた。騎士団長代行は今回の事件に心を動かされていないのではなく、無表情のまま激怒しているのだと。

表情は普段と変わりがない。

だが向き合って言葉を交わせば肌にひりひりと伝わってくる。身を切る程の、壮絶な怒りが。

軽く頷《うなず》いて一方的に会話の終了を告げ、ルーファスは奥の寝室へ戻っていく。

黙ってその背を見送ったタケルの喉《のど》がごくりと大きく鳴った。

「俺、あの人があんなに怒ってるの、初めて見た」

「て言うか、あんな風に静かに怒れるもんなんだね人間って」

「こ、怖かった……」

騎士は感情を抑制すべきとされている。常に冷静沈着であり、怒りに負けず恐れに屈さず、高潔で誠実な存在でなくてはならないと。

ルーファスは理想的な騎士であった。

しかし彼の行動は本来あるべき騎士の理想からは大きく掛け離れている。

上官に従うという、最も基本的なことができていない。

忠義ゆえの不服従。上層部が誤った道を進んでいるなら、それを盲目的に追従してはならないと、彼は身をもって示した。

全ての騎士が模範とすべき存在がたった一人で悪しき伝統に逆らい、新たな道を模索した人物であるというのは、なかなか洒落《しゃれ》が効いているとタケルは思う。

国を愛しているからこそ、彼は行動した。タケルはその背に、どこまでも従うつもりでいる。

立ち上がって腰を伸ばし、ふうと深く息を吐いた。

「俺やっぱ、あの人好きだわ。あんな豪傑が幼王の御代に存在する心強さときたら」

「偶然じゃないんだろうね。全部、用意されていたんだと思う。あいつと枢が出会うように計算されてたんだ、きっと」

「君も？」

「多分。父さんはそう思ってるみたい。陳腐な言葉で言うなら、運命って奴」

「運命ね。良いんじゃない？　予言が現実となり、歴史が変わる、偉大なる瞬間だ。今この瞬間に居合わせた幸運に感謝しないとね」

怪我をした腕をさすりながら、サイが苦笑する。

もしかして傷が痛むのだろうかと、そちらばかりが気になって、タケルはサイが呆《あき》れた笑みを浮かべる理由に気付かなかった。

己を幸運な傍観者だと思い込んでいた。歴史を変える幾つもの歯車のひとつとして他と噛《か》み合い、国を動かす大きな力を生み出す一助となっている自覚が、タケルには全くなかったのだ。

＊＊＊

サイが枢に会わせて貰《もら》えるまで、もうしばらく時間が必要だった。

タケルが戻った後は、窓ガラス越しに差し込む午後の日差しが室内を移動していくのをぼんやり目で追うのみ。サイを気遣い飲み物や軽食、毛布を持って来てくれる使用人もいたが、相変わらず足早に目の前を通り過ぎ寝室を出たり入ったりしている医師と看護師にはサイの姿が見えていないようだった。


その日はサイの人生で最も長い一日となった。

ようやく寝室に通されたサイが見たものは、大きなベッドに沈み込むように横になっている枢の姿。

どれほどの出血だったのか、血の気の失せた青白い頬に息が詰まる。

枕元に立っている騎士も、酷く顔色が悪かった。

あれはもう遠い昔の出来事に感じるが、思い返せばほんの今朝のこと。

異教徒二人が控える部屋にマクシミリアンが乗り込んで来た時、サイは何とか誤魔化そうと試みた。

枢はここに居ない、と。

だが相手が剣の鞘《さや》を払う気配に、隠れていた枢が飛び出して来た。優しすぎる異世界の少年は、誰かが傷付くことを極端に恐れる。サイを犠牲にして自分だけ助かる道を、選べなかった。

日本語が話せる者は他にもいるし、サイは『墜ちたる星』を護るためになら犠牲になっても良いと思っていた。

だが当の『墜ちたる星』が、それを望まなかった。直後にダグラス家の使用人が決起し部屋に雪崩《なだ》れ込んで来なければ、恐らく、最悪の事態に陥っていただろう。

「――枢」

ベッドの傍に近付いて声をかける。億劫《おっくう》そうに瞼《まぶた》が上がり、褐色の瞳が静かにサイを捉《とら》える。

わずかに枢の口元が綻《ほころ》んだ。

「サイ、大丈夫だった？」

「俺はね。そっちこそ」

「んー、何かもう、どこが痛いのか分からないくらい全身が痛い」

枢は無理に笑ってみせる。

何を言えば良いのか、サイには分からなかった。人と関わりを持たずに育った孤独な異教徒は、怪我をした友を励ます言葉を知らない。

傷は浅く内臓に達してもおらず、命に別状はないと、早い段階で聞かされてはいた。が、こうして横たわる枢の蒼白《そうはく》な顔を見ていると、助かって良かったと言うことさえ憚《はばか》られる。

「大変な時に、大変なことになっちゃった」

「こっちは被害者だ。何の落ち度もないんだし、心配しなくて良いから」

「そうだね。皆には申し訳ないけど」

「今は自分のことだけ考えてろ」

「うん。そうする。少し休む。ああそうだ、父さんに念押しといて。絶対に姫を傷付けてはいけないって……」

枢が目を閉じ、やがて静かな寝息を立て始める。

サイの胸に去来するのは、事件を起こしたダグラス家の嫡男への怒りではなかった。

――怖い。

恐怖に全身が戦く。怖くて仕方がない。王国の転機、情勢の不安定なラーディアに枢が必ず傍にいてくれると無意識に信じ込んでいた、その確信が揺らぐのが。

一命は取り留めた。だが、王国を導く者は弱り果てている。

「これからどうなるんだろ」

騎士がベッドの脇に膝《ひざ》をつき、愛する主君の髪を撫でてやるのを、サイはぼんやり眺める。

主君以外の者に滅多に関心を示さない騎士が、ふと視線を上げてサイを見た。

「裁きは受けさせる」

「そういうことじゃなくてさ。枢は何か、今やらなきゃいけないことが分かっているみたいだった」

未来を知っているという危険性を、枢自身が良く理解していた。必要以上に知識を漏らして取り返しのつかない不測の事態を招かないよう、世に出す情報量を丁寧に調整していた。

つまり枢は、王国を導く者としての全ての責任を一人で背負っていたのだ。

その結果、サイは、枢が何を担っているのか肝心な部分を知らない。

「頼りすぎだよね。予言の君、ラーディアに栄光を約束する『墜ちたる星』に」

「それがかなめの使命であった以上……」

「だけど、枢にもしものことがあった時、自立できない国じゃ駄目だろ」

ふとルースが淡い笑みを浮かべる。その優しい表情が、枢に向けてのものでないことにサイは驚いた。

「陛下は予期しておられた」

「そうなんだ？」

「かなめを護りたいと、だから強くなりたいと」

枢の騎士が最近、幼王の剣術指南役という新たな任務を仰せ付かったと、サイも枢に聞いていた。

わずか十二歳のエルレシオンが、枢を護るべきと認識していることに驚き、感心する。枢はラーディアを滅亡から救う者、いわば護ってくれる側の存在なのに。

異教徒に頼りつつ、甘えなかった王の、芯《しん》の強さ。膝を屈しかけたラーディアが再び立ち上がるために、エルレシオンは選ばれた王だった。

そして枢はその王の息子。本人に自覚は乏しくとも、偉大なる覇王の血を受け継いでいる。

ルースが立ち上がろうとすると、その気配を察した枢が無意識のまま愛する騎士の袖《そで》を掴《つか》む。

困ったような表情を浮かべ、傷付けないよう丁寧にその手を開かせると、ルースは軍服の肩の飾り緒を解いた。真鍮《しんちゅう》のメダルを提げた精緻《せいち》な組紐《くみひも》を、すがるものを求め宙を彷徨《さまよ》う枢の手に巻いてやる。

枢は己の手を顔に近付けてその匂いを嗅《か》ぎ、安心したようにまた深い眠りに落ちていった。

「少し、ここに居てくれ」

「どこへ？」

「陛下に報告をしたい」

王城においても情報は錯綜《さくそう》しているはずだし、王も不安だろう。枢の容態はまだ安定しているとは言えないが、ルースの口から説明する必要がある。

傍を離れ難いのは表情を見ていれば分かる。しかし恐らく枢は自分のせいでルースが仕事を疎かにする方を嫌がるだろう。

「ここ安全なんだよね？」

「自由を制限してある」

「ああ、マクシミリアン様とやらはね。将軍の方も信用できないんだけど」

「屋敷の者は皆、かなめのために戦った。あれに従う者はいない」

肉親への温情は微塵《みじん》も感じない冷徹な目をしている。むしろ呆れ果てたとも言える表情だ。

「結局あいつだった訳？　ずいぶん詳しく、白虎の内部事情が敵に漏れてたみたいだけど」

「……身内の恥だ」

「父親からしてそうなんだから、仕方ないんじゃない？　むしろ貴族の家柄で、異教徒に協力を求めようとしたあんたが異端だよ」

ルースの表情は相変わらず硬いが、異教徒の失礼な発言を咎《とが》めるどころかむしろ自覚はあると肯定しているように見える。

満足して、サイはにんまりと笑った。

これまで正しいと思われていた方法で国が護れない以上、異端であることは変革のための重要な条件だった。

閉塞《へいそく》したまま崩壊を迎えていたラーディアに、外部からもたらされた力。それが異世界から墜ちて来る異教徒であり、異国人との混血であり。

強引に歴史を変えなくてはならない理由はサイには見当も付かないし、枢も迂闊《うかつ》に秘密を明かしはしなかった。何が起きているのか分からないまま、世界は激動している。

「この家でお城から見える空き部屋は？」

「三階の角の物置なら」

「じゃ何かあったらそこに明かりを灯すから。行ってきなよ」

「すまない」

ごくわずかにルースが微笑む。

いつも眉間《みけん》に皺《しわ》を寄せている堅物の騎士が、これほど人間的な表情を向けてくれたのは初めてかも知れないと、サイは思った。

『墜ちたる星』の騎士ルースは、確実に成長している。

打算なき愛を理解していく過程で。

＊＊＊

冷たい風が吹き込む気配に、枢は目を覚ました。

途端に、全身を襲う痛みを思い出す。

痛いから眠るという感覚を枢は初めて知った。どうやら脳がストレスに曝《さら》され続けることを拒否してしまうらしい。現実逃避も一種の防衛本能なのかも知れない。

部屋は暗い。遠いテーブルに小さなアルコールランプがひとつ、穏やかな灯を投げかけている。

ベッドに伏せて眠り込んでいるサイの赤毛が白い

シーツに散らばっているのが見えた。

「大丈夫かい？　都築君」

「多分」

窓が閉じられる音が聞こえた。やがて、首を巡らせることのできない枢の視界に、声の主の方から近付いて来てくれた。

相変わらずこの世界にそぐわない、地味なビジネススーツ。

「私を覚えてる？」

「勿論《もちろん》です。確か、先々の不安」

「……微妙にじわじわ来る間違いしないでよ。未来の概念だよ」

「知ってます。ちょっとボケただけです」

脂っぽい髪を掻《か》きながら、未来の概念はベッドの脇に近付いて来た。

枢の運命を握っている人物に、自然と緊張してしまう。最初に遭遇した時、思わず逃げてしまった。今はそれさえできない。

「すみません。肝心な時に、ミスしました」

「君に責任はないよ。災難だったね。彼があそこまで酷い人物だとは思わなかった」

「あなたにも分からない未来があるんですね」

「勿論、理解できないことばかりだ。どんなに万全に整えても、必ず不測の事態が起きてしまう。……またこの形。また、不要な痛みを強いてしまう」

「過去にもあったんですか？」

「……お母さんから聞いていないって言ったっけ」

枢は頷《うなず》き、未来の概念に説明を求めた。

この期に及んでまだ、枢は何も知らない。己の、本当の運命を。

＊＊＊

エルレシオン王は、報告を何度も聞き返した。

北の森でアルベニスの王女を捕まえた時も、信じられない報告に我が耳を疑ったが、今回はそれを上回って非現実的な、あり得ない内容だった。

騎士団長の息子マクシミリアンが、女王に『墜ちたる星』を献上すべく斬りかかった、と。

もしそれが本当なら、責任は王にある。

若い騎士が誤った行動を起こした理由は間違いなく、彼の自慢の策を王が断じたからだ。

将軍が嫡子を跡継ぎとして紹介した時、王には、彼を辱める意図など全くなかった。

ただアルベニスに対価を払うことでバルヴェルトを護るという彼の考えを、はっきりと却下しただけだ。それが良策であると信じている古い考えを捨てさせるために。

アルベニスにまだ痛い目に遭わされたことのない白虎は、女王を甘く見ている。遊牧民は金で大人しくなるような連中ではない。戦いを避ける策をひねり出すのではなく、勝って相手を黙らせる強い意志を持って向き合わなくてはならない。

それが、バルヴェルト以外の全てを奪われた王の覚悟だった。

未来を担う若い騎士に、新しいラーディアの思想を理解して欲しいと願っていた。

だが、恐らく目上の者に咎められた経験がほぼないまま成人したであろう将軍の嫡子は、幼王の強い言葉を耐え難い屈辱と受け止めたのだろう。

そして、行動に出た。

彼の腹違いの兄ルーファスは、上層部の決定を無視して単独行動をし、結果、ラーディアを勝利と栄光へ導いた。

それを悪い方向に勘違いしたのだ。

結果さえ出せるのなら、過程において王命にすら背いても良い、と。

王国とエルレシオン王にとって最も大切な人物の一人を、不注意から危険にさらしてしまった。ようやく希望の見え始めた王国の、王の足許が、ぐらぐらと崩れていく錯覚に陥いる。

勉強室の螺鈿《らでん》のテーブルを掴《つか》み、王は、血の気の引くような恐怖と戦った。

枢が元の世界に還る覚悟はしていたが、このような形で失ってしまう恐れなど予想すらしていない。

報告は随時入る。ダグラス家に向かった白虎の医師が二人を診ている。『墜ちたる星』の方の傷はやや酷く、今すぐ命に別状はないが決して予断は許されない。

騎士団長代行が弟を騎士団の懲罰房に入れた。雄獅子《しし》の軍勢は少しずつ南進を進めており、こちらへの対処も進んでいる。表立ってマクシミリアンに同調する者はおらず、騎士団に混乱は、今のところ生じていない。

「かなめを城へ連れて来い」

「は、しかし、まだ手当が――」

「裏切り者の屋敷に、かなめを置いておけるものか！」

「陛下」

慎ましやかな教育係の声に、王は引き下がった。

気遣う様子を見せるアリアに、王は頷いてだけみせる。報告を持ってきた兵は敬礼をし戻っていった。

「かなめを護りたいと……私は思っていた」

「ラーディアの誰もが、そう思っておりますでしょう。我々ゼイオンも」

敵は前線の向こうではなく、内懐に潜んでいる。アルベニスの伏兵を常に警戒していたにもかかわらず、悲劇は防げなかった。

手に入れた大切なものを、家族にすら匹敵する温かな存在を、王はまた失いかけている。

「……まだ……」

王の唇が戦慄《わなな》く。

「まだラーディアに栄光は遠い。まだ、私にはかなめが必要だ。絶対に……もし……私は……」

槍《やり》の石突きが力強く床を打つ音が、扉の外から聞こえてきた。

王は乱暴に顔をこすり、うっかり泣き出してしまいそうだった己をぴしりと糺《ただ》す。

「陛下。ダグラス将軍が接見を求めておりますが」

「分かった。——玉座の間に通せ」

傷付いた少年の顔から施政者のそれへ、一瞬にして切り替わった。今はまだ、泣きべそをかく時ではない。

玉座の間で向き合うこと。それは、決定的な立場の差を意味している。

ダグラス将軍は本来、王と同じ部屋で談話ができる身分の持ち主だった。が、今、将軍は緋色《ひいろ》の絨毯《じゅうたん》に両膝《りょうひざ》をつかされ、おおらかに玉座へ近付く王を見上げている。

それだけでも将軍にとっては身を裂くほどの屈辱のはずだが、更に王はちょうど報告に来た騎士団長代行ルーファスを、敢えて傍に従わせた。

将軍が跡継ぎとして選ばなかった方の息子を、王が選んだのだと視覚的に訴える。

エルレシオンは、将軍に失望したことをこうして分かり易く伝えた。


「陛下、これではまるで犯罪者のようではありませんか」

「違うのか？」

「息子は正しいと思う行いをしたまでです。大変申し上げにくいことですが陛下、我が国は今、予言という不確かなものに浮かれ、思想を汚染され、現実を見失っております。陛下まで、血に汚れた栄光を選ぼうとなさっておられる」

この期に及んでまだ、白虎の将軍は戦わずに済ます方法を模索しているようだった。

それが正しいと思い込んで。

『墜ちたる星』の予言が確かなことは、ここまで奇跡のように勝利を得たことで証明されている。枢という、異世界より墜ちて来た栄光の存在にラーディアは未来を見出し、歩き始めている。それこそが現実だというのに。

平和を得るために戦うという意志は、温暖な王国南部の港町から完全に失せていたらしい。

エルレシオンは顎《あご》を上げ、玉座の脇に立つルーファスを視野に入れた。騎士は何の感情もない、冷徹な視線で実の父を見下ろしている。

その胸には、父が授けた勲章がひとつも飾られていなかった。見たこともない、綺麗《きれい》な星だけが輝いている。

「はっきりさせておこう。将軍。我が国が命運を委ねる『墜ちたる星』を傷付け、敵国に売り渡す行為を、将軍は正しいと思っているのだな？」

「お言葉ですが陛下、戦いを避け、民の命を救おうとした息子の行いは、果たして間違っているでしょうか？　何故、戦い傷付く道を選ぶのですか」

「戦いを避ければ民を救えるという保証が、どこにもないからだ。アルベニス人を信用すべきではない」

背後でごくわずかに、ルーファスが身じろぎする音が聞こえた。

「明日の朝にもアルベニス軍は再び我が領土を踏むだろう。その前にかなめを突き出せば敵が引き下がるとでも？　その甘さが王都陥落を招いたのだと私は思っている。出来る限りの手を尽くし、私は最後の領土を護るつもりだ」

「た、戦いを避ける道は、ないのでしょうか」

「……将軍。若い頃は勇猛果敢で知られたと聞いているが」

「相手の規模が違います！　勝てる訳がない！」

「それでも我が国は勝たなければならない」

王がそう断言すると、ダグラス将軍は言葉を継ぐことができなかった。

根底から、考え方が違うのだ。王はそう理解した。相手が有利と見るや徹底的に、戦いを避ける方向へ全力を尽くす。卑怯《ひきょう》な手段を、民を救うためという綺麗事で覆い隠して行う。それが、白虎の常識。

傍に控える混血の騎士がこの因習に染まらない強固な意志の持ち主であったことに、王は感謝した。

真鍮色《しんちゅう》の髪と淡い緑の瞳《ひとみ》は、忌み嫌われている南大陸の血の証。王国を動かすのが彼を始め、王国の外から来た血であることは、運命なのだろう。

恐らくラーディアは、ラーディアだけでは救われなかった。

「もしかしたら父も、女王に命の対価を支払う約束をし、城門を開いたのかも知れないな」

だが何を差し出そうと女王は侵略の手を緩めるつもりなどなかったのだろう。

ラーディアの王都は、海を手に入れる過程の障害物でしかない。立ちはだかるラーディアの民を一人残らず踏みにじった上で、女王はバルヴェルトに君臨するつもりだったはずだ。

王都という前例がある以上、二度と女王を信じてはならない。

ラーディアを目覚めさせるために払う犠牲としてはあまりにも大きすぎたが、あの悲劇の後、北大陸の運命は変わった。

幼王が誕生し、星は墜ちた。

「陛下。息子は……どうなるのでしょう」

「王国に害を為そうとしている訳ではないと承知している。だがお前達の信じる善は我が道を妨げる。策を敵に流し、軍師を傷付ける者を、置いておく訳にはいかない」

「あれはダグラス家の嫡男です。バルヴェルトで最も古い血筋、由緒正しきラーディア南部の貴族の血を、正しく引いております」

将軍は二人の息子を分け隔てなく平等に愛したと聞いている。

だが兄弟には、決定的な差が生じてしまった。道を違えた二人のうち、父がより己に近い思想を持つ方を跡継ぎとして選ぶのは、当然のことだった。

父は常識に逆らう兄ではなく、自分に従順な弟を選んだ。が、王が求めているのは弟ではない。

「処分は追って報せる」

「陛下。どうか命だけは」

「友が私を諭してくれた。――極端な例外を認めると、規律が乱れると」

断罪することは王にとってつらい仕事だったが、曖昧《あいまい》なままにしておけば後々まで禍根を引きずる。

王国は、変わらなくてはならなかった。白虎の常識は通用しなくなり、いつまでもそれを持ち出す者へは厳しく対応する必要がある。

特に枢は既に民の心を掌握している。

予言の君、『墜ちたる星』の命を脅かした者を赦したのでは、王として示しが付かないのだ。

＊＊＊

「夜明けと共に開戦だろうね」

冬の夜は一息に城砦《じょうさい》を飲み込む。部屋は急速に暗くなり、小さなランプの灯は『未来の概念』の姿を照らし出すには足りず、仄暗《ほのぐら》い薄闇の中、気怠げな声だけが枢に聞こえてくる。

枢の右手には、いつの間にか黄色の組紐《くみひも》が巻き付けられていた。片方の端に真鍮の勲章が下がり、反対側は房になったそれが、ルースの軍服の肩を飾っていたものだとすぐに気付く。

太陽の匂いのする寝具に深く身を沈め、なるべく楽な姿勢を模索しつつ、左手で組紐を撫《な》でながら、枢は声の主の気配を意識だけで追いかけた。

「勝てますか？」

「今度こそ、うまく行くよ」

「その言い方だと、前に一度失敗しているみたいですね」

未来の概念がふんと鼻で嗤《わら》う。

「まあね。昔、大変なことになっちゃった。世界の干渉は本当に厄介な問題で、幾度となく多元宇宙《マルチバース》ごと危機に陥っている」

「……何ですかそれ。マルチ？」

「接頭語の『ユニ』はひとつ。『マルチ』は複数。宇宙の本当の姿は唯一無二のユニバースではなく、沢山の世界が連なったマルチバースなんだよ。幾つもの閉じた世界が、更なる高位の世界の中に存在してるんだ。我々が良く使う比喩《ひゆ》表現としては、世界は果実だ。大きな樹に宇宙が幾つも実っている状態を想像して貰《もら》うと、一番伝わりやすいと思う」

「果実……」

宇宙の外に何があるのか、人間はまだ知らない。

広大な宇宙が実は果実であり、大きな樹に幾つも鈴生りになっている。最先端の研究をする学者達にそんな話をしたら笑われるだろう。

実際に世界の外に飛び出した枢の話など、聞く耳を持たないに違いない。現実とは、時として物語を超越する。

「それぞれの閉じた宇宙が、互いに完全に独立していれば問題ないんだけどね。困ったことに干渉し合うんだ。ひとつの世界を救うためには、別の世界の問題を解決しなきゃいけない。それが我々の仕事なんだよ」

「ラーディアがアルベニスに滅ぼされたら、他の世界に影響が出るってことですか？」

「そう。割と深刻なね」

枢に託されていたものは、どうやらラーディアの存亡だけではないらしい。

この小さな国を救うことにここまで躍起になっていた理由に枢は乾いた笑いを零し、斬られた腹筋の痛みに呻《うめ》く。

ベッドに伏せて眠っているサイが、枢の苦しげな声に身じろぎした。が、よほど疲れているのか目覚める気配はない。

未来の概念がベッドの傍に近付いてきた。

飄々《ひょうひょう》としていた今までの彼の印象とはほど遠く、眉間《みけん》に深く皺《しわ》を刻み、口元は硬く引き締めて、渋い表情をしている。最後のミッション直前で起こった不慮の事故に、判断を迫られているのだろう。

申し訳なさが枢の胸にこみ上げた。真っ直ぐ己の命に狙いを定めた鋭利な剣を目の前に、枢は何もできなかった。元より丸腰だったが、仮に剣を帯び、扱いを父と共にルースに学んでいたとしても、恐らく何もできなかった。

己の弱さが、悔しかった。

「北大陸はラーディア主導でなくてはならない。遺伝子的に脆弱《ぜいじゃく》なアルベニス人では、世界情勢が安定しないからね。その度に多くの世界に余波が及ぶから、多少強引にでも、大陸の運命を変える必要があったんだ」

「……ほんと。強引ですよね」

「もう少しお手軽に済むと思っていたんだけどねえ」

『未来の概念』は疲れ切った表情を浮かべ、やれやれと肩を落とす。

枢の運命を勝手に操作する、いやな奴だと思っていたが、彼は彼なりに苦労しているようだ。

「良い機会だから、全て話してあげようね。大きな滅亡の後、我々はこの世界に手を加えることを決めた。順調に進んでいたけれど、今から十七、八年前……違うな十二、三年後になるのかな？　もう過去も未来もごちゃごちゃだけど、事件が起きた」

「十七年前で十二年後って言うと、父さんと母さんのこと？」

「ラーディア王と日本人女性という、最強の組み合わせだ。やがて望まれて産まれ愛されて育てられた王子が、ラーディアの歴史文化と日本人の知識を身につけた上で過去に赴き、軍師として確実に時空を結び換える予定だったんだけどね」

語られる『王子』が自分であると気付き、枢は黙って頷《うなず》く。

未来の概念は口元を引き締めた。

「真理花さんの体調が良くなくてね。こちらの世界の医療技術では二人共助からないことが分かった。だから君の命を救うため、真理花さんは、身重の体で日本に戻ることを決断してくれたんだ」

「そうだったのか……」

何故父のいるラーディアを捨てて、日本で枢を産み育てる決断をしたのか。

ずっと抱いていた疑問が緩やかに融けていく。

産まれた時の話を聞いていないかと問われた時、何も知らないと答えた。そう言えば大変な難産だったと言っていたような気もする。

いつか異世界の王国の運命を変える『墜ちたる星』として枢を育てるには、母一人では大変だったはずだ。必要な知識を吸収していた訳ではなかっただろうし、何より、日本にいる限り記憶はどんどん消えていく。

それでも熱心にラーディアのことを教えてくれ、結果、枢は役立つ知識を持ってここへ来た。

「またこの形、って言いましたね」

「言ったっけ?」

「言いました。僕が母さんのお腹の中で死にそうになったのが最初で、これは二度目。つまり、僕はもうすぐ死んでしまうんですか?」

問いかける形ではあったが、答えは既に分かっている。同意を求める、断定的な言葉だった。

「どうやら君はこちらの世界では生きにくいらしくてね。真理花さんに念押しされた通り、気をつけてはいたんだけど」

概念はくしゃくしゃと脂っぽい髪を掻《か》く。

「リスク回避も我々の仕事だ。枢君、帰ろう。アインシュタイン=ローゼンブリッジを利用して異空間転移を行う際、素粒子レベルで体を組み替える。怪我は情報の破損部分として適切に処理されるから、世界を跨《また》げば傷は消える」

「難しいことは良く分かりませんけど、帰るのはもう少し待って下さい。まだです。まだ……僕は父さんの戦いを見届けていません」

「彼なら大丈夫。未来に向けて大切なものを護り、不要なものを捨てることができる」

「正しい選択、って奴ですね」

それが何なのかは、具体的には分からない。ただ王は常に決断を迫られている。ひとつの失敗が王国の存亡にさえ繋《つな》がる重大な決断を、あの小さな肩に担っている。

その荷を分かち合うだけの器ではないが、せめて傍にいてあげたいと、枢は思っていた。

——父さんの傍に。

ふうと切なげに、未来の概念が息をつく。

「……実はね、この戦いが一段落したら、真理花さんに会いに行こうと思っていたんだ。君がお父さんの世界で自分の居場所を見付け、離れ難い大切な人達と一緒にいることを説明して、必ず連れて帰るっていう条件を緩和して貰おうと思ってね」

「へえ。意外と優しいんですね。ええと老後の心配」

「だから未来の概念だってば。この笑えない状況で面白いアレンジ加えるのやめて」

「分かってます。冗談ですって」

笑うと傷に響く。丁寧に呼吸をし、枢はベッドの足下に顔を伏せるサイに意識を向けた。

腕に巻いてある包帯が見え、申し訳なさがこみ上げて来る。

見付けた、自分の居場所。離れ難い大切な人達。

異教徒の塔に閉じ込められての、サイと二人の共同生活。毎日訪ねて来てくれるルース、時々顔を合わせるタケルや傭兵《ようへい》達。それに幼い父、レオ。

貧しく不便で不自由、だが毎日が輝いていた。

こんな毎日が続くのだと、勝手に思い込んでいた。

「ずっとここで暮らせたら良かったのになあ」

「君の人生は二つに一つだ。ここで傷の悪化に苦しみながら短い生を終えるか、今すぐ日本に戻って元気に長生きするか」

「そんなの、選ぶまでもないじゃないですか。母さんには悪いけど、僕は最後までルースと——父さんの傍にいます」

「枢君。できれば生きて欲しい。目的のない異空間転移が認められていない以上、傷を治してさっさと戻ってくるなんてお手軽便利なことはできないけれど、生きてさえいればまた君がここへ来なくてはならない事案が発生する可能性はゼロじゃない」

「ごめんなさい。疲れたから……少し……寝ます」

組紐《くみひも》を握りしめ、瞼《まぶた》を閉じる。初めて出会った時に嗅《か》いだのと同じルースの軍服の匂いに、心が安らいだ。

急速に意識が薄らいでいく中、『未来の概念』と、サイの声も聞こえた気がする。角の部屋に灯りを点せと、意味の分からないことを叫んでいる。

微睡《まどろ》みながら枢は、命の期限が残り少ないのであれば、その全てを父に捧《ささ》げようと決意した。

覚えている限りの未来を遺して逝こう、と。

母の語ってくれたラーディアに、王を栄光に導いた予言の君が登場しない理由をあれこれ想像していたが、答えは実に簡単だった。

枢は、もうすぐいなくなる。

十二年もあれば、民が熱狂した『墜ちたる星』の記憶は消失してしまう。王国を勝利へ導いた栄光は、偉大なる覇王だけのものになる。

寂しくはなかった。恐らく十二年後もルースだけは、枢のことを覚えていてくれる。こちらの世界から存在が消え、皆に忘れ去られた後もずっと。

だからこそ、枢の時にそうだったようにルースは真理花を真っ先に探し出し、そしてこう言うのだ。

——ようこそ、母なるきみ。お待ちしておりました、と。

＊＊＊

放射霧が降りた早朝の谷で二つの小さな部隊が衝突したのは、運命的な偶然と言えた。

野営地に飛び込んだ方は、頬に疵《きず》のある傭兵隊長が率いるバルヴェルト遊撃隊、三十名ほど。休んでいた方は砂漠の王とその手勢、十名ばかり。

薄暗く靄《もや》のかかった中にぼんやり浮かぶ互いの灯。双方に緊張が漂ったのも一瞬、ヒロは手製のスコープゴーグルですぐに相手がスカーだと把握した。頬にある特徴的な大きな疵は、本人がどう思っているかは分からないが良い目印になる。

「こんにちはーっ！」

スカーが唯一知っているという日本語で叫べば、霧の向こうの部隊はすぐに理解した。旅用のランプが大きく円を描く。

便利な合言葉だった。

やがて単騎、部隊の大将が進み出る。ヒロの前で馬を降りたスカーは驚きの表情を浮かべていた。

「珍しい所で珍しい人に出くわすもんですなぁ」

「そうでもない。火を目立たなくしようと思えば誰だって谷底を選ぶさ」

「まあそうですがね。よりにもよって、ヒロさんに会うとは」

片頬の引《ひ》き攣《つ》れた傭兵は口元を引き結んだ。

ヒロはその表情に一抹の不安を覚える。いつもの豪放な、困難を笑い飛ばし頭から突っ込んでいく彼らしくない。

「わしは星の導きだの運命だの、本当はあまり信じる方じゃなかったんですが、たとえ野営地として打って付けの谷でもヒロさんと偶然ばったりなんてちぃと出来すぎてますよ。わしからあなたに伝えろと、そう星が命じているんでしょう」

その瞳《ひとみ》の奥底に宿るものは恐怖と焦燥。傭兵隊長スカーともあろう者が何かに怯《おび》え、狼狽《うろた》えている。

嫌な渇きを覚え、ヒロの喉《のど》が上下する。

どうやら、バルヴェルトを出発するのが少し早かったようだ。

「……何があった？」

スカーはゆっくり丁寧に語り始めた。

『墜ちたる星』が将軍の息子に襲われ、酷い怪我をしたことを。

どうやら若い騎士は予言の君の首を手土産に、港の利益を女王に差し出すことで、戦争を終結させようと考えていたらしい。

要するに、平和を金と最小限の犠牲で購おうとした訳だ。ヒロにしてみれば、これ以上ないほどの悪手だ。

「……まあ無理だろうな。そんな交渉が通る相手なら、大陸ここまで荒《すさ》まないぞ」

「でしょうなあ。つくづく、白虎は考えが甘い」

「それで『墜ちたる星』の容態は？」

「充分な情報が得られませんでしたが、後方支援部隊として出陣の用意をしていた軍医が束になって屋敷に喚《よ》ばれたそうですから、メイドの手当てで済む程度でないのは確かです」

ヒロは両手を頭に置き、顎《あご》を上げた。

見上げる空はだいぶ白んでいた。やがて霧の立ちこめた森に、樹冠から突き刺す細い剣のように幾本も朝日が差し込むだろう。

バルヴェルト城の北を固める堀とも言える谷は、夏の嵐の時には濁流となって雨水を海へ流す天然の水路にもなる。アルベニスの第一陣がそれを知らず野営して土石流に飲まれたのが、幼王の栄光の始まりだった。

大雨のない時期であれば草原に陣取る敵から火が隠れ、安全で良い場所だ。幸運と言ってしまうにはラーディアは全てが恵まれすぎている。

「大丈夫でしょうか」

「あの子の親に一般常識がありゃワクチン打ってるだろうから、現地の人間より感染症には強いはずだがな。それに、俺はあちこちの出身者と接してきたけど、ラーディア人は衛生観念が比較的まともだ。生水を飲んで腹壊すような奴は、少なくとも都市部の出身者にはいない」

「異教徒の良き遺産でしょうな。偉い人にとっちゃ、それこそ思想の汚染ってことなんでしょうが」

「うちの息子も一緒なんだろ？　あいつだらしなく見えて結構綺麗《きれい》好きなんだ。衛生面は問題ない……と思うがな、どの程度の傷か分からないし、痛み止めやら抗生剤やらがある訳じゃないから、何とも言えないな」

星の導き、というものをヒロも信じてはいない。だが曖昧《あいまい》な詩の通り、幼王は力を得て奇跡の逆転劇を繰り広げている。

このまま勢いに乗って大陸の勢力図を完全に塗り替えてしまうのだと思っていた。あの優しげな日本人の少年が、ラーディアを強い国へ導き育て上げるのだとばかり。

こんな中途半端なところで躓《つまず》くとは、思ってもいなかった。それも、内側から生じた混乱なら未然に防げたはずなのに。

どこかに慢心があったのかも知れない。

『墜ちたる星』は幼王の傍で永遠に輝くもの、勝利は約束されているものと。

いかに神格化されようと、予言の君も所詮《しょせん》は人の子。襲われ、命を落とすことはあり得る。

「なんで日本人なんだろうな。銃の一丁も持ち込める国から選べば、こんな怖い思いをさせずに済んだだろうに」

「なぁヒロさん。わしはまだ信じているし、信じたいし、恐らく全てのラーディア人は心の底から信じているはずなんです。予言された、栄光の未来って奴を」

「当然だ。そのために俺もあの子もここに来たんだよ。勝って貰《もら》わないことにはな」

ヒロは無精髭《ぶしょうひげ》のざらつく顎を撫《な》で、スカーを見た。彼の仲間の傭兵《ようへい》が数名、不安そうな顔をして背後に従っている。

ちょいちょいと指で招き、傭兵隊長だけ顔を貸すよう指示する。馬を仲間に預けたスカーと肩を並べて少し歩き、会話が聞こえない程度、互いの兵から距離を取った。

「誰にも言うなとは言われてないし、あんたの耳には入れておく」

「何でしょう」

「俺は予言はできないけど、『墜ちたる星』と似たような存在だから、ちぃと未来を知っている。いいか？　近い将来、大陸の人間が篩《ふるい》にかけられる」

良く分からない、という感じでスカーが首を傾げる。明確に擬人化された神の存在しない世界では、高次の存在を出して喩《たと》えるのは余計に話を難しくするらしい。ヒロはラーディア語の語彙《ごい》を、頭の中の抽斗《ひきだし》をひっくり返す勢いで探した。

「大きな災害だと思えばいい。戦争とは違う、人間の手に負えない災厄だ。何年も経たないうちに選択は始まる。結果は既に決まっていて、生き残るのはラーディア人、死ぬのはアルベニス人だ」

「アルベニスは災害で滅びるということですかな？」

「戦争終結の前か後かは知らないが、とにかくアルベニス人にだけ災難が起きる。その時にもし北大陸の全土がアルベニス領だったらって考えたら、察しが付くよな」

『未来の概念』は、ヒロに教えてくれた。近い将来、疫病によりアルベニスは大打撃を受けると。

文明社会を維持するには、北大陸の覇者はラーディア人でなければならない。

スカーは腑《ふ》に落《お》ちない表情をしている。理解はできるが納得はできないとばかりに。

「つまり、その災害の被害を抑えるために、アルベニスの勢力を予め削ぐと。分かったような、分からんような話ですなあ」

「確かに、放っておいたら勝手に滅びる連中を相手に戦えって、無駄な気がしないでもないけどさ。その災厄を、今までの白虎のように閉じこもって耐えてやり過ごすのは不可能なんだろう。まず俺を放り込み、息子が育ったところで枢ちゃんを寄越し、ラーディアを戦わせて世界を変えるよう求めている」

「じゃあ何故『墜ちたる星』は襲われたんでしょう」

穏やかなスカーの言葉に、ヒロは息を呑《の》んだ。

勝利を――運命の重大な転換点を目前にして、突如舞い込んだ凶報。

ようやく世界が変わり始めた今、最も重要な鍵《かぎ》となる人物に悲劇が襲う。

不測の事態か、それとも高次の存在が綴《つづ》った世界の歴史というシナリオの一部なのか。

「そうだよな。どう考えても、枢ちゃんが退場して良いタイミングじゃない。これは狙いじゃなく、あってはならない事故だと思うね。万一のことなんか想定したくないけど、俺達はあの子がいなくても勝てるように——どうした？」

面白い話をしていたつもりはないのにスカーがくっくっと忍び笑いを始め、ヒロは唇を尖《とが》らせる。

一人の少年が生死の境で苦しんでいる時に不謹慎だ、と態度で訴える。

スカーは拳《こぶし》を口に当てて、必死に笑いを堪えていた。

「いえね。ラーディアのことを『俺達』なんて言うもんだから」

「……単なる表現上の問題だ。俺はラーディアの味方じゃないって言ってるだろ？」

「そう。あなたはラーディアの側の人間じゃあない。だから、あなたのラーディアへの貢献を、どう受け止めて良いのか悩みます」

「息子のためだ。誤解するな」

「そういうことにしておきましょう」

強面の傭兵隊長の笑いはなかなか収まらなかった。

ヒロは肩をすくめ、話を変えようと試みる。

「あんたはここで何してるんだ？　こんな寡兵で暗いうちから、どう考えてもまともな進軍じゃあないだろう？」

「サー・ルーファスの指示でしてね。……あなたが授けた策なんでしょう？」

語らないスカーと、察したヒロとの間の、柔らかな沈黙。

「いいや。最初にやったのは、女王だ」

「ああ。言われてみれば確かにその通りですな。あれをちいと嫌らしく改良した策ってとこでしょうか。とても白虎が考え出すことじゃあない」

「綺麗事だけじゃ勝てないんだよ」

「承知しておりますとも。どうです、一緒に来ますかな？」

空はどんどん明るくなって来ている。夜明けまでもう少し。

敵もそろそろ起き、動き始めているだろう。

ヒロは渋く笑みを浮かべ、頭を振って遠慮した。

息子が信じ選んだものの戦いざまを、彼は見届けるつもりでいる。

＊＊＊

一晩中聞こえていた詠唱が日の出と共に途絶え、ショウ権少僧正は眦《まなじり》を裂いた。

いよいよ、約束を果たすべき時が来た。

七星を信仰するゼイオンにとって、同じ星を王権の象徴とするラーディアは護るべき存在だった。

その約束は遥か昔に交わされた。神聖暦という暦が始まる以前に記された予言の通り、ゼイオンは幼王の希みとなるべく山の頂に蹲《うずくま》っていた。

秘めたる花の、蕾《つぼみ》であり続けた。

今、神聖国を導いた者の求めるままに、速やかに出陣の準備を整える。

破るべきは雄獅子《しし》の旗のみ。これまでさんざん卑《ひ》怯《きょう》な手を使ってきた狡猾《こうかつ》な女王軍も、ラーディアが用いた旗を偽る奇策は、恐らく真似しないだろう。

ショウは、雄獅子が石頭であることに賭《か》けた。

つまりあの雄獅子の旗の下に、討つべき将軍、王婿エットレが必ず居る。

広く横に布陣し、肉の壁として背にバルヴェルト城を護りつつ、ショウとその弟子は楔《くさび》となって敵陣を中央突破する。

突撃部隊を、今回はショウ自ら指揮する。ただ一点、愚かしくも誇らしげな旗印を目指し突き進み、突き破るのみ。

意を決し陣幕を出た権少僧正は、迫る弓騎兵よりもなお意外なものを目にした。

ゼイオンの布陣より手前に翻る、ラーディアの軍旗。いつの間にかずいぶん多くのラーディア人が、ゼイオン軍に混ざっている。

「何故、彼らは前に出ているのです。退がるよう言いなさい」

「恐れながら、お師匠様、彼らには彼らの誇りがあります。騎士に何もさせず、ただ護ってあげるから後ろで見ていなさいなどと、これ以上の侮蔑《ぶべつ》がありましょうか」

弟子の言葉にショウは驚き、また納得もした。

全くその通りだ。己の使命を果たすことばかり考えていたせいで、視野が狭まっていたらしい。

王は幼く軍は弱く、領土のほとんどを奪われた瀕《ひん》死《し》の王国。だが彼らの心は高潔で誇り高い。ほんの少し、立ち上がる手助けだけしてやれば、栄光へ向けて自力で歩き始める底力を持っている。

ゼイオンの力を借りればもっと楽に歩めるであろう道を、彼らは敢えて自ら進むに違いない。

ショウは朝日に照らされ翻る白虎の旗を眩《まぶ》しく眺める。

この世界を創造した者が何故、力のあるアルベニスではなく小さなラーディアを選び、導き、栄光を与えることにしたのか。何となく、理解できた気がする。

「お師匠様。彼らに良くない噂を聞きました」

「噂とは？」

「予言されし『墜ちたる星』が、裏切り者の凶刃に倒れたと」

弟子の報告に、鷹《たか》のように鋭いショウの貌が更に険しくなる。

「詳しく教えて下さい」

「正確なことは何も。ただ変革を恐れる者、変わることを嫌う者が、女王との取引の材料にしようとしたのではないかとの推測が一般的なようです」

「取引……。何と愚かなことを。たとえ王の首を差し出したところで、アルベニスが武器をおさめるはずがないというのに」

呆《あき》れた、というのが正直なところだ。

ラーディアの中はこれほど多くを失い、傷付いていながら、いまだ女王国と対等な取引ができると思う者がいるのか。

ショウに合掌を返してくれたあの少年の姿を思い浮かべる。

儚《はかな》く、か弱い。ゼイオンを興した七名と同じく、戦いを知らぬ世界から訪れし知者だ。刃を向けられて、どれほど恐ろしかったろう。

しかもその犠牲は酬われない。どれほど貴重な血を捧《ささ》げたところで、そのようなものでアルベニスを止めることは不可能だ。

あれを引き下がらせるには、力で打ち勝つ以外にはない。

「予言の君は、無事なのですか」

「命を落としたとは誰も聞いていないようです」

「それは何よりですが……」

心が折れてしまわなければ良いが。栄光が失われてしまうかも知れない予感に、ようやく立ち上がったラーディアが膝《ひざ》を屈しなければ良いが。

ショウのこの不安は全くの杞憂《きゆう》であったと、すぐさま風が教えてくれた。

「『墜ちたる星』のために！」

「我らが栄光の、予言の御子のために！」

「『墜ちたる星』のためにー！」

聞こえてきたのは、苦しんでいるであろう予言の君へ勝利を献げんとする、ラーディアの兵の声。

騎士、兵士、傭兵《ようへい》が口々に鬨《とき》の声をあげている。城砦《じょうさい》の中で孤独な戦いを続けている『墜ちたる星』を讃《たた》えている。

ショウはとんだ思い違いをしていたと、彼らを甘く見ていたことを恥じた。

王国を導く栄光の存在を、変革を恐れる者が傷付けた。それで栄光が失われると怯《おび》えるのではなく、むしろ団結の力と換えている。

もしかしたら一晩のうちに彼らがここまで上がって来たのは、悲しい報せを受けたからかも知れない。悲劇が、彼らに挫折《ざせつ》ではなく前進する意志を与えたのだ。

そう思い至った時、ショウはラーディアの強さに改めて舌を巻く。

「参りましょう。――彼らと共に」

「はい」

「決着を付けますよ」

この天地に最初に在りし方々が、ゼイオンそしてラーディアと共に在らんことを。

ショウは深く祈りを捧げた。

＊＊＊

女王の騎馬兵が突撃をかけたのは、ようやく日差しがしっかりと大地を暖め始めた頃だった。

朝靄《あさもや》を蹴立《けた》てて迫り来る弓騎兵、やがて降り注ぐ矢の雨にゼイオンの僧侶《そうりょ》達は怯《ひる》むことなく向き合う。

アルベニスが用いるもうひとつの大きな武器が、恐怖だった。が、それは心を鍛え上げた僧兵には通用しない。また『墜ちたる星』を心の支えとするラーディア人も、もはや足を止めることはない。

両翼を下げ、やや尖《とが》った陣形で突き進んで来るアルベニス。それを包み込むように展開するゼイオン。

弓に矢をつがえ引き絞る敵兵の姿がはっきり見えるまで引き付けてから、ショウ権少僧正は己の腹心の弟子達と共に、城を護る陣から駆け出した。

その鋭利な楔を、アルベニスは忘れていなかった。

馬体が触れ合うほど密着し、己の盾で隣の兵を庇《かば》いながら突き進む僧兵の小隊に、これまで思うまま大陸を蹂躙《じゅうりん》した無敵の弓騎兵の足並みが乱れる。

矢を手放して手綱を繰り、その恐るべき楔から逃げようとさえし始める。

そして、まだ低く滞っている靄《もや》と立ち上る土埃《つちぼこり》で巧妙に姿を隠した木製の柵《さく》に転ぶ騎馬が続出する。

ラーディアが障害物を造り始めたのは、アルベニスも見ているはず。気休めに過ぎない、引っかかることはないとショウは思っていた。

だが足下の視界が悪いこと、ゼイオンの突撃部隊に動転し陣形が乱れたことが仇《あだ》となった。そして、一人が転べば冷静さを欠き次々とこの稚拙な罠《わな》に引っ掛かる。

偶然が重なったのだと片付けてしまうには、ラーディアは幸運すぎる。

何もかもが面白いように幼王の国に味方する。

「……七星の御加護を」

ショウは己の為すべきことに集中する。

それは薄絹を引き裂くさまに似ていた。

一点の亀裂から深く真っ直ぐ裂けていくアルベニスの弓騎兵。

敵なしとされた矢をものともせず、女王自慢の大軍隊を貫く黒い僧兵の小さな楔《くさび》。

そしてゼイオンが拓いた道を駆け上がるラーディアの騎士、兵士、傭兵。

敵はまだ平原を埋め尽くすほど多い。その全てを屠《ほふ》るのは不可能だ。勝利の条件はただひとつ、雄獅《し》子《し》の旗を破ること。

真っ直ぐに、彼らは将軍旗を目指す。

彼を討つのは騎士団長代行だろうとショウは予想していた。異国の血の混じった騎士は常に最前線で、常に最も危険な使命を帯びて戦う。今回もきっと、突撃部隊は彼が指揮するとばかり思っていた。

真鍮《しんちゅう》色の髪の騎士は戦場にいなかった。『墜ちたる星』の傍を離れられないのだ。

それもまた良い、とショウは思う。

寡数で率いていた困難な戦局は、ラーディア総員で挑む戦いへと様変わりしている。

——否。この戦に加われることをこの上ない栄誉と考えているゼイオン神聖国が傍らにある。

女王の弓騎兵に蹂躙され滅びた国々の生き残りも

力を貸す。

時折、凄《すさ》まじい威力の機械弓が唸《うな》りをあげているところを見ると、砂漠の王の手勢もまだ加わっているようだ。

そして、恐らくこの戦を商機としか見ていないであろう南大陸諸国の旗も、後方に翻っている。

指先でもみ潰《つぶ》せそうなほど弱り果てた国は、自ら力を蓄えただけではなく、心強い仲間を得た。

大きくとも孤独であった女王の勢力と、それが決定的な違いだった。

決着は、予想より早くついた。

真っ先に退却した雄獅子の旗を破ることができなかったことを、ショウは残念に思った。

この時、彼はまだ知らなかった。ラーディアがもうひとつ秘策を温めていたことを。

＊＊＊

「ははっ。実に壮観だねえ。あの弓騎兵が尻尾《しっぽ》巻いて逃げてやがる。良い眺めだ」

砂漠の王は遠い戦場の光景に満足して、スコープゴーグルを額に押し上げる。

「もう心配いらないな。帰って戦勝祝いのチーズフォンデュパーティーと洒落《しゃれ》込もうぜ」

「良いのですか？　離れても」

「……あん？」

供の言葉に、彼はやんちゃな笑みを浮かべる。

「俺はこの国が好きじゃないが、勝利は信じてるのさ。うちの息子がブレインに付いてんだ、どう考えたって最強だろ？」

民の心の拠り所を襲った悲劇の噂は砂漠の王の胸に引っかかっているが、ラーディアの動きを見ている限り心配は要らないようだ。

小さな国はもう、栄光を目指して歩き出している。

奇跡に頼らず、自らの足で。

＊＊＊

夜も更けた頃、玉座の間に連れて来られたアルベニスの王女プルシアは、相変わらず心の底の見通せない曖昧《あいまい》な貌をしていた。

その無表情は生来のものか、それともそう教育されているのか。遊牧民というものは本当に分からない。

女王に騙《だま》されたのだと現実を突き付けてみせた時、狼狽《ろうばい》し涙したプルシアも、もう完全に落ち着いている。あれすら演技だったのかと訝《いぶか》しみたくなるほど、冷たい表情でエルレシオン王を見上げている。

王女を全く理解できない王だが、彼女が桁外《けたはず》れに剛胆であることだけは忘れずにいようと胸に刻み、静かに向き合う。

警護も側近も全て排除した広い玉座の間に、王と王女が二人きり。無言のまま視線だけで切り結ぶさまを、ずらりと並んだ松明だけが見守っている。

やがて凍り付いた時間を打ち砕くように、王がゆるりと口火を切った。

「さきほど入った報告によると、アルベニス軍は撤退したそうだ」

「……そう」

「雄獅子が真っ先に逃げたため、部隊は総崩れとなったらしい」

「そりゃあ、パパは臆病《おくびよう》者だもの。分かっていたわ。きっと私を見捨てるって」

プルシアは悲しみも驚きもせず、ごく薄い冷笑を浮かべた。

意外な反応だった。エルレシオンは玉座から身を乗り出す。

「なるほど。雄獅子の将軍は臆病なのか。なかなか動かなかったのも、そのせいなのだな。……これは我々にとっては幸運な計算違いだった」

「逃げられたのに、幸運なの？」

「いいや。逃がさなかった」

王女の表情から笑みが消える。

次期女王として徹底した教育を受けているであろうプルシアは、どうやら戦略にも明るいらしい。

たった一言聞いただけで、王の意図を的確に読み取っている。

「我々ラーディアの、腕利きの傭兵《ようへい》部隊を、最も近い水場に向かわせておいた。逃げて来る遊牧民に脅しをかけるだけのつもりが、真っ先に飛び込んで来たのは雄獅子だったそうだ」

「……なんて、卑怯《ひきよう》な」

「戦争は騙した者の勝ちだと、私はあなた方に教わった。多くのものを引き替えに」

一歩も退かない決意で、エルレシオンはプルシアに向き合う。

強くなると決めた。

王国をひとつに纏《まと》めることができなかったからこそ、枢は国内の反対勢力に襲撃された。そして今なお傷の痛みに苦しんでいる。

強くならなくては。だが、民に背かれる強さであってはならない。枢のように、愛される存在にならなくては。

わずかな膠着状態《こうちやくじようたい》の後、プルシアの頬に含み笑いが戻った。

「おめでとうございます、ラーディア国王陛下。勝利を祝福致します。そして……あなたさまがこれから為すべきことを赦します」

柔らかな言葉。

王は前傾していた体を玉座の背もたれに戻した。

「聞いたことがある。どこかの国の王妃が処刑される時に言った言葉だ」

「ええ」

「祝福の言葉は受け取っておく。しかし私はあなたに赦しを乞《こ》うべきことを何一つするつもりはない」

だいぶプルシアの扱いに慣れてきた。

表情のほとんど変わらない相手の感情の推移が、

おおよそ見当が付くようになった。

些細《ささい》な眉《まゆ》の動きに、彼女が当惑しているのを読み取る。

「春になったら国へ送り返そう」

「私を殺さないの？」

「アルベニスを急いで解体する利が、我々ラーディアにはない」

玉座に座る王と、床に膝《ひざ》をつく王女。その距離をもってして、彼女が深く息を呑《の》む音が聞こえた気がした。

「確かに、あなたを殺せばアルベニスという国は事実上崩壊する。しかしそれによって生み出されるものは、大量の難民だ。しかもその全員が、祖国の仇《あだ》ラーディアを恨むだろう。王族という糸の切れた真珠の首飾りのように民は大陸じゅうに散り、戦争は国家対国家の枠組みを外れ泥沼化する」

「将来に禍根を残さないよう、根絶やしにするのね。アルベニスを」

「そうだ。私はアルベニスを討つ。何年かかろうと、どれほどの犠牲を払おうと、あなたの国に奪われた我が領土を取り戻す。そのためには女王が存在し、私の敵をまとめてくれている方が良い」

「……後悔するわ。きっと。私を生かしたこと」

「そうかも知れない。あなたは賢く、そして――手強い」

だが王には確信があった。いかに王女が聡明《そうめい》であろうと、我が国の軍師には到底及ばない。

墜ちたる星のために、ラーディアとゼイオンの兵は一丸となって強敵に挑んだと聞いている。

栄光を与える者は、突然の不幸さえ逆手に取ってしまう。枢が傷付けられたことが、却って王国に良い力として働いていた。

エルレシオンは、王国を栄光へ導く存在に対し誠実であろうと心に誓った。

――仮にその輝きが失われたとしても、ずっと。

＊＊＊

「我が君」

久々にそう呼ばれ、ルーファスは思わず足を止めてしまった。

ねっとりとした笑みを浮かべ、南大陸の軍人がつかつかとルーファスに迫ってくる。

「まだいたのか」

「おや。随分なことを仰る」

「我が国は戦争中だ。商人の国がうろうろしている時ではないだろう」

父ダグラス将軍のお気に入りであるジェイドは、屋敷に自由に出入りしていた。

ルーファスを王妃の従兄だ護衛すべき王族だと勝手に認定し付きまとう彼を鬱陶《うっとう》しいと思えど、なかなか追い払う口実を得られないでいる。

南大陸がルーファスに取り入る理由は、より良い商売のため。唯一の貿易港バルヴェルトを維持したいのも、自分達の利益を最優先に考えているからこそだ。ルーファスの騎士と嘯《うそぶ》くジェイドは、その辺りを隠そうとはしなかった。

「我々もラーディアの側で戦っていますよ。労って下さい」

「ああ。そうだったな」

様々な思惑は全て排除して、単純に、ルーファスはジェイドが苦手だった。

枢はルーファスの心を受け入れてくれた。ルーファスを嫌ってはいない。互いに愛し求め合っているという自負があるせいで気付かなかったが、受け手に回ってみて初めて、見知らぬ男に忠誠を誓われるのが気持ち悪いものだと理解した。

するりと頬を撫《な》でられ、思い切り睨《にら》み付けながら手を払う。

ジェイドは特に動じた様子もない。

「我が君。以前渡した小瓶は、まだお持ちですかな？　よもや使い切ってしまった訳ではありますまいな」

「小瓶。——例の麻薬か。それがどうした」

「もしまだお持ちでしたら、使う時だと思いましてね。あれを強めに用いれば、痛みも恐怖も何も感じなくなります」

純粋な善意なのか何らかの企てか、翡翠《ひすい》の眸の奥底は見通せない。

「つまり？」

「穏やかに眠らせてあげられると思うのですが」

「あれは酷く心を蝕《むしば》むと聞いている」

「そうですね。回復の見込みがあるのでしたら、中毒は避けたいところですが……もう彼を苦しませ続けるべきではないでしょう」

咄嗟《とっさ》に目の前の顔を殴ろうとした己をかろうじて抑え込み、ルーファスはジェイドを強く睨み付けてその場に縫い止めると、踵《きびす》を返した。

枢は助かる。わずかでも可能性に賭《か》けたい。


だがそれが枢を徒に苦しめているという現実が、深く胸に突き刺さる。

長い廊下を移動して枢に宛《あて》がわれた客間の寝室に入ると、使用人と医師、看護師や騎士のタケルら、即ちサイ以外の全員が慌てて立ち上がる。

手を振って敬礼をやめさせ、ルーファスは枢の枕元に膝をついた。

昨夜容態が急変し、いまだ高熱が下がっていない。傷から来るものだということは分かっているが、手の施しようがない。

枢は起きているのかいないのか、苦しそうな、弱々しい呼吸を浅く速く繰り返している。

顔は赤く、玉のような脂汗が浮かんでいた。

もうこのまま回復する見込みがないのであれば、いっそ強い麻薬を用いて苦痛を麻痺《まひ》させ、ただ最期の瞬間まで眠らせてあげた方が——

看護師が薬湯の器を手にベッドサイドに近付く。ルーファスが咄嗟にその手首を強く掴《つか》んで制したため、看護師はひっと恐怖の声を漏らした。

タケルがやんわりと、ルーファスの手に手を添える。

「ただの、眠くなる薬です。俺も飲まされましたけど、まあ悪いもんじゃないですよ。死ぬほどマズいですがね」

「……そうか」

「今は眠る以外に手がありません」

タケルはどうやら、ルーファスの警戒したものを理解しているようだった。無理もないことだ。彼はそれで故郷を失っている。

済まないと詫《わ》び、手を放す。看護師はルーファスの行動の意味が分からない様子で、粗相があったのかと深く謝罪し、そして枢にそっと優しく薬を飲ませる。

熱による消耗が激しいのだろう。喉《のど》が渇いているのか、枢は朦朧《もうろう》とした意識のまま『死ぬほどマズい』はずの薬湯を飲み干した。

「二人にしてくれ」

短く命じると医師らは慎ましく退室し、タケルはぐずぐずと枢の傍にいたがるサイを宥《なだ》め、連れて出て行った。

訪れた静寂の中、ルーファスは汗に濡《ぬ》れた枢の髪を撫でる。

心を壊す麻薬を用いたくはない。だが、このまま苦しませ続けるのもまた、ルーファスにはつらい。

枢を愛しているからこそ、道が見えて来ない。

枢のためには、一体どうすれば良いのか。ルーファスには全く、皆目見当が付かなかった。

＊＊＊

バルヴェルトは静まり返っていた。アルベニス撤退の報せはもう届いているはずなのに、喜びはしゃぐ者がいない。

皆、星の瞬く夜空に膝をつき祈っている。ラーディアを栄光へ導く者の快復を。

タケルはサイを塔へ送り届けた。枢の傍に付いていたい気持ちは分かるが、弱り果てた様子に引きずられてサイまで調子を崩しかねない状態だった。主君を護るのが騎士の務めと、タケルは敢えてサイを枢から引き離す。

サイが授けてくれた鍵《かぎ》で巻き上げ機の封印を外し、落とし格子を上げる。

丸二日も火の灯っていない塔は、壁の石の芯《しん》まで冷え切っていた。

寒そうに服の前をかき合わせ、とぼとぼと、サイは暗い我が家へ歩を進める。タケルはその後ろに誠実に従った。

「……何だろ。めちゃくちゃ広く感じる」

静かにサイは暗い塔の最下層を見渡している。

ゆっくり、壁に描かれた星図を眼で追いながら、タケルの方へ振り返る。見たこともない、悲しい表情で。

「父さんが連れて行かれた時以来の広さだ」

無理に笑おうとするサイを、思わずタケルは抱きしめていた。

「そんな顔するなって。離れられなくなる」

いつもタケルが触れようとすれば強く拒絶するサイも、今日ばかりは大人しく懐に収まっている。

痩《や》せた腕をタケルの背に回そうとし、躊躇《ためら》って、フロックの腰の辺りをつまんだ。

いまだ他人に触れることに抵抗を感じつつ、温もりを欲しいと思う本能には抗えず、葛藤《かっとう》しているらしい。極めて優しく、嫌悪感を抱かれないよう、タケルはサイを腕の中で宥めた。

タケルの肩に、サイが額を擦り付ける。

心細さが勝り不器用に甘える孤独な悪魔が、どうしようもなく愛おしい。

「出陣する連中は皆、言ってたよ。『墜ちたる星のために』って」

「……うん」

「ラーディアは団結した。栄光を与える者の下でね。こういう考えは良くないんだろうけど、突然の不幸もラーディアを前進させる力にしてしまうんだ。あの子は、凄《すご》いって思う」

枢が傷付けられたことで挫《くじ》けてはならない。立ち止まってはならない。

皆、それを力に換えて戦った。

「今回のことがなければ、将軍と次男はまだしばらく陛下の傍にいただろう。どんな悪影響を及ぼしたか想像もつかない。大一番の戦いの前に、古い考えを徹底的に排除したひとつのラーディアになるきっかけを作ってくれたんだよな」

「枢は凄いよ。頑張ってる」

「そうだね。本当にラーディアを立て直した。アルベニスに勝てるようにしてくれた。誰にもできないことを成し遂げた」

「枢は……本当に何も知らないし、ふわふわして緩いし、おめでたい奴だけど……だけど必要なんだ」

サイの髪に頬を埋め、大きく幾度も頷《うなず》いて同意する旨を伝える。

サイが心配しているのは『墜ちたる星』ではなく友人としての枢。予言も、王国の盛衰も関係なく、一人の青年が友人の身を案じている。たったそれだけだった。

孤独な異教徒が手に入れた、友情の絆《きずな》。それは愛の誓いとも主従の契りとも違う。サイと枢の間にしか存在しないもの。

タケルには、与えてやれないものだった。

髪を撫《な》で上げて額に軽くキスをし、タケルは最愛の主君を解放した。

腕を解いたことで不満そうな表情をしているように見えたのは、タケルの願望なのか、それとも。

「上に戻って、暖かくして寝ろよ。じゃあな」

「帰るのか？」

「まさか。帰れる訳ないだろ。でも塔の中に泊まる権限はないから、俺は外にいる」

外に出て落とし格子を降ろし、巻き上げ機に鎖を巻いて錠をかけ、鍵を懐にしまうと、タケルは格子に寄りかかって座った。

見上げれば、星が瞬いていた。

ラーディアを導くもの。太陽ではなく星が、昼ではなく夜が、王国の象徴。小さく非力で、大国と世界の覇権を争うような国ではなかった。

どのような運命の悪戯か、滅びに瀕した小さな国は星の導きの下、栄光への道をひた走っている。

階段を登っていったサイが、ほどなくしてまた降りてきた。毛布を羽織って、ランプを持って。

どうやら見張りと一緒に一晩過ごしたいらしい。

鉄格子越し背中を合わせて座り、毛布の端を格子の隙間に突っ込むので、引っ張って体に巻いた。

吐く息が白く煙るほど冷え込んだ深夜、間に冷たい鉄の棒を幾本も挟んではいたが、身を寄せ合い一枚の毛布に包まれ、互いの体温を共有する。

「考えたくないけど、考えなくちゃいけないいな。サイ。あの子にもしものことがあったら」

「……大丈夫。俺が何とかする」

格子の隙間に手を差し込むと、冷たい指がぎゅっと指先を握ってきた。

「傍にいるよ」

「うん」

「早く鉄格子なしで傍にいられるようになりたいね」

ふっと小さく、サイが笑いを漏らす。

この非常事態においても己に許されていることだけ律儀に行う騎士に、呆《あき》れていると言いたげに。

＊＊＊

扉を開く音は聞こえなかったが、いつの間にか、暗い室内に人の気配がある。

ルースは枢の髪を撫でていた手を腰の剣にかける。

「物騒なことは、やめて下さい」

ランプの灯の届く距離まで近付いて来たその人物は、両手を挙げて降参の意思表示をしていた。

見覚えがある。星送りの夜、唐突に現れて枢に帰ろうと告げた、あの人物だ。

「や。お久しぶり」

「……そこで何をしている」

「あなたと話がしたいと思ってね」

「私と？」

「我々は現地の人間との会話を禁じられていて、仕事を託した者にしか接触を許されていない……んだけど、あなたと、もう一人のあの赤毛の通訳君はもうこちら側の存在と見なして良いでしょう」

世界を跨《また》ぎ、運命を操る者の側。枢の側。

ルースが剣から手を離すと、異世界の格好をした中年男は緊張を解いた。

「話とは」

「あなたの口から、枢君を説得してくれないかなあと思って。帰りたくないって言うんですよ。でもこのままじゃ、命に関わる」

枢の命に関わる。何の冗談かと思ったが、相手は酷く真面目な顔をしている。

ルースは視線をゆるりと枢に戻した。熱に浮かされぐったりと横たわる枢がこのまま回復せず、命を落とす、そんな恐ろしい想像に目眩《めまい》をすら覚える。

枢はいつか元の世界へ帰る。別離の覚悟ならできているつもりだったが、こんな形で唐突に主君を喪うという恐怖に、騎士の心が戦慄《わなな》く。

異世界の中年紳士は、ふうと嘆息した。

「枢君にはもう二つ三つ仕事があった。国王エルレシオン陛下に、戦争を続けさせること。早期決着を急がず、戦い続ける決断をさせること。枢君の記憶通りにね。確実にその流れができたら日本へ帰るか、もしお母さんが許してくれるならもう少し滞在するか、ってとこだった」

「陛下は、戦う決断を下されている」

「そう。意外……って言っちゃいけないのかな。枢君が襲撃されたことで内部の危険因子があぶり出され、民はひとつに纏《まと》まり、陛下は自ら苦難の路を進む決断をなされた。枢君の最後のミッションは、枢君が襲われたことで達成されちゃったんだ」

ルースは頷いた。『墜ちたる星』のためにと鬨《とき》の声をあげ、ラーディアの軍は果敢にアルベニスの弓騎兵を破ったと聞いている。

もはや臆病《おくびょう》者の白虎はそこになく、あのアルベニス軍が退却するほどの迫力であったと。

全ては枢のために。苦しんでいる『墜ちたる星』に勝利を捧《ささ》げるために。

「枢君の仕事は終わり。あとは君達が引き継いで欲しい。予言の星が在った頃と同じように、ラーディアを勝利と栄光へ導いて欲しい」

「……かなめは」

「日本に帰った瞬間に傷も消える。痛みから解放されて、元気に長生きするよ」

話し声が耳についたのか、枢がもぞもぞと身じろぎする。

ゆっくり瞼《まぶた》が開き、焦点の定まらない目がルースを捉《とら》えた。

「かなめ」

「ルース……」

騎士の姿を瞳《ひとみ》に映し綻《ほころ》んだ顔が、その背後にゆらりと立つ人物に気付いて緊張する。

一方的に運命を翻弄《ほんろう》する相手に対し、動かない体で抵抗を試みようとしている。

「枢君。さあ行こう」

「やだ……帰りたくないよ……。痛くても良いから、死んでも良いから、もっと皆の傍にいさせて。せめて父さんが覇王になるまで」

「かなめ」

優しく声をかける。ルースの主君は、熱に潤んだ瞳でルースを見た。

力なくルースの袖《そで》を掴《つか》む手が、連れ去られないよう護って欲しいと訴えている。

その手をそっと取り、甲に接吻《くちづ》けた。

「私に、あなたが遠い世界で生きているという希望を下さい」

「ルース……？」

「主君を弔う、騎士にとって最大の屈辱を、与えないで下さい」

このまま短い時間を共に過ごし、そして永遠に喪ってしまうより、遠い星の彼方で元気に暮らしている枢を想いながら生きる方が良い。

ルースの訴えに初めて、遺される者の思いを知った枢の瞳が震えた。

愛する者を思えばこそ、別離を選ぶ。

二度と会えなくなろうとも、生きていてさえくれるなら、その方が良いと枢の騎士は告げる。

「……分かった」

涙を堪え、枢は頷《うなず》く。

「ルース、父さんをお願い。偉大な覇王になる人だ。力になってあげて」

「ここへ来て頂きましょうか」

「ううん。良い。父さんの記憶の中の『墜ちたる星』を、怪我して弱ってる状態で終わらせたくない」

騎士の軍服の飾り緒を巻いた少年の手と、高校の制服のネクタイを結んだ騎士の手が、固く絡み合う。

「……大好き」

「愛しています。我が君。私の忠誠と愛は、永遠にあなたのものです」

「うん。僕も、絶対に忘れないよ――」

それが、二人が交わした最後の言葉だった。

＊＊＊

強い目眩を覚えた次の刹那《せつな》、枢は、赤土の上に立っていた。

全ての感覚を覆い尽くすようだった脇腹の傷の痛みはすっかり消えている。

「……ここは？」

「ちょっと寄り道。後にロアーネと呼ばれる場所だ」

乾燥した空気と、柔らかな薄闇の中、崩れかけた建物が並んでいる。一目見て廃墟《はいきょ》、ゴーストタウンといった単語が思い浮かぶ薄気味の悪い町だ。

ただ枢が思い描いていたものより町並みは多少近代的だった。

「もっとこう、エジプトの王家の谷とか、マチュピチュとかモヘンジョダロみたいなの想像してた」

「あれよりは少し文明が進んでるかな」

未来の概念が、石畳で舗装された中央の広い通りを行く。枢は慌てて後を追った。

足下を見て、町が砂漠へ変わりゆく過渡期の風化した町並みにではなく、高校の制服のスラックスを穿いていること、即ちラーディアへ来た時の格好をしていることの方に驚く。

肩に鞄《かばん》も掛けていた。伸びかけていた髪も元通りになっている。完全に、ラーディアを訪れる前の自分に戻っていた。

本当にもう、あの時代のあの街を離れてしまったのだと、寂寥《せきりょう》感が急速に胸を締め付ける。

立ち止まってしまった枢を、未来の概念は労しげに振り返った。

「世界が再びこうなることを、君は防いだんだ」

「……そうなんですか？」

「端的に表現するなら、この世界は神様の失敗作だ。致命的な欠陥があって、繁栄と滅亡を短いスパンで繰り返してしまう。でも神様の最高傑作たる君達の世界と接触しているから、消し去ってしまう訳にはいかなくてね」

てこ入れだと、いつか彼は枢に教えてくれた。

この世界に欠けているものを補うため、異教徒は墜ちて来る。

「ここにあった国は滅んだ。社会が崩壊する規模のパンデミック——病気の蔓延《まんえん》を食い止められずにね。生き残った民は大陸中央部に逃れ、そこから新たな文明が始まった。次はうまく行くと思ったんだけど、やっぱり世界の主導権を握ったのは病気に弱いアルベニス人。そしてまた海の向こうに興味を持ち始め、病気を招く兆しが見えてきた」

「世界の中心がラーディアだったら、病気での滅びは抑えられるんですね」

「そう。体質的にも生活習慣的にもね」

再びゆっくり歩を進め始める未来の概念の背を、その言葉を一言一句噛《か》みしめながら追う。

話がとても大きすぎて、枢の理解を超えてしまっているが、それでも少しでも自分の運命を知りたい。

「一度目の文明も、嫌いじゃなかったんだけど。華やかな文化だった。見てごらん」

辿《たど》り着《つ》いたのは、ひときわ大きな壁の前。

枢はそれを見上げて息を呑《の》んだ。深い青の壁に黄金の星がちりばめられている。そしてそれを囲む四種の獣も色鮮やかだ。

中心に在るのは勿論《もちろん》、見慣れた形に並ぶ七星。天《てん》璇《せん》、天璣《てんき》、天権《てんけん》、玉衡《ぎょくこう》、開陽《かいよう》、揺光《ようこう》、そして天枢《てんすう》。

「漢字が……」

「違うよ。前の文明が考えた七つの星の紋章だ。別の世界の文字とぴったり一致してるなんて凄《すご》い偶然だよね」

「そんな偶然、ある訳ないじゃないですか」

「まあね。これが特異点。つまり二つの世界の接点だ。七星の存在で、二つの世界が繋《つな》がっている。時折あるんだよ、こういう風に全く別の世界がくっついてしまう現象は」

「良くないことなんですか？」

「影響を与え合うからね。やがて訪れるこっちの世界の二度目の滅びは、向こうの世界も揺るがす。だから未然に食い止めなくてはいけなかった」

壁画を見上げる。

枢が書いた自分の名前と遺跡の紋章が一致した時の、サイとルースの反応を思い出しながら。

「枢君、字は巧い？」

「字？」

「君が始めるんだ」

枢はすぐに意味を理解した。後に世界の運命を牽《けん》引《いん》するその壁画にはまだ、最も大切なものが記されていない。

鞄を降ろし、中を探ろうとした枢は、右手にルースの飾り紐《ひも》が巻いてあるままだと気付いた。

あまりにも手に馴染《なじ》みすぎて存在にすら意識しなかったそれを、愛おしく撫《な》でる。メダルに彫られた白虎が勇ましい。

「持って来ちゃった」

「大丈夫。同じだけのものを置いて来たから、量子的均衡は保たれている」

言われて自分の胸を見下ろせば、制服姿ではあったが臙脂《えんじ》のネクタイを締めていなかった。

枢のネクタイは今きっと、ルースの右の手首に巻かれている。メダルの代わりに星のキーホルダーも軍服の胸を飾っている。

「枢君」

「あ、はい。ええと、これどのくらい保たないといけないんですっけ。六百年以上？」

「次の文明まで現物が残る必要はない。この時代の人が複製して伝えるから」

「なるほど。じゃ彫らなくても良いかな」

枢はペンケースから油性マジックを取り出し、星図の横、何も描かれていない滑らかな壁に向かった。

東に秘めたる花ありき
そは幼王の希みなり

南に聳《そび》える壁ありき
そは幼王の護りなり

北に凍らぬ熾ありき
そは幼王の英知なり

西に墜ちたる星ありき
そは幼王の誉れなり

そは幼王の誉れなり――

誉れ、たり得ただろうか。幼王に栄光を授けるにはあまりにも短い時間だった。

自らが書き記した、未来の大陸に大きな影響を与える予言の詩を眺め、枢は震える唇を噛む。

「帰ろう」

「……はい」

再び強い目眩《めまい》が枢を襲う。次の瞬間、今度は、自分の体が横になっているのが分かった。

鼻を突き刺すような消毒薬の匂いと無機質な電子音に覚えがある。

「ここ、病院?」

ばさばさと、紙の束が床に落ちる音がした。枢が声を発したことに驚いた真理花が読んでいた雑誌を落とし、慌ててベッド脇に駆け寄る。枢が起きていると確認し、一瞬泣きそうな顔になり、急いでナースコールを手繰り寄せる。

枢は呆《ほう》けたように母を見上げていた。憔悴《しょうすい》しきった表情を見るだけで、わりと心配をかけてしまったのだなあと察する。

「今日、何月何日?」

「六月二十一日」

「……まだ六月? 父さんの世界はもう」

真理花が人差し指を唇に当てて枢を黙らせる。

「誰にも言っちゃ駄目。それ言うと、頭の検査で入院が長引くから。良い?」

「う、うん」

ばたばたと駆けつけた看護師に、枢のベッドはあっという間に囲まれる。視界の端で真理花が口角を上げ、目配せした。全て分かっている、と。

下校途中に意識を失って倒れ、原因不明のまま三日間も昏睡《こんすい》状態だった高校生が、意識を取り戻した。

こちらの世界では話題にもならない小さな出来事

だった。少年が別の世界を救いに行っていたと、知る者は誰もいない。

ただ少年の母親を除いて。

＊＊＊

「そう言えば枢さあ、将軍の馬に母さんの名前付けたでしょ」

退院の日は雨だった。助手席におさまり黙り込んでいた枢に、やんわり真理花が切り出す。

ああと枢は唸《うな》った。

「ごめん。他に思いつかなくて」

入院中、二人きりになると父の世界について母と話をした。異世界のことをほとんど忘れていた彼女も、枢が幼い王と過ごした日々をとても興味深く聞き、そして、それに連れて幾らか過去の記憶が戻っていた。

「いいよ。そのお陰で母さん特別扱いされることになったんだから。話したよね、馬の名前は将軍の大切な言葉のひとつだったたって。当時は不思議な偶然だなあって思ったけど」

「将軍、どんな人だった？」

「誠実で頼り甲斐《がい》があって、でも身内を粛清した噂があるくらい厳格な人。忠誠を誓う主君を護れなかった、今は遠い世界にいるって言ってたけど、それ枢だった訳か」

枢は頷《うなず》いた。

「ルースは僕の騎士だよ。僕のために頑張ってくれた。ルースだけじゃなくて、サイもタケルさんも傭《よう》兵《へい》さん達も、皆」

赤信号に引っかかり、車が止まる。雨の優しい音が、沈黙を際立たせる。

枢は膝《ひざ》の鞄《かばん》からスマートフォンを取り出した。軍服の飾り緒のストラップを手に巻き付けてロックを解除すれば、動画が一時停止状態になっていた。

枢と赤毛の異教徒が、ぴったりくっついて腕いっぱいに伸ばした自撮り画面に窮屈に収まっている。

「えー初めまして国王陛下。僕が予言の『墜ちたる星』です。こっちは通訳の」

「俺の紹介は良いから、先に進めろ」

「分かった。ええと、端的に言うと、陛下には危険が迫っています。ちゃんと通訳してね」

「してるって。俺の言語能力を舐《な》めるなよ」

「国境の山を越えて頂くには、この板を手渡した綺《き》麗《れい》な騎士さんを――」

「綺麗なってのも訳さなきゃいけない？」

「――そうしてくれると嬉《うれ》しい」

「君の喜びのために奉仕している訳じゃないぞ」

「いいから。とにかく、んー何だっけ、分かんなくなっちゃった。もうこれNG！　撮り直し！」

持って帰れるのだったら、もっと写真や動画を撮っておけば良かったと悔やまれた。

枢のスマートフォンにわずかに残された、遠い世界で過ごした記録。全て消えてしまったものと思っていたのに。

信号が青に変わり、車が静かに動き出す。

「全部思い出して、覚え直すようにね。どんな些《さ》細《さい》なことも。細かいことだんだん思い出せなくなってくるから」

「うん。体験談で小説を書こうと思ってる」

「それ良い。書き上がったら読ませてよ」

「嫌だよ恥ずかしい」

ウィンドウの外に目を遣れば色とりどりの傘が歩道を行き交うのが見えた。こちらの世界は色鮮やかなのに、どれもこれもくすんで見える。

日本は、梅雨に濡《ぬ》れていた。

夏の到来を知らせる大嵐に端を発した、ラーディアの奇跡。あの鮮烈な予言の始まりを思い出すには陰《いん》鬱《うつ》な雨。

枢が泣いていることに、母は気付かない振りをしてくれていた。

それきり会話もないままマンションに帰り着く。

半年は離れていたはずだが、実際は数日。部屋には何の変化もない。

こちらの世界では何も起きていないのだ。

やがて夢のように、あの日々は枢の記憶からも消えていく。

「ううん。……絶対に忘れないよ。絶対」

枢は自分にそう言い聞かせる。

そして目頭に溜《た》まる涙を指で弾き、机の上のノートパソコンを起動しワープロソフトを立ち上げる。

ゆっくりと、心を込めて。

遙かな世界に暮らす人々に思いを馳《は》せながら。

枢は入院中に決めた自伝小説のタイトルを、最初の行に入力した。

――『墜ちたる星は幼王の誉れ』

エピローグ　そして大地に星は満ちて

鉄格子を叩《たた》く乱暴な音に、サイは我に返り地図から顔を上げた。

深夜。ランプのアルコールの消費具合を見るに、まだそう遅い時間でもない。

異教徒が忌み嫌われていた頃、よくそういう扱いを受けた。が、『北の英知』として国民の信望を得る今となっては珍しい。

何か悪い報せだろうか。脱げかけの服をだらしなく引きずりながら、塔の壁に沿う階段を降りる。

すると、そこに。

「やあ。お久しぶり」

「——お前！」

既に施錠こそされていないものの、玄関としてそのまま使用している落とし格子の向こうに、奇妙な格好をした中年の男がひらひらと手を振っている。

くたびれたビジネススーツが示す『概念』までは理解できないサイも、その格好がかつてここで共同生活をした少年と同じ世界のものだということは知っている。

向こうの世界の格好をし、こちらの世界の運命に手を加える。厄介な存在。ひ弱そうな中年の男を、サイはそう認識していた。

「何しに来たんだ」

「時の環を閉じにね」

「……つまり？」

「あれから三年。ずっと見守ってきたけど、もう大丈夫そうだ。やがて来たるべきパンデミックに、今のラーディアなら耐えられる。ここで九年後に真理花さんがやって来たらタイムループが発生して過去が元に戻ってしまうから、そろそろ潮でしょ」

サイは黙って、中年の男の言葉を聞く。

少しでも多く理解しようと。

「新しい時空連続体では、真理花さんを地球へ戻さない。不幸なことに第一子を死産するけど母体は一命を取り留め、その後二男一女に恵まれて末永く幸せに暮らすでしょう、めでたしめでたし」

「……ちょい待て。つまり枢は見殺しってことか？」

「だって枢君が生きていたんじゃ、戦争の歴史が繰り返しちゃうから」

「何だよそれ！」

サイは鉄格子に飛びついた。

あまりの剣幕に、ビジネススーツの男はびくっと肩をすくませる。

「今のラーディアがあるのは枢のお陰なんだぞ！一番の功労者をそんな簡単に消し去って、あんたらには人の心ってもんがないのかよ！」

「まあ我々は人間じゃないしね。ただ——おっと。そろそろかな？」

男は顎《あご》を上げ、瞼《まぶた》の垂れ下がった目で西の空を見遣る。サイは鉄格子に顔を押しつけてその視線を追い、そして、大きく息を呑《の》んだ。

雲が光りながら、渦を巻き始めている。

「来た来た。時間ぴったり」

「あれは……！」

やがて渦の中心から、とろりと滴る光。

それは全ての始まりの日に、サイが見たものと同じ。地上と空を結ぶ光の柱。墜ちたる星の軌跡。

「真理花さんが地球へ戻らないとなると、向こうで枢君が存在できなくなる。だから仕方なくだ」

「仕方なくって……他に言い方ないのかよ」

「まあ感謝はしているよ勿論《もちろん》。そのお礼って面も、あるにはある。本来なら、我々が責任を持つことじゃないんだけどね。枢君の幸せに関しては」

かさついた頬に皮肉な笑みを浮かべ、男は鉄格子から数歩下がる。

サイは混乱する頭を掻《か》きむしった。

「しょ、将軍に、ルースに伝えないと。枢が……」

「大丈夫。必要な人間は引き合う。最初の時、君はあれを見た。そして、彼が最初に見付けた。分かるだろう？」

　全ての始まりのその晩、サイは何気なく窓の外を見た。そして星の墜ちる瞬間を目撃する。

　それは『墜ちたる星』の為すべきことに、己が必要とされていたからだ。

「デジタルデータって奴は物質ではないから、均衡を乱さないいんだ。消す必要がないから消さないでおいた。あっちの世界の彼自身は消滅するけれど、異世界を救った彼の偉業は、永遠に残り続けるよ。ネット上に、誰が書いたのか分からない素敵な小説としてね」

　疲れた中年の表情は、どこか晴れ晴れとしていた。

「君達の世界に手を加えるのはこれが最後。ここから先の勝利と栄光は予言されていない。君達が自力で掴《つか》み取るんだ。皆によろしくね。じゃあ」

「待て――」

　鉄格子越しに吹き込んだ一陣の強い風に顔を背ける。視線を戻せば、中年の男は姿を消していた。


　サイは大きく息を吸い込み、吐き出し、幾度も深呼吸をする。

　視界の端が煌《きら》めく。今まさに光の柱が、最後の強い輝きを残して、消えようとしていた。

「……枢が……帰っ……」

　全身が震えるほどの、訳もなく叫び暴れたくなるほどの、魂の内からこみ上げる、抑え切れない歓喜。

　渦巻いた雲が急速に晴れ、星空が戻って来るさまを眺めながら、サイは、声をあげて笑った。

　大声で泣きながら、笑っていた。

＊＊＊

　枢はぼんやりと、眼下の星空を眺めていた。

　凪《な》いだ湖面に映る満天の星。蛍火だけしかない暗い森の奥にぽっかりと開いた眼のような、ほぼ正確な円形をした美しい水鏡。

　地上で星が輝く場所だと、遠い昔、枢の騎士が教えてくれた。

やがて蹄《ひづめ》の音が近付いて来る。

視線を巡らせても、暗くて姿は見えない。馬から飛び降りて駆け寄る人物が白い軍服なのは、かろうじて分かる。

「かなめ！」

大好きな——狂おしいほど求め続けた腕が、枢を抱きしめる。痛いほど強く。

やれやれ、と、枢は嘆息した。

「またこの夢か……。もううんざりだ。起きた時ほんとつらいんだよ」

ぼやきつつ、愛する者の背に腕を回す。

どうせすぐ消えてしまう夢であれ、胸を占める愛しさには逆らえない。束の間でも彼を感じようと。

大きな背。指に触れる髪。温もり。息遣い——今日のルース、いつもの夢よりちょっとリアル。

「夢ではありません。我が君」

「ルースはいつもそう言って、すぐ消えちゃう」

「いいえ。消えたりはしません」

「本当に？」

「かなめ。何故私が、あなたに嘘をつき、悲しませる必要があるのです」

ゆるりと腕を解かれた。

ほんの少し体が離れ、枢は己の騎士を見た。記憶の中の彼より痩《や》せている。

「ルース……少し縮んだ？」

「かなめが大きくなりました」

「それに制服の飾りが増えてる。出世したんだね」

「必ず戻ると信じていました。我が君」

「……本当に……」

これは夢ではないのかも知れない。

本当に再びラーディアの地に降り立ち、愛する者に触れているのかも知れない。

幾度となく夢に裏切られ、にわかには信じることができないが、それでも、じわじわと枢の胸が疼《うず》き始める。

枢はルースの頬を両手に包み込み、ルースは枢の頭を優しく撫《な》でた。

そして、衝動的に。

二人は再び強く抱き合い、唇を重ねた。貪《むさぼ》るように、互いの命そのものに歯を立てきつく咬み合うように、深く、熱く。

激しく舌を絡めルースという存在を味わい、ようやく枢は、今度こそ夢ではないと気付いた。

再びラーディアの地に立っている。

ルースに触れている。

「……今、何年？」

「六百五十七年です」

「同じだけ時が流れたんだね。僕も三つ歳を取ったよ」

ひりつく心を擦り付け合うような激しい接吻《くちづけ》の後、甘やかに唇を啄《ついば》みながら、言葉を交わす。

知りたいことは山ほどあるのに、なかなか言葉が出て来ない。

「十日後に陛下の成人の儀が執り行われます。かなめ、間に合うように戻って来てくれたことを感謝します」

「そっか、僕も父さんも成人の三年前だった訳か」

「夏には陛下の初陣が決まっています。我々は旧王都を奪還します」

「もうそこまで進んでるんだね」

「まだここまでです。女王と姫将軍の抵抗は激しく、まだ、真実の栄光は遠い。我々には、かなめが必要です。――ずっと待っていました」

城砦《じょうさい》の方向からまた一騎、転がるような勢いで駆けて来る気配があった。

身を離す二人を見付けて慌てて手綱を引き、慌ただしく飛び降りる。

片手に掲げたランプがその人物を照らしている。

髪が伸び、首の後ろでひとつに束ねていること、枢の知るラーディアには存在しなかった真紅の軍服であること、右の太腿《ふともも》に矢筒が縛ってあること。

ルースに比べてタケルはずいぶん変化していた。

が、彼だとすぐに分かった。優しい瞳《ひとみ》と人の良さそうな笑みは、あの頃のまま。

「おかえりなさいませ」

胸を拳《こぶし》で叩《たた》いて己を鎮めるような動作をすると、ぴしりと姿勢を正し、踵《かかと》を揃え、タケルは枢にそう挨拶《あいさつ》をした。

一言も喋《しゃべ》れなかったはずの、日本語で。

ちらりとルースに視線を戻す。ルースはごく薄く微笑みながら頷《うなず》き、教育が進んでいることを認めた。

「……ただいま、帰りました」

絞り出した己の言葉に驚く。

帰って来た。

夜空には星が瞬き、湖はそれを映し、森の奥に蛍火が明滅している。

バルヴェルトの城壁も異教徒が住む黒い塔もここからは見えなかったが、それが在ることは分かる。

枢はこの場所、この国、この世界を知っている。

帰って来たのだ。

ここは、父の祖国ラーディア。枢の人生において完全に消去され、無かったことにされてしまった半年間を過ごした場所。

「ただいま……」

もう一度呟《つぶや》けば、森が一陣の風に木の葉を揺らして優しく返事をしてくれた。

枢がここにいることを祝福してくれているような、そんな気がした。

あとがき

枢《かなめ》とルース、幼王レオ達の旅に最後までお付き合い下さいまして、ありがとうございました。

予言に導かれた彼らの物語はここで終了します。まだ道半ばではありますが、ここから先は語るべきことはありません。何しろ、栄光の未来は既に予言で決まっているのですから。

多くのものが変わりました。

お気楽な男子高校生は恋を知り、無愛想な騎士は心からの愛を覚え、孤独な異教徒は仲間の大切さを学び、幼い王はかけがえのない未来を手に入れました。

これから、枢の知っている通りに、歴史は紡がれていくことでしょう。


この作品を書き始めたのは平成二十七年。書籍化のお話を頂いた段階で既に完結から二年近く経《た》っていました。作中ではまだ存在しない未来の技術だった某社のスマートフォン第七世代も既に型落ちとなり、作者にとっても、もう過去となってしまった作品です。

今回、あらためてこの作品と向き合い、加筆修正する中で己の成長してなさに呆《あき》れました……。

誕生のあらましは上巻のあとがきにも記しました通り、異世界の騎士×普通の高校生の主従愛を書きたい、というところから。そこに異世界トリップの理由『何故《なぜ》行くのか』と『何をしに行くのか』を私らしく付け加えて、こんなお話になりました。

タイムパラドックスと言えば、過去へ戻って歴史を操り、悲惨な未来を良い方に変えるお話が多いのですが、この作品では既に変わってしまっている未来へ過去を合わせていきます。更に、うまくいかなくて何度もやり直しているらしいことが、うっすら読み取っていただけると思います。例えば、大樹《ひろき》さんが枢の二年後に連れて来られている……つまり二年後にどうしてもサイがいないと切り抜けられない事態に陥るようだ、などなど。

物語を書く上で、あまりにもご都合主義な展開にはならないよう心掛けています。スカーとリュート親子がたまたま故郷の町を離れていたお陰で生き残るなんて、偶然にしてもできすぎていて普段なら避けるところですけれど、この作品では敢えてそういう部分を強調し、時空を操るものの気配を感じていただけるように書きました。

運命に導かれているようで、翻弄されているようで。それでも一生懸命に戦った彼らの物語を、お楽しみいただけましたら幸甚です。

星の数ほどもあるネット小説の中からこの作品を拾い上げて下さった編集者様、無茶な注文にもきちんと応えて素敵な挿絵を描いて下さったイラストレーターのALOKI先生、私のポンコツ日本語をじっくり丁寧に添削して下さった校正様、素晴らしい装丁をして下さったデザイナー様、印刷や、製本や、宣伝、流通、小売、その他、この本に携わった全ての皆様に御礼を申し上げます。

そして勿論《もちろん》、お手に取って下さった読者様にも、心からの感謝を。

ワンシーンでも良い、一文でも良い、台詞《せりふ》の一言でも良い、読者様の心に響き、記憶に残るものがありますように。

Ruby collection

墜《お》ちたる星《ほし》は幼王《ようおう》の誉《ほま》れ
君《きみ》へ誓《ちか》う永遠《えいえん》の愛《あい》

2019年5月1日　初版発行

著者　ゆきむら燎
©Kagari Yukimura 2019

発行者　三坂泰二

発行　株式会社KADOKAWA
〒102-8177
東京都千代田区富士見2-13-3
電話：0570-002-301（ナビダイヤル）
https://www.kadokawa.co.jp/

印刷所　株式会社暁印刷

製本所　本間製本株式会社

デザインフォーマット　内川たくや（UCHIKAWADESIGN Inc.）

イラスト　ALOKI

初出：本作品は「ムーンライトノベルズ」（https://mnlt.syosetu.com/）
掲載の作品を加筆修正したものです。

KADOKAWAカスタマーサポート
[電話] 0570-002-301（土日祝日を除く11時～13時、14時～17時）
[WEB] https://www.kadokawa.co.jp/（「お問い合わせ」へお進みください）
＊製造不良品につきましては上記窓口にて承ります。
＊記述・収録内容を超えるご質問にはお答えできない場合があります。
＊サポートは日本国内に限らせていただきます。

ISBN 978-4-04-108280-5　C0093　　Printed in Japan